让梦想拐个弯

丁立梅散文精选集

丁立梅 著

東方出版社

高远的天空，裸露的岩石，艳红的花朵。
生命如此安静，又如此强烈。

目录

让梦想拐个弯

捡拾幸福

让梦想拐个弯

许明天一个梦想

让梦想拐个弯

舌尖上的思念

世事静好

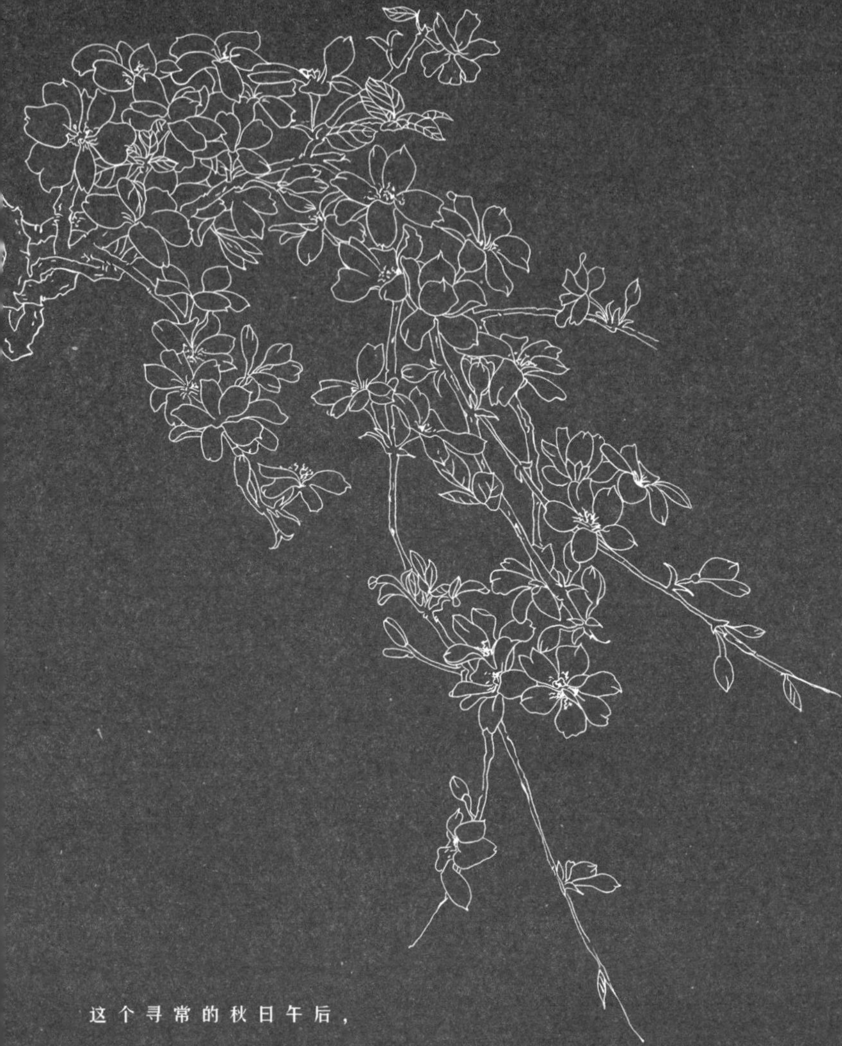

这个寻常的秋日午后，

我捡拾到了大捧的幸福。

那是一只橘子的幸福。

一缕阳光的幸福。一抹口红的幸福。

一朵笑声的幸福。几只芋头的幸福。

一捧红蒴果的幸福。一盆玉簪的幸福。

是这个恋恋红尘中活着的幸福。

捡拾幸福

绿

喜欢绿。

没有一种颜色，比绿更广阔更浩荡。

春天，花还没来，绿先远行。人们不远千里追去看草原，其实，是去看绿的。牛羊点缀在绿上。湖泊镶嵌在绿上。蒙古包像白花朵一样的，盛开在绿上。一望无际的绿。波涛翻滚的绿。让一颗奔波的心，只想欢唱，只想纵情一回。

废弃的百年院落，墙上爬满绿。地上的砖缝里渗着绿。

屋顶上，绣着绿——那真的像是绣上去的，绒绒的，在黑的瓦片上。

一只猫，跳上院墙，碰翻了一墙的绿。它在墙头上回眸，眼睛里，汪着两潭绿水。看着，竟让人忘了时间，忘了惆怅。

这世上，最是万古不朽的，是绿。

有绿环绕，生的趣味，才源源不断。

是在秦岭，大山腹部，遇见一条绿的溪流。

真真是绿透了呀，像把满山的绿草绿树，都给揉碎了，榨出汁来，倒在里面。

我惊诧得顿住脚步。想捧上那样的一捧绿，在口袋里放放好。不为什么，只想随时摸摸，这生命的质地。

也终于明白，亨利八世的爱情。他偶遇一个着绿衫的姑娘，立即为之神魂颠倒。宫廷华丽，美女如云，却难忘野外的绿袖子。小绿初开，在心里种出温柔来。怎能相忘！怎么相忘！于是，一曲《绿袖子》成了经典。

这是绿的魔力。

去西藏。好山好水地看过去，最难忘的，却是纳木错。

高原之上，它不时地变幻着魔术，逗自己玩。天空是蓝的，它就是蓝的。天空是靛青的，它就是靛青的。天空是灰的，它就是灰的。

那天我去，恰好撞见一个绿的湖，碧绿的。像条绿丝带，飘拂于山峦之中。

之前，我因高原反应剧烈，头疼欲裂，寸步难行。然等我看到它的刹那，我的所有不良反应，竟神奇般地消失。我跳下车去，奔向它。那飘向天际的绿丝带，跟山峦浑然一体，跟天空浑然一体，纯净安然。你只觉得灵魂被洗濯一遍，空灵，宁静，无所欲求。

湖旁堆着不少的玛尼堆。有的高得像座小山丘。藏人绕湖一圈，祈福，放下一粒石子。再绕湖一圈，祈福，放下一粒石子。如此循环，无有止境，才形成这样的玛尼堆。而绕湖一圈，需要几十天的时间。这小山丘一样的玛尼堆，该叠加着多少双虔诚的脚印！祈求我的牛羊啊。祈求我的亲人啊。祈求这混沌的尘世啊。祈求我的来生啊。他们信奉着心中的神，欢乐，哀伤，苦难，悲怆，一切的情绪，最终，都化为平静。平静得像一抹绿，湖水一般的绿。

生命本该呈现的，就是这样的平静啊。

在一个叫华阳的山区，看山民们制作神仙豆腐。

说是豆腐，其实与豆一点关系也没有，它完完全全是由绿绿的树叶制作而成。

树的学名叫双翅六道木，山民们却唤它神仙树。过去饥荒年代，人们拿它救命，捣碎，取汁充饥。谁知那汁液竟十分地可口黏稠，绵软似豆腐。人们怀着感恩的心，当它是神仙所赐，叫它神仙豆腐。代代相传，它成了独特的民间小吃。

一对老夫妇，做这个已五十多年，靠这个养大四个儿女。如今儿女们都出息了，但老人家还是每天一大清早，走很远的路，攀上山去，采回树叶，做神仙豆腐。他们说，做习惯了，一天不做，心里就空得慌。

我看到他们，把烫煮过的绿叶子，扣进木桶里，拿木杵一上一下地杵。绿绿的汁液，很快漫出来，被过滤到另一个桶里，均匀地摊到一块大石板上。石板迅速披上了一件绸缎般的“绿袍子”，那么绿，那么滑。待冷却后，揭下那件“绿袍子”，切成手指宽的绿条条，凉拌，吃到嘴里，又滑又软，清香透了。

那一口一口的绿啊！人间美味，叫人感激。

去江南。随便一座古镇，深巷里闲遛，也总要撞见做青团子的。

那是取了青绿的艾蒿，碾碎，和了糯米粉，揉搓而成。

看做青团子，也是极有意思的。眼见着那一团一团的绿，在一双手上盘啊盘啊，就盘成了青团子，乖乖地在蒸笼里躺着，浑身绿得晶莹透亮。像颗绿宝石。蒸笼上冒出的香气，竟也是绿绿的了。

我爱看那些捏着青团子的手，苍老的，或年轻的，无一不浸染着绿。深巷幽静，我的耳畔仿佛响着一支绿的情歌，咿咿呀呀，从千年的烟雨中，一唱三叹地，穿越而来。

佳句精选

◇◇ 没有一种颜色，比绿更广阔更浩荡。

◇◇ 屋顶上，绣着绿——那真的像是绣上去的，绒绒的，在黑的瓦片上。

◇◇ 一只猫，跳上院墙，碰翻了一墙的绿。它在墙头上回眸，眼睛里，汪着两潭绿水。

◇◇ 这世上，最是万古不朽的，是绿。

◇◇ 他们信奉着心中的神，欢乐，哀伤，苦难，悲怆，一切的情绪，最终，都化为平静。平静得像一抹绿，湖水一般的绿。

◇◇ 深巷幽静，我的耳畔仿佛响着一支绿的情歌，咿咿呀呀，从千年的烟雨中，一唱三叹地，穿越而来。

月下我的影子，像头年轻的小鹿

懒得脱下珊瑚绒的睡衣，我就穿着它，出门去跑步。

每晚，我都要出门小跑一会儿，这成了我一天中最享受的时光。

夜色是最好的遮挡，没人觉得我怪异。我可以跳着走，蹲着走，倒着走，傍着走。我也可以踩着舞步，手舞足蹈，哼着唱着。同样地，没人觉得我怪异。

这个时候，便是真正自由的一个人了。万千世界，都是我的。

一路的花香、草香、树叶香，浓的，淡的，深的，浅的，缠缠绕绕。我闻闻这朵花，认认那棵草。黑夜里，它们的面容看不真切，视觉便退居一旁，味觉开始上位。闻闻吧，闻闻就知道了。这就有了再相识的欢喜。

露珠的清澈，让人忍不住想尝上一口。风也是带着好意的，吹过来，拂过去，跟逗你玩儿似的。黑夜使得一切变得纯粹，滤去了浮华，还原了本真。它使我想起“沉淀”这个词。黑夜是最经得起沉淀的。

拾荒的老人，单独一间小棚子，搭建在路边。应该属违章建筑吧，愣是没有人来把它拆除掉。一个月，两个月，半年，一年，它都在。晚上，老人在门前拉只大灯泡，足足有二百瓦，亮闪闪的，把门前的一截路，都给照亮。老人在灯下分拣荒货。夏天的时候，是打着赤膊的。一旁的随身听里，放着河北梆子，或是陕西秦腔，一律的高嗓门，铿铿铿，锵锵锵。对老人这种重口味，我起初真是好奇得很，他是真心喜欢呢，还是借此消除寂寞？后来听多了，我竟也喜欢上那唱腔，有种让人的每个毛孔，都舒展开来的畅意。

我真愿意他一直就这么住下去。我跑步的这条路上，因了他的存在，而生出鲜活的味道。

其实，每次出门前，我也纠结着来的。我家那人不喜动弹，他总是半歪在沙发上，手里随便翻本书，或是拿着电视遥控器，随便调台。他蛊惑我，说，今晚你就不跑了吧，休息一晚，陪我看看电视多好。

——我也想那么干。人都是有惰性的，人都是喜舒适的。但最终，我还是说服自己出了门。多少天的坚持，我不想在这一天出现断裂，那会让我觉得遗憾。

人的行为，往往都在一念之间。你抬脚迈出了那一步，你也就战胜了你自己，成全了你自己。就像我每每出门之后，都会觉得庆幸，我让一天又以完满告终。要不然，我将错过这一晚的花香草香，错过这一晚的露珠夜色，错过这一晚的河北梆子和秦腔。

月亮是什么时候撑在半空中的？它像一个人，早早地等候在那里。

我不时抬头看看它，觉得它也在看我。

月亮走，我也走。

天空像一口井，水波不现，月亮是浮在水上的一朵白莲花。

又觉得它更像一匹白丝绒，月亮是托在上面的一块打磨过的玉，圆润，质地醇厚。

《诗经》里有赞美诗：月出皎兮，佼人僚兮。说是赞美月下美人，我觉得更像是在赞美月亮。月的皎洁，才衬出美人之纯。天空干净，大地才会干净。

我在月下小跑。路上也有三两个锻炼的人，有的被我赶上了，有的赶上了我。我们不说话，只相互打量一眼，笑笑，继续跑着自己的。

后来，曲终人散，只剩下我，还在跑。和我一起跑着的，还有风，还有一个世界的花香草香。

月下我的影子，看上去比我年轻。它像一头年轻的小鹿，欢跳着一路向前。

佳句精选

◇◇ 黑夜使得一切变得纯粹，滤去了浮华，还原了本真。

◇◇ 人的行为，往往都在一念之间。你抬脚迈出了那一步，你也就战胜了你自己，成全了你自己。

◇◇ 天空像一口井，水波不现，月亮是浮在水上的一朵白莲花。

◇◇ 月下我的影子，看上去比我年轻。它像一头年轻的小鹿，欢跳着一路向前。

只为途中与你相见

睡了一个囫囵觉，天也就大亮。

车窗外的景致大同小异，满眼看过去，都是绿，葱绿、墨绿、深绿……不一而足。那是树的绿，田间植物的绿，生命欢腾的绿。人家的房，掩映在绿里面，有的是红砖红瓦，有的是粉墙黛瓦，像水彩画。

八月的大地是富足的。雨水和阳光一样丰盈，所有的生命，都一副水灵灵功德圆满的样子。

一过石家庄，我对面铺的男人就坐不住了。他是浙江人，做木材生意的，他丢下正做得红火的生意，特地带了念高中的儿子去西藏。

钱什么时候都可以赚，这个好男人说，要让孩子出来多走走。多走走，眼界才会开阔。

男人伏到窗口，不错眼地看着外面，不时大叫着他儿子，军军，你看，那外面！叫军军的小伙子却一直闷头在玩他的平板电脑，对外面的景致兴趣不大，男人叫一声，他就伸一下头，过后，又埋首到他的电脑上。

我合上在看的书。窗外掠过的景，跟内地有了分别。树都是笔直地朝上，每根枝条每片叶子都是。土是直立的，直立成小山丘，一座一座的小山丘。一些房舍，像棋子似的，散落在小山丘周围。

这么看着看着，也就到了兰州。天色渐晚，站台上卖吃食的小推车，呼啦啦簇拥过来。一种高粱面做的大饼很抢手，车上的旅客几乎人手一张。饼很糙，并不好吃，但没人介意。出来旅行图的就是个新鲜与热闹，每到一处，都恨不得能把那处打包好了，塞进行囊里带走。

火车上的晚餐陆陆续续登场，各种吃食的味道，在车厢内弥漫。卖盒饭的推车，在走廊上来回走。盒饭来啦！盒饭来啦！乘务员大声叫卖。一时间，如同集市，喧喧闹闹。

深夜十点过后，各种声音渐渐沉没，睡梦开始来敲门。模糊中听到有人问，还有多远到？听得答，现在已走一半路了。

哦，就快到了呀，是欢喜的一声呼。四周彻底安静下来，火车哐啷哐啷的声音格外分明，把黑暗的浪花溅得四处飞溢，如船划破波浪。

太阳很晚才出来。这个时候，火车已行驶在青藏高原上了。茫茫的戈壁滩，一望无际的茫茫，色彩单一，山都是光秃秃的，生灵不见一个，只有天空和大地两两相望。生命的渺小，在那一刻表现得尤为强烈。你还有什么可争的，还有什么要争的？你争不过天去，争不过地去，还是与自己和解吧。

盐像雪，一撮一撮的白，点缀着寂寥无垠的戈壁滩，像在上面绣了一朵一朵的小白花，使戈壁滩更显得空旷寂寥。突然有人惊呼，看，那儿有个人。众人都挤过去看。可不是么，的的确确是一个人！看不清他的面目，只见他的一只手，举着，那是标准的敬礼手势，他在向我们的列车敬礼。

众人挥舞着手兴奋地朝着他呼叫。那么远的距离，他是看不见也听不见的，他一动不动地举着手，塑像一样的。在他眼里，这列列车，就是一个活的生命。他在向生命致敬。他是养路工，是进藏的旅人，还是当地居民？不得而知。他成了我们进藏路上，一个不可磨灭的景，生命是如此渺小，又是如此庄严。

一过可可西里，大地上的色彩渐渐繁复起来，随处可见草地，绿地毯一样的，铺向远方去了。雪山卧在天边，一座一座，浑圆柔和，或是孤独如树。对，像树，在可可西里，就没见到一棵树，那些山，便充当了树。山的脊梁上，厚厚的积雪，在白日光下莹莹闪亮。草甸上，一眼一眼的小湖，或称之为小河、小潭，蓝莹莹的，或是清幽幽的，如草甸上的眼睛。蓝天掉在那些“眼睛”里了，白云掉在那些“眼睛”里了。

看见藏羚羊。车上人激动得齐齐欢呼起来，端起相机，对着窗外一通猛拍。然这样的激动只持续了一阵子，随后成群的藏羚羊，成群的牦牛，成群的雪山，成群的草地、湖泊，像变魔术似的，连绵不绝。大家由起初的惊呼，渐渐变得“司空见惯”了，不再大呼小叫，而是安静地看着，看累了，就闭上眼休息一会儿，睁开眼来再看。错过了几块草甸几只藏羚羊几座雪山，也不足为惜，西藏这块广袤的大地上，有的是，真正是奢侈铺张得不行。

白云在山间拥着挤着。白云在天上拥着挤着。你就没见过那么丰富的云。有的躲在山后，鱼一样游着，吐出一圈一圈的白泡泡；有的浮在半空中，羽毛一样的，仿佛风一吹它就飘走了；有的匍匐在山巅上，如一群散步的绵羊，嬉戏着；有的堆积在海蓝的天幕上，棉絮一样的……

太阳到晚上九点多才落山，而这时，月亮早已迫不及待从东边的山头升起来，大而浑圆。大地上出现了奇异的景象，一半橘红，一半素白，相互辉映。

佳句精选

◇◇ 八月的大地是富足的。雨水和阳光一样丰盈，所有的生命，都一副水灵灵功德圆满的样子。

◇◇ 生命的渺小，在那一刻表现得尤为强烈。你还有什么可争的，还有什么要争的？你争不过天去，争不过地去，还是与自己和解吧。

◇◇ 他成了我们进藏路上，一个不可磨灭的景，生命是如此渺小，又是如此庄严。

一只猫的智慧

朵朵是我捡回的一只猫。

许是有着流浪的经历，它很少有安分的时候。把它留在屋子里，它是不大待得住的，除非它饿了，跑回来讨吃的。

好在我有自己的院落，大门整天洞开着，很方便朵朵的自由出入。院落外面，是一大块空地。空地上，东家种点瓜，西家种点菜，还有人在里面种花。花是海棠，一年里，大部分时间，海棠都在开着花。红艳艳的，浮霞一般。

朵朵很喜欢这块地，它把它当乐园。它在里面打滚。它在里面奔跑。它跟花捉迷藏。它跟草捉迷藏。它也逗着一些小虫子玩，捉起，再放。再捉，再放。一玩就是大半天。在一只猫的眼睛里，这个世界，都是好玩的吧。

我有时会站在院门口看它玩。它顺着竹竿爬，爬，一直爬到竹竿顶端，跟一茎丝瓜藤比赛着跑。它扑到海棠花上，摇落了海棠花几瓣，它抓住那几瓣海棠，愣是玩了半晌。地里一棵普通得不能再普通的一年蓬，朵朵围着它，竟也玩出百般的趣味来。风吹，一年蓬的草尖尖轻轻摆动，可把朵朵兴奋坏了。它紧张地盯着那摆动的草尖尖，埋下半截身子，蓄势待发。突然，它箭一般地射出它的身子，扑过去，跳上跳下。像骁勇的士兵，独闯沙场。真是羡慕它啊，人的心，早就失了这样的活泼天真，老到得很世故，倒是无趣得很了。

夏天，我在屋门外另加了一道纱门，挡蚊虫苍蝇。这多出的一道门，给朵朵带来极大困扰。一道门挡着，它要么进不来，要么出不去。它抗议，喵呜喵呜叫唤，使劲叫唤，以吸引楼上我的注意。我听到了，会下楼来替它开门，放它进来，或放它出去。有时我听不到它叫，或者听到了，我正忙着，就不去搭理它。它很郁闷地独坐在门前，透过纱门，盯着外面的世界。几片落叶，掉进院中来，在院子里的大理石地面上翻卷，朵朵望着很着急。这时我若开门，它准会一跃而起，弹跳出去，搂着地上的落叶打滚，头都来不及抬的。

某天，我出门散步，忘了把朵朵放出来。等我散步归来，竟看到朵朵在院门口的那片空地里，正追扑着一只小虫子，玩得不亦乐乎。我惊奇不已，屋门完好无损地关着，它是怎么出来的?

留心观察它，很快被我发现了玄机。原来，它的小脑袋里，不知什么时候已琢磨出开门的小点子。它对着关紧的纱门，退后几步，埋下半截身子，像跳高运动员一样，来一段助跑，等跑至门边，整个身子猛地一跃，俩前爪向前，扑到纱门上，门就被推开了。

它跑出去，还不忘回头，得意地冲我“喵呜”一声。

这世上，所有的生命，原都各有各的生存智慧和本领。一只猫的智慧，该是轻轻盛放的一朵花、绿绿的一株草、一只飞着的小虫子、一阵淡拂的清风——是灵魂的自由。

佳句精选

◇◇ 一年里，大部分时间，海棠都在开着花。红艳艳的，浮霞一般。

◇◇ 在一只猫的眼睛里，这个世界，都是好玩的吧。

◇◇ 人的心，早就失了这样的活泼天真，老到得很世故，倒是无趣得很了。

◇◇ 一只猫的智慧，该是轻轻盛放的一朵花、绿绿的一株草、一只飞着的小虫子、一阵淡拂的清风——是灵魂的自由。

糊涂的美丽

在桂花的身边，人的大脑，容易迟钝。

想什么呢？什么也想不了。

那么香！香也罢了，偏还浸着甜。是活泼的少女身上，散发的那种鲜活甜蜜的朝气。

怎么办呢？

没办法的。只能沉溺，心甘情愿的。

我骑着诚诚提供给我的单车，那车真是轻便好骑得很。我从森林接待中心的客房那里出发，客房边上，就栽着几棵桂花树。花累累地开着，香甜的气息，一波复一波。我从旁边经过，它们慷慨地赠我一车的香。

我驮着一车的桂花香，穿行于杉树林和杨树林中。上午的森林里，起了风，一阵一阵的，树叶便跟着一声高一声低地应和着。一会儿吟哦，作诗一般的。一会儿长啸，豪气冲天。一会儿又变成淑女，素手弄琴。一会儿化身为壮士，敲着铁板，唱着大江东去，大江东去。

十月的天，有了寒。轻寒。这样的寒，让人的神经变得格外敏感，一点点暖，一点点亮，一点点声响，都能在心中铺出一片温柔来。何况，还有缠绵不休的桂花香。

是森林管理者的用心了，他们在森林里，也栽了些桂花树。不多，只在每条小径的拐角处，栽上一两棵。也只要那样的一两棵，够了。多了，就泛滥了。泛滥了，就流俗了。流俗了，就少了它应有的动人了。赏心只需两三枝。这两三枝，足以供养一颗心了。

我被桂花香迎着，觉得尊贵。我停车，在它的身边待上一待，也不知要跟它说些啥。只微笑着，望着那一树细密的金黄。

没有人。多好。没有人。早晨那些欢叫的鸟们，此刻，也不知去了哪里。偶尔一两声虫鸣，像呓语，响在林子更深处。天地间，只剩下静。除了风偶尔路过。

我在小径旁的一条长凳上坐下。一圈儿的阳光，泊在那儿，泄泄融融。我坐在那圈阳光里。不用急着去哪里，也没有什么人催着我走，也不要去想森林外的事。我做什么，或不做什么，完全听凭自己做主。

还是要想到梭罗，那个可爱的美国人，他住在他的瓦尔登湖，幸福满满地说，我浏览一切风景，像个皇帝，谁也不能否认我拥有这一切的权利。

这会儿，跟他一样，我也像个皇帝。

一只小虫子飞来，歇在我的衣袖上。它把我当作一棵草，还是一朵花了？我没有惊动它，任它歇着。我的身前身后，小野花们黄一朵紫一朵的，肆意无序地开着。它们好似来此游玩的仙童，在偌大的森林里，甩开脚丫奔跑。一只蝴蝶，橘黄的，艳艳的，和一朵蒲公英亲吻了许久。野葡萄的花，细碎得像小米粒，结出的果子，却有着透明的紫，跟小紫玉似的。能吃，我小时候吃过。我跑过去摘下几颗，放嘴里，酸酸的，童年的滋味。几只蜜蜂也不知打哪儿来，它们忙得很，一会儿去问候小野菊，一会儿又来敲野葡萄的门。桂花的甜香，飘拂过来。

我不知拿什么来形容眼前的事物，只觉得眼前样样都好。包括我这个人，亦是好得不能再好。我想对它们说，我们就这么好下去吧，好到地老天荒。

翻开木心的书。木心在聊希腊神话，他说希腊神话有种糊涂的美丽。

我突然为我眼前的事物，找到最好的注脚。原来这一切，都有种糊涂的美丽啊！它们你中有我，我中有你，不问来处，不想去处。就这样，待在一起，待成神话。

佳句精选

◇◇ 花累累地开着，香甜的气息，一波复一波。我从旁边经过，它们慷慨地赠我一车的香。

◇◇ 赏心只需两三枝。这两三枝，足以供养一颗心了。

◇◇ 我的身前身后，小野花们黄一朵紫一朵的，肆意无序地开着。它们好似来此游玩的仙童，在偌大的森林里，甩开脚丫奔跑。

◇◇ 原来这一切，都有种糊涂的美丽啊！它们你中有我，我中有你，不问来处，不想去处。就这样，待在一起，待成神话。

等一个月亮

我被一个月亮吓着了，那么大一个，亮澄澄的，像朵丰腴的白莲花。周围空无一物，云不见一朵，星星没有一颗，它就那么“开”在半空中，寂然欢喜。

这是寻常的夏夜。各家都大门紧闭，窗帘拉严，冷气打得足足的，把月亮隔在门窗外。我亦如此，膝上搁块毛毯，在灯下读书，读到一首好诗：

妹，我们就种一小片云南

自己播种，自己收获

在坡地上，种草，种烟叶

种小白兔，种大象、森林和苍茫……

我怔住，在这些含着清香的字眼上转悠，突然想种点什么。

譬如，种一丛小花。让它开出星星点点的颜色，在南来北往的清风中鲜妍。

或是种点青葱。在做菜的时候，往每只碗里搁一小根，绿绿的，香香的，像鱼一样游。

要不，就随便丢下一把种子吧，长草长花，悉听尊便。它们会让一小撮泥土，产生奇迹，活色生香。

这是种欢喜，种等待，种希望，种幸福。在少有传奇的人生里，我们总要种点什么，日子才有趣味，才会变得绵长。

我一刻也坐不住了，起身下楼，打开门，在小院子里寻泥盆。就在这时，一捧的月光，不由分说扑向我，迅捷把我淹没。我心里惊疑，有月吗？一抬头，便逢着了一个硕大的月亮，在我的头顶上方，殷勤探望，它光洁柔嫩的面庞，清澈得如一张少女的脸。

我简直不能动弹，就那么傻傻地立在小院当中，看着它。我的身前身后，满淌着银色的月光，粼粼，粼粼。彼时，清风不动，四周俱寂。

我真想唤醒一些人，来啊，快快推开你们的窗，看看外面这美丽的月亮！

细细想来，有点冤，我们一生中，错过了多少这样的月亮，辜负了多少这样的良辰美景？一年一度，我们盼着过中秋，好赏月，好念苏东坡的诗：

暮云收尽溢清寒，银汉无声转玉盘。

此生此夜不长好，明月明年何处看。

瞧，苏东坡都说了，此生此夜不长好的。我们以为，月亮也只有那夜才叫美。我们劳师动众，精挑一块靠近河岸的草地，旁有桂花树几棵，然后一圈人坐下来，吃着月饼，看一个大大的月亮爬上来。月影飘摇，暗香浮动，我们心里满溢的，是对月亮的赞叹。也有人为赏中秋月，不惜重金，坐了飞机飞去某风景区，在山上住下来。说是山中月色，别有风味。

原来，我们都被习俗蒙蔽了，哪个月夜，月亮不是绝美的？山中也好，平原也罢，它不欺不瞒，一样把光辉均洒。只要有心，每个月夜，我们都能重逢到欢喜和美。我们却用墙，用门，用窗，把自己囚禁，把月亮和自然隔绝在我们之外。我们不知道花开得好，风吹得软，不知道鸟的啁啾，云霞的绚烂，我们逐渐变得麻木，淡漠，呆板，无有生机。

还好，我遇见了今夜的月亮。从此，有月的夜晚，我必会打开窗，静静地，等一个月亮。

佳句精选

◇◇ 我被一个月亮吓着了，那么大一个，亮澄澄的，像朵丰腴的白莲花。周围空无一物，云不见一朵，星星没有一颗，它就那么“开”在半空中，寂然欢喜。

◇◇ 在少有传奇的人生里，我们总要种点什么，日子才有趣味，才会变得绵长。

◇◇ 我的身前身后，满淌着银色的月光，粼粼，粼粼。彼时，清风不动，四周俱寂。

◇◇ 只要有心，每个月夜，我们都能重逢到欢喜和美。

跟着一朵阳光走

那日，我正收拾书桌，突然看到一朵阳光，爬到我的书上。一朵小花似的，喜眉喜眼地开着。又像一只小白猫，蹑手蹑脚着。

我晃晃书页，它便轻轻动了动，一歪头，跳到桌旁的一盆水仙上。在水仙的脸上，调皮地抹上一层薄粉。后来，它跳到窗台上。跳到门前的一棵树上。树光秃秃的，冬天还没真正过去，这朵阳光却不介意，它在赤条条的树枝上蹦蹦跳跳。它知道，用不了多久，那里会重新长出叶来。那时，春天也就来了。

我的脚步不由自主地跟过去，我要跟着一朵阳光走。

阳光跑到屋旁的一堆碎砖上。碎砖是一户人家装修房子留下来的，被大家当作了晒台。有时上面晾着拖把。有时上面晒着鞋子。隔壁的陈奶奶把洗净的雪里蕻，晾在上面，说是要腌咸菜。她半是骄傲半是幸福地说，她在省城里的儿媳妇，特别爱吃她腌的咸菜。

阳光在砖堆上留下了它的热、它的暖。它又跳到一小片菜地上。小菜地瘦瘦长长的，挨着一条小径。原先是块荒地，里面胡乱长些杂草，夏天蚊虫多，走过的人都速速走开，漠然着。后来，不知谁把它整出来，这个在里面栽点葱，那个在里面种点菜。还有人在里面栽了一株海棠。阳光晴好的天，海棠花凌凌地开了，一朵一朵，红宝石似的，望过去特别漂亮。大家有事没事，爱凑到这儿，看看葱，看看菜，赏赏花，彼此说些闲话。

谁也不曾留意，阳光已悄悄地，跳到了人的心里面。

现在，这朵阳光继续着它的行程。它走到一片绿化带上。绿化带上有树有草，也有花。草枯了，花谢了，然不要紧的，它会唤醒它们。我似乎听到它的耳语：生命还会重来，美好就在前面等着。

人是怀抱着希望在这个世上行走的，植物们何尝不是？

树是栾树，叶掉了，枝上留着一撮一撮干枯了的果。我伸手够一串，剥开，里面黑黑的珠子跳出来，和这朵阳光热烈拥抱。我想起有关栾树的记载，说是寺庙多有栽种，用它们的果粒来穿佛珠。

尘世万物，本就存了佛心的。

一只小鸟，在路边的草地里跳跃。它的嘴巴尖尖的、长长的，一身斑斓的毛。奇的是，它的头上，长了两只小小的角。我不识这是什么鸟，这无关它的欢喜安乐。它的头，灵活地东转西转、东张西望，仿佛初来乍到，对周遭的一切好奇极了。

这朵阳光，跳到小鸟的脚边，小鸟一定感觉到了。它低下头去啄食，一上一下，一上一下，怎么啄也啄不完。天空高远，草地温暖。

我微笑起来，干脆在路边坐下来，看小鸟，看阳光。阳光照强大也照弱小，阳光善待每一个生命。我们要做的，唯有不辜负。不辜负这朵阳光，不辜负这场生命。

佳句精选

◇◇ 那日，我正收拾书桌，突然看到一朵阳光，爬到我的书上。一朵小花似的，喜眉喜眼地开着。又像一只小白猫，蹑手蹑脚着。

◇◇ 谁也不曾留意，阳光已悄悄地，跳到了人的心里面。

◇◇ 阳光照强大也照弱小，阳光善待每一个生命。我们要做的，唯有不辜负。不辜负这朵阳光，不辜负这场生命。

捡拾幸福

我上下班，常要从一条小巷过。有时骑车。有时乘车。也偶尔，会步行。

小巷很有些年岁了，两边的房都泛着灰。大多数是老式平房，有天井纵深。朝向巷道的一面，开着小店，卖些杂七杂八的日常生活用品。还有蛋糕店、馒头店、卤菜店、理发店、水果店、裁缝店，和一家报亭等。一些小摊见缝插针摆在路边，是些乡下农人来卖时令果蔬的。蚕豆上市了卖蚕豆。草莓上市了卖草莓。青菜上市了卖青菜。来自山东卖炒货的一对老夫妇，在一幢房的边上，搭了棚屋住，一住就是二十多年。炒货一袋袋，香喷喷，摆在棚屋门口卖。那里的空气中，便常拌着炒货的香。

巷道边上，长着成年的海桐、合欢、荷花玉兰和栾树，绿荫如顶。人是有福的，大多数时候，抬头就能见花。白，或红，大团的，或大朵的，总是不知疲倦地开。只是日日相见，我们多的是熟视无睹。步履匆匆，花白花红，不落一点到心里。

那日，我又经过小巷，照例行色匆匆。我走过一家小店，又一家小店，无意中一瞥，看见卖炒货的那对老夫妇，正守着他们的炒货摊，在合吃一只橘。午后三四点，风轻云淡，客少人稀，这清闲的一段时光，是属于他们的。他们肩并肩坐在那儿，你一瓣橘，我一瓣橘，吃得幸福满满的，脸上是闲花落尽后的安然。

我被他们手中的一只橘子击中，傻傻地看他们，看得眼睛微湿。我望见了这个尘世间最朴质的相守，无关山盟，无关海誓，无关富贵荣华，只要稍稍转过头来，你就能望见我，我就能望见你。

再看眼前的寻常，突然变得样样生动。那些旧的房，是生动的，一缕阳光斜斜地打在上面，波光粼粼，如小鱼在跳舞。守着小摊卖水果的女人，是生动的，唇上一抹红，印在她黝黑的脸上，分外夺目，显然，她是抹过口红的。有孩子的笑声，从幽深的天井里传出来，清脆丁零，是生动的，他在玩什么游戏呢？童年时光，寸寸金色。乡下来卖果蔬的老农，是生动的。他半蹲着，笑眯眯看街景，脚跟边，堆一堆新鲜的芋头。我买几只，想回家做芋头羹吃。他帮我挑拣大个的，殷殷说，全是地里长的呢。为他这一句，我笑了半天。

还有那些树，亦是生动的。我稍一仰头，就与一捧一捧的红蒴果相逢。那是栾树的果，望过去，像纸叠的红灯笼。它把生命的明艳，一丝不苟地写在秋的册页上。

迎面走过来的女孩，亦是生动的。她手捧一盆新买的玉簪，且走且乐，脚步轻盈，眉目飞扬。

我不再急着赶路，而是慢慢走，微笑着看。看天，看地，看树，看花，看人。我像踩着一朵云在走，心里充盈着说不出的美好。这个寻常的秋日午后，我捡拾到了大捧的幸福。那是一只橘子的幸福。一缕阳光的幸福。一抹口红的幸福。一朵笑声的幸福。几只芋头的幸福。一捧红蒴果的幸福。一盆玉簪的幸福。是这个恋恋红尘中活着的幸福。

佳句精选

◇◇ 只是日日相见，我们多的是熟视无睹。

◇◇ 他们肩并肩坐在那儿，你一瓣橘，我一瓣橘，吃得幸福满满的，脸上是闲花落尽后的安然。

◇◇ 这个寻常的秋日午后，我捡拾到了大捧的幸福。那是一只橘子的幸福。一缕阳光的幸福。一抹口红的幸福。一朵笑声的幸福。几只芋头的幸福。一捧红蒴果的幸福。一盆玉簪的幸福。是这个恋恋红尘中活着的幸福。

每一颗种子，都有它自己的奇迹

一

长文竹的盆子里，冒出一棵小草来。起初也只那么一小点儿，一分硬币大小，羞怯怯的，试探式的。知道这是人家的地盘呢，它也只是贪玩了，来串门一回。

然试着试着，它的胆子就大起来，看文竹没什么反应，它干脆把文竹挤到一边去，自己在里面安营扎寨，大有喧宾夺主的意思。

我饶有兴趣的，每天跑去看看它。我很想知道，一棵小草到底会长成什么样子。

日子里，便充满期待，和成长的喜悦。

小草从不让我失望，它每天都会抽出一些新叶来，小指甲那么大。绿，绿得翠翠的、透透的。想着，摘了它，什么调料也不用放，生吃了，一定满嘴脆甜——我也只这么想着，没舍得摘它。

它也不时旁生出几枝茎。叫“枝”其实不准确，应该叫“丝”才是。是那么细小而柔软的茎，薄丝一般的，上面却缀满绿的叶。好像是谁一针一线给绣上去似的。

它居然，也开花了，花细小得像米粉。它就那么一边长叶、抽茎，一边开花，忙得很。

我很想对它说感谢。我知道它不爱听，它只管生长着它的。那么，我也只管静静赏着我的。它让我柔软，让我想对这个世界温柔。

它最终长成繁茂的一大捧。撑不住了，松松的，倒垂下来。表现得随意而疏离，像漫不经心的女子，松绾着发，松挽着衣，就那么斜斜地倚着门框，睥睨着你，眼中一抹似笑非笑的水色，让你一见，立即酥了骨头。

我拍了照片传上网。看到的人大惊，什么植物，这么漂亮!

哦，亲爱的，它不过是棵小草。

你看，一棵小草也可以美好成这样。

作为人类的你，更可以美好起来的啊!

二

每一颗种子，都有它自己的奇迹——这是植物们告诉我的。

我手上如果有一颗种子，我绝不会随手扔了它，而是会把它种在一盆土里。

我种过苹果、西瓜、柚子、桂圆、火龙果、荔枝、橘，都是吃完的水果种子。它们有的会发芽、成长，像柚子和火龙果，很快蓬勃出一盆的新绿来。大半年的时间里，它们都是我书桌上最美的景致。

有的，暂不会发芽。我也不难过。得之，是意外。不得，也在情理之中。我很享受的是这种可遇不可求的缘分。

我买洋葱，吃剩下的，放冰箱里。日子久了，半颗洋葱头竟在冰箱里发了芽。我找只花瓶，把它插进去，它就不停地长啊长，长出肥绿的一串儿。有人说它是风信子，有人说它是水仙花。——我得意，告诉他们，不是，是洋葱头啊。

洋葱头也有梦想的。

我还在泥盆里栽过生姜。生姜拱出的新绿，像竹，摇曳生姿，极有看头。我看书或写字累了，就踱到它身边去，一盆的新绿，染绿我的眼、我的心。这意外所得，如同赐予。

我还在碗里长过菜花，和小野菊。它们一律地，都端给我一盆的好颜色，让我的日子，充满欢喜和甜蜜。

不要埋怨生活不优待你。你要扪心自问的是，你优待过它吗？

还是请从一颗种子入手吧，爱它，珍惜它，你将收获到许多意想不到的快乐。那里面，期待有，惊喜有，美好有。更重要的是，它让你学会执着、柔软，和善待。

佳句精选

◇◇ 我很想对它说感谢。我知道它不爱听，它只管生长着它的。那么，我也只管静静赏着我的。它让我柔软，让我想对这个世界温柔。

◇◇ 每一颗种子，都有它自己的奇迹——这是植物们告诉我的。

◇◇ 洋葱头也有梦想的。

◇◇ 我看书或写字累了，就踱到它身边去，一盆的新绿，染绿我的眼、我的心。这意外所得，如同赐予。

◇◇ 不要埋怨生活不优待你。你要扪心自问的是，你优待过它吗？

◇◇ 还是请从一颗种子入手吧，爱它，珍惜它，你将收获到许多意想不到的快乐。那里面，期待有，惊喜有，美好有。更重要的是，它让你学会执着、柔软，和善待。

浅淡岁月，总有欢喜相守

等雪的。雪始终没来。

我的雪，它落在南方，它落在北方，它没落在我这里。

也罢。它不在这里，就在那里。它在，就总会惊喜一些心灵，和眼睛。

问过一个女子，你有过不快乐的时候吗？

那女子六十好几了。整天还是风风火火，说话嘎嘣嘎嘣的。她写戏剧，写影视剧本，写得风生水起。你靠她身边站着，总觉得有一团火在燃着烧着。

我问她这话的时候，她正往电脑里输字，笑嘻嘻回我，没有。

我不死心，你真的没有，一次也没有吗？我简直有点穷追不舍的意思。

她不假思索，答，一次也没有。

我怎么会不快乐呢？我没有时间不快乐啊。我也没有资格不快乐啊。你看吧，我能写字，能走能动，还能吃下一大碗饭，我有什么不快乐的？她说。

哈哈。她笑。

哈哈。我也笑了。

看一本书，里面全是关于衰老和死亡的。

衰老和死亡，是那样的无力和无奈。任你曾坐拥金山，才高八斗，也不得不全部缴械投降。

可是，能不能这样说，那一路的旖旎，原不过是为了到达终点的这刻。终点除了无力和无奈外，它还有宁静，还有终结，还有完满啊！从起点，到终点，能够走下来，就是一种完满和胜利。

我不哀叹。那不是一个人的终点，那是大团聚。因为，我们终将都到达那里。

养几盆小植物。文竹和萝卜头。

你就不知道萝卜头在水里面长出来，有多美。那小叶子有点像小女孩的眉睫。随便什么时候去看它们，它们都眨巴着绿绿的眉睫，冲着我笑。我忍不住要去爱。

怎么能不爱！日子里，只要你肯种下欢喜，长出来的，一定是欢喜。

浅淡岁月，总有欢喜相守。很好，很好的。

佳句精选

◇◇ 它不在这里，就在那里。它在，就总会惊喜一些心灵，和眼睛。

◇◇ 从起点，到终点，能够走下来，就是一种完满和胜利。

◇◇ 日子里，只要你肯种下欢喜，长出来的，一定是欢喜。

◇◇ 浅淡岁月，总有欢喜相守。

小欢喜

喜欢这样一种状态：太阳很好地照着，我在走，行人在走，微笑，我们对面相见不相识。心里却萌生出浅浅的欢喜，就像相遇一棵树、相逢一朵花。

路边的热闹，一日一日不间断。上午八九点的时候，主妇们买菜回家了，她们蹲在家门口择菜，隔着一条巷道，与对面人家拉家常。阳光在巷道的水泥地上跳跃，小鱼一样的。我仿佛闻到饭菜的香，这样凡尘的幸福，不遥远。

也总要路过一个翠竹园。是街边辟开的一块地，里面栽了数竿竹，盖了两间小亭子，放了几张石凳石椅，便成了园。我很爱那些竹，它们的叶子，总是饱满地绿着，生机勃勃，冬也不败。某日晚上路过，我透过竹叶的缝隙，看到一个亮透了的月亮，像一枚晶莹的果子，挂在竹枝上。天空澄清。那样的画面，经久在我的脑海里，每当我想起时，总要笑上一笑。

还是这个小园子，不知从哪天起，它成了周围老人们的天下。老人们早也聚在那里，晚也聚在那里，吹拉弹唱，声音洪亮。他们在唱京剧。风吹，丝竹飘摇，衬了老人们的身影，鹤发童颜，我常常看得痴过去。京剧我不喜欢听，我吃不消它的拖拉和铿锵。但老人们的唱我却是喜欢的，我喜欢看他们兴高采烈的样子，那是最好的生活态度。等我老了，我也要学他们，天天放声歌唱，我不唱京剧，我唱越剧。

路走久了，路边的一些陌生便成熟悉。譬如，拐角处那个卖报的女人，我下班的时候，会问她买一份报，看看当天的新闻。五月，她身旁的石榴树，全开了花，一盏盏小红灯笼似的，点缀在绿叶间，分外妖娆。我说，你瞧，这些花都是你的呀。她扭头看一眼，笑了。再遇见我，她会主动跟我打招呼，送上暖人的笑。有时我们也会聊几句，我甚至知道了，她有一个女儿，在读高中，成绩不错。

还有一家花店，开在离我单位不远的地方。花店的主人，居然是个男人，看起来五大三粗的。男人原是一家机械厂的职工，机械厂倒闭后，男人失了业。因从小喜欢花草，他先是在碗里长花，阳台上长一排，有太阳花，有非洲菊，有三叶草。花开时节，他家的阳台上，成花海。左邻右舍看见，喜欢得不得了，都来问他讨要。男人后来干脆开了一家花店，买了一些奇奇怪怪的小花盆，专门长花草。那些小花盆里长出的花草，都一副喜眉喜眼的样子，可爱得很。看他弯腰侍弄花草，总让人心里生出柔软来。我路过，有时会拐进去，问他买上一盆两盆花，偶尔也会买上几枝百合回家插。他每次都额外送我几枝满天星，说，花草可以让人安宁。真想不到这样的话，是他说出来的。一时惊异，继而低头笑，我是犯了以貌取人的错的。我捧花在手，小小的欢喜，盈满怀。

也在路边捡过富贵竹。是新开张的一家店，门口祝福的花篮，摆了一圈。翌日，繁华散去，主人把那些花篮，随便弃在路边。我看见几枝富贵竹，夹杂在里头，蔫头蔫脑的，完全失了生机。我捡起它们，带回家，找一个玻璃瓶插进去。不过半天工夫，它们的枝叶，已吸足水分，全都精神抖擞起来。

再隔几日，那几枝富贵竹，竟冒出根须来。隔了一层玻璃看，那些根须，很像银色的小鱼。我把它们放在我的电脑旁，无论我什么时候看它们，它们都是绿莹莹的。这捡来的一捧绿，让我心里充满感动和快乐。

曾经我想过一个问题：这凡尘到底有什么可留恋的？原来，都是这些小欢喜啊。它们在我的生命里唱着歌，跳着舞。活着，也就成了一件特别让人不舍的事情。

佳句精选

◇◇ 喜欢这样一种状态：太阳很好地照着，我在走，行人在走，微笑，我们对面相见不相识。心里却萌生出浅浅的欢喜，就像相遇一棵树、相逢一朵花。

◇◇ 花草可以让人安宁。

◇◇ 曾经我想过一个问题：这凡尘到底有什么可留恋的？原来，都是这些小欢喜啊。它们在我的生命里唱着歌，跳着舞。活着，也就成了一件特别让人不舍的事情。

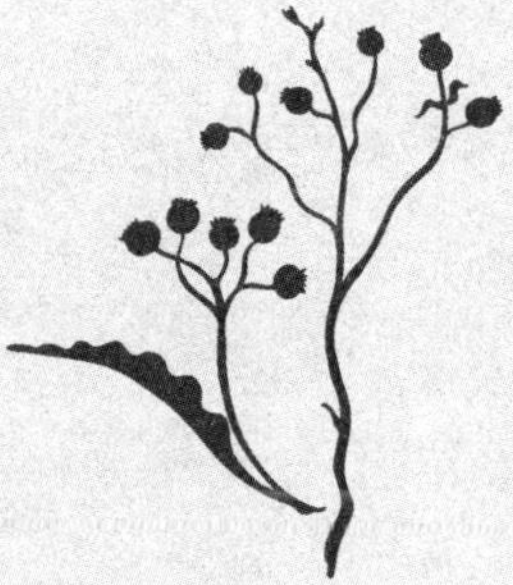

我们要在自己的心上，

种点什么才是，种花好，

种草亦行，

总之，不让它荒芜就好。

就像我妈那样，

她要种多多的荠菜，

赚多多的钱。

许明天一个梦想，

日子才会有着奔头。

许明天一个梦想

许明天一个梦想

我妈要扩种两亩荠菜地。

她信心百倍地对我说，等这两亩地，全种上了荠菜，我可发大财了。

世事在变，不过几十年的工夫，有的已变得面目全非。我们除了接受，别无法子。荠菜——这种过去纯粹的野菜，现在，也被广泛种植，成家养的菜了。

我很怀念从前挑荠菜时的野趣。那时，一入春，乐事里有一大件，就是去寻荠菜。田间地头，到处都晃动着我们的小身影，眼睛紧紧盯着草丛，那些新冒出的小草，跟荠菜几乎同一色，一样的翠绿柔嫩。那当口，眼神儿一定要尖，寻着了，高兴得心花怒放，欢叫声响成一片。采回家去，烧荠菜豆腐汤，鲜得透心。如果运气好，还能吃上荠菜饼、荠菜饺子，那跟过节差不多，简直要让人乐上天去。就是单单加了油盐爆炒一下，也能诱惑得我们多添上一碗饭。

我妈不懂什么野趣不野趣的，她天天蹲在野地里，她就是野趣中的一个。我妈现在一门心思要种荠菜。她尝到了甜头，一个春上，她挑荠菜卖，居然攒下五千多块钱。

她喜滋滋地掰着手指头，给我们算账，说，明年，再多种上两亩地，我就能赚成万的钱了。到那时，我也是个有钱人喽，想买什么吃，就买什么吃，想买什么穿，就买什么穿。

我笑着看她，七十多岁的老太太，被这个美好的愿望点燃着，兴兴的，竟露出欣欣向荣的样子来。

我有点羡慕我妈了。一年四季，春种秋收，她的心里，从不落空，总有个梦想在支撑着她。

想起多年前，听过的一首歌，旋律好听。歌名更是起得好，叫《一千零一个愿望》。里面的歌词亦很励志：

心里有好多的梦想，未来正要开始闪闪发亮，就算天再高那又怎样，踮起脚尖，就更靠近阳光。

动画做得很精美，画面上，一头可爱的小猪。正努力地攀爬着一棵大树，它爬呀爬呀，摔下来一次又一次，怎么也爬不上去，却一点也不气馁。因为，梦想就在树上朝着它招手，一团的碧绿，一团的繁花似锦。而月亮和星星，闪耀着光芒，就挂在树梢头。

我被那头小猪感动了。更确切地说，我被一种叫梦想的东西感动着。只有心怀梦想，未来才会闪闪发光。

我们也曾如那头小猪一样，怀揣着梦想，一路向前。也遇到过挫折，有过彷徨，但因为有梦想在，热情就在，日子还是倍感充实。

只是，从什么时候起，我们却丢失了梦想？我们丧失了激情、抱负和憧憬，在光阴里沉沦。我们不再眼神熠熠，斗志昂扬。我们在迷惘中迷惘、在失望中失望，迷迷糊糊地混着时光。一下子，春天过去了，一下子，秋天过去了，一下子，一年又过去了。我们会自己跟自己妥协，说老了、晚了，就这么将就着过吧。

晚吗？在一个书法展上，我认识了一个八十多岁的老书法家。他退休前，是一所大学的教授。他的书法，得到了大家一致推崇，说有松柏之风，又骨格奇秀，非几十年的功力不能够。询问他，老人家笑眯眯地摇头，说，我才写了不到十年。他七十多岁了，才开始练的书法。

——面对这样的老人家，你还好意思说晚吗？

我们要在自己的心上，种点什么才是，种花好，种草亦行，总之，不让它荒芜就好。就像我妈那样，她要种多多的荠菜，赚多多的钱。许明天一个梦想，日子才会有着奔头。

佳句精选

◇◇ 一年四季，春种秋收，她的心里，从不落空，总有个梦想在支撑着她。

◇◇ 我们要在自己的心上，种点什么才是，种花好，种草亦行，总之，不让它荒芜就好。就像我妈那样，她要种多多的荠菜，赚多多的钱。许明天一个梦想，日子才会有着奔头。

丰腴

四月最当得起“丰腴”二字。

它实在是，太丰腴了。

季节一到四月，如同民间女子走进皇宫，君王一回顾，她就成了贵妃了，一下子变得雍容华贵起来。光华灼灼！光华灼灼！让人真的不敢相认，她还是从前布衣荆钗的那一个吗！

这个时候，你怎么看，都是好的。躺着看，站着看，横着看，竖着看，落进眼底的，无一样不是兴高采烈的，不是饱满葱茏的。

花在不要命地开。

桃花、梨花、海棠、紫荆……哪一朵，都开得掏心掏肺的，都开得披肝沥胆的。

烂漫哪！

我在一树一树的花下走。头顶上或红或白，枝枝丫丫，都缀得满满的。心也就那么被填得满满的。随便往外一掏，都是一把好颜色，绚丽得让人能在瞬间被淹没。

风吹桃花。

风吹梨花。

风吹海棠。

风吹紫荆。

这世上，你还要怎样的好？我只想轻轻说，亲爱的，你慢些开吧，慢一些，不要急。

心里，忽地生出疼来，嫌它们开得太过火了。

怎么可以这么毫无保留！赤裸裸的，全是热烈，全是奔放哪。

是不是有种生命，只求这一瞬的燃烧？爱就要爱它个天翻地覆，死去活来。

这样的刚烈！

——爱原本就是件十分刚烈的事情。

像他，和她。一朝坠入爱河，分分秒秒也不肯撒手。也知道燃烧到顶点，会烦了倦了谢了，可那是将来的事。这一刻，他在，她在，他们心心相印，短暂的绚烂，足以照耀一生。

别笑爱情的疯狂。这或许才是爱的真正模样呢。我也想拥有这样的燃烧，哪怕就像飞蛾扑火，我的生命，也定会活出别样的意思来吧。

我盘腿坐在树下，让肩上落下一瓣两瓣的花。很想喝杯酒了。

真的，很想。虽然，我从不喝酒，且不会喝酒。可此情此景，唯有喝酒，才与之相配。

举杯俯仰之间，是把花也给喝进去了吧？我愿意，为之一醉。然后，就在花下小睡，睡成一朵丰腴的花，饱吸阳光，饱吸清风。我却似乎已活过了千年。

那人对我说，菜花贱。

是因为多。是因为不择地。是因为它不会隐藏自己一点点。

这时节，出门去，随便一搭眼，都能看到它的影。人家的花坛里，有那么几棵，也是开得轰轰烈烈的，丰腴得不得了。

它太把自己当主角了，让你有小小的不服，它怎么可以这么抢风头呢！

它还就是抢了。你认为它是平民小丫头，它却拿自己当公主。我看到一垃圾堆旁，也有一棵菜花，风姿绰约地在开。

你若移步到郊外，那才见识到它的不可一世呢。人家的屋，被它拥着抱着。屋旁的路，被它拥着抱着，一直蔓延到河边去了。河水里倒映着一地的黄，黄透了。天空也被染黄了呀。河里的鱼和水草，也被染黄了呀。你整个的人，也被染黄了呀。

美。真美。太美了。美得一塌糊涂。——你在它的丰腴里沦陷，实在找不出多余的词来形容它，你也只能颠三倒四地这么说。

贱命如它，终于让你刮目相看。

你看你看，有时出身并不重要。重要的是，你将以什么样的姿势盛开。

还是向一朵菜花学习吧，只管走着自己的路，在自己的心上，铺上一片沃土，盛开出一片丰腴。

有一段日子，我想减肥来着。

因为，大家的审美标准都是，骨感美人的。

我刻意少吃，刻意锻炼，反正怎么折腾能瘦下去，我就怎么折腾自己。

当我在四月的花跟前走了一走，我突然惭愧了。

没有一朵花，想着去减肥的。它们爱怎么开，就怎么开。能开得有多丰满，就开得有多丰满。

即便是一朵蒲公英，即便是一小朵婆婆纳，也竭力让自己变得丰腴。

那是美。

丰腴，也是一种美的。

中学时，跟同学回家。同学的母亲突然从屋内走出。其时天色将晚，光线暗淡。可是，她的母亲往门口一站，我的眼前，立即有种光芒四射的感觉，个高微胖的一妇人，面皮白，笑容温暖亲切，我几乎在一瞬间就喜欢上了。

多年后，我回忆，还记得她甫一出现时，我的惊艳。现在我想，若是换作一清瘦的干巴巴的妇人，断不会留下这样的美好记忆的。

我也要按我自己的样子开放。不妨丰腴一点，再丰腴一点，从身体，到心。

佳句精选

◇◇ 我在一树一树的花下走。头顶上或红或白，枝枝丫丫，都缀得满满的。心也就那么被填得满满的。随便往外一掏，都是一把好颜色，绚丽得让人能在瞬间被淹没。

◇◇ 这一刻，他在，她在，他们心心相印，短暂的绚烂，足以照耀一生。

◇◇ 举杯俯仰之间，是把花也给喝进去了吧？我愿意，为之一醉。然后，就在花下小睡，睡成一朵丰腴的花，饱吸阳光，饱吸清风。我却似乎已活过了千年。

◇◇ 还是向一朵菜花学习吧，只管走着自己的路，在自己的心上，铺上一片沃土，盛开出一片丰腴。

◇◇ 我也要按我自己的样子开放。不妨丰腴一点，再丰腴一点，从身体，到心。

养心

养颜，都知道。女人尤其，总希望自己是个不老的传奇。各类化妆品层出不穷，整容机构在大把赚着钱。

男人也不甘落后，人到中年，格外。他们用一个词来不断提醒自己，保养——养身、养颜。总想使自己的皱纹少一点，皮肤紧一点水一点，永远地容光焕发。人见面，常猜测年龄，总换来惊讶，说，呀，看不出你都四十好几了，像三十岁的小伙子哎。这边听着，心里便得意得冒泡泡。

忽略的，恰恰是养心。

心才是最易苍老的。

林黛玉对贾宝玉爱到极致，说了一句，我只为我的心。那一句，说得天也荒，地也老，竟是荒凉到孤岛之上。谁懂？！谁懂她的心！

你以为眼泪流在眼底。不，不，其实，是流在心底。你欢不欢喜，你疼不疼痛，心说了才算。

秘密藏在心里，是最让人没办法的。唉，总不能变成虫子，钻到你的心里去。但情到深处，却不要说出来，不要说，彼此的心，都懂的。

若是遇到一个懂你心的人，请不要辜负了。

心有多大呢？

它能容纳下这世上所有的相遇和别离。

当心再也盛不下时，整个的人，也就彻底崩溃了。

记得小时，后邻有女子，温婉有致，贤惠善良。某天，因受巨大伤害，突然精神失常，也不骂人，也不打人，只管自己对着一处发呆，口中念念的。

人去看她，她揪着自己的胸口对人说，我的心，疼呀，疼呀，疼呀。

看不见、揉不得的心！才真是疼。

肌肤受伤，可以慢慢治愈。心受伤了，是一时半会儿好不了的。

所以才有，暗自疗伤。

这个时候，唯有给时间一些耐心、再一些耐心，才会让心慢慢从伤痛中走出。怕只怕，到时走出来的心，也是千疮百孔的了。

一二十岁时，看到一个句子，哀莫大于心死。觉得特深沉，还把它特地抄录到笔记本上，不时拿出来炫炫，装装深沉。

那时能有什么哀呢！左不过是看见一瓣落花，会小小伤感一下。吟哦一句刚学会的古诗词：泪眼问花花不语，乱红飞过秋千去。又或是对着夕阳西下，感慨一下，日光流逝，又近黄昏。

等到了一定年纪，才懂得，心死了一点儿也不好玩，那是心如止水，心如死灰，是再不见一点生命的激情和波澜。

活着，如同死去。那才真的可怕。

每个人，都是一个江湖。

人在江湖，心会疲惫，会苍老，会丁酒。

这个时候，就必须留点时间和空间给心，养着它。

如养玉一样的，心也才会光润。

认识一女人，家境颇为艰难，为生之计，就是在菜市场口，摆一小摊，卖卖小物件。但每晚回家，她必给自己做上一两道小菜，用精致的小盘子装了，然后开了音乐，很有诗情画意地，享受她的晚餐。她说，悦目才能赏心，我要让我的心，在劳累一天之后，还是欢欢喜喜的。

欣赏她。纵使她活得再卑微，她的心，也活得很高贵。

要学会养心。

用美物养它。用美食养它。用诗歌养它。用音乐养它。用花鸟虫鱼养它。用鸟鸣雀叫养它。用雨声养它。用风声养它。

嗯，如果你有半天闲，不妨睡到草地上去，让心晒会儿太阳吧，心会很高兴的。

佳句精选

◇◇ 心才是最易苍老的。

◇◇ 给时间一些耐心、再一些耐心，才会让心慢慢从伤痛中走出。

◇◇ 每个人，都是一个江湖。

◇◇ 如养玉一样的，心也才会光润。

◇◇ 要学会养心。

用美物养它。用美食养它。用诗歌养它。用音乐养它。用花鸟虫鱼养它。用鸟鸣雀叫养它。用雨声养它。用风声养它。

初心

初心是什么?

是春天的第一棵嫩芽，刚刚钻出土来；是秋天的第一滴晨露，栖落在花蕊间；是夏天的青荷，送出第一缕香；是冬天的飘雪，在大地上印上初吻。

是大敞特敞的门户，热切地拥抱一切。哪怕风雨雷电。哪怕毒蛇猛兽。

初心里，哪有什么风雨雷电呢！哪有什么毒蛇猛兽呢！是相信这个世界的所有。相信鲜花。相信彩虹。相信笑容。相信温柔。相信纯真和善良。相信承诺。哪怕是谎言，哪怕是欺骗，也是坚信不疑的。

是那样竭尽全力想对一个人好，想爱这个世界，想与之天长地久。

是看不得悲伤、眼泪和疼痛。

是没有得失恩怨，没有猜忌、不安和阴谋。

是毫不设防。

是随时随刻，准备倾囊相赠。

花好月圆。日日都是人间四月天。

羡慕小孩子。

每个小孩，都有一颗初心。

看两个陌生的小孩初相见，是颇有意思的。

根本不用大人引荐，他们早已从对方身上，嗅出同类的气味。像两只小狗相遇，就那么好奇地、专注地，打量着对方，仿佛在打量另一个自己。

然后，一个突然不好意思地跑开去，把一张小凳子搬来搬去，弄出很大的响声。甚至不顾大人的阻挠和斥责，故意把沙子撒到吃饭的碗里。其实哪里是玩，只不过用这种方式，吸引另一个注意。眼神清清楚楚地是朝着另一个的，那里面在热切地无声地说，你也来呀，你也来呀。

另一个立即读懂，欢快地跑过去，跟着玩起来。

笑是他们最好的语言。他们挨在一起，一个笑，咯咯咯。另一个笑，咯咯咯。也没什么好笑的，但他们就是望着对方，笑个不停。

他们一笑，全世界的花儿都开了。

也只一盏茶的工夫，他们俨然已成旧相识，到哪里都手牵着手的。他奔跑，她也奔跑。她跳跃，他也跳跃。她绕着一棵树转圈，他也绕着。他叫她，佳佳妹妹。她喊他，阳阳哥哥。是两支小溪流相遇，欢欢喜喜地汇聚到一起，心里倒映着一个蓝天。

告别时，已变得难分难舍，总要哭闹好久。

是真心的舍不得舍不得呀。全世界所有的玩具都拿来，也不敌眼前的这个哥哥和这个妹妹呀。

大人们只觉得好笑，以为小孩健忘着呢，对他们这小小的初心，哪会当真。只是哄骗着，明天还会再来玩的呀。

他们破涕为笑，信以为真。哪里知道，人生有些相遇，只是偶尔的路过，再回不了头的。

过了小半年，他和她，玩着玩着，忽然丢下玩具，出一回神，嘴里碎碎念道，我想佳佳妹妹了，我想阳阳哥哥了。

是一朵花和另一朵花相遇，稍稍点一点头，就有无限的好意。初心晶莹，无关江山，无关风月，只关乎一个他，只关乎一个她，只想在一起，在一起。

不忘初心。有几人能做到不忘呢？

初相见，他对她说，我会一辈子对你好。眼神清亮，誓言叮当，地老天荒。

然一辈子太长了，走着走着，也就走岔了道。他不是他了，她亦不是她。陌上相逢，只剩陌生。

林黛玉说，早知今日，何必当初。

傻姑娘。她不知道的是，今日哪能和当初相比，当初捧出的是颗初心哪！是天也透亮，地也透亮。

人越长大，离初心就越远。

世间坚守一段生命容易，坚守一段初心，却难。

我们都把初心给弄丢了。

佳句精选

◇◇ 他们一笑，全世界的花儿都开了。

◇◇ 初心晶莹，无关江山，无关风月，只关乎一个他，只关乎一个她，只想在一起，在一起。

◇◇ 然一辈子太长了，走着走着，也就走岔了道。他不是他了，她亦不是她。陌上相逢，只剩陌生。

◇◇ 人越长大，离初心就越远。

◇◇ 世间坚守一段生命容易，坚守一段初心，却难。

深情

写下“深情”这个词时，我想到浓酽如酒的夜；想到冬霜在玻璃上开了花；想到香郁的咖啡；想到雨后的池塘，一池的莲花，笑微微的。

想到地广天阔的野外，一棵树对着另一棵树。

一只鸟对着另一只鸟。

一只羊跟着一只蝴蝶跑。

想到雨打芭蕉，秋风对枯荷。想到黛玉说：“我只为我的心。”

想到凤凰古城，沱江边的埙。轻轻一吹响，远古的气息，就风尘仆仆赶来。愿得一心人，白头不相离。

想到四千四百四十四米之上的羊卓雍措，那蓝玉一样的蓝。

多像一滴千年的眼泪，掉在上面。

是断桥边，白素贞那肝肠寸断的一声叫："相公哪！"千年的蛇精，也难逃一个"情"字。

是金岳霖得知林徽因离世，一个人关在办公室里号啕。而她的生辰，他给牢牢记住，每年都替她庆贺。记者登门采访，亦得不到他对她的任何话，他说，我所有的话，都应该同她自己说，我不能说。最后，却像个孩子似的，贪恋地看着记者手里林徽因的放大照片，请求道："你能把这个，送给我吗？"

这世上，最深的情，最真的爱，不是朝夕厮守，而是在距离之外，为你守望。

在一条巷子里，也总是会遇到一对老夫妇。

巷子是条老巷子，我上下班必经之路。巷道两旁植有石榴树和七里香，是我喜欢的。花开时节，石榴树上像悬着无数盏小红灯笼，一路挂过去。而七里香碎碎的小白花，像极满天星，把花香洒得密密麻麻，绊住了人的脚。这个时候的巷道看上去，有点世外桃源的意思，人人脸上都是和善静好的样子。

这对老夫妇，出来散步了，在黄昏时分。

老妇人坐在轮椅里，鹤发童颜。尤其是她的一双眼睛，饱满且亮，孩童般地欢欢喜喜着。她身后的老先生，清瘦矍铄，温文儒雅，推着她缓缓而行。他们仿佛是从杏花暖阳中走出来的。巷道两边都是他们的老熟人了，他们不停地跟这个打招呼，跟那个打招呼。一样的笑容，一样的语调，是花开并蒂莲。

一个数字足以说明一切，她瘫痪，三十余年。他守着，三十余年。

听闻的人，先是发一回愣，看着他们，半天，才冒出一句：“不容易哪。”

情起容易，难的是，一往而深。

她爱他，是那种偷偷藏在心里的。罗敷未嫁，然君却有妇。她与他之间，注定隔着一水盈盈。

可是，不能忘啊。过尽千帆，他还是她心中的唯一。

她去他住过的乡下，走他曾走过的路。在他出生的那个偏远小镇，她坐在邮局门口的石阶上，看两个稚童追逐着玩耍。想他也曾是其中的一个，她笑出两眶的泪来。

她去他念过书的小学，趴在铁栅栏上朝里望。守门的大爷问："姑娘，你找谁？"我找谁呢？她在心里问。茫然半天，她只得笑着摇摇头，说："我不找谁。"走过的每一个少年，都是他的曾经呵。

她后来去了他的老家。那个石头垒成院墙的小院子，她在他拍的照片上见过。小院子里有灯光渗出，他爹娘的声音，喁喁地响在院墙内。她多想敲门进去，终究没。她把一朵小野花，插在他家的院门上。对着看一看，再看一看。天空暗下来。星星们出来了。凉薄的露，打湿了衣。她该走了。

该走了。她转身，在心里默念着他的名字，一遍，一遍。她说，我走了。

今生今世，也就这样了，能想念多久，就想念多久。他永远也不会知道。

电影《情书》里，渡边博子给天堂里的藤井树写信：

“亲爱的藤井树，你好吗？我很好。”

我的窗外，雪开始飘了，一朵一朵，似茉莉花开。是等了很久的雪。

渡边博子在雪地里跑，一边跑，一边撕心裂肺地喊叫，你好吗？你好吗？你好吗？

我紧紧身上的衣，真冷。起身找一件毛毯，覆在膝上。绿蚁新醅酒，红泥小火炉——此刻，真想有啊。还有，陪伴着共饮的那一个。

一个人的信息适时抵达：“下雪了，你还好吗？”隔着夜幕沉沉，我怔怔地看着这一句，胸口突然一阵发热。

你还好吗？

只这一句问，便顶过世上千言万语。

佳句精选

◇◇ 这世上，最深的情，最真的爱，不是朝夕厮守，而是在距离之外，为你守望。

◇◇ 情起容易，难的是，一往而深。

◇◇ 过尽千帆，他还是她心中的唯一。

◇◇ 你还好吗？

只这一句问，便顶过世上千言万语。

不要让心长出皱纹

一帮中年人聚会，一女人盯着我细看，冷不丁来了句，你脸上怎么还没长皱纹？

去理发店。帮我洗头发的小女孩的手，鲜嫩得跟青葱似的，她在我头上弹啊弹啊，弹着弹着，突然顿了手，甜甜地问，阿姨，你的头发怎么这么黑，一根白的也没有？

跟陌生朋友见面，他们总要疑惑地，对着我上上下下，打量了又打量，问，你儿子果真那么大了吗？你看上去不像啊。

像？什么才叫像？就像小时写作文，写到母亲，必是皱纹密布的一张脸；黑发里，必是霜花点点；必是背驼腰弓，沧桑得不得了；必得有一点老态，才叫正常。仿佛到了一定年纪，非得烙上这个年纪的印记不可。涂红指甲，不可以！穿花裙子，不可以！你因一件好玩的事，忘情地跳着笑着，不可以！你还拥有好奇、激动、热血，不可以！

街上的喧腾热闹，都不带你玩了。新奇新鲜的玩意儿，都没你的份了。衣服也只能挑黑蓝紫的，质不必高，能遮身就行。出门不必化妆打扮，因为没人注目到你身上。时尚的话题，你没一句插得上嘴。你一边待着去吧，别碍手碍脚的，最好自个儿识趣地，搬把椅子，去太阳下打打盹。或养只小猫小狗，打发时光。你慢慢、慢慢地退到角落里去，没有人留意你的喜怒和悲欢，你被世界遗忘，渐渐地，你也被自己遗忘。

这叫什么逻辑！

我偏不！我想唱的时候，我就大声唱。我爱跳的时候，我仍忘情地跳，只要我还能跳得动。我还是爱囤积发圈、胸针、手链、挂件诸如此类的小物件。我还是好探险，喜欢跑到幽深的更幽深的地方去，因意外发现一棵开满花的老树，而万分惊喜地欢叫。对了，我还买了一堆气球放家里，没事时，吹着玩。

我堂哥，五十好几的人了，头顶已秃过半，眼角皱纹堆积。我们虽不常见面，但每次见面，我都喜欢跟他黏在一起，因为他好玩。有一次，我在房间做事，他在客厅，我突然听到客厅里传来他哈哈的笑声。我跑去看，发现他正在看动画片，动画片里，一只小老鼠把一只猫捉弄得狼狈不堪。我堂哥指着动画片叫我看，笑得上气不接下气，他说，你看，你看，你看那只小老鼠！那一刻，他可爱得让我想拥抱他。

人活的，原不是年纪，而是心态。只要心态不老，你就永远不会老。

记得我在念大学时，一老太太教我们历史。我们一帮青春娃，开始都很排斥她。可等听她上了几节课后，我们却一下子都狂热地爱上了她。她喜穿水粉的衫子，又描眉，又画唇，真是好看。上课时，她的肢体语言十分丰富，讲起历史典故来，眉飞色舞，引人入胜。课后，我们围住她聊天，她教我们怎么打蝴蝶结，告诉我们去哪条老街可以淘到好看的包和鞋子。春天，她和我们一起外出踏青，在闹市口，她买一艳丽的鸡毛掸子扛着。桃红鹅黄的鸡毛，插在一根长长的竹竿上，她扛着这团艳丽，在人群里走，实在招摇。我们虽不明所以，然跟着她的这团艳丽走，满心里，竟都是说不出的快乐和好玩。等走过闹市区，她这才对我们悄语，说买这个，是想扑蝴蝶来的。

好多年过去了，每每想起她，人群中的那团艳丽，和她一脸的小天真小狡黠，都令我不由得从内心里，散发出欢笑来。

我知道，有一天，我的脸上也会长出皱纹。我的头发，也会渐渐变白。我也终将老去。时光，这把镂刻岁月的刀，我也控制不了。但我，大可以让心，不长出皱纹。像我的历史老师那样，永葆着一颗童心，去好奇，去发现，去欢喜，去开怀。这对自己来说，是有福的，对身边的人、对这个世界，亦是有福的。多一份童趣，少一份怨恨和暮气，多好玩啊。

佳句精选

◇◇ 人活的，原不是年纪，而是心态。只要心态不老，你就永远不会老。

◇◇ 永葆着一颗童心，去好奇，去发现，去欢喜，去开怀。这对自己来说，是有福的，对身边的人、对这个世界，亦是有福的。多一份童趣，少一份怨恨和暮气，多好玩啊。

没有谁在原地等你

半夜三更，你跑来对我哭诉他的变心，首如飞蓬。你说当初他苦苦追你时，信誓旦旦，许诺过一生一世。婚姻十年，你付出太多，你甘愿放弃一切，做着全职太太，为他洗手做羹汤，为他生儿育女。他现在事业有成了，拣着高枝飞，竟要抛下你这个糟糠之妻。

当初的誓言都是假的！假的！他就是个陈世美！你恨恨。

我看看你，委实吃惊。记忆中的你，粉衣白裙，款款走在三月的花树下。你念过不错的大学，弹得一手好古筝，还会画些小画，虽不是光芒万丈，但也是灿若明珠一颗。

而现在，你发胖的身体，随意套在一件家居服里。你满脸都是怨怼和愤恨，你已跌落尘埃，成了一颗玻璃珠。

你还弹古筝吗？我问。

你愣一愣，不解地看着我，啊一声，说，早就不弹那个了，手指都僵硬了。

哦。我为你可惜。

我想讲一个小故事给你听。

多年前，我还是个小姑娘的时候，特别馋柿子。

对，就是那种软软的红红的，西红柿一般大小的，普通得不能再普通的水果。现在的农民种植多了，坡上地里，成片的。秋天的时候，柿子多得挂树上无人问津，只一任它挂着，小红灯笼似的，成了风景。

那时候却稀罕。我读书的小学边上，住一户人家，院子里长一棵很粗大的柿子树。十月的天，一树的柿子，黄澄澄的。那家人把柿子一只一只采下来，用洋石灰焐着。不消半天，那柿子就熟得红艳艳亮透透的。透过外面一层薄薄的皮，望见里面甜蜜的果肉在流淌。手上有零钱的孩子，下了课一路奔过去买。他们回教室时，吃得手上嘴上，都是红艳艳的汁液。我表面上装着不屑，心里却渴望得要死，眼睛的余光，扫到那红红的汁液，它的甜蜜，在我心里汇成小溪流，不息地流啊流啊。我以为，世上最好吃的东西，非柿子莫属。

后来，我终得闲钱一枚。午饭也顾不上吃了，我紧攥着那一枚硬币，迫不及待就往有柿子树的那户人家跑。当时，那家人正围坐桌旁吃午饭，他们奇怪地看着我，问，你做什么呢？我手里举着那枚硬币，我不好意思说是买柿子的，只嗫嚅着，低头踢脚下的土。那家妇人看看我手里的钱，似乎明白了，她说，家里没柿子了。我一惊，抬头看她，她的神情，没有一丝说笑的意思。我的心，一下子掉进冰窟窿里，委屈得快要哭了。我杵在那里，走也不是，不走也不是。妇人看看我，忽然叹口气，起身去了里屋，出来时，手上已托着一只红彤彤的柿子了。“这是留给我家大丫吃的，就剩这最后一个了，算了，给你吧。”她接过我手里的钱。

我不记得是怎么把那只柿子吃下去的。我只记得，那日的天空，有着不一般的蓝。校门口的小河边，开满了黄黄白白的野菊花，好看得要命。我快乐得一下午都想歌唱。

多年后，成筐又大又红的柿子放我跟前，我连碰都不想碰了，我早已不喜吃它。

是我变心了吗？从前对它深刻的眷恋，都是假的吗？不，不，柿子还是从前的柿子，而我，早已走过万水千山，见识过太多比柿子更好吃的水果。我的味蕾，已变得很挑剔。

所以，请不要怀疑当初的誓言，每一段感情，原都是真的。只不过，时过境迁，他已走过十万八千里，而你，还待在原地。

佳句精选

◇◇ 我不记得是怎么把那个柿子吃下去的。我只记得，那日的天空，有着不一般的蓝。校门口的小河边，开满了黄黄白白的野菊花，好看得要命。我快乐得一下午都想歌唱。

◇◇ 请不要怀疑当初的誓言，每一段感情，原都是真的。只不过，时过境迁，他已走过十万八千里，而你，还待在原地。

爱与哀愁

我养过两条小金鱼，一红一白，像两朵小花，在水里丌。

为这两条小金鱼，我特地买了一只漂亮的鱼缸。还不辞十来里，去城郊的河里，捞得鲜嫩的水草几根，放进鱼缸里。

专买的鱼食，搁在随手可取的地方。一有闲暇，我就伏在鱼缸前，一边给它们喂食，一边不错眼地看它们。它们的红身子白身子，穿行于绿绿的水草间，如善舞的伶人，长袖飘飘，煞是动人。

某天清晨，我起床去看它们，却发现它们翻着肚皮，死了。鱼缸静穆，水草静穆。我难过了很久。朋友得知，笑我，“它们是被你的爱害死的。”原来，给鱼喂食不能太勤，太勤了，会撑死它们。怅然。从此，不再养鱼。

我亦养过一盆名贵的花，叫剑兰。花朵橘红，叶柄如剑。装它的盆子也好看，奶白的底子上，拓印一朵秀气的兰花。一眼看中，目光再难他移。兴冲冲把它捧回家，当珍宝似的呵护着，日日勤浇水。不几日，花竟萎了，先是花苞儿未开先谢，后是叶片儿一点一点发黄、卷起，直至整棵植株腐烂掉。伤心不已，不明白，我这么爱它啊！还是朋友一语道破天机：“你浇水浇得太勤了，花给淹死了。”

自此，我亦不再养花。自知自己是个无法把握爱的尺度的人，爱有几分，哀愁就有几分。如同年轻时的一场爱恋。

那时，我满心里装着那个人，吃饭时，想他爱吃的。买衣时，想他爱穿的。天冷了，怕他冻着。下雨了，怕他淋着。路上偶尔看到一朵花开，也想着他，恨不得采了带给他。相处的过程，却不全是欢愉，他常常眉头紧锁，充满忧伤地望着我。那么近，又那么远，仿佛隔着山隔着水。我心里有不好的预感，只以为自己做得不够好，所以，更加倍对他好。到最后，他还是提出分手，分手的理由竟是，我太好了，他怕辜负。

爱一个人，原是爱到七分就够了，还有三分要留着爱自己。爱太满了，对他而言不是幸福，而是负担。这是经年之后，我才明白的道理。

我想起一个母亲，她结婚好几年，却一直没怀上。后来，她多方求医，终得一子。对那孩子自是宠爱有加，真正是含在嘴里怕化了，捧在手上怕跌了。就这样，那孩子一路被宠溺着长大，二十大几的人了，还是衣来伸手、饭来张口，整天不学无术。一不高兴，就对他母亲非骂即打。一天，他又伸手向母亲要钱，母亲没给，他动了怒，竟勒令母亲跪在地板上，一跪大半夜。一贯木讷的父亲，被激怒了，终于忍无可忍，趁儿子熟睡，一锤砸死儿子。警务室里，他的母亲哭得肝肠寸断，语无伦次说："作孽啊，作孽啊。"

为她痛惜，一个原本天真如雪的孩子，毁了。还有她，和她忠厚的男人，这辈子的伤痛，谁能疗治？

世上的道理，原都是这么简单，无论是爱物，还是爱人，都要有所节制。月满则亏，水满则溢，有时，太多的爱不是爱，而是巨大的伤害。

佳句精选

◇◇ 爱一个人，原是爱到七分就够了，还有三分要留着爱自己。爱太满了，对他而言不是幸福，而是负担。这是经年之后，我才明白的道理。

◇◇ 世上的道理，原都是这么简单，无论是爱物，还是爱人，都要有所节制。月满则亏，水满则溢，有时，太多的爱不是爱，而是巨大的伤害。

向着美好奔跑

阳光的影子，拓印在窗帘上，似抽象画。鸟的叫声，没在那些影子里。有的叫得短促，唧唧、唧唧，像婴儿的梦呓。有的叫得张扬，喈喈、喈喈，如吹号手在吹号子。

我忍不住跑过去看。窗台上的鸟，“轰”的一声飞走，落到旁边人家的屋顶上，唧唧喳喳。独有一只鸟，并不理睬左右的声响，兀自站在一棵矮小的银杏树上，对着天空，旁若无人地拉长音调，唱它的歌。一会儿轻柔，一会儿高亢，自娱自乐得不行。

鸟也有鸟的快乐，如人。各各安好。

也便看到了隔壁小屋的那个男人，他正站在银杏树旁。——我不怎么看得见他。大多数时候，他小屋的门，都落着锁，阒然无声。

搬来小区的最初，我很好奇于这幢小屋，它的前面是别墅，它的后面是别墅，它的左面是别墅，它的右面还是别墅。这幢三间平房的小屋，淹没在别墅群里，活像小矮人进了巨人国。

也极破旧。墙上刷的白石灰已斑驳得很，一块一块，裸露出里面灰色的墙面。远望去，像一堆空洞的眼睛，又像一堆张开的喑哑的嘴。屋顶上，绿苔与野草纠缠。有一棵野草长得特别茂盛，茎叶青绿，在那里盘踞了好几年的样子。有时，黑夜里望过去，我老疑心那是一只大鸟，蹲在那儿。孤单着，独自犹疑着，不知飞往何处去。他的小屋，没有灯光。

隐约听小区人讲过，他的父母先后患重病去世，欠下巨额债务，家里能变卖的东西，都变卖了。妻子耐不住清贫，跟他离了婚，并带走他们唯一的女儿。他成天在外打工，积攒着每一分钱，想尽早还清债务，接回女儿。

他的小屋旁，有巴掌大 块地，他不在的日子，里面长满野藤野草。现在，他不知从哪儿弄来一把锄头和铁锹，一上午都在那块地里忙碌，直到把那块地平整得如一张女人洗净的脸，散发出清洁的光。

他后来在那上面布种子，用竹子搭架子。是长黄瓜还是丝瓜还是扁豆？这样的猜想，让我欢喜。无论哪一种，我知道，不久之后，都将有满架的花，在清风里笑微微。那我将很有福气了，日日有满架的花可赏，且免费的，多好。

男人做完这一切，拍拍双手，把沾在手上的泥土拍落。太阳升高了，照得他额上的汗珠粒粒闪光。他搭的架子，一格一格，在他跟前，如听话的孩子，整齐地排列着，仿佛就听到种子破土的声音。男人退后几步，欣赏。再跨前两步，欣赏。那是他的杰作，他为之得意，脸上渐渐浮上笑来。那笑，漫开去，漫开去，融入阳光里。最后，分不清哪是他的笑，哪是阳光了。

生活或许是困苦的、艰涩的，但心，仍然可以向着美好跑去。如这个男人，在困厄中，整出了一地的希望——一粒种子，就是一蓬的花、一蓬的果、一蓬的幸福和美好。

佳句精选

◇◇ 有一棵野草长得特别茂盛，茎叶青绿，在那里盘踞了好几年的样子。有时，黑夜里望过去，我老疑心那是一只大鸟，蹲在那儿。孤单着，独自犹疑着，不知飞往何处去。

◇◇ 那是他的杰作，他为之得意，脸上渐渐浮上笑来。那笑，漫开去，漫开去，融入阳光里。最后，分不清哪是他的笑，哪是阳光了。

◇◇ 生活或许是困苦的、艰涩的，但心，仍然可以向着美好跑去。

素心如简

有好多年了，我一直居住在郊区，虽然离上班的地方远了些，但我喜欢那里的清幽。树木夹道，花草的香气，总是不分季节地在空气中缠绵。我喜欢沿着屋后的小道，漫无目的地走，走着走着，就走到人家的农田边上去了。我可以看看豌豆开花，青菜展开肥绿的叶，瓜藤上挂着绿宝石一样的果。

我也顶喜欢到一家厂房的门口去，那里新开了一家小店，卖面条，也卖米和菜油。有时懒了，不想做饭了，我就去买上一块钱的面条回来下。

小店实在袖珍，是厂房斜搭出来的一块廊棚，周围用砖砌了墙。原先大概是作收藏杂物之用，十来平米的样子，租金应该不贵。

开店的是一对夫妇，三十来岁的年纪，貌相普通，但看起来却清清爽爽。无论什么时候遇到，都能望见他们脸上的笑，憨憨的，亮亮的，让人觉得又亲切、又舒服。

夫妻二人配合默契，一个和面，一个必持了水瓢添水。一个称秤，一个则收钱。也没见孩子，倒见着流浪猫几只，在他们的店门口撒欢。他们用小花碗给小猫们喂食。有人拿起那花碗端详，可惜道："这么漂亮的碗啊。"他们只是笑笑，照旧拿小花碗给猫喂食。

当黄昏的金线，一丝一丝拉开，他们的小店就打烊了。人问："不做生意了？"他们笑答："不做了，要跳舞去。"都换上了鲜艳的衣裳，男人开电瓶车，女人在后面坐着，一溜烟往市区的广场去了。那里，每日里都有一群人，在黄昏时分起舞。

有时也见他们在店门口跳。旁有巴掌大的空地，上面种着葱，长着蒜。绿油油的，很招人。流浪猫三四只，黑花白黄，绒球球似的，在葱里面打闹翻滚。男人教女人走舞步，一二三四，一二三四。路过的人停下，看着，笑。惊讶的有，更多的，却是羡慕。大有大幸福，小有小幸福。能这样与幸福握手拥抱的，能有几人？

一次，我去买面条。女人正在包藕饼，洁白嫩润的藕片，云朵样堆在手边。她放下手上的活，冲我笑，“来啦？”麻利地给我称上一块钱的面条。

我说：“包藕饼呢。”

她说：“啊，对，我叫它素心饼呢。”

“为什么叫素心饼？”我好奇，这名儿太让人心动。

“我随便取的，你看，藕的这一个一个小孔，像不像心？”她拿起一片藕让我看，她脸上有孩子般的天真。屋外的大光，在藕孔里浮游，那些小孔，看上去，真的像一颗颗透明的心。

她装藕饼的盘子亦好看，白瓷的，上面盘着蓝色的碎花。她见我盯着她的盘子看，遂笑着告诉我，那是她挑的，她就喜欢漂亮的碗啊碟子的。“我家里那个人也喜欢。”她补充道。

我第一次认真打量他们的小屋。一条粉色的布帘子搭着，里面做了他们的起居室。面粉袋和米袋整齐地码在墙边。一个灶头的小煤气灶，挨门口放着。切面条的案板占去了屋内大半个地方，局促到转身也难。但装幸福，足够了。

男人去酒店送面条回来了。油锅里的油温升起来，翠绿的葱花撒下去，爆出香。男人探头进来，说："好香。"女人抬头冲男人笑，应道："饭就快好了。"

我提着面条跟他们告别，心变得快乐轻盈。我踩着林荫道上树的影子，向着我的小家走去，觉得这活着的有意思。素心如简，他的笑脸，她的笑脸，让一屋子的简陋，变得璀璨华贵。

佳句精选

◇◇ 大有大幸福，小有小幸福。

◇◇ 屋外的天光，在藕孔里浮游，那些小孔，看上去，真的像一颗颗透明的心。

◇◇ 切面条的案板占去了屋内大半个地方，局促到转身也难。但装幸福，足够了。

◇◇ 素心如简，他的笑脸，她的笑脸，让一屋子的简陋，变得璀璨华贵。

每一棵草 都会开花

去乡下，跟母亲一起到地里去，惊奇地发现，一种叫牛耳朵的草，开了细小的黄花。那些小小的花，羞涩地藏在叶间，不细看，还真看不出。我说，怎么草也开花？母亲笑着扫过一眼来，淡淡说，每一棵草，都会开花的。愣住，细想，还真是这样。蒲公英开花是众所周知的，黄灿灿的，像小菊花。即便结果了，也还像花，白白的绒球球，轻轻一吹，满天飞花。狗尾巴草开的花，就像一条狗尾巴，若成片，是再美不过的风景。蒿子开花，是大团大团的……就没见过不开花的草。

曾教过一个学生，很不出众的一个孩子，皮肤黑黑的，还有些耳聋。因不怎么能听见声音，他总是竭力张着他的耳朵，微向前伸了头，作出努力倾听的样子。这样的孩子，成绩自然好不了，所有的学科竞赛，譬如物理竞赛、化学竞赛，他都是被忽略的一个。甚至，学期大考时，他的分数，也不被计入班级总分。所有人都把他当残疾，可有，可无。

他的父亲，一个皮肤同样黝黑的中年人，常到学校来看他，站在教室外。他回头看看窗外的父亲，也不出去，只送出一个笑容。那笑容真是灿烂，盛开的野菊花般的，有大把阳光栖在里头。我很好奇他绽放出那样的笑，问他，为什么不出去跟父亲说话？他回我，爸爸知道我很努力的。我轻轻叹一口气，在心里。有些感动，又有些感伤。并不认为他，可以改变自己什么。

学期要结束的时候，学校组织学生手工竞赛，是要到省里夺奖的，这关系到学校的声誉。平素的劳技课，都被充公上了语文、数学，学生们的手工水平，实在有限，收上去的作品，很令人失望。这时，却爆出冷门，有孩子送去手工泥娃娃一组，十个。每个泥娃娃，都各具情态，或嬉笑，或遐想，或跳着，或打着滚，活泼、纯真、美好，让人惊叹。作品报上省里去，顺利夺得特等奖。全省的特等奖，只设了一名，其轰动效应，可想而知。

学校开大会表彰这个做出泥娃娃的孩子。热烈的掌声中，走上台的，竟是黑黑的他——那个耳聋的孩子。或许是第一次站到这样的台上，他神情很是局促不安，只是低了头，羞涩地笑。让他谈获奖体会，他嗫嚅半天，说，我想，只要我努力，我总会做成一件事的。刹那间，台下一片静，静得阳光掉落的声音，都能听得见。

从此面对学生，我再不敢轻易看轻他们中任何一个。他们就如同乡间的那些草们，每棵草都有每棵草的花期，哪怕是最不起眼的牛耳朵，也会把黄的花，藏在叶间，开得细小而执着。

佳句精选

◇◇ 每一棵草，都会开花的。

◇◇ 刹那间，台下一片静，静得阳光掉落的声音，都能听得见。

◇◇ 从此面对学生，我再不敢轻易看轻他们中任何一个。他们就如同乡间的那些草们，每棵草都有每棵草的花期，哪怕是最不起眼的牛耳朵，也会把黄的花，藏在叶间，开得细小而执着。

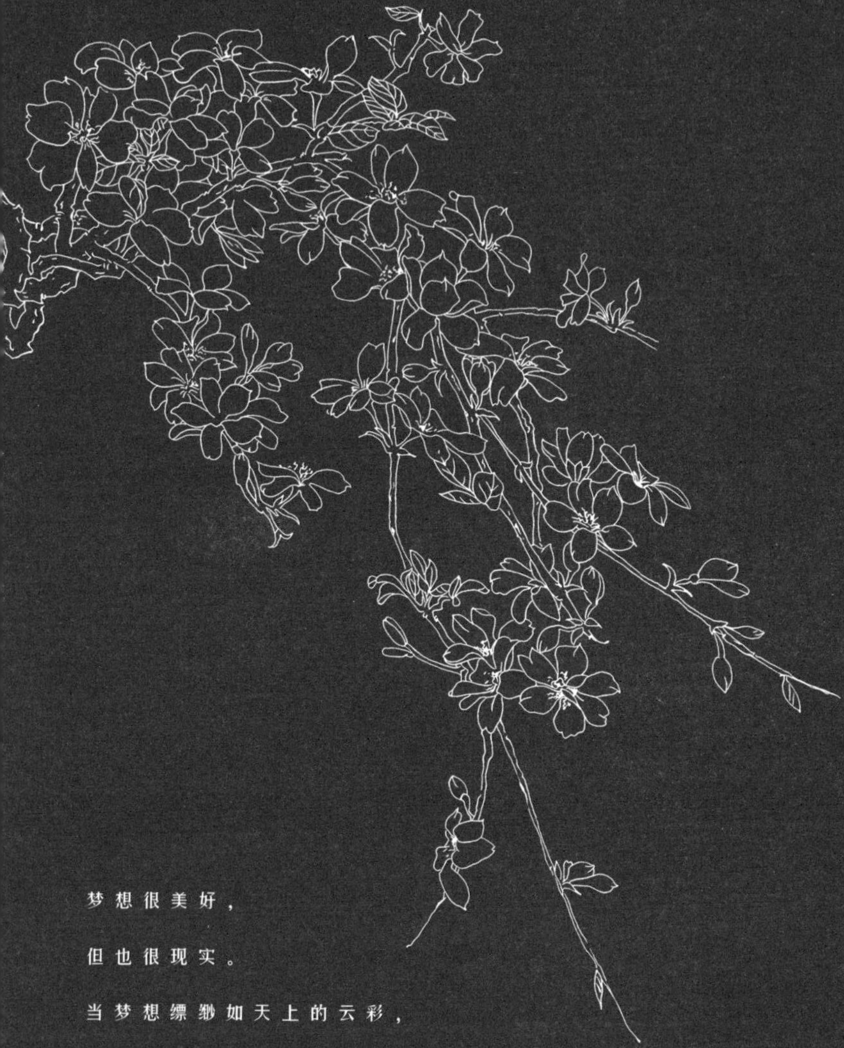

梦想很美好，

但也很现实。

当梦想缥缈如天上的云彩，

任我们再踮起脚尖，

也无法与它相握，

这时，

我们要学会的是，

适时放手，

让梦想拐个弯。

让梦想拐个弯

坚持

他和一拨人一起去爬山。

起初都是兴致勃勃着的，他们一路上赏花赏草，听流水叮咚，谈笑风生。可爬着爬着，就觉得无趣了，又累又单调。朝上望望，望不到顶，山峰似在云端，那么遥遥。

山顶上有人下来，一个个走得气喘吁吁。

“山上可有什么好玩的？”他们停下来相问。

答：“没有，只一座破庙而已。”

这么辛苦地攀爬上去，只为了看座破庙？他们中有人动摇了，放弃了攀爬，留在半山腰，拍照——到此一游。留此存证。而后，这部分人满足地转身下山。此趟游山，算是告一段落。

他和另一部分人，继续向山上爬去。越往上，山路越是陡峭，他们爬得近乎虚脱。山顶上又有人下来，走得气喘吁吁的。他们停下来相问：“山顶上可有什么好玩的？”

答：“没有，只一座破庙而已。”

“哦——”坚持着的这部分人，轻呼一声，站在原地踌躇。他们劝他，上面就一座破庙，有什么看头呢？还不如早点下山去，找家茶馆，喝喝茶、打打牌。

他笑着摇头：“不，你们回吧，我还是想上去看看。”这部分人见劝不动他，关照他几句，自行下山去了。他敲敲酸疼的腿，继续走着他的路。

途中，他遇到一只小松鼠。小松鼠跟个孩子似的，蹲在一块石头上，好奇地打量他。他跟它打招呼：“嗨，小家伙，你好啊。”小松鼠听懂了似的，冲他点点头。又打量他一回，这才遁入身后的树丛中去了。

他嘴角含笑，快乐得像回到孩童时代。因这份快乐的支撑，余下的攀爬，竟轻松了许多。

他又遇到两棵奇树。树干是各自生长的，到树梢，却合二为一。像两个贴面拥抱着的人。自然万物，原也各有各的恩爱的。他站着看一回，莫名地感动。

他还遇到一块石碑。石碑上刻的字，已模糊。他弯腰辨认很久，辨认出其中几个字："当年箫鼓，荒烟依旧。"他想到元好问的《雁丘词》，心里好一阵激动。岁月的风雨有几番吹打呢？在这上山的路上，也将印着他的足迹。

他终于抵达山顶。诚如下山的那些人所言，山顶上的确只一座破庙。年代久远了，僧人的踪迹已无处可寻。他站定在庙门口，看着风吹进敞开的窗户，香火的气息，自岁月的烟尘深处飘来。他两眼微湿。浑身的酸疼都可忽略了，他的心里，只有欢喜——他来了，他没有错过。

有对上山来的年轻人看到他，非要拉着他合影不可。"老人家，您真不简单，能爬上这么高的山。"他们说。一左一右簇拥着他，笑对镜头。说回家之后，要把这张合影，常拿出来看看。这年，他七十有五。

他是在一次聚会时，遇见我，给我讲这个故事的。八十岁的人，看上去，不过六七十，话语铿锵，精神饱满。故事却平淡着，像一杯寡淡无味的白开水，我竟听得怦然心动。

我从他的故事里，读懂了两层含义：

之一，不管怎样的坚持，总会有所收获的。

之二，坚持到底，就是胜利。

我以为，一些干涸的心灵，是需要这杯白开水润泽的。

佳句精选

◇◇ 自然万物，原也各有各的恩爱的。

◇◇ 他站定在庙门口，看着风吹进敞开的窗户，香火的气息，自岁月的烟尘深处飘来。他两眼微湿。

◇◇ 不管怎样的坚持，总会有所收获的。

◇◇ 坚持到底，就是胜利。

人淡如菊

问阮新买了一只蓝瓷瓶，蓝宝石一样的，莹润剔透。瓶身丰满，瓶颈却细而长，宛如穿着大裙摆的小姑娘，在引颈起舞。阮说，春天你可以插枝桃花，夏天可以插枝荷，秋天可以插枝金桂，冬天可以插枝腊梅。

阮是开花店的。因喜欢花草，我经常光顾一些花店，由此结识了不少花店老板，每每有了新品种，他们总不忘给我发个短信，或打个电话。其中，就有阮。

阮不过三十出头，是这些花店老板中最年轻的，长相斯文，举止温和。他的花店，开在一条偏僻的巷子里，远离闹市。一小间平房，摆满各种花草，却取名：陶言瓷语。很特别。隔三岔五地，我会主动跑去阮的花店看看，不为看花，只为看看他装花的那些瓶瓶罐罐，一律陶瓷的，或活泼俏丽，或古朴素淡，或高贵典雅。阮常常出其不意地摆出一些来，颜色的纷繁自不必说，造型也别具一格，少有重样的。一株普通的花，凤仙花，或是秋菊，装在那些陶罐瓷瓶里，立马变得光彩照人。是灰姑娘走进王宫了。

价钱自然也不菲。来阮的花店逛的客，并不多，大多数人更愿意去买泥盆子装的花，便宜得很，三五块钱能买上一大盆，一季开完了也就完了，随手扔进垃圾桶，毫不可惜。阮的生意，便显得有些清淡，常常我去时，店里一片静。那些好看的瓶瓶罐罐，摆了一花架，有的上面开着花，有的没有，遗世独立的模样。劝阮，也顺带卖卖廉价的花嘛。阮只笑笑，并不在意，把一株开着小红花的海棠，移进一只浅灰的陶罐里，顺手标上价：200元。他把那罐海棠，摆到了店门口。走过的人，忍不住看上一眼，回头，再补上一眼。绿的叶，红的花，与浅灰的罐身搭配，像幅立体的油画。阮也不招徕，也不吆喝，一任大家看着，再走远。阮说，懂花的人，自然懂的。语气缓缓，像微风拂起清波。

也真是有人懂。常来阮花店里逛的，除了我，也很有那么几个老顾客。他们跟阮说说笑笑，把店里每样陶瓷都用眼光抚摸一遍，最后，把喜欢的打包了。并问阮，底下将有什么新作品。到这时，我方才知道，阮店里摆出的陶罐瓷瓶，原都出自阮的手。每一件，都是阮亲自设计的，再花了重金，到陶瓷厂定做。

曾经的辉煌，更让人吃惊。名牌大学毕业的，出国镀过金，披了一身光环回来，在大都市拥有年薪几十万的职位。一次旅途中，阮偶然与陶瓷相遇，从此爱上。加上自幼喜欢花草，遂辞了职，回到小城，开了这家花店。

我想过要问问阮，有没有为他的选择后悔过？但看着埋首在一堆花草中，静好得犹如那些陶罐瓷瓶的阮，我终究没问。有顾客来，看中店里一罐绿萝，不还价，爽快地付钱，当宝贝样地捧走。阮微微笑着，站在门口，目送着那罐绿萝远去。

有人羡慕阮，可以有勇气与众不同。有人又说他傻，丢掉优裕繁华，太不值得。到阮这里，都变得波平浪静了，阮只走着自己的路，人淡如菊。——这也是生活的一种，看似简单，是我们许多人望尘莫及的。

佳句精选

◇◇ 绿的叶，红的花，与浅灰的罐身搭配，像幅立体的油画。阮也不招徕，也不吆喝，一任大家看着，再走远。阮说，懂花的人，自然懂的。语气缓缓，像微风拂起清波。

◇◇ 有人羡慕阮，可以有勇气与众不同。有人又说他傻，丢掉优裕繁华，太不值得。到阮这里，都变得波平浪静了，阮只走着自己的路，人淡如菊。

放慢脚步

高中同学R，突然辞了职，放着百十万的年薪不要，从繁华旖旎的大上海，跑到遥远偏僻的海边滩涂去，租下一块地，搭了窝棚，修篱种菊，做起隐士。

这个消息，让我们吃惊。当年，R是我们一帮同学中最为出众的，整日里像张鼓满风的帆，猎猎飞扬。他有句口头禅："时间不等人，再不努力，就晚了。"这句话常被老师拿来教育我们。

考大学时，R毫无悬念地考上了重点大学。大学期间，他又因成绩格外优异，被保送读研。然后，出国读博。一路春风得意马蹄疾。

读博归来，向R敞开大门的大公司，有数十家。R最后选择了上海的一家，他认为，只有像上海那样的大都市，才更利于他施展拳脚。他如鱼得水，在公司的地位扶摇直上，一直做到副总。

我们有事路过上海，R很热情地招待我们。他白皙儒雅，意气风发，完全一副成功人士模样。却忙，和我们吃一顿饭的工夫，他接了几十个电话。我们打趣他：“你真是个大忙人哪。”他歉意地笑：“没办法，停不下来了。”有一回，他接了个电话，不得不中途撂下我们，说公司有急事，他得赶回去。他一阵风似的，走了。我们有些羡慕他，又有些同情他，总觉得他被什么绑架了，失了自由。

我们几个高中同学相约，找去海边滩涂，看望R。出现在我们眼前的R，让我们颇感意外。他变黑了，身体健壮，一件汗衫套着，跟当地的渔民别无二致。他正在搭一蓬黄瓜架子，说要长黄瓜。他身后的窝棚顶上，已爬满绿的藤蔓。他说，那是他长的丝瓜。几只鸡，在屋前的菜地里觅食。不远处，横亘着一条清澈的小河，河边野葵朵朵。小河过去是竹林。竹林过去是蓝天。看得我们心动，这真是块修身养性的好地方。

自酿的葡萄酒竟也是醉人的。R的脸微红着，告诉了我们一个秘密：三年前，一次例行体检中，医生宣判了他的“死刑”，肺癌，晚期。

接到宣判的那一刹那，他如五雷轰顶。他想他的一生，几乎都在疾走之中，沿途的风景，从没有欣赏过。“我不服啊！”R猛喝一大口葡萄酒，说。痛定思痛，他作出一个重要决定，临死之前，他要好好待自己，听凭心的喜欢，抛却俗世追逐，过几天真正属于自己的日子。

他来滩涂住下，种花种菜，安享自然。他过了一年。又过了一年。极意外地，他的身体竟朝着好的方向发展。再去医院检查，给他宣判过“死刑”的医生，直呼不可思议。R笑了，R真心实意说：“现在，我才真的体会到，人生不用那么急着赶路，适当放慢脚步，才能更好地拥有。”

饭后，R领我们去海堤上听风。“海堤上的风是很有意思的，有时像吹长笛，有时像吹短号。”R说。他轻轻坐下来，微微闭起眼睛。风吹起他额角的发，太阳光爬上他的脸，他安详得像一棵草。我们看着，都心有所动。人的一生中，到底什么才是最重要的？有时，不妨放慢你前行的脚步，让生命沐着自然的光泽，生命才不至于早早枯萎。

佳句精选

◇◇ 人生不用那么急着赶路，适当放慢脚步，才能更好地拥有。

◇◇ 人的一生中，到底什么才是最重要的？有时，不妨放慢你前行的脚步，让生命沐着自然的光泽，生命才不至于早早枯萎。

让每一个日子，都看见欢喜

一个从小在都市长大的女孩，受过良好教育，通音律，会钢琴，还出国留过学。回国后，她在城里拥有一份让人称羡的工作，生活安逸无虞。一次偶然机会，她去大山里游玩，被大山深深吸引住了，从此魂牵梦萦。

后来，女孩毅然决然放弃了城里的热闹与繁华，跑到大山里，承包了土地种梨树。从没握过农具的手，在挖下第一个土坑时，手上就起了血泡。疼，疼得钻心。前来看她的母亲，抱住她哭，求她，我们回去吧。她却执意留下。当昔日的同事，坐在开着空调的咖啡厅里，听着音乐，品着咖啡时，她正顶着烈日，在给梨树施肥除草。渴了，就弯腰到山泉边，捧上一口溪水喝。累了，就和衣躺到草地上，头枕着山风，休息一会儿。

熟悉她的人，没有一个不说她犯傻。读了二十多年的书，接受了那么多现代教育，最后却把那些统统丢弃了，跑到大山里做起山民，这人生过得还有意义吗？

有记者拿了这个问题去采访女孩。女孩没有直接回答，而是带了记者去她的梨园。一路上，野花遍地，女孩边跑边采。时有调皮的小松鼠，从林中蹿出来，女孩冲它招招手。鸟亦多，两年的山里生活，女孩已能叫出不少鸟的名字了。梨花刚开过，青青的果，花苞苞似的冒出来。女孩轻轻掀开一片叶，让记者看她的梨。女孩说，你看，它们一天一天在长大，将会有好多人吃到它们的甜。

女孩是真心实意喜欢上山里的日子，清静，碧绿，还有鸟叫虫鸣常伴左右。女孩说，在这里，我每天都望见欢喜，我觉得很幸福。

女孩的故事，让我想起老家的烧饼炉子。烧饼炉子在老街上，我小的时候，它就在。摊烧饼卖的，是个男人，高高的个头，背微驼。他把揉好的面，摊在案板上，手持一根小棍，轻轻轧，轧成圆圆的一块。再挖一大勺馅，加到里面。把它揉圆，再摊开，撒上芝麻，贴到烧红的炉子边缘上。旁边等的人，会不时关照两句，师傅啊，多放点馅啊。师傅啊，多撒点芝麻啊。他一一答应。

他的烧饼炉子，一摆就是四十多年。他靠它，把两个女儿送进大学。如今，女儿出息了，一个在北京，一个在深圳，都有房有车，要接他去安享晚年。他去住了两天，住不惯，又跑回来，守着他的烧饼炉子。每天清晨五点，他准时起床，生炉子，和面，做馅。不一会儿，上学的孩子来了，围住他的烧饼炉子，小鸟似的，唧唧喳喳地叫，爷爷，多放点馅啊。爷爷，多撒点芝麻啊。他笑眯眯地应着，好，好。

你看，这一茬又一茬人，是吃着我的烧饼长大的。他呷一口浓茶，望着街上东来西往的人，无比安然地说。那只茶杯，紫砂的，也很有些年代了。问他，果然是。跟他三十年了，都跟出感情来了，成了他须臾不离的亲密伙伴。

人生到底怎样活着才有意义？我想，遵从内心的召唤，认认真真地活着，让每一个日子，都看见欢喜，这或许才是它最大的意义所在。

佳句精选

◇◇ 梨花刚开过，青青的果，花苞苞似的冒出来。女孩轻轻掀开一片叶，让记者看她的梨。女孩说，你看，它们一天一天在长大，将会有好多人吃到它们的甜。

◇◇ 人生到底怎样活着才有意义？我想，遵从内心的召唤，认认真真地活着，让每一个日子，都看见欢喜，这或许才是它最大的意义所在。

与自己和解

一只瓢虫，爬上我的书桌。我用一本书去挡它的道，它稍稍愣了会，仿佛有点纳闷。尔后它伸出触角，小心地碰了碰那本书，那本书对于小小的它来说，无异于一座山丘。

我以为它要一往无前的，然它放弃了。它果断地转身，向着别处爬去。我又用书去挡，它诧异地停下，重复先前的动作，用触角去碰那本书。等它确信，它不能推翻掉那本书时，它突然扇动翅膀，飞到近处的窗帘上。窗帘的柔软，让它觉得舒适，它稍事休息，又继续它的愉快之旅。我把窗子拉开一条缝，很快，它从那条缝隙里，爬出去了，它回到了它的自然里。

我在心里祝福了这只瓢虫，它很聪明，懂得适时放手，与自己和解。

我们人，有时却不及一只瓢虫。

认识一个叫荷的女子，才华横溢，写一手好文章，漫画也画得极有特色，是一家出版公司的图书策划编辑。出色的才干，让她很快脱颖而出，成了那家出版公司的顶梁柱。白天，她奔赴在一家又一家的图书市场，搞调研，写策划方案。晚上，她一头埋进约稿堆里，写作，画漫画。常常她的文章写完了，漫画画好了，窗外的天空，已发白。

“累，真累。”这几乎成了她的口头禅。她的日子里，仿佛覆盖着一场又一场大雾，茫茫复茫茫，无尽头。她没有时间完完整整听一首音乐，没有闲情去看一部电影。更遑论听听花开的声音，看看云飘的样子，她甚至没有时间，好好谈一场恋爱。

也知道这样的日子，过得很不是滋味，整天憔悴着一张脸，未老先衰，却不能停下奔跑的脚步。“我一天不努力，也许就被别人甩得远远的了。”她说。

重重压力之下，她变得越来越不快乐，最后，竟患上了严重的抑郁症。一天，她趁人不备，跳了楼。

惋惜！那些文章，她完全可以少写一些；那些漫画，她完全可以少画一点。生命之弦，原有它承载的极限和底线，绷得过紧，势必弦断。

朋友倩也曾是个十分要强的人。她经营一家大型超市，事必躬亲，事无巨细，常常累得人仰马翻，心情烦躁。直到有一天，四岁的女儿哭着对她说："你不是我妈妈。"她大惊失色，忙问为什么。女儿答："小朋友的妈妈，都陪小朋友玩，你从来没有陪我玩过。"

倩的心，像被一把锐器划过，尖利利地疼。那天，她放下手头一切工作，带女儿去逛公园，陪女儿去吃必胜客，她们一直玩到很晚才回家。月亮升起来了，皎洁圆润，她和女儿头挨头地一起看月亮。女儿摸着她的脸，稚嫩的声音，把她的心泡软，女儿说："妈妈，你的脸像月亮，我好喜欢呀。"倩的眼睛湿了，那一刻，她忽然明白了，她想要的生活是什么。钱永远赚不完的，而与女儿的相守，每一分每一秒，都是难能可贵不可再生的。

从此后，倩放缓了前行的脚步，主动与自己达成和解。她告诉我，现在她每天都去幼儿园接女儿。当她牵着女儿的小手，从一棵一棵的梧桐树下走过，从大朵大朵的美人蕉旁走过，小麻雀们排着队在树上唱歌，她嗅到了幸福的味道。

佳句精选

◇◇ 我在心里祝福了这只瓢虫，它很聪明，懂得适时放手，与自己和解。

◇◇ 生命之弦，原有它承载的极限和底线，绷得过紧，势必弦断。

◇◇ 当她牵着女儿的小手，从一棵一棵的梧桐树下走过，从大朵大朵的美人蕉旁走过，小麻雀们排着队在树上唱歌，她嗅到了幸福的味道。

格桑花开的那一天

在进入了无人烟的大草原深处之前，他的心，是空的。他曾无数次想过要逃离的尘世，此刻，被远远抛在身后。他留恋它吗？他不知道。

远处的雪山，白雪盈顶，像静卧着的一群羊，终年以一副姿势，静卧在那里。鸟飞不过。不倦的是风，呼啸着从山顶而来，再呼啸着而去。

他想起临行前，与妻子的那场恶吵。经济的困窘，让曾经小鸟依人的妻子，一日一日变成河东狮吼，他再感觉不到她的一丝温柔。这时刚好一个朋友到大草原深处搞建筑，问他愿不愿意一同去。想也没想，就答应了。从此，关山路遥，抛却尘世无尽烦恼。

可是，心却堵得慌。同行的人说，到草原深处后，就真正与世隔绝了，想打电话，也没信号。他望着银灰色的手机，一路上他一直把它揣在掌心里，揣得汗渍渍的。此刻，万言千语，突然涌上心头，他有强烈的倾诉的欲望。他把往昔的朋友在脑中筛了个遍，也找不到一个可以说话的。他亦不想把电话打给妻，想到妻的横眉怒目，他心里还有挥不去的阴影。后来，他拨了家乡的区号。随手按了几个数字键，便不期望着有谁来接听。

但电话却很顺利地接通了，是一个柔美的女声，唱歌般地问候他，你好。

他慌张得不知所措，半晌，才回一句，你好。

接下来，他也不知哪来的勇气，不管不顾对着电话自说自话，他说起一生的坎坷，他是家里长子，底下兄妹多，从小就不被父母疼爱。父母对他，极少好言好语过，唯一一次温暖，是十岁那年，他掉水里，差点淹死。那一夜，母亲把他搂在怀里睡。此后，再没有温存的记忆。十六岁，他离开家乡外出打工，省吃俭用供弟妹读书，弟妹都长大成人了，过得风风光光，却没一个念他的好。后来，他凭双手挣了一些钱，娶了妻，生了子，眼看日子向好的方向奔了，却在跟人合伙做生意中被骗，欠下几十万的债。现在，他万念俱灰了。他一生最向往的是大草原，现在，他来了，就不想回了，他要跟这里的雪山，消融在一起。

你在听吗？他说完，才发觉电话那端一直沉默着。

在呢。好听的女声，似春风，吹过他的心田。

她竟一点也没惊讶他的唐突与陌生，而是老朋友似的轻笑着说，听说大草原深处有一种很漂亮的花，叫格桑花的。

他沉重的话题里，突然地，有了花香在里头。他笑了，说，我也没见过呢，要等到明年春天才开的。

那好，明年春天，当格桑花开了的时候，你寄一束给我看看好吗？她居然提出这样的要求。

他的心，无端地暖和起来……

后来，在草原深处，无数的夜晚，当他躺在帐篷里睡不着的时候，他会想起她的笑来，那个陌生的、柔美的声音，成了他牵念的全部。他想起她要看的格桑花，他想，无论如何，他一定要好好活到明年春天，活到格桑花开的那一天，他答应过她，要给她寄格桑花。

这样的牵念，让他九死一生。一日，大雪封门，他患上了重感冒，躺在帐篷里奄奄一息。同行的人，都以为他撑不过去了。但隔日，他却坐了起来。别人都说是奇迹，只有他知道，支撑他的，是梦中的格桑花，是她。

还有一次，天晚，回归。在半路上与狼对峙。是两只狼，大概是一公一母，情侣般的。狼不过在十步之外，眼睛里幽幽的绿光，快把他淹没了。他握着拳头，想，完了。脑子中，一刹那划过的是格桑花。他几乎要绝望了，但却强挺着，一动不动地看着狼。对峙半天，两只狼大概觉得不好玩了，居然头挨头肩并肩地转身而去。

他把这一切，都写在日记里，对着陌生的她倾诉。他不知道，在遥远的家乡，那个陌生的她，会不会偶尔想到他。这对他来说不重要了，重要的是，他答应过她，要给她寄格桑花的，他一定要做到。

好不容易，春天回到大草原。比家乡的春天要晚得多，在家乡，应该是姹紫嫣红都开遍了吧？他心里，还是有了欣喜，他看到草原上的格桑花开了，粉色的一小朵一小朵，开得极肆意极认真，整个草原因之醉了。他双眼里涌上泪来，突然地，很是思念家乡。

他采了一大把格桑花，从中挑出开得最好的几朵，装进信封里，给她寄去。随花捎去的，还有他的信。在信中，他说起在草原深处艰难的种种，而在种种艰难之中，他看到她，永远是一线光亮，如美丽的格桑花一样，在远处灿烂着，牵引着他。他说，我没有姐姐，能允许我冒昧地叫你一声姐姐好吗？姐姐，我当你是荒凉之中甘露的一滴！

她接信后，很快给他复信了。在信中，她说她很开心，上天赐她这么一个到过大草原的弟弟。她说格桑花很美，这个世界，很美的东西，还有很多很多，让人留恋。她说，事情也许并不像他想象的那么糟糕，如果在草原里待腻了，还是回家吧。

这之后，他们开始信来信往。她在他心中，成了圣洁的天使。一次，他从一个草原迁往另一个草原的途中，看到一幅奇异的景象：在林林总总的山峰中，独有一座山峰，从峰巅至峰底，都是白雪皑皑璀璨一片的，而它四周的山峰，则是灰瘠光秃着。他立即想到她。对着那座山峰大喊着她的名字。没有一个人会听到他的喊叫，甚至一棵草一只鸟也不会听到。他为自己感动得泪流满面。

他把这些，告诉了她。忐忑地问，你不会笑我吧？我把你当作血缘中的姐姐了。她感动，说，哪里会？只希望你一切好，你好，我们大家便都好。

这样的话，让他温暖，他向往着与她见面，渴盼着看到牵念中的人，到底是怎样的模样。她知道了，笑，说，想回，就回呗，尘世里，总有一处能容你的地方，何况，还有姐姐在呢！

他就真的回了。

当火车抵达家乡的小站时，他没想到的是，妻子领着儿子正守在站台上，一看到他，就泪眼婆娑地扑向他。一年多的离别，妻子最大的感慨是，一家人守在一起，才是最真切的。那一刻，他从未轻易掉的泪，掉落下来。他重新拥抱了幸福。

他知道，这一切，都是她安排的。他去见她，出乎意料的是，她竟是一个比他小好多岁的小女人。但这又有什么关系呢？在他心中，她是他永远的姐姐。他站定，按捺不住激动的心，问她，我可以拥抱一下你吗？

她点头。于是他上前，紧紧拥抱了她。所有的牵念，全部放下。他在她耳边轻声说，姐姐，谢谢你，从今后，我要自己走路了。回头，是妻子的笑靥儿子的笑靥。天高云淡。

尘世里，我们需要的，有时不过是一个肩头的温暖。在我们灰了心的时候，可以倚一倚，然后好有勇气，继续走路。

佳句精选

◇◇ 远处的雪山，白雪盈顶，像静卧着的一群羊，终年以一副姿势，静卧在那里。

◇◇ 他看到草原上的格桑花开了，粉色的一小朵一小朵，开得极肆意极认真，整个草原因之醉了。他双眼里涌上泪来，突然地，很是思念家乡。

◇◇ 尘世里，我们需要的，有时不过是一个肩头的温暖。在我们灰了心的时候，可以倚一倚，然后好有勇气，继续走路。

人生，诗意还是失意

他参加中考那年，十六岁。成绩一直很优异，大家都预言他一定能考上小中专。那时候，考上小中专，对一个农家孩子来说，是巨大的福祉，就像传说中的鲤鱼跃龙门。

考试那天，父亲特地放下农活，送他到考场。考场门口，父亲生满老茧的手，重重拍在他的肩上，语重心长道，儿啊，你能不能跳出农门，在此一举了。他看看父亲，重重点头。

试考完，于忐忑不安中，终于等到分数揭晓。结果是喜出望外的，他竟比小中专录取分数线高出整整10分。父亲宰了家里的羊庆祝，一村人都分享到了他家羊肉的香。

以为不久之后就要接到录取通知书的，却左等右等不来，一直等到夏蝉叫遍。

转眼，九月了，学校都开学了，他的通知书还是久久未至。父亲去镇上转了一圈回来，蹲在屋檐下吸着旱烟叹气，半晌之后，才对他说，儿啊，认命吧，咱不是吃公家饭的命。

他意外地，落榜了。听说他的名额被一干部子弟挤掉了。

后来，在亲戚们的接济下，他去读高中。三年寒窗苦，他以高分被一所大学录取。生活向他铺开了花团锦簇的一面：他会在城里念书，在城里工作，在城里娶妻生子。他会过上诗情画意的生活，有带露台的房子，有书，有花，有音乐，有清风明月。十九岁青春的心里，人生就是鲜衣怒马，气吞山河。

却在大学的一次例行体检中，他被查出患了乙肝。城市还是别人的城市，他回了他的乡下。窝在十来平方米的房间里，他的心里，布满灰暗和伤痛。人生失意至此，还有什么可盼可等的？

识字不多的父亲，讲不来什么人生大道理，手里抓一把大豆，又抓一把麦子，对他说，在农村，也没有什么不好的，种下豆子就长出豆子，种下麦子就长出麦子。他后来反复回味父亲的这句话，品出另外的味道，那就是，好好活着，才是最重要的。

他的心安定下来，一边积极配合着治疗，调理着身体，一边思谋着更有意思的活法。他在房前种花。他家屋前，很快便花事沸沸，姹紫嫣红成一片。村里人有事没事都爱上他家转转，聊聊天，看看花，日子里有了温馨绵长的滋味。

夏夜，满天星斗，四周虫鸣不息，清风徐徐，送来稻花的清香。他在星光下吹笛，引得纳凉的村人们都聚拢来听。一个喜欢他笛声的漂亮姑娘，爱慕上他，后来成了他的妻。

他还迷上根雕。乡下的树木多，常有些树老去，那些被丢弃的树根，他宝贝似的捡回家，在上面精雕细琢。雕只小羊，小羊就似在吃草。雕只小狗，小狗就似在蹦跳。村人们都赞叹不已，夸他，雕得真像啊。他们把他的根雕，摆在家里堂屋最显眼处，作了最美的摆设。他根雕的名声，渐渐响了，不少人慕名而来，出重金相购。他干脆开了家根雕馆，成了远近闻名的根雕师。

他是我偶然相识的一个朋友，年近五十，一个很普通的人。他用他的经历，让我明白，人生失意总是难免的，要紧的是，在失意中，活出诗意来。好好活着，才是生命的本质。

佳句精选

◇◇ 十九岁青春的心里，人生就是鲜衣怒马，气吞山河。

◇◇ 好好活着，才是最重要的。

◇◇ 人生失意总是难免的，要紧的是，在失意中，活出诗意来。好好活着，才是生命的本质。

让梦想拐个弯

J是我的高中同学。和我们一起念书那会儿，他因偶然撞见海子的那首《面朝大海，春暖花开》，而迷上诗歌，立志要成为一个诗人。他满脑子做着有关诗的梦，为此荒废了学业。

J后来没考上大学。有关他的消息，断断续续地在同学间流传，他外出打工了，他失业了。他结婚了，他离婚了。如此折腾，都是因为诗。他的眼里，除了诗，再也容不下别的。他待在10平方米的小房间里，靠他在纱厂做工的母亲供养，几乎足不出户地写着诗。他写的诗稿，足足能装一麻袋，发表的却寥寥无几。

有个老编辑，在毙掉他无数的诗稿后，终不忍，遂委婉地对他说，写诗这条路，对你而言，未必适合，你还年轻，可以去尝试别的路。

他没有顿悟。他相信“精诚所至，金石为开”，仍笔耕不辍，一路向前。

多年后，同学聚会见到他，他身影孑然，潦倒不堪。彼时，他的母亲已过世。据说，他母亲过世时，眼睛是睁着的，对他，是一千个一万个放心不下。一口酒入喉，呛出他满腔的泪，他终于不得不面对一个事实：这辈子，他成不了诗人。他哽咽道，我的好年华，就那样白白溜走了，我还能做什么呢？

大家面面相觑，没有人能回答他。记忆里，他是聪明的，理科成绩曾一度辉煌过。他会吹笛子，会拉二胡，绘画也很有天赋。如果他在碰壁之后，选择另一条路走，或许他早就成就一番事业了。

认识一个服装设计师。他设计的服装，因款式别具一格，在圈内很有名。谁也想不到，他曾经的梦想，却是成为一名钢琴家。从小，他的父母不惜倾家荡产栽培他，给他买最昂贵的钢琴，给他请最好的钢琴老师。他的童年，是交给钢琴的；他的少年，是交给钢琴的；他的青年，差点儿也全部交给钢琴。幡然醒悟是在一次音乐会上，台上钢琴家行云流水般的演奏风格，是他永远也无法企及的。他不顾父母的反对，毅然放弃了音乐，改行学习他颇感兴趣的服装设计，很快脱颖而出。

在他的工作室里，悬挂着一幅照片，那是他去云南旅游时拍的：悬崖上，一丛野杜鹃，满满地开着，落霞般的。高远的天空，裸露的岩石，艳红的花朵。生命如此安静，又如此强烈。

他的目光，落在那丛野杜鹃上。他说，野杜鹃一定也做过成为大树的梦，当那个梦想遥不可及时，它让自己落入尘土，努力地在悬崖上，盛开出属于它自己的绚烂。

是的，执着是一种可贵的品质，然盲目的执着，却是对生命的浪费和伤害。梦想很美好，但也很现实。当梦想缥缈如天上的云彩，任我们再踮起脚尖，也无法与它相握，这时，我们要学会的是，适时放手，让梦想拐个弯。

佳句精选

◇◇ 悬崖上，一丛野杜鹃，满满地开着，落霞般的。高远的天空，裸露的岩石，艳红的花朵。生命如此安静，又如此强烈。

◇◇ 野杜鹃一定也做过成为大树的梦，当那个梦想遥不可及时，它让自己落入尘土，努力地在悬崖上，盛开出属于它自己的绚烂。

◇◇ 梦想很美好，但也很现实。当梦想缥缈如天上的云彩，任我们再踮起脚尖，也无法与它相握，这时，我们要学会的是，适时放手，让梦想拐个弯。

高贵的宁静

初见小闫，觉得他特西藏的样子，皮肤黝黑，头发微卷，一袭藏袍加身。看不出实际年龄，二十多，或是三十多。

因火车晚点，小闫接到我们时，已是凌晨两点。拉萨的天上，挂着一个大而圆润的月亮。

小闫热情地来握我们每个人的手，嘘寒问暖的，满脸璀璨的笑，牙齿泛着月光色。他给我们献上洁白的哈达，嘴里亲热地叫着大哥大姐小弟小妹。“欢迎你们来到美丽的西藏！扎西德勒！”他不厌其烦地，一遍一遍说，把他的话送到每个人心上。

高原的不适，被他的真诚冲淡了，大家兴奋地围着他，找到亲人般的。从唐古拉山过来后，就一直病歪歪的一大姐，也被他感染了，精神抖擞地跟着他说："扎西德勒！"

后来的数天，小闫一直跟我们朝夕相处着，是我们游西藏全程的导游。西藏线路长，每日奔波在路上需十来个小时，加上高原缺氧，有些人身体吃不消，闹起情绪来。小闫一再道歉，仿佛那都是他的错。他自掏腰包买了西瓜请大家吃，并找着乐子逗大家，问："朋友们，你们知道来过西藏的客人都怎么形容西藏吗？"

"美！"我们不约而同说。的的确确，西藏除了美，真的再找不到好的词来形容它。天蓝得似水晶。云是成群结队、前呼后拥的，一律地白而绵软。放眼处，山高水阔，云雾缭绕。草甸上，羊群或是牛群，似散落的珠子，白的，黑的，镶嵌在绿色的"地毯"上。山坡下，间或端出一大片开得好好的油菜花，惹得大家一阵惊叫，油菜花呀！八月天里能见到油菜花，实属幸福。还有高入云端的雪山，琼楼玉宇般的，在云雾的环抱中忽隐忽现，美得让人心疼。人间仙境，非西藏莫属。

小闫笑了："其实我们西藏，可以用四个字来形容：'大美西藏'！"

大伙不依，齐声叫起来："嘀，这哪里是四个字，分明还是一个字，美！"

"看来我还真骗不了你们。"小闫狡黠地眨了眨眼，说，"对啊，就是美。这样的美，是我们人生中不可多得的相遇啊，也许我们这辈子再也不会来西藏了，这一次我们一定要坚持到最后，使劲地看，把西藏最美的景致带回家。朋友们，你们说对不对？"

"对！"众人响应。

"好，那就让我们眼睛在天堂，身体在地狱，心在飞扬吧！"小闫的手在半空中用力一挥。这一挥，把一车人的激情全调动出来了，大家跟着他学说藏话，学念六字真言，听他讲西藏的风土人情。路再远，身体再不适，亦不觉得。

当一车人扑向一个景点，小闫只倚在车旁，静静地等。他手上把玩着一串玻璃珠子，眼光越过一群一群的人，望向远方，疲惫的，又是深情的。有人好奇，打趣他："小闫啊，西藏处处是金是银是绿松石红珊瑚什么的，你怎么还玩这种破玻璃珠子？"

小闫一愣，不好意思地笑，与先前神采飞扬的导游判若两人。他低头，轻轻抚着玻璃珠子，说："这是我女儿给我的礼物呢。"

大家这才得知，小闫根本不是西藏人，他家远在山东，他是来援藏的导游。本来说好待满四年就回去的，但临走，他不舍得了，他留了下来。他来西藏那年女儿刚出生，如今女儿都七岁了。他偶尔回家探亲，女儿一路高叫着告诉别人，西藏的爸爸回来了。他听到，心很疼，但最后他还是回到这里。

"这里有一种无形的力量在牵着我，让我离不开它，也许有一天我终究会回去，但我将非常想念它。"小闫说。我们齐齐点头，我们信。不远处，白日光照着雪山圣湖，寥廓晶莹，有着高贵的宁静，动人心魄。我们一边欢喜着，一边惆怅着，尚未离别，已开始想念，竟不能自已。

佳句精选

◇◇ 放眼处，山高水阔，云雾缭绕。草甸上，羊群或是牛群，似散落的珠子，白的，黑的，镶嵌在绿色的“地毯”上。

◇◇ 眼睛在天堂，身体在地狱，心在飞扬。

◇◇ 不远处，白日光照着雪山圣湖，寥廓晶莹，有着高贵的宁静，动人心魄。我们一边欢喜着，一边惆怅着，尚未离别，已开始想念，竟不能自已。

生命自在

去山东，在沂水大峡谷，遇见一红衣少年。谷口，挤挤挨挨摆许多摊子，都是卖地方土特产的。红衣少年也夹在其中，只是他的摊子与众不同，他的摊子卖的是蝎子，活的，在几片草叶间蠕动。草叶子装在一个红塑料桶里，有点小恐怖。

少年的左颊上，卧两块铜钱大小的紫红色疤痕，火烧火燎般的。他在抛一枚核桃玩，抛上去，伸手接住。再抛上去，伸手接住。乐此不疲。他的近前，围了一些游人，好奇的居多，大家看看他桶里的蝎子，再看看他。无一例外地，人们都对他脸上的疤产生兴趣：

“这疤是怎么来的？”

他镇定自若地答：“胎记。”

“不会吧，哪有胎记是这个样子的？是不是捉蝎子时，被蝎子蜇的？”问者不依不饶。

周围一阵哄笑。

“不，是胎记。”他抬眼笑一笑，继续抛他的核桃玩。

忘不了这个场景，忘不了卖蝎子的这个红衣少年，嘴唇边轻轻荡着一抹笑，他镇定自若地答：“胎记。”他坦然面对的那种淡定，让我的灵魂颤动，将来的将来，他或许会遇到辛苦万千，但我相信，他能应对自如。

辽宁。乡下。傍晚时分，我在人家的路边瞎转悠，村庄安静，石头垒的篱笆墙上，牵一串扁豆花，紫蝴蝶一样的。墙根处，开满波斯菊，活活泼泼地占尽绚烂，红红，黄黄。夕阳远远地抛过来，石自在，花自在。心里面陡地温暖起来，那里的乡下，看上去都让人觉得亲切，不疏远。因为它们骨子里有着相同的性情，都是憨厚朴实的。

突然听到有歌声，在篱笆墙那头响起。歌声嫩得如三月的草芽，沾着露的清纯。我悄悄探过头去，看到一个小女孩，旧衣旧衫，正弯着小小身子，掐着墙边的花，往头上插。山花插满头。

怕惊扰了她，我悄悄走开去。远处的山峦，隐隐约约。有两只晚归的雀，在我头顶上空“吱”一声叫，飞过去。它们落到我眼里的样子，像两朵在空中盛放的黑花朵。遥远的乡下，谁撞见了这份美——那都无关紧要。生命自在。

常去一家水果摊买水果。摆水果摊的是个女人。男人伤残在家，还有一个孩子正读中学，日子是窘迫的。女人四十上下，风吹日晒，算不得美了。可是女人却是美的，因为，她有着鲜艳的红唇，修长的黑眉毛，明显妆饰过了。她笑眯眯地坐在一排水果后，让人忍不住看两眼，再多看两眼——美原是可以这样存在的。为什么不呢？

女人让我想起一种花来，我不知道那花的名字，它或许本来就没有名字的。深秋的一天，我偶然撞见它的盛放，花小得像米粒。若不细看，就被忽略了。花长在路旁，在一棵冬青树的后面，冬青树枝繁叶茂，像一道厚重的门，把它给遮掩了。可是，它开花了，一开就是一片，粉蓝的，像米粒一样撒落，娇小，精巧。美好自在。

佳句精选

◇◇ 村庄安静，石头垒的篱笆墙上，牵一串扁豆花，紫蝴蝶一样的。墙根处，开满波斯菊，活活泼泼地占尽绚烂，红红，黄黄。夕阳远远地抛过来，石自在，花自在。

◇◇ 有两只晚归的雀，在我头顶上空“吱”一声叫，飞过去。它们落到我眼里的样子，像两朵在空中盛放的黑花朵。遥远的乡下，谁撞见了这份美——那都无关紧要。生命自在。

◇◇ 它开花了，一开就是一片，粉蓝的，像米粒一样撒落，娇小，精巧。美好自在。

善心如花

在一个陌生的小城歇脚，看到小城车站窗口悬挂着一个爱心箱。箱子其实是个普通的箱子，木头的，外表漆成养眼的草绿色。上面用红漆写着三个大字：爱心箱。走过路过的人，有留意看一下的，也有根本不在意的。你留意也好，你不在意也罢，箱子都兀自在那儿挂着，像承诺，像坚守。问当地人，这箱子做什么用呢？那人看一眼，笑说，是帮助落难的人回家呢。他走过去，从口袋里掏出一枚硬币投进去。

陆续地，有人亦走过去，捐出身上的硬币。

原来，这是一个捐款箱。所得资金，全部用来帮助车站上落难的旅客，让他们能顺利返家。据说这个爱心箱，已先后使几百人受益，爱心洒向全国各地。

突然觉得这个小城芳香四溢起来。一个人的一元不多，但很多人的一元，就能汇成一条爱的河流。我也走过去，投进去一元。我不知道我的那一元，会助谁踏上回家的路。当他顶着外面的风寒，推开家门，扑进家的温暖里，我想，他的心中，一定有花在开。

我的单位附近，卖吃食的小摊子多，各色各样的点心小吃，花样迭出，让人应接不暇。其中，有一卖茶馓的，却很少变换花样，她终年只卖一样，就是茶馓。那是一个中年妇人，头发有些灰白，成天套一件格子围裙。她守着她的摊子，并不叫卖，只安静坐着，生意却好得很，去买她茶馓的人，总是很多。不少的人，都是老顾客了，见面了，远远就招呼开了。

每次大家也不多买，就买上一元两元的，抓在手里，坐她边上吃，她会提供些白开水。大家一边吃，一边和她唠家常，说些天气如何之类的家常话。她呵呵笑着，眼角的鱼尾纹，全堆到一起。

我以为，茶馓一定很好吃。一次特地跑去买，却不是想象中的味道，甚至，有些难吃。

她那里的顾客，却仍不见减少。有时我下班路过，她的摊子边，围着一圈人，都在吃茶馓，很热闹。这让我费解。

后来无意中听到她的故事。原本有着和美的一个家，却意外发生变故，一场车祸，儿死夫丧，她自己也断掉两条腿，靠卖茶馓维持生计。

知道她故事的人，都跑去买她的茶馓。渐渐地，这成了大家约定俗成的事。

我也常去了。每次只买一元，有时坐她旁边吃完，有时不。她笑笑的，我也笑笑的，很愉快。

那儿，新近又冒出几家小吃食摊子来，香喷喷的，直钻人鼻孔。她的生意，却没有因此受到影响，每次从她摊前过，我都看到有人在她那儿吃茶馓。忍不住感动，想，她终究是个幸运的人呢，被这么多善心包围着。

这样的善心，是这个世上不败的花朵。生命在，它的芳香就在。或许不浓烈，却一点一点，沁人心脾。

佳句精选

◇◇ 一个人的一元不多，但很多人的一元，就能汇成一条爱的河流。

◇◇ 当他顶着外面的风寒，推开家门，扑进家的温暖里，我想，他的心中，一定有花在开。

◇◇ 这样的善心，是这个世上不败的花朵。生命在，它的芳香就在。或许不浓烈，却一点一点，沁人心脾。

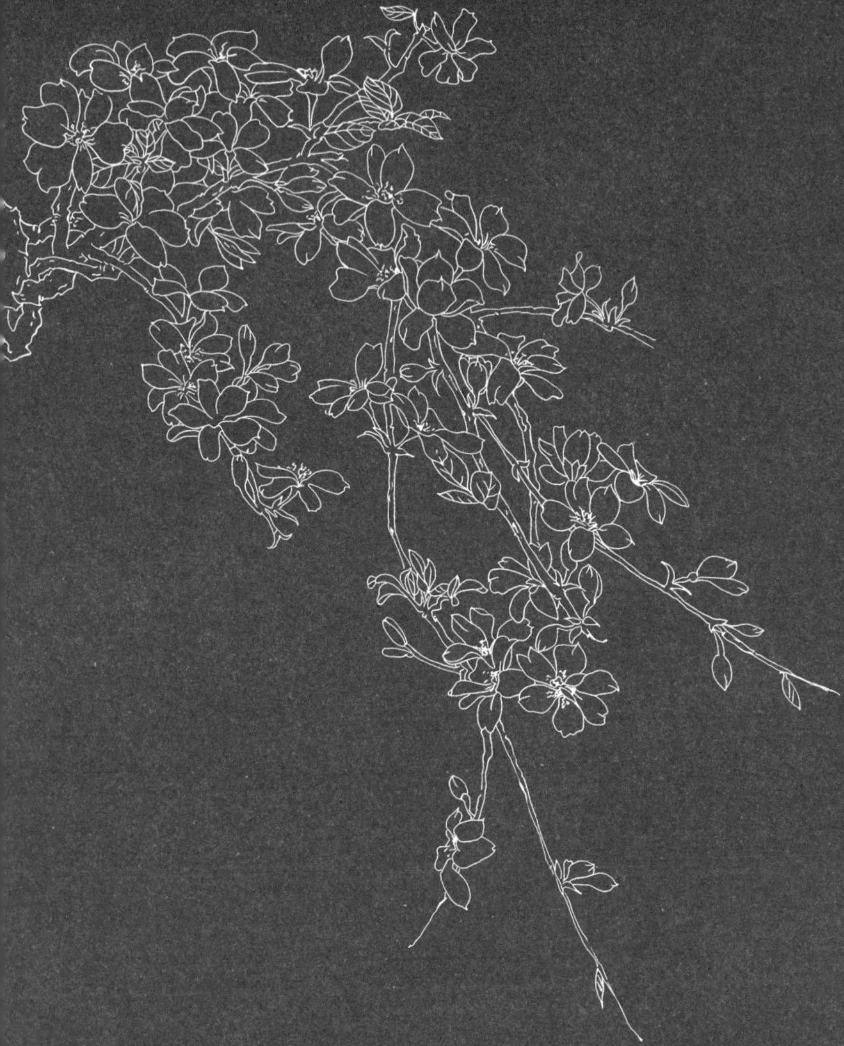

我一点一点吃下去，

眼前有大片南瓜花在开，

岁月的苦与甜，

慢慢汇聚到我的舌尖上，

在我的舌尖上相会。

舌尖上的思念

留香

知道一种叫留香的米糕，缘于我的一个学生。学生到我这里来上写作课，每周一次，在周日下午。

周日这天，午饭的饭碗一搁，我的学生就从家里出发了。她手上抱一个纸袋，里面放着笔和纸，慢慢走，一边走，一边四处闲看。她要穿过两条巷道，一条颇现代，两旁开着这个吧那个吧，大白天也是彩灯灼灼的。一条却很古旧，像洗旧的蓝衫子，两边少有楼房，都是过去的老式平房，大门朝着街道开着。一些人家因地制宜，开起小店，卖些花花草草，做些小吃食。祖传秘方的小吃，大抵都藏在这条巷道里。

我那个学生顶喜欢从那条古旧的巷道过。她每次来，都兴奋地跟我说：“老师，从那里走真享受啊！鼻子里闻到的，都是香哩，花草的香，食物的香。”

高三学生，学业过重，像载重的骆驼似的，平日里少有机会放松。她借着学写作的名头，到我这里来，其实，也就是给自己偷得半天闲。我很高兴给她提供了这样的机会。常常我们不谈写作，一人一把椅子，搬去阳台上，对坐着，聊些好像与写作无关的话题。比如，在那条古旧的巷道里，她会遇到哪些好玩的人。

说起这个，我的学生健谈得不得了。她会一一向我介绍，卖花的，卖烧饼的，做鱼汤面的，卖馒头的。有个卖水果的老头，整天唱喏般地招徕顾客：“又大又红的枣子哟，不甜不要钱咪。”隔天换成：“又大又香的香蕉哟，不香不要钱咪。”我的学生学着老头的腔调，笑得不行。

生活是庸常的，却也是有趣的，这正是生活的迷人之处。我也跟着笑，鼓励她把这些写下来。某天，我的学生一见到我，就迫不及待告诉我：“老师，那里新开了一家米糕店，叫留香。名字好好听啊，糕也好好吃耶。”

“你吃过？”我对美食，向来难抵诱惑。

“嗯，好吃极了。老师，下次来我带给你吃。”我的学生大方地承诺。她突然笑起来，不可抑制地。我说笑什么呢？她说：“老师，那个做糕的女的，长得很像你。”

这不单单让我觉得有趣，更好奇了，是恨不得立刻奔过去看一看。我很想知道，能取出“留香”这个诗意绵长名字的女子，是不是真的跟我很相像。改天，没等我的学生带糕给我吃，我就寻了去。不大的门面，整洁着，上书“留香”两字。大门两侧，各在墙上吊一盆绿萝，绿的茎蔓，长长垂挂下来。进门去，藤桌藤椅，玄米茶在杯子里浅淡着，客人可随取随喝。这不像是米糕店，倒像是喝咖啡的。清新雅致的风格，很让我喜欢。

也终于见着做米糕的女子。初见她，我暗自笑了，我的学生太高抬我了，这个女子比我要年轻得多，漂亮得多。她看上去不过二十五六岁，有着一张蜜桃似的脸。一件简单的粉色卫衣套着，清秀干净。有客来，她微笑着招待，不言不语，却在举手投足间，给人以微风轻拂湖面的感觉。

客多。只一会儿，她的几大蒸笼米糕就见了底。我在边上，好不容易“抢”到两只，顾不得烫，咬一口，暄软香甜，真真是好吃。跟她讲：“你怎么会做出这么好吃的米糕呢？”她也只是微笑，不说话，笑得天晴日暖。

再去，意外得知，她原来，竟是个失聪的。四岁那年，一场高烧，导致她再也听不见了。父亲因她的失聪，最后和她母亲离了婚。成长的路上，她遍尝艰辛，失望过，甚至绝望过。所幸后来遇到一卖米糕的老人，传她手艺，她便自己开了这个小店，取名留香，是为感激老人，要留住这生命的芬香。

把她的故事说给我的学生听。我的学生动容，半晌没言语。这年高考，我的学生语文得了高分，被一所很不错的高校录取了。据她说，写作文时，她写了这个做米糕的女子。

佳句精选

◇◇ 有客来，她微笑着招待，不言不语，却在举手投足间，给人以微风轻拂湖面的感觉。

◇◇ 所幸后来遇到一卖米糕的老人，传她手艺，她便自己开了这个小店，取名留香，是为感激老人，要留住这生命的芬香。

爆米花

爆米花的那个男人不知打哪儿来的，反正他来了，骑着一辆三轮车，车上装着炭炉、小滚筒，还有一大袋子玉米粒。他在桥头摆开阵势，很快吸引了一部分人去，大家用充满新奇又快乐的口吻，明知故问道："爆米花呢？"男人把炭火烧得旺旺的，把小滚筒里装上玉米粒，笑回道："是啊。"

我也站一边傻看，心里涌满莫名的感动和欢喜，仿佛遇到故人，有着遥远的亲切。爆米花城里到处有卖，咖啡馆里有，超市里有。微软的白，奶油浸过的，用瓷的或竹的器皿装着，底下垫一层白色印花纸。是走进皇宫的灰姑娘。味道也不似从前，闻起来奶油味，吃到嘴里，依然是奶油味，失了原先那种粗糙的香。

原先？原先是什么呢？在那些高而灰白的天空下，一群孩子像过节似的喧闹着，围着一炉火跳，火上，黑黑的小铁桶在快速转动。而后，爆米花的那个黑脸膛男人大喊一声："炸啦！"孩子们欢叫着四下跳开，只听"嘭"一声，滚筒里的玉米粒全都开了花，是香香的一小朵一小朵的。孩子们的快乐也随之开了花，散着粗糙而又拙朴的香。

一年里，也就那些寒冷的冬天最让人期盼，一小撮玉米粒，就能换来一大蓬花开的幸福。它让整个冬天不再冷清。

也还记得，村子里有个寡居的妇人，小脚。真正的小脚。我看过她晒在墙头的鞋，绣花的，小巧得可以藏在我的口袋里。妇人衣衫整洁，喜欢在脑后盘个大大的髻。妇人平时言语不多，跟村人们也没什么来往，一个人孤寂寂的。却喜欢小孩子，看到我们，就招手要我们去她家。她家有个米坛子，外表一团暖黄，上面盘着拓印的睡莲花。米坛子置在她的床头柜上，里面仿佛有取不完的爆米花。每次我们去，妇人都会从里面抓出许多，给我们一人一小把。妇人坐在梳妆台前，一边搅头发，一边笑眯眯回头问我们："好吃吧？"我们齐声答："好吃。"她说："好吃下次再来啊。"我们应道："好。"但下次未必真的去，除非她招手叫我们去。心里那时挺矛盾的，一方面抵不了爆米花香味的诱惑，一方面又有些怕她。听大人们说，她早年有过男人和孩子，但男人死了，孩子也死了。

现在想来，她不过是个怕寂寞的妇人，只想用爆米花，来留住这世上的一些香和热闹。在那些备是凄惶的日子里，爆米花一定给了她最最温暖的慰藉。

爆米花的男人，现在大大准时出现在桥头。在一簇火的烘烤下，无数颗玉米粒，在深秋的夜里开了花。我每次路过时，总会放下一元的硬币，买上一小袋爆米花，托着它回家，然后坐在灯下慢慢吃。我想起故乡，想起久远的一些香，一些好，还有这人生的轮转。也不过一刹那的工夫，多少年就这样过来了。

佳句精选

◇◇ 我也站一边傻看，心里涌满莫名的感动和欢喜，仿佛遇到故人，有着遥远的亲切。

◇◇ 只听“嘭”一声，滚筒里的玉米粒全都开了花，是香香的一小朵一小朵的。孩子们的快乐也随之开了花，散着粗糙而又拙朴的香。

◇◇ 我想起故乡，想起久远的一些香，一些好，还有这人生的轮转。也不过一刹那的工夫，多少年就这样过来了。

冷锅饼

发酵的面粉头天晚上就用大盆装了，祖母还抓一把稻草，把盆焐焐好。我们的心，开始激动起来，快有冷锅饼吃了。那终日里土黄着一张脸，搁在檐下被风吹被雨淋的陶盆，在我们眼里，变得无比亲切且温暖。兄妹几个不时去看看它，很是担心一眼照应不到，它就飞了。

是的，过中秋了。村里唯一一家小商店，红砖的墙上，几天前就贴上大红的纸，上面写着：月饼供应。其实哪里用得着写啊，月饼的香甜味，即使被藏着掖着也能闻得见的。何况一口大缸里，满满装着的，全是月饼呢。空气中，密布着月饼的香甜。我们几个孩子，从商店门口走过去，再走过来，如此反复，只不过是想更近地嗅到月饼味。那寸寸的空气，只需轻轻一戳，就是一口甜。

面皮白的店员——一个脾气温和的中年男人，站在店门口，好笑地看着我们，说，回去叫你们家的大人来买月饼啊。我们被他看中心思了，很不好意思地跑开去，心里想的是，我们家哪里买得起月饼呢。便很强烈地羡慕他，能守着一缸的月饼，该多么幸福。待我长大一些后才明白，卖月饼的，未必吃得起月饼。那时，他亦是个穷人，是从城里，被派到我们乡下来守店的，拿不多的工资，要养活他在城里的一大家子。

月饼于我们是奢望，冷锅饼却是家常的。我所在的乡村，每到中秋，家家都要做冷锅饼敬月神的。敬不敬月神我们小孩子不关心，我们关心的是，可以吃到冷锅饼了。祖母是做冷锅饼的高手，发酵好的面粉，被她分批倒进一口刷好油的大锅里，盖上锅盖焖。这个时候，烧锅的事，祖母不许别人碰，都是她亲自做。火大了饼子会煳了，火小了饼子会粘着了，得把灶膛里的火，控制得不大不小，那功夫，全在祖母手上。我们在厨房里跳进跳出，不时问祖母，好了吗？

等待的时间，真是漫长。

约莫一个时辰后，祖母熄了灶膛里的火，把一块湿纱布，摊在锅盖上。等湿纱布干了，锅灶冷了，冷锅饼也就可以出锅了。新出锅的冷锅饼，足足有脸盆那么大，两面金黄，松软适度，香味扑鼻。我们急不可耐掰下一块，塞进嘴里，饼子的香味，立时窜得满嘴都是。我们不再想月饼，有冷锅饼可吃，便觉得自己是世上最幸福的人了。

邻里之间，在中秋这天，是要相互赠送自家做的冷锅饼的。这家的，那家的，各各的口味不同，成了大家茶余饭后的谈资。祖母做的冷锅饼，最受邻居们推崇，都说四奶奶这冷锅饼，没人做得出。祖母听着，谦逊地笑说，做得不好吃呢。眉眼里却都是喜悦。

邻居家小媳妇丽珠，做出的冷锅饼，却是又硬又酸的，少不了被大家取笑。弄得丽珠见了人都低着头，羞愧得很。她跑来向我祖母讨教，祖母毫无保留一一告诉了她，不知后来她做冷锅饼的手艺有没有长进。我想起这些时，丽珠已离世七八年了，人生盛年，心脏病突发。我有次回老家，看见她男人，形只影单地在家门口晃，苍老得很厉害。

佳句精选

◇◇ 那寸寸的空气，只需轻轻一戳，就是一口甜。

◇◇ 我想起这些时，丽珠已离世七八年了，人生盛年，心脏病突发。我有次回老家，看见她男人，形只影单地在家门口晃，苍老得很厉害。

家乡的年糕

每年的腊月里，母亲都会特地为我蒸年糕。

说来有点怪，我对糯米做的食物特别偏爱，尤其喜欢吃年糕。放在粥锅里，或直接丢在清水里面煮，都是我爱的吃法，我姐姐不喜欢，我弟弟不喜欢，我嫁的那人也不喜欢，独独我喜欢。

我喜欢“糕”这个字，这是个让人充满温暖怀想的字。你看呀，一个“米”字，再加上“羔”字，是米做的小羊呢。它有着洁白柔软的身子，有着纯净若水的眼睛。

街上卖年糕的，进入秋季就有了。是个中年汉子，他用改制的自行车推着。车前，焊得平平实实一个铁皮箱，箱子上，放一个匾子，里面很有次序地排列着一排一排的年糕。他从大街上走过，车前的电喇叭里在叫：年糕，年糕。这样的叫卖，让人提早想到过年的好光景。

乡下人家过年，最隆重的，莫过于蒸年糕了。那可算得上是巨大工程，全家总动员，淘米，磨粉，烧水，上铺，出笼……一年忙到头，那些披星戴月的日子，那些流过的汗水，那些向往中的幸福，彼时，一一落到实处，变成年糕，可触可摸。让人心满意足得很。

蒸年糕有专门的模具，称作糕箱。有意思的是，糕箱的底板上，都雕刻着花纹。这样蒸出的每块年糕上，便都印着漂亮的花纹了。我曾很迷恋于那些花纹，盯着能看半天，花非花的，充满不可言说的神秘。

蒸年糕时，大人们会关照小孩子做一件事，就是给每块年糕“点红”。用事先泡好的红粉（可食用），装在小碗里，小孩子两人一只碗端着，用筷头蘸着，往糕上点，点在糕的正中央。一块一块的年糕，上面就缀着一个一个的红朵朵了。如同美人眉心的一颗痣，有了千娇百媚的味道。

我一直闹不懂为什么要在年糕上点红朵朵。问过母亲。

母亲说，以前的人家就是这样做的呀。想，它应是一种流传的风俗了。这样的风俗真是好，充满喜悦，一看到那些红朵朵，人的心中，就仿佛有着千朵万朵花在开。

现在人们的日子好过了，年糕不再只过年时才有，平常的日子里，商场里也有卖。我吃过不少地方的年糕，品种繁多，有枣年糕、豆年糕、年糕坨等等，花样百出。如浓墨重彩的女子，艳是艳了，却让人难窥其真貌，味道过甜过腻。我还是偏爱家乡的年糕，那是单纯的糯米粉做成的，不掺任何辅料，把它们从糕箱里倒出来，一小块一小块的，周正得很。像乡下常见的那种女孩子，朴质，纯粹，反而让人回味无穷。

佳句精选

◇◇ 我喜欢“糕”这个字，这是个让人充满温暖怀想的字。你看呀，一个“米”字，再加上“羔”字，是米做的小羊呢。它有着洁白柔软的身子，有着纯净若水的眼睛。

◇◇ 一块一块的年糕，上面就缀着一个一个的红朵朵了。如同美人眉心的一颗痣，有了千娇百媚的味道。

◇◇ 一看到那些红朵朵，人的心中，就仿佛有着千朵万朵花在开。

竹叶茶

竹叶茶是我家乡最常见的茶，不知其他地方有没有。

家乡的人家，家家长竹，在屋后。那植物好长，埋下一截根，来年，能蹿出一大片。像调皮的小孩，到处乱窜，呼朋引伴着，眨眼之间，一领一大群，生气勃勃热热闹闹着。

这是家乡独特的风景，茅草屋的背后，都有青青的竹环抱着。竹的青绿，配了茅草屋的枯黄或褐色，很好看。

只是，是谁率先试验的呢，用竹叶泡了茶喝，在酷夏？这恐怕谁也说不清了。每家每户，都是这么喝的。水是井水，甘甜。烧开了，丢下数片竹叶，瞬间，水就变了颜色。

是搅碎了一块翡翠呀，清冽之中，有着透明的如蝉翼般的绿。待得冷却下来，农人们用瓢舀着喝，一大口灌下肚，甘甜中透着清凉，把热烘烘的肠胃，抚慰得很舒坦。农人们满足地长舒一口气。那个时候，天空很高，很蓝。

记忆里，每年夏天，我祖母早上起床的第一件事，就是烧开水，烧一大锅的开水。然后着我们兄妹几个，到屋后竹林里采竹叶。这是我们最喜欢干的活，我们小鸟似的飞进竹林，选那些最绿最肥的竹叶采。雀在头顶上唱着歌。

祖母的大盆小盆早就备好了，开水装进盆子里，竹叶丢进开水里。眼见着一层一层的翠绿，在水里面洇开来，是浓情蜜意。泡好的竹叶茶，被我们送到地头去。父母和一帮农人正在地里挥汗如雨。一片植物，棉花，或是玉米，在大太阳下，骄傲地开着花。那边有人招呼一声，歇晌了（是上午休息一会儿的意思）。大家便笑哈哈走上地头来，拣块树荫坐。从盆子里，操起一只水瓢来，满满舀上一大瓢竹叶茶，灌下去。这个时候，根本不分彼此，大家都备有那样一盆竹叶茶呢，你舀我盆里的，我舀你盆里的，是亲亲热热一大家子。

也有偶过的路人，口渴了，停下来问，可以讨口水喝吗？就有农人递过瓢去，笑说，喝吧喝吧，只要你肚子装得下，爱喝多少就喝多少。竹叶茶的清凉，便在空气里荡漾。火辣辣的太阳，也变得温柔了。

长大后我离开家乡，遇到过各种各样的茶，什么清明茶，谷雨茶，云雾茶，秋分茶，不一而足。尊贵的，优雅的，绝尘的，各各用精致的杯子泡了，但我却无比怀念，用大盆子装着的竹叶茶。

给已衰老了的父亲捎过上好的龙井去，父亲泡了喝，嫌不够味。自去屋后，摘下竹叶几片，洗净，丢进碗里的开水里，然后眯缝着眼，喝得有滋有味。

佳句精选

◇◇ 水是井水，甘甜。烧开了，丢下数片竹叶，瞬间，水就变了颜色。是搅碎了一块翡翠呀，清洌之中，有着透明的如蝉翼般的绿。

◇◇ 眼见着一层一层的翠绿，在水里面洇开来，是浓情蜜意。

吃茶

看过一首写吃茶的诗，念念不忘。是元人张雨作的《湖州竹枝词》：

临湖门外是侬家，郎若闲时来吃茶。黄土筑墙茅盖屋，门前一树紫荆花。

是青春着的小女子，爱上一个人，相约着来家里。可是他不认识路啊，不要紧的，标记明显着呢——土墙、茅草屋，门前开着一树的紫荆花，那是我的家。你若有空，就来我家吃口茶吧。这里的吃茶，实在有趣，它把两个闯进爱情中的男女，有滋有味地牵住了。

后来怎么样了呢，那男子真去了女子家么？那是一定的。门前的紫荆花，开得灿灿的，天空蓝成永恒的模样。她给他沏什么茶吃呢？沏杯花茶吃当是最合宜的，香喷喷的，那是爱情最初的模样。

看《红楼梦》，被里面吃茶的排场给惊着了，种种名茶出没其间，如六安茶、老君眉茶、普洱茶、龙井茶、暹罗茶、枫露茶等等，各有吃的讲究。烧茶的水，也不是随便取的，要隔年雨水、隔夜的露水、梅花花蕊上的雪。吃茶的茶具也是顶讲究的，成窑五彩小盖钟、官窑脱胎填白盖碗、点犀䀉、绿玉斗等等。我的乡人们若是见到这等吃茶的，肯定要大不屑，撇一撇嘴道，吃茶就吃茶呗，还这么瞎讲究。甚至，他们还会追加一句，那也叫吃茶？那叫吃茶叶水。

老家人吃茶，极少加茶叶，他们吃不惯。他们摘了屋后的竹叶，或是从地里随手采来薄荷，丢进沸水里，晾一晾，就可以喝了。吃茶的器具，一律是盛饭的碗。大口灌下一碗，那叫一个痛快。

他们也有顶顶慎重的时候，那是家里来了访亲的客人。

老家的访亲，是男女双方缔结姻缘必不可少的一个重要环节。男女双方经媒人介绍，彼此有了相处的意向，这个时候，访亲就提上议事日程。双方挑了良辰吉日，女方先到男方家去实地考察，考察男方的家境、人品，有时还要偷偷访访那里左右邻舍的意见。男方家若有访亲的上门，早几天前就忙开了，家里收拾一新那是肯定的，为了装装门面，有时，还不得不借用一些别人家体面些的家具。也拜托好了左右邻舍，一定要帮忙说好话。最马虎不得的，是一顿茶食了。各色糕点是要配好的，鸡蛋要提早备下。访亲的到来，一人一碗蛋茶是必需的。蛋茶的做法不复杂，水烧沸后，把鸡蛋打进去，不用搅和，由着鸡蛋在沸水里凝固起来，等它变得白白胖胖的，就盛碗。汤水里另加白糖，客气的人家，还会滴几滴麻油进去。如果主家中意对方的姑娘了，会在蛋茶里加多多的白糖，甜得掉牙。访亲的客人吃蛋茶，亦是有讲究的，不能把碗里的鸡蛋全吃掉。若留单数，说明没看中。若留双数，则表示满意。主家收碗时，子丑寅卯，心里立即有数。

老家人平常待客，也多半通过吃茶来传递热忱。客至，必挽留一通，吃口茶再走呀。灶台上立即有了响动，风箱拉得呼呼的，锅里的水，很快沸了。几只鸡蛋下去，一碗蛋茶瞬间做成。桌上已摆上了小碟子，里面各色糕点，摆成花开模样。

我过年时回老家拜年，每回都受到这样的礼遇，家家留了吃茶，自家做的年糕包子糖果点心摆一桌，还外加一大碗蛋茶。他们倚了门笑眯眯地招呼我，没好东西招待你，就吃口茶吧。这样的热忱我总不忍拒绝，于是硬着头皮吃，以致后来我一看见鸡蛋就害怕。但老家人恨不得掏出一颗心来待客的热忱，让我每每想起，心里就暖乎乎的。

佳句精选

◇◇ 沏杯花茶吃当是最合宜的，香喷喷的，那是爱情最初的模样。

◇◇ 老家人恨不得掏出一颗心来待客的热忱，让我每每想起，心里就暖乎乎的。

吃蟹

很喜欢一句说蟹的谚语：秋风起，蟹脚痒。觉得这一句的有趣，哪里是蟹脚痒？分明是人肚子里的馋虫儿，在蠢蠢着的，偏偏要赖到无辜的蟹身上，给自己的吃，找了很好的借口。这个时候的蟹，个大，蟹黄多，肉质厚且嫩。不用任何作料，单单放清水里煮一煮，端上桌来，也是满桌浓香的。

而实际上，不单单秋蟹惹人吃，冬天的蟹，也是一肚子的货色，胖胖的，很能饱人口福。满桌的菜肴吃得意兴阑珊，突然上来一盘蟹，只只金黄灿烂，晃亮人的眼。颇像看戏看到尾场，满场的咿呀之声，听得人疲惫，突然来了一段劲舞，你的热血，就那么重又沸腾起来。

这样比喻吃蟹，好像不恰当。但我就是这么想来着。当一盘子蟹端上来，我全然不顾形象，左手掰蟹脚，右手举蟹黄，一边埋头吃一边说："好吃。"惹得一边的女友，忍不住伸手捏我的嘴巴，说："好可爱。"

暗自笑。无端地想起一句台词来，那句台词，是我无意间看到的一部电视剧里的。祖母对着挑食的孙子，把他撒落在桌上的食物一一捡起来放到嘴里，很有滋味地咂，一边感叹地说："有这样的好东西吃，日子多好啊。"在这里，我想窜改一下，有这样的蟹吃，日子多好啊。

国人喜食蟹，历史悠久，从西周开始，就有吃蟹的史话。魏晋南北朝时有"鹿尾蟹黄"一菜。隋炀帝有御用菜叫"镂金龙凤蟹"的。宋人徐似道亦夸张地写过一句诗："不食螃蟹辜负腹。"而陆游的"蟹肥暂擘馋涎堕，酒绿初倾老眼明"，那么陶醉地剥壳食蟹，比徐似道的来得更为形象。

《红楼梦》里，曹雪芹更是浓墨重彩写吃蟹。藕香榭中，桂花开得茂密，风也轻轻，水也清清，史湘云邀请贾母一帮人赏桂花，啖蟹。那吃法的科学与讲究，让今人大为感叹。不是水煮，而是用蒸笼蒸的，防了蟹中营养成分的流失。吃蟹要趁热吃，辅之以姜、醋和酒。亦不能多吃，贾母说：“吃多了肚子疼。”

除此之外，我还看到难得的温馨和一团祥和。那样的富贵之家，整日地钩心斗角，声色犬马，却在吃蟹之时，显露出一点做人的快乐来。彼时，无论主子无论丫鬟，统统地放开了手脚，畅饮畅吃，闹着，笑着。像极浓荫下，突然洒落下一点日光，在人的心头，就那么亮了一亮。

这次螃蟹宴上，贾宝玉兴兴地作了螃蟹诗：“脐间积冷馋忘忌，指上沾腥洗尚香。”那个公子哥儿，什么山珍海味没吃过啊，偏着啖食螃蟹时，一吃再吃，忘了禁忌。吃毕，去洗手，手上还留着蟹的余香呢。他写的自然有趣，但我更喜欢林黛玉的“螯封嫩玉双双满，壳凸红脂块块香”，活脱脱写出了蟹的风味来。

蟹的种类繁多，世界上的蟹类约有4700种，我国约有800种。国人一直推崇的蟹是大闸蟹，那是蟹中的极品。

佳句精选

◇◇ 哪里是蟹脚痒？分明是人肚子里的馋虫儿，在蠢蠢着的，偏偏要赖到无辜的蟹身上，给自己的吃，找了很好的借口。

◇◇ 冬天的蟹，也是一肚子的货色，胖胖的，很能饱人口福。

◇◇ 彼时，无论主子无论丫鬟，统统地放开了手脚，畅饮畅吃，闹着，笑着。像极浓荫下，突然洒落下一点日光，在人的心头，就那么亮了一亮。

一把桑葚

好些年不吃桑葚了。某天，从一水果摊前过，看到包装得好好的桑葚，乌紫透亮的。不信，停下问，那是什么？卖水果的男人笑一声，桑树果啊。

这叫法一下子把久别的故乡，拉到我的跟前来。我的乡人们不买桑葚的账，他们只叫它，桑树果。直白又亲切，像唤邻家小儿郎大牛或小狗。尽管成年后，那孩子有比较文绉绉的学名，可在乡人们眼里，他就是大牛或小狗，哪能是别的什么呢。

那时，乡村多野生的桑树，长得又高又粗，和槐树们在一起。桑葚成熟的季节，孩子们乐疯了，成天攀在高高的桑树上不下来，嘴唇染得乌紫乌紫的。脸蛋染得乌紫乌紫的。小手染得乌紫乌紫的。连身上的衣，也被染得乌紫乌紫的。简直就是一个紫色的小人，只剩下两只眼睛忽闪忽闪的。这时候，家里的大人们多半是宽容的，不会责怪孩子弄脏了衣裳。有时，他们也会搁下农活，从地里上来，站树旁，摘上一把吃。

太多的桑葚，哪里吃得完？树下落厚厚一层，大家都懒得去捡的，任它把身下的泥土，染得乌紫蜜甜的。鸟飞过来帮忙。成群的鸟儿，小麻雀，白头翁，花喜鹊，野鹦鹉，它们欢聚一堂。桑葚成熟的时节，是它们的节日，那么多甜蜜的果实，它们想吃哪颗就吃哪颗。人这时大度得很，不与鸟计较，放任它们啄去。蓝蓝的天空下，人与鸟，共享这大自然的赏赐，不分彼此，其乐融融，幸福安详。我在回忆里沦陷，恨不得立即跑回童年去，重新被桑葚染紫。

傍晚，出门去散步，往郊外走。经过一堵围墙，那堵墙已立在那儿好几年了，里面圈着十来亩的地，是一家单位买下的。不知是没钱开发了还是别的什么意思，地一直荒芜着。附近的农民钻了围墙的铁门，在里面掏地儿种些蔬菜。

我扒着铁门往里瞧，在蔬菜边上，看到许多的小野花。我忍不住钻进铁门去，想看清楚些，我如愿亲近到了那些小野花。就在我回头之际，意外看到站在墙边的一棵桑树，上面累累的，挂满紫得发亮的果实。桑树果啊！我高兴得差点跳起来，跑过去，一颗一颗摘了吃。甜蜜的汁液，瞬息间，把我的舌头淹没。

我想起《诗经》里的“于嗟鸠兮，无食桑葚”之句，这里的桑葚，有告诫的意思，告诫那些布谷鸟，你们不要贪吃桑葚啊。传说，布谷鸟吃多了桑葚，昏醉过去，险些丢了性命。这传说颇有趣，惹得我一通联想，是不是真有鸟儿吃多了桑葚而醉过去了呢？

“翠珠三变画难描，累累珠满苞。”这是清人叶申芗眼里的桑葚。他像欣赏名花似的，欣赏着那一树桑葚，慢慢地由翠绿变绛红、变绛紫，像宝珠似的，累累地挂在树上。对他的这份欣赏，我极认同，我吃着桑葚，遥遥地想对他说声感谢。倘若没有一颗热爱的心，哪里会看到枝头的“翠珠三变”呢？

我采一把桑葚，打算带给邻居家的小孩。他是不知这世上有桑葚的。现在，即使乡下的小孩，怕是也不大知道桑葚了。那种吃桑葚的野趣，到哪里去寻呢？

佳句精选

◇◇ 蓝蓝的天空下，人与鸟，共享这大自然的赏赐，不分彼此，其乐融融，幸福安详。我在回忆里沦陷，恨不得立即跑回童年去，重新被桑葚染紫。

◇◇ 我高兴得差点跳起来，跑过去，一颗一颗摘了吃。甜蜜的汁液，瞬息间，把我的舌头淹没。

舌尖上的思念

做了一个离奇的梦，没有前奏，没有后续，就那么一个片段。如突降的阵雨，啪啦啪啦掉下来，你才惊讶地仰头看，天却放晴了，太阳明晃晃的。让你有一刻的恍惚——刚刚真的下过雨了么？

一望无际的南瓜地。是哪里的呢？不知。南瓜花开得又多又大，黄艳艳的一大片。我也不晓得自己怎么就站在那片南瓜地里了，我先是看花，每朵花都有脸盆那么大。我正奇怪着，怎么会有那么大的南瓜花呢？花朵突然一朵一朵息了，紧接着，满地都滚着大南瓜，一个个都跟胖娃娃似的。

我忍不住弯腰摘了一只，心慌意乱着要往哪里藏。搜寻周边，视野开阔，竟无一处可藏的地方。心里面急，一急，就醒了。

我在黑暗里睁着眼，再也睡不着了。离开老家好多年了，我想念过老家的很多瓜果蔬菜，独独极少去想南瓜。

我对南瓜的感情是复杂得很的。那时的乡下，谁家房前屋后，不种着几蓬南瓜啊。我家种得尤其多，家前屋后的每一块空地上都长着。南瓜花开的时节，那场面够波澜壮阔的，草堆上爬着，沟垄里趴着，树干上攀着。总觉得那南瓜藤有点像蛇变的，没有它游不去的地方。它又极能开花，仿佛身上装着个魔术袋子，里面藏满花朵，一掏一大把，掏不尽。花多，结出的南瓜便多，是吃不完的，顿顿主食都是它，炒南瓜，煮南瓜，南瓜粥，南瓜饭，南瓜面条，南瓜饼。吃得我们对南瓜很是怨恨起来，摘它回来，从来不是轻拿轻放的，而是狠狠往地上一摔，以示不满。却丝毫伤不到南瓜，它最多是在地上打一个滚，立马坐稳了，又是结结实实一好汉。

姐姐念的小学语文课本里，有篇文章叫《南瓜生蛋的秘密》，讲了一则拥军爱民的故事。解放军对老百姓好，老百姓报恩，就在解放军买的南瓜里，偷偷藏了些鸡蛋。炊事员在切南瓜时，一刀下去，呀，滚出一案板的鸡蛋来。我和姐姐突发奇想，是不是有好心的人，也会在我们的南瓜里，藏了鸡蛋？或者藏些别的东西，譬如姐姐渴望的蜡笔，我渴望的红绸带。一天，我们终敌不过这样的幻想，把房前屋后的大南瓜，挨个儿地开了膛破了肚。结果却让我们失望极了，南瓜的肚子里，除了装着南瓜囊，什么也没有。事后，我们被祖母用笤帚追着打，祖母痛心疾首地跺脚，你们这些败家子，糟蹋了这么多南瓜，你们吃什么啊？

那年的南瓜，并没有因我们的糟蹋而减少，我们还是顿顿吃它，吃了一个夏天，吃了一个秋天，吃了一个冬天。

跟那人说起我做的梦。那人肯定地说，你是怀念过去了，你其实，是很感激南瓜的。

午饭时，桌上就有了一盘糖蒸南瓜，是他特地从饭店叫回来的。他笑眯眯地说，吃吧。我一点一点吃下去，眼前有大片南瓜花在开，岁月的苦与甜，慢慢汇聚到我的舌尖上，在我的舌尖上相会。

佳句精选

◇◇ 南瓜花开的时节，那场面够波澜壮阔的，草堆上爬着，沟垄里趴着，树干上攀着。总觉得那南瓜藤有点像蛇变的，没有它游不去的地方。它又极能开花，仿佛身上装着个魔术袋子，里面藏满花朵，一掏一大把，掏不尽。

◇◇ 我一点一点吃下去，眼前有大片南瓜花在开，岁月的苦与甜，慢慢汇聚到我的舌尖上，在我的舌尖上相会。

姚二烧饼

早上起来，突然想吃烧饼了，姚二烧饼。

姚二烧饼出名，小城里，好多人都知道。那是伴着一代人成长的。有孩子长大了，去外地工作，回忆家乡的味道，少不了要说说姚二烧饼。“想吃啊。”他们说。半夜里爬上微博发图，画饼充馋。

是条很古旧的居民巷子。小城里，原来有好多这样的老巷道，都铲除掉重建了，唯独这条巷道，还保留着。两边的房，高不过两层，大多数是平房。一家挨一家，密密匝匝。这家炒菜那家香，那家说话这家应，真个是和睦又亲厚。我从那里走过，常恍惚着，以为掉进了旧时光。

姚二烧饼店就在这条老巷子里。很小的门面，墙体灰不溜秋的。屋上的瓦，也是灰不溜秋的。门口搭一遮雨棚，烧饼炉子就摆在那雨棚下。等烧饼的间隙，人站在店门口往里看，里面幽深幽深的，跟口老井似的。有一对眼珠子，突然蓝莹莹地看过来，是只大白猫，都十多岁了，老了。它蜷缩在一张凳子上，如老僧打坐般的，看门口的人，眼神儿透亮透亮的。一张案板，从门口一直延伸到里面。姚二夫妇和面做饼，都在这上面。上面有时还搁着大把大把的葱，肥肥的，绿绿的。

人贪恋那口旧旧的味道。纯手工的，手工擀皮子，手工剁馅，手工贴炉，任炉火慢慢烤着，烤得两面焦黄。烧饼刚出炉时，一股子麦子和芝麻的浓香，不由分说钻进你的五脏肺腑，热烈得有点火辣辣的。为了那口香，他们的烧饼店门口，便常站着不少在等烧饼出炉的人，等多久都愿意。

等的人有时跟姚二夫妇搭话，“姚二，你家生意真好啊。”姚二的女人听了这话，冲说话的人笑一笑，手里的活，没有慢下一点点。姚二则抬一抬眼皮，回道：“还凑合吧，承蒙大家关照。”手里的活，也不见慢下一点点。

夫妇二人，都四五十岁了。长相颇相似，胖胖的，敦厚着的。是日子过得很四平八稳的模样。姚二是从十六岁起，就在这儿摆上了烧饼炉子，之后，一直没挪过地。他结婚后，女人加入进来。夫妇二人趁早带晚，做的烧饼，还是不够卖。

有人建议他们，找两个帮手，把店铺再扩一扩。姚二慢言慢语回，不用了，就这样蛮好。

的确，就这样蛮好。好多人都习惯了“就这样”。走过路过，看到他们夫妇，一个在案板上擀皮子，一个在包馅儿，也听不见他们言语什么，大白猫独自蜷在一旁打瞌睡。始觉尘世的寻常里，有香，有静，有稳妥，有相守。没有人介意那店铺的窄小，介意那墙壁和屋上瓦的灰不溜秋，几天不吃姚二烧饼，就很有些想了。

如我这般，一大清早起来，穿过大半个小城，奔了去买。然不过两个星期未见，那黑不溜秋的木门上，已贴上通告一张：姚二烧饼，从今天开始谢幕。谢谢大家多年来的关照。姚二。下面签着年月日。

旁有邻人，看着发呆的我说：“每天都有不少人来跑空弯子。唉，关了，不做了，大前天就关了。”我怅惘伫立良久，方才慢慢走回。半路上不住回头，为什么就关了呢？为什么呢？

过几天，不死心，我复跑去看。那里的门面，已全被推翻掉，在重新翻盖和装修。据说要开一家化妆品店了。

佳句精选

◇◇ 两边的房，高不过两层，大多数是平房。一家挨一家，密密匝匝。这家炒菜那家香，那家说话这家应，真个是和睦又亲厚。我从那里走过，常恍惚着，以为掉进了旧时光。

◇◇ 等烧饼的间隙，人站在店门口往里看，里面幽深幽深的，跟口老井似的。

◇◇ 走过路过，看到他们夫妇，一个在案板上擀皮子，一个在包馅儿，也听不见他们言语什么，大白猫独自蜷在一旁打瞌睡。始觉尘世的寻常里，有香，有静，有稳妥，有相守。

那些光阴真是慢啊，

慢得像荡上天空的一丝棉絮，

忽忽悠悠，天空远得很哪。

村庄很像一支古老的歌谣，

日复一日，

弹唱着同样的曲调。

熟悉的人，熟悉的物事，

天天都能见着。

简单的心，简单的欲求，

世事莫不静好，

真真叫我怀念得有些心碎。

世事静好

世事静好

我坐在桌边，安静地看书的时候，突然想到“静好”这个词。

这是仲秋的上午，有一窗子的阳光。天上的云，是难得一见的纯白，挤挤挨挨着，跟瀑布跌落在岩石上似的，溅起一大朵一大朵雪白的浪花儿。楼下小径旁的栾树，开了大捧的细花，浅翠的，淡黄的。我心里有雀跃，用不了多久，它们又将擎着一簇簇红灯笼似的果了，亮丽闪耀，不分白天黑夜地照着。我出门，或是回家，便都有好颜色相送相迎。

草地上的几棵桂花树，也开始播着香了。别看这花模样细小，文静着，害羞着，甚至有些怯弱，像未曾见过世面的小女子，一颦一笑里，都藏着小心。事实上，才不是呢，它的性子猛烈得很，能量也大得惊人，是那种随时随地，都能挽起袖子，豪气得敢跟男人拼酒的角色。它一旦香起来，那是想收也收不住的，气势磅礴得很有些撒泼的意思了。却撒泼得不惹人厌烦，反倒叫人满心欢喜，宠着，爱着，不知拿它怎么办才好。一棵树，十里香。谁能拒绝它的甜与香呢？再多一些，再再多一些，也不嫌多的啊。是恨不得和它一起撒泼，和它一起醉过去。

虫鸣声也还有。吱吱，吱吱吱，吱吱吱吱，曲调明快、嘹亮。是秋蝉。人替它忧愁着，秋别离，秋别离，生命就要离去了呀。它却一点儿也不愁，照旧叫得响亮亮的。该来的，总归会来。愁是一天，乐也是一天，干脆还是唱着过的好。它知道，有限的生命，实在容不得浪费。

孩子的笑声，跑进耳里来。是他，还是她？每次下楼，我也总见几个咿呀学语的小孩，由家里的老人带着，蹒跚着在空地上玩耍。他们和一朵花能玩上大半天，和一棵草也能玩上大半天。他们专注地看着地上的蚂蚁散步，专注地仰头望着天上的鸟雀飞翔。黑葡萄似的眼睛里，汪着清泉。看到他们，我的心，总会变得特别柔软，忍不住要微笑起来，他们是生长在这个世上的童话，是世界最初的模样。

我看一会儿书，看一会儿窗外的云，任思绪就这样，漫无目的地策马奔腾着，时光便缓慢得很像从前的光阴了。从前的光阴，没有网络年代的光阴，都是这么缓慢而静好的。我和姐姐蹲在屋后的河边洗碗，看小鱼争食碗里的食物碎屑，看它们在水里面比赛着吹小泡泡。一朵一朵的小泡泡，撒落的珍珠似的，在水面上跳跃着，滚动着，四散开来。那是一个一个的小快乐吧。我们总要看得呆过去，看得心里面也泛起一朵一朵的小泡泡。圆的菱叶，浮在水面上。叶下面，有细白的小花。我们等着那些小花结出菱角来呢，等得好焦急呀。今日去看，花还是花。明日去看，花依然是花。哎呀呀，菱角怎么还没结出来呢！祖母又挥着笤帚，在赶偷食玉米粒的鸡。她踩着小脚，绕着场边跑着，怒斥着，像怒斥不听话的我们。鸡却不长记性，一会儿又跑来偷食。厨房的餐桌上，搁着新摘下来的茄子和丝瓜。中午饭又吃蒸茄子了，还有丝瓜汤，百吃不厌。弟弟坐在屋门前的桃树下，在翻一本连环画。那本连环画，已被我们翻得缺了角，卷了边。桃树底下，凤仙花天真烂漫地开了一大片。我们扯上一大把，红黄白紫，都有，捣鼓捣鼓，留着晚上包红指甲。

那些光阴真是慢啊，慢得像荡上天空的一丝棉絮，忽忽悠悠，天空远得很哪。村庄很像一支古老的歌谣，日复一日，弹唱着同样的曲调。熟悉的人，熟悉的物事，天天都能见着。简单的心，简单的欲求，世事莫不静好，真真叫我怀念得有些心碎。

佳句精选

◇◇ 该来的，总归会来。愁是一天，乐也是一天，干脆还是唱着过的好。它知道，有限的生命，实在容不得浪费。

◇◇ 他们是生长在这个世上的童话，是世界最初的模样。

◇◇ 那些光阴真是慢啊，慢得像荡上天空的一丝棉絮，忽忽悠悠，天空远得很哪。村庄很像一支古老的歌谣，日复一日，弹唱着同样的曲调。熟悉的人，熟悉的物事，天天都能见着。简单的心，简单的欲求，世事莫不静好，真真叫我怀念得有些心碎。

我与青春再见时

十六七岁的年纪，是迫不及待要远走高飞的。像一朵花苞苞，就要开了，就要开了，却总也不见开。光阴是缓慢的，缓慢得像教学楼后矮冬青树下，一只慢爬的蜗牛。早上走过时，看它在爬。中午去看，它还在爬，总也爬不到树枝上去。

心是忧伤的。对着一枚叶，看着看着，也会落下泪来。清晨醒来，宿舍还是那个宿舍，教室还是那个教室，操场还是那个操场。教学楼前，一排法国梧桐树，撑着肥圆的叶，不知疲倦地绿着。校园的围墙上，爬满小朵的红，和黄，是些野喇叭花，无比寂静地开着。围墙外，传来敲铁皮的声音。那是不远处的一家小店铺，专卖各种铁桶。赤膊的中年男人成日举着铁锤，敲啊敲，声音单调又寂寥。

我时常望着教室的窗外，发呆，天上飘着淡的蓝，或淡的白。风吹得若有似无。我希望着人生这惨淡的一页，能速速翻过去。是的，惨淡。那个时候，我进城念高中，穿着母亲纳的布鞋，背着母亲用格子头巾缝的书包，皮肤黝黑，沉默寡言，跟野地里的茇茇草似的，又卑微又渺小。城里的孩子多么不同，他们住黛瓦粉墙的四合院。他们穿时髦鲜艳的衣，从青石板铺就的小巷子里，呼啸而出。他们漂亮白净、神采飞扬，不识四时农作物，叫我们乡下来的孩子：泥腿子。

我的神经时时绷着、敏感着，怕被伤了，偏偏时时被伤着。他们一个不屑的眼神、一句轻视的话语，都足以让我手脚冰凉。我变得越发地沉默，低着头走路，低着头做事，恨不得把头埋到泥地里去。

也总是要上他的课。彼时，他四五十岁，挺拔壮实。肤黑，黑得跟漆刷过似的。据说曾去西藏支教过几年。记得他初来上课时，刚一张口，全班都愣住了，他的声音与他的外表，实在不相称，他的声音尖，且细，跟女人似的。几秒钟后，全班哄堂大笑。城里的孩子尤其笑得厉害，他们兴奋地拍着桌子，哗啦啦，哗啦啦。他在前面怒，眼睛逡巡一遍教室，揪出后排一个张嘴在笑的男生，厉声道，“你们这些乡下来的，太没教养了！”

虽然他不是针对我，但这句话，却刺一样地，扎进我的心里面，再难拔去。再上他的课，我从不抬头听讲，兀自做自己的事。他上了一些课后，也终于发现我的“另类”，在课堂上当众点名批评，说出的话，如同蹦出的石子儿似的，硌得人生疼。我越发地不喜欢他了。

他后来不再过问我，甚至连作业都不批改我的。一次，他在班上闲话考大学的事，大家踊跃说着理想中的职业。有城里同学看我一眼，大笑着说，她将来适合去做厨师。一帮同学附和着笑。我看到他的眼光不经意地掠过我，又越过去，什么话也没说，一任课堂上笑声泛滥。

是从那一刻起，我在心里发着誓，我一定要考上大学，给看不起我的人狠狠一击，特别是他。凌晨三四点，我一个人就悄悄起了床，到教室里点灯读书。如此地日复一日，结果，高考时我考了高分，他任教的一门，我考了年级第一名。

多年后，高中同学聚会，请来当年的老师，其中有他。他早已不复当年的挺拔，身子佝偻，双鬓染霜，苍老得厉害。这让我意外，想来他也不过六十来岁，何以会如此衰老？他在一帮同学的簇拥下，站到我跟前。同学让他猜，老师，她是哪个？他看定我，笑着摇摇头。同学提醒他，老师，她是当年我们班作文写得最好的那个，叫丁立梅啊。他看着我，还是抱歉地摇摇头，眼神天真。

有同学悄悄对我耳语，老师失忆了。我一惊，突然想落泪。多年来，我极少回顾青春，以为那是我人生里的一道暗疮。可现在，我却多么愿意走回去，他还在讲台上挺拔着，我还在讲台下稚嫩着。教学楼前的梧桐树上，还有雀儿在跳得欢。

青春原是一场花开，欢乐或疼痛，都是岁月的赠予。因为经历了，我们才得以成熟，所以，感谢。我上前挽起他，我说，老师，我们合个影吧。相机上，我的笑容，映着他的笑容，当年的天空，铺排在身后。

佳句精选

◇◇ 十六七岁的年纪，是迫不及待要远走高飞的。像一朵花苞苞，就要开了，就要开了，却总也不见开。光阴是缓慢的，缓慢得像教学楼后矮冬青树下，一只慢爬的蜗牛。

◇◇ 青春原是一场花开，欢乐或疼痛，都是岁月的赠予。因为经历了，我们才得以成熟，所以，感谢。

回家

父亲生日，我记着，买了蛋糕和礼物，回家。父亲很有些意外了，他根本没想到我能记着他的生日。他高兴得手足无措，在家门口转来转去，一会儿弯腰扶扶倚在墙边的扫帚，一会儿挥手去赶来凑热闹的鸡。我把买给他的礼物——一件外套拿出来，让他穿上试试。他不好意思起来，装作不在意地说：不就是个闲生日嘛，买什么衣裳。

我说：爸，闲生日也要过，以后每年我都会替你过。心下却黯然，父亲都七十有一了，又有几个生日好过？父亲却满足得“嗬嗬”笑起来，我看到他混浊的眼里，有亮亮的东西闪现，我的举手之劳，一定在他心里掀起了万顷波澜。我和母亲在厨房里做饭，就听到他在外面大着嗓门儿，不厌其烦地告诉邻居二爹，我家二丫头特地请假回来给我过生日。不就是个闲生日嘛，还给我又买衣裳又买蛋糕的，他补充道。

母亲不屑，母亲说：“你爸就爱吹牛。”母亲的脸上，却荡满笑意——母亲也是欢喜的。饭桌上，不胜酒力的父亲喝多了，他颠三倒四地叨叨：我真幸福啊。我笑看可爱的老父亲，心里惭愧，从前的日子，我疏忽父母太多。好在还有当下的日子，我可以弥补。

出门去，阳光荻絮似的，淡淡轻拂。午后的村庄，安静得很像一捧流水，只剩下老人和孩子了——其实，孩子也没见着几个。只有几只狗，主人似的，满村庄溜达，不时吠上一两声。我以为，它们是寂寞了。

我去田间转悠。这里，那里，都曾留有我少年光阴。我在地里挑过猪草羊草。我在地里掰过玉米，拾过棉花。我熟悉很多植物：车前子、牛耳朵、婆婆纳、野蒿、黄花菜、苜蓿、菖蒲和苦艾。一蓬一蓬的苇花，在风中起舞，它们让我的目光，在上面逗留了又逗留。

一妇人趴在沟边锄草，身子都快躬到地上去了。她头上花头巾的一角被风撩起，露出里面灰白的发来——竟是那么地老！记忆里，她辫一根乌黑的长辫子，健壮结实，挑着担子也能健步如飞。我站定看她，她也看我，许久，她哎呀一声：这不是梅吗？是我，姨。这么一答，我觉得鼻子有点酸。不知为何。

我看着她笑，在心里找着话。说点什么好呢？我没找着。她大概也找不着要说的话，就从地里拔一棵白萝卜给我，说：没有空心呢。我接过，摘了路边的蚕豆叶子擦擦，“咔嚓”咬了两口——小时，我都是这么干的。我们一村的人，也都是这么干的。

她呵呵笑起来，很开心的样子。

你真孝顺啊。她终于又说一句。

我赧颜，又有些伤感。我听说过她的两个儿子，一个远去云南，做了人家的上门女婿。一个常年在外打工，极少回家。地里的荠菜花开得星星点点，奔放灿烂是春天的事。麦苗儿却绿滴滴的，让人忍不住想揪了一把吃。

望见麦田中的坟。这儿一座，那儿一座，那里住着我熟悉的村人。我祖父祖母的坟也在。隔着不远的距离，我在心里向他们致敬。

有他们在，村庄便永远在。

佳句精选

◇◇ 出门去，阳光荻絮似的，淡淡轻拂。午后的村庄，安静得很像一捧流水，只剩下老人和孩子了——其实，孩子也没见着几个。

◇◇ 地里的荠菜花开得星星点点，奔放灿烂是春天的事。麦苗儿却绿滴滴的，让人忍不住想揪了一把吃。

◇◇ 望见麦田中的坟。这儿一座，那儿一座，那里住着我熟悉的村人。我祖父祖母的坟也在。隔着不远的距离，我在心里向他们致敬。

人生赢家

我爸最近爱说一句口头禅，我赚了。

别以为老爷子发了什么横财。一个七十多岁的老农，守在家里的三分地上，种点蔬菜粮食，能发财到哪里去？我清楚地知道，我爸的口袋里，从来不会超过二百块。

我爸却满足得很，走哪里都乐呵呵的，说，我赚了。按我爸的说法是，过去没柴烧，现在有了。过去没饭吃，现在就恨肚子装不下。过去没衣裳穿，现在多得穿不了了。过去住茅草屋，现在住上砖瓦房了。这，当然是赚了。

我们兄妹几个一起归家，我爸最开心。他去地里拔了青菜，又拔萝卜。他一手举青菜，一手举萝卜，得意地对我们说，我种的。瞧，长得多好！我赚了啊！

青菜烧豆腐。萝卜烧肉。一家人坐下来，平日极少沾酒的我爸，这时，必满上一杯，轻酌慢饮。酒未醉人，人自醉，我爸笑眯眯地看看这个孩子，望望那个孩子，醉眼蒙胧，感叹道，这日子多幸福啊，我真是赚了。

我们懂他的意思，四个儿女，个个健全安康。虽没有大富大贵，却都善良本分，能把寻常的小日子，过得有声有色。对我爸来说，这就是他最大的收成。

他跟我们聊起村子里的人和事。记得福立吗？比我还小几岁呢，前些天得病走了，走的时候，床边没一个人，我爸摇头叹。福立真是苦了一辈子啊，招了个上门女婿，平日里对他非打即骂，他一辈子没吃过好的没穿过好的，就这么走了。我爸说着说着，就陷入到一层忧伤里。但很快，他又变得快乐起来。他慢慢呷了一口酒，看看我们这个，望望我们那个，幸福满满地说，比起福立，我赚多了，我的儿女个个孝顺。

又聊到富林。富林跟我爸是同龄人，膝下只有一个儿子。富林的儿子出息了，如今定居在美国。但我一点儿都不羡慕富林，我爸说，他不如我幸福，有个头疼脑热的，身边也没个人照应。哪像我这么有福，逢年过节，我的儿女都能回来看我。——这么一算账，我爸的确又赚了。

又聊到和我们一起长大的邻居四小。四小从小聪明，精明能干，有生意头脑。成年后，他南下广州做生意，一度辉煌闪耀，回到村子里，翻盖了三层楼房，很是鹤立鸡群。但他竟不走正道，偷偷贩毒，被抓了，判了个无期。我爸说，四小出了这档事，他的爹娘在村子里再抬不起头来了。你们都好好的，我就赚了，我爸最后总结道。

带我爸去北京。一路之上，他一直念念叨叨，说他赚大了。你想啊，村子里那么多人，谁能像我这样，又是坐火车又是坐飞机的，还看天安门爬长城？他们一辈子都不知道，天安门的门是朝南还是朝北呢。我赚大了，死了也闭眼睛了。我爸逢人便说。

现在，我爸的身子骨虽大不如前，但还能走能动。我买了辆老年代步车给他，他偶尔会载着我妈，到二十几里外的老街上吃了早点再回家。我爸觉得，比起躺在床上不能走不能动的人来说，他赚了。一生的艰难困苦，都可以忽略不计。我爸憧憬道，日子还会越来越好。

看看我爸，再想想我们，有坚固的屋檐庇佑风雨。有稳妥的工作滋养日子。有明亮的眼睛可以抬头看天，低头见花。有健康的双腿可以健步如飞，四处游走。生活中得到的，永远比失去的多。我们其实都是人生赢家。

佳句精选

◇◇ 四个儿女，个个健全安康。虽没有大富大贵，却都善良本分，能把寻常的小日子，过得有声有色。对我爸来说，这就是他最大的收成。

◇◇ 有坚固的屋檐庇佑风雨。有稳妥的工作滋养日子。有明亮的眼睛可以抬头看天，低头见花。有健康的双腿可以健步如飞，四处游走。生活中得到的，永远比失去的多。我们其实都是人生赢家。

青春不留白

上高中的时候，我在离家很远的镇上读书，借宿在镇上的远房亲戚家里。虽说是亲戚，但隔了枝隔了叶的，平时又不大走动，关系其实很疏远。

是父亲送我去的，父亲背着玉米面、蚕豆等土产品，还带了两只下蛋的老母鸡。父亲脸上挂着谦卑的笑容，让我叫一对中年夫妇“伯伯”与“伯母”。伯伯倒是挺和气的，说自家孩子就应该住家里，让父亲只管放心回去。只是伯母，仿佛有些不高兴，一直闷在房里，不知在忙什么。我父亲回去，她也仅仅隔着门，送出一句话来：“走啦？”再没其他表示。

我就这样在亲戚家住下来。中午饭在学校吃，早晚饭搭在亲戚家。父亲每个月都会背着沉沉的米袋子，给亲戚家送米来。走时总要关照我，在人家家里住着，要眼勤手快。我记着父亲的话，努力做一个眼勤手快的孩子，抢着帮他们扫地洗菜，甚至洗衣。但伯母，总是用防范的眼神瞅着我，不时地说几句。菜要多洗几遍，知道吗？碗要小心放。别碰坏洗衣机，贵着呢。农村孩子，本来就自卑，她这样一来，我更加自卑，于是平常在他们家，我都敛声静气着。

亲戚家的屋旁，有条小河，河边很亲切地长着一些洋槐树。这是我们乡下最常见的树，看到它们，我会闻到家的味道。我喜欢去那里，倚着树看书，感觉自己是只快活的小鸟。洋槐树在五月里开花，花白，蕊黄，散发出甜蜜的气息。每个清晨和傍晚，我几乎都待在那里。

不记得是哪一天看到那个少年的了。五月的洋槐花开得正密，他穿一件红色毛线外套，推开一扇小木门，走了出来。他的手里端着药罐，土黄色，很沉的样子。他把药渣倒到小河边，空气中立即弥漫着浓浓的中草药味。少年有双细长的眼，眉宇间，含着淡的忧伤。他的肤色极白，像头顶上开着的槐树花。我抬眼看他时，他也正看着我，隔着十来米远的距离。天空安静。

这以后，便常常见面。小木门“吱哑”一声，他端着沉的药罐出来，红色毛衣，跳动在微凉的晨曦里。我知道，挨河边住着的，就是他家。白墙黛瓦，小门小院。亦知道，他家小院里，长着茂密的一丛蔷薇，我看到一朵一朵细嫩粉红的花，藏不住快乐似的，从院内探出头来，趴在院墙的墙头上笑。

一天，极意外地，他突然对着我，笑着“嗨”了声。我亦回他一个“嗨”。我们隔着不远的距离，相互看着笑，并没有聊什么，但我心里，却很高兴很明媚。

蔷薇花开得最好的时候，少年送我一枝蔷薇，上面缀满细密的花朵，粉红柔嫩，像年少的心。我找了一个玻璃瓶，把它插进水里面养，一屋子，都缠着香。伯母看看我，看看花，眼神怪怪的。到晚上，她终于旁敲侧击地说，现在水费也涨了。又接着来一句，女孩子，心不要太野了。像心上突然被人生生剜了一刀似的，那个夜里，我失眠了。

第二天，我苦求一个住宿舍的同学，情愿跟她挤一块儿睡，也不愿再寄居在亲戚家里。我几乎是以逃离的姿势离开亲戚家的，甚至没来得及与那条小河作别。那一树一树的洋槐花，在我不知晓的时节，落了。青春年少的记忆，成了苦涩。

转眼十来年过去了，我也早已大学毕业，在城里安了家。一日，我在商场购物，发觉总有目光在追着我，等我去找，又没有了。我疑惑不已，正准备走开，一个男人，突然微微笑着站到我跟前，问我，你是小艾吗？

他跟我说起那条小河，那些洋槐树。隔着十来年的光阴，我认出了他，他的皮肤不再白皙，但那双细长的眼睛依旧细长。

——我母亲那时病着，天天吃药，不久就走了。

——我去找过你，没找到。

——蔷薇花开的时候，我会给你留一枝最好的，以为哪一天，你会突然回来。

——后来那个地方，拆迁了。那条小河，也被填掉了。

他的话说到这里，止住。一时间，我们都没有了话，只是相互看着笑，像多年前那些微凉的清晨。

原来，所有的青春，都不会是一场留白，不管如何自卑，它也会如五月的槐花，开满枝头，在不知不觉中，绽出清新甜蜜的气息来。

我们没有问彼此现在的生活，那无关紧要。岁月原是一场一场的感恩，感谢生命里的相遇。我们分别时，亦没有给对方留地址，甚至连电话也不曾留。我想，有缘的，总会再相见。无缘的，纵使相逢也不识。

佳句精选

◇◇ 少年有双细长的眼，眉宇间，含着淡的忧伤。他的肤色极白，像头顶上开着的槐树花。我抬眼看他时，他也正看着我，隔着十来米远的距离。天空安静。

◇◇ 他家小院里，长着茂密的一丛蔷薇，我看到一朵一朵细嫩粉红的花，藏不住快乐似的，从院内探出头来，趴在院墙的墙头上笑。

◇◇ 有缘的，总会再相见。无缘的，纵使相逢也不识。

从前

一

你肯定也听过这样一个故事：从前有座山，山里有个庙，庙里有个老和尚，给小和尚讲故事，讲的什么呢？讲的是，从前有座山……如此循环往复，无有尽头。要是你不想停下，这个故事，便永远停不下来。

白日光长长的，讲故事的人，白发如霜。他盘腿坐在院门前，眯着眼逗我们。他只讲一遍，我们就会了，于是把它当歌谣唱，土路上纷飞的，都是这样的音符：从前有座山，山里有个庙，庙里有个老和尚，给小和尚讲故事……

那时只道寻常，山在，庙在，老和尚在，小和尚在，永永远远，都是那般模样。如檐前开得好好的一蓬大丽花，花艳丽得快撑不住颜色了；如门前的大槐树上，蹲着的那个喜鹊窝，一只花喜鹊盘踞在上面唱着歌。

还有，毛小牛的芦笛声，呜呜呜，呜呜呜。只要张开耳朵，就能听到他在吹。

他说，那是远方汽笛的声音。

毛小牛是我的玩伴，头上生许多癞疮，小伙伴们都叫他癞头。他却偏偏生一双巧手，会做芦笛，会用小草编蚱蜢。他走到哪里，芦笛会吹到哪里。

现在再听这个故事，别有一番滋味在心头。岁月，原是由许许多多的从前组成的，山是有从前的，庙是有从前的，老和尚是有从前的，小和尚亦早已成了从前的从前。毛小牛在25岁上溺水而亡，彻底地成了，从前的人了。

二

夜是有声音的。

夏夜的声音，尤其丰富。

选一处草地坐下。露珠在轻轻落，偶尔会听到“啪”的一声，那是它不小心，打翻了某片树叶了。虫鸣于周边响起，唧唧，啾啾，吱吱。还有植物们的声音，它们亲昵得很，一直在耳语。紫薇和梧桐，云松和翠竹，绵延在一起，夜色里，分不清谁是谁。

真静。思绪和着夜色，漫过记忆。想起老祖母了，那时她还不算老，真的不算老。她能拎得动几十斤的草篮子，碎步细密；她能把一群调皮的鸡，撵得满院子飞；她能洗一大盆的衣裳，满满晾一绳。

一样的夏夜。祖母手里摇着蒲扇，摇着摇着就停下了。她定定望着某处，喃喃说：“从前，你太婆可疼我呢，这样的夏天，她给我煮绿豆汤喝。我的皮肤，白得透亮，出门去，人家都打听，这是谁家的女娃啊，这么漂亮。”

怔一怔，地上的一片月光，随着树影晃了晃，很不真切。暗地想，祖母哪里有从前呢，祖母本来就是祖母的。风吹着虫鸣声，让人心痒。坐不住的，一溜烟跑去玩——祖母的从前，到底与我不相干的。

玩一圈回来，却发现祖母，还独自坐着在发愣，她沉在她的从前里。

而我现在，沉在我的从前里。

我们原都是从从前走过来的，慢慢地，又成为从前。这便是，人生。

三

心血来潮地想去看荷。这念头一经产生，就势不可当。

我所在的小城，也仅限在公园有。一方池子里，植了数十株。一俟夏天，圆润碧绿的荷叶，铺满整个池子。数枝荷，婷婷于绿叶之上，有含苞的，有已然绽放的。

这是一种清清爽爽的美，不芜杂，不喧闹，正如乐府诗《青阳渡》中所描写："青荷盖绿水，芙蓉发红鲜。下有并根藕，上有同心莲。"

再去公园，却没看到荷，原先的几十株，不知去了哪里，一池的水在寂寞。问及，人都摇头说不知。我把公园里有水的地方都寻遍，也未寻到。

有人提议，隔壁的水乡应该有。于是马不停蹄赶了去，一去百十里，只为看荷。

果真有，路边，荷成亩成亩地长。花却开过了，莲蓬已成形。雨忽然来，大而狂，无法下车细看，只隔着一扇车窗，与它对望。雨雾起，它望不真切我，我望不真切它。但知道，都在呢，心安了。

想起白衣年代，青春无敌，那人举一枝荷，说送我。送就送呗，乡下的池塘里，那么多的荷，实在算不得什么。随手接过来，后来是丢了，还是用清水养了，不记得了。

却在经年之后，追着寻着去看荷。人有时，寻找的，不过是记忆里的从前。当年不曾以为意的，日后却念念不忘，只是因为啊，从前的青春年少，我们再也回不去了。

四

在老家，遇到一乡亲。

乡亲很老了，背驼腰弓，我叫不出他的名字。我以前应该叫得出他的名字的。

他笑微微看我，说：“你小时候很聪明的，五个小孩数竹竿，就你数得最快。”

数竹竿？这个细节，我是彻底忘了的。

从前的痕迹，以为风吹云散，却不料，一点两点的，不是存活在那个人那里，就是存活在这个人这里。只要轻轻一拨拉，它就哗啦啦奔涌出来，如涨潮的水。你突然想起村东头的瞎眼老太，用断指绕线；你突然想起一个叫红旗的光棍汉，一边插秧一边唱：我爷爷是个老红军；拖着鼻涕的少年玩伴，一个一个出来了；你甚至想起邻家的那只花母鸡，还有黑狗。

所有的记忆，此时汇聚到一个地方，那个地方，是从前。从前的人，从前的事，从前的碧空蓝天，有人叫它，灵魂的故乡。

佳句精选

◇◇ 夜是有声音的。

◇◇ 人有时，寻找的，不过是记忆里的从前。当年不曾以为意的，日后却念念不忘，只是因为啊，从前的青春年少，我们再也回不去了。

◇◇ 从前的痕迹，以为风吹云散，却不料，一点两点的，不是存活在那个人那里，就是存活在这个人这里。只要轻轻一拨拉，它就哗啦啦奔涌出来，如涨潮的水。

◇◇ 所有的记忆，此时汇聚到一个地方，那个地方，是从前。从前的人，从前的事，从前的碧空蓝天，有人叫它，灵魂的故乡。

做伴 书香

年少的时候，我曾热切地做过一个梦，一个有关书的梦：开一家小书店，抬头是书，低头还是书。

那时家贫，无钱买书。对书的渴望，很像饥寒的人，对一碗热汤的渴盼。偶尔得了几枚硬币，不舍得用，慢慢积攒着，等有一天，走上几十里的土路，到老街上去。

老街上最诱惑我的，不是酸酸甜甜的糖葫芦，不是香香喷喷的各色糕点，不是喜欢的红绸带，而是小人书。小人书是属于一个中年男人的，他把书摊摆在某棵大树下，或是巷道的拐角处。书大多破旧得很了，有的甚至连封面都没了，可是，有什么关系呢？它们在我眼里，是散着馨香的。我穿过川流的人群奔过去，我穿过满街的热闹奔过去，远远望见那个男人，望见他脚跟前的书，心里腾跳出欢喜来，哦，在呢，在呢。我扑过去，蹲在那里，租了书看，直看到暮色四合，用尽身上最后一枚硬币。

读小学时，我的班主任家里，订有一些报刊，让我垂涎不已。班主任跟我父亲是旧交，凭着这层关系，我常去他家借书看。他对书也是珍爱的，一次只肯借我一本。有时夜晚，借来的书看完了，我又想看另外的。这种欲望一旦产生，便汹涌澎湃起来，势不可当。怕父母阻拦，我偷偷出门，跑去班主任家，　个人走上五六里的路。乡村的夜，空旷得无边无际，偶有一声两声狗吠，叫得格外突兀，让人心惊肉跳。我看着自己小小的影子，在月下行走，像一枚飘着的叶，内心却被一种幸福，填得满满的。新借得的书，安静在我的怀里，温良、敦厚，让我有满怀的欢喜。

多年后，我想起那些夜晚，还觉得幸福。母亲惊奇，那时候，你还那么小，一个人走夜路，怎么不晓得害怕？我笑，我那时有书做伴呢，哪里想到怕了？那样的月色，漫着，水一样的。一个村庄，在安睡。我走在村庄的梦里面，怀里的书，散发出温暖亲切的气息。

上高中时，语文老师清瘦矍铄，爱书如命。他藏有一壁橱的书。我憋足了劲儿学好语文，只为讨得他欢喜，好开口问他借书。他也终于答应我，我想读书时，可以去他家借。

他家住在老街上，很旧的平房，木板门上的铜环都生锈了。屋顶上黛青色的瓦缝里，长着一蓬一蓬的狗尾巴草。这样的房子，在我眼里，却如童话中的小城堡，只要打开，里面就会蹦跳出无数的美好来。

是四五月吧，他屋门前的一棵泡桐树，开了一树紫色的桐花，小花伞似的，撑着。我去借书，看到他在树下坐着，一人，一椅，一本书。读到高兴处，他拊掌大叹，妙啊！他孩子气的大叹，让我看到人生还有另一种活法：单纯，洁净，桐花一般地美好着，与书有关。

后来，我离开老街，忘了很多的人和事，却常不经意地会想起他：一树的桐花，开得摇摇欲坠，他在树下端坐。如果我的记忆也是一册书，那么，他已成一枚书签，插在这册书里面。

而今，我早已拥有了自己的书房，也算实现了当初的梦想——抬头是书，低头还是书。若是外出，不管去哪里，我最喜欢逛的，定是当地的书店和书摊。

午后时光，太阳暖暖的，风吹得漫漫的，人在阳台上小憩，随便从书架上抽出一本书，摊膝上，风吹哪页读哪页。如果书也是一朵花，我这样想象着，如果是的话，那么，风吹来，随便吹开的一页，那一页，便是盛开的一瓣花。

人、书、风，就这样安静在阳光下、安静在岁月里，妥帖，脉脉温情。

佳句精选

◇◇ 我看着自己小小的影子，在月下行走，像一枚飘着的叶，内心却被一种幸福，填得满满的。新借得的书，安静在我的怀里，温良、敦厚，让我有满怀的欢喜。

◇◇ 一树的桐花，开得摇摇欲坠，他在树下端坐。如果我的记忆也是一册书，那么，他已成一枚书签，插在这册书里面。

◇◇ 如果书也是一朵花，我这样想象着，如果是的话，那么，风吹来，随便吹开的一页，那一页，便是盛开的一瓣花。

◇◇ 人、书、风，就这样安静在阳光下、安静在岁月里，妥帖，脉脉温情。

图书在版编目（CIP）数据

丁立梅散文精选集：全三册 / 丁立梅著 . — 北京 ： 东方出版社，2021.4
ISBN 978-7-5207-1898-1

Ⅰ . ①丁… Ⅱ . ①丁… Ⅲ . ①散文集–中国–当代 Ⅳ . ① I267

中国版本图书馆 CIP 数据核字（2020）第 253825 号

丁立梅散文精选集：全三册
（DINGLIMEI SANWEN JINGXUANJI:QUANSANCE）

作　　者： 丁立梅
策 划 人： 王莉莉
责任编辑： 张　旭　张彦君
产品经理： 张　伟
出　　版： 东方出版社
发　　行： 人民东方出版传媒有限公司
地　　址： 北京市西城区北三环中路 6 号
邮　　编： 100120
印　　刷： 鸿博昊天科技有限公司
版　　次： 2021 年 4 月第 1 版
印　　次： 2021 年 4 月第 1 次印刷
印　　数： 1—10000 套
开　　本： 880 毫米 ×1230 毫米 1/32
印　　张： 24
字　　数： 720 千字
书　　号： ISBN 978-7-5207-1898-1
定　　价： 120.00 元
发行电话：（010）85924663　85924644　85924641

相见欢

丁立梅散文精选集

丁立梅 著

東方出版社

你有你的路要走，
我有我的路要走，
感谢相遇的刹那，
你的温暖，
陪我走过孤独。

相见欢

目录

相见欢

小扇轻摇的时光

红木梳妆台

目录

仙人掌不哭泣

相见欢

月亮升起来，

盈盈如水。

恍惚间，

月下有小女孩，

手执小扇，

追着扑流萤。

小扇轻摇的时光

如果可以这样爱你

母亲坐在黄昏的阳台上。母亲的身影没在一层夕照的金粉里。母亲在给我折叠晾干的衣裳。她是来我这里看病的，看手。她那双操劳一生的手，因患类风湿性关节炎，现已严重变形。

我站在她的身后看她，我听到她间或地叹一口气。母亲在叹什么呢？我不得而知。待她发现我在她身后，她的脸上，立即现出谦卑的笑：“梅啊，我有没有耽搁你做事？”

自从来城里，母亲一直表现得惶恐不安，觉得她给我添麻烦了，处处小心着，生怕碰坏了什么，对我家里的一切，她都心存了敬意，轻拿轻放，能不碰的，尽量不碰。我屡次跟她说："没关系的，这是你女儿家，你想做什么就做什么。"母亲只是羞怯地笑笑。

那日，母亲帮我收拾房间，无意中碰翻一只水晶花瓶。我回家，母亲正对着一堆碎片默默垂泪，她自责地说："我老得不中用了，连帮你打扫一下房间的事都做不好。"我扫去那堆碎片，我说没事的没事的。我想起多年前，我还是个小姑娘时，因调皮捣蛋，打碎家里唯一值钱的东西——一只暖水瓶，我并不知害怕，告诉母亲，那是风吹倒的。母亲自然知道我是在撒谎，却不戳穿，她把我上上下下检查了一遍，看我没伤着，这才长舒一口气说，风真该打。现在，我真的想母亲这样告诉我，啊，是风吹倒的。那么，我就会搂住她说，风真该打。母亲却没有，尽管我一再安慰她，这花瓶不值钱的，改天我去抱十只八只回来。母亲还是为此自责了好些天。

送母亲去医院，排队等着看专家门诊。母亲显得很不安，不时问我一句："你要不要去上班？"我告诉她，我请了假。母亲愈发不安了，说："你这么忙，我哪能耽搁你？"我轻轻拥了母亲，我说："没关系的。"母亲并不因此得到安慰，还是很不安，仿佛欠着我什么。

轮到给母亲看病了，母亲反复问医生的一句话是，她的手会不会废掉。医生严肃地说："说不准啊。"母亲就有些凄凄然，她望着她的那双手，喃喃语："这怎么好呢怎么好呢？"出了医院门，母亲不住地叹气："梅啊，妈妈的手废了，怕是以后不能再给你种瓜吃了。"声音戚戚的。我从小就喜欢吃地里长的瓜啊果的，母亲每年都会给我种许多。我哽咽无语。我真想母亲伸出手来，这样对我说："啊，妈妈病了，梅给我买好吃的吧。"我小时病了，就是这样伸着手对着母亲的："妈妈，梅病了，梅要吃好吃的。"母亲就想尽办法给我做好吃的。有一次，我大病，高烧几天后醒来，母亲卖掉她珍爱的银耳环，给我买我想吃的鸭梨。

带母亲上街，给母亲买这个，母亲摇摇头，说不要。给母亲买那个，母亲又摇摇头，说不要。母亲是怕我花钱。我硬是给她买了一套衣服，母亲宝贝似的捧着，不住地摩挲，感激地问："要很多钱吧？"我说不值多少钱的，但母亲还是很感激。我想起小时，我看中什么，闹着要母亲给我买，从不曾考虑过母亲是否有钱，我要得那么心安理得。母亲现在却把我的点滴给予，都当作是恩赐。

街边一家商场在搞促销，搭了台子又唱又跳的，我站着看了会，一回头，不见了母亲。我慌了，大字不识一个的母亲，如果离开我，她将怎样的惶恐？我四下里寻找，不住地叫着妈，最后看见母亲站在路边的一棵梧桐树下，正东张西望着。看见我，她一脸羞愧，嗫嚅着说：“妈眼神不好，怎么就找不到你了，你不会怪妈妈吧？”我本想责备她的话，咽了下去。突然有泪想落，多年前的场景，一下子晃到眼前来：那时，我不过四五岁，跟母亲上街，因为贪玩，跑丢了。母亲一头大汗找到我，我扑到她的怀里委屈得大哭。母亲搂着我，不住嘴地说：“是妈不好，是妈不好。”脸上有着深深的懊恼。而现在，我的母亲，当我把她“丢”了后，她没有一丁点委屈，有的，依然是自责。

我上前牵了母亲的手，像多年前，她牵着我的手一样，我不会再松开母亲的手。大街如潮的人群里，我们只是一对寻常的母女。如果可以这样爱你，妈妈，让我做一回母亲，你做女儿，让我的付出天经地义，而你，可以坦然地接受。

佳句精选

◇◇ 母亲坐在黄昏的阳台上。母亲的身影没在一层夕照的金粉里。

◇◇ 我想起小时，我看中什么，闹着要母亲给我买，从不曾考虑过母亲是否有钱，我要得那么心安理得。母亲现在却把我的点滴给予，都当作是恩赐。

◇◇ 如果可以这样爱你，妈妈，让我做一回母亲，你做女儿，让我的付出天经地义，而你，可以坦然地接受。

爱，踩着云朵来

父亲说，你妈现在不中用了，在家门口都迷路。母亲小声争辩，是夜里黑，看不见嘛。

母亲去亲戚家做客，当夜搭了顺路车回来，车子停在离家半里路的河对岸，过了新修的桥，就到家了。可她却找不着回家的路，稀里糊涂踏上了相反的路，越走离家越远，幸好遇到晚归的同村人，把她送回家。

母亲老了，这是不争的事实，她再也没有从前的利索和能干了。我看着母亲，百感交集，想起了多年前与她相关的一件事，我一直觉得它是奇迹。

那年，我在外地上大学，第一次离家上百里，想家想得厉害，便写了一封家书。字里行间满是孤寂，如跋涉在沙漠里的人。母亲不识字，让父亲念给她听，听完，她竟一刻也坐不住了，决定坐车去学校看我。

母亲是从未出过远门的，大半辈子只圈在她那一亩三分地里。可她决心已下，任谁也阻拦不了。她去地里拔了我爱吃的萝卜，烙了我爱吃的糯米饼，用雪菜烧了小鱼……临了，母亲又去和邻居大婶借了做客的衣——一件鲜艳的碎花绿外套。母亲考虑得周到，她不想让在大学里念书的女儿丢脸。

左挎右掮的，母亲上路了，那时去我的学校，需要在中途转两次车。到了终点站还要走十来里路。我入学报到时，是父亲一路陪着的，上车下车，穿街过巷，直转得我头晕，根本分不清东南西北，记不住路。

然而我大字不识一个的母亲，却准确无误地摸到我的学校。我清楚地记得，那是秋末的一天，黄昏降临了。风起，校园里的梧桐树，飘下片片金黄的叶。最后一批菊们，在秋风里，掏出最后一把热情，黄的脸蛋红的脸蛋，笑得满是皱褶。我在教室里看完书，正要收拾东西回宿舍，一扭头，竟看见母亲站在窗外，冲着我笑。我以为是眼花了，揉揉眼，千真万确是母亲啊！她穿着鲜艳的碎花绿外套，头上扎着的方格子三角巾，被风撩起。黄昏的余晖，在母亲身上镀一层橘粉，她像是踩着云朵而来。

那日，我们的宿舍，过节一般。女生们个个都有口福了，她们咬着母亲带来的大萝卜，吃着小鱼，还有糯米饼，不住地说，阿姨，好吃，太好吃了。而母亲，不大听得懂她们说的话，只是那么拘谨地坐着，拘谨地笑着。那会儿，一定有风吹过一片庄稼地，母亲淳朴安然得犹如一棵庄稼。

一路之上，母亲是如何上车下车，又是如何七弯八拐到达我们学校的。后来，她又是如何在偌大的校园里，在那么多的教室中，一眼找到了我的，这成了一个谜。

我曾问过母亲，她始终笑，不答。现在我想，这些问题根本无需答案，因为她是母亲，所以她的爱能踩着云朵而来。

佳句精选

◇◇ 风起，校园里的梧桐树，飘下片片金黄的叶。最后一批菊们，在秋风里，掏出最后一把热情，黄的脸蛋红的脸蛋，笑得满是皱褶。

◇◇ 黄昏的余晖，在母亲身上镀一层橘粉，她像是踩着云朵而来。

◇◇ 那会儿，一定有风吹过一片庄稼地，母亲淳朴安然得犹如一棵庄稼。

◇◇ 因为她是母亲，所以她的爱能踩着云朵而来。

爱到无力

母亲踅进厨房有好大一会儿了。

我们兄妹几个坐在屋前晒太阳，等着开午饭，一边闲闲地说着话。这是每年的惯例，春节期间，兄妹几个约好了日子，从各自的小家出发，回到母亲身边来拜年。母亲总是高兴地给我们忙这忙那。这个喜欢吃蔬菜，那个喜欢吃鱼，这个爱吃糯米糕，那个好辣，母亲都记着。端上来的菜，投了人人的喜好。临了，母亲还给离家最远的我，备上好多好吃的带上。这个袋子里装青菜菠菜，那个袋子里装年糕肉丸子。姐姐戏称我每次回家，都是鬼子进村，大扫荡了。的确有点像。母亲恨不得把她自己，也塞到袋子里，让我带回城，好事无巨细地把我照顾好。

这次回家，母亲也是高兴的，围在我们身边转半天，看着这个笑，看着那个笑。我们的孩子，一齐叫她外婆，她不知怎么应答才好。摸摸这个的手，抚抚那个的脸。这是多么灿烂热闹的场景啊，它把一切的困厄苦痛，全都掩藏得不见影踪。母亲的笑，便一直挂在脸上，像窗花贴在窗上。母亲突然想起什么似的说："我要到地里挑青菜了。"却因找一把小锹，屋里屋外乱转了一通，最后在窗台边找到它。姐姐说："妈老了。"

妈真的老了吗？我们顺着姐姐的目光，一齐看过去。母亲在阳光下发愣："我要做什么的？哦，挑青菜呢。"母亲自言自语。背影看起来，真小啊，小得像一枚皱褶的核桃。

厨房里，动静不像往年大，有些静悄悄。母亲在切芋头，切几刀，停一下，仿佛被什么绊住了思绪。她抬头愣愣看着一处，复又低头切起来。我跳进厨房要帮忙，母亲慌了，拦住，连连说，快出去，别弄脏你的衣裳。我看看身上，银色外套，银色毛领子，的确是不禁脏的。

我继续坐到屋前晒太阳。阳光无限好，仿佛还是昔时的模样，温暖，无忧。却又不同了，因为我们都不是昔时的那一个了，一些现实无法回避：祖父卧床不起已好些时日，大小便失禁，床前照料之人，只有母亲。大冬天里，母亲双手浸在冰冷的河水里，给祖父洗弄脏的被褥。姐姐的孩子，好好的突然患了眼疾，视力急剧下降，去医院检查，竟是严重的青光眼。母亲愁得夜不成眠，逢人便问，孩子没了眼睛咋办呢？都快问成祥林嫂了。弟弟婚姻破裂，一个人形单影只地晃来晃去，母亲当着人面落泪不止，她不知道拿她这个儿子怎么办。母亲自己，也是多病多难的，贫血，多眩晕。手有严重的风湿性关节炎，疼痛，指头已伸不直了。家里家外，却少不了她那双手的操劳。

我再进厨房，钟已敲过十二点了。太阳当头照，我的孩子嚷饿，我去看饭熟了没。母亲竟还在切芋头，旁边的篮子里，晾着洗好的青菜。锅灶却是冷的。母亲昔日的利落，已消失殆尽。看到我，她恍然惊醒过来，异常歉意地说："乖乖，饿了吧？饭就快好了。"这一说，差点把我的泪说出来。我说："妈，还是我来吧。"我麻利地清洗锅盆，炒菜烧汤煮饭，母亲在一边看着，没再阻拦。

回城的时候，我第一次没大包小包地往回带东西，连一片菜叶子也没带。母亲内疚得无以复加，她的脸，贴着我的车窗，反反复复地说："乖乖，让你空着手啊，让你空着手啊。"我背过脸去，我说："妈，城里什么都有的。"我怕我的泪，会抑制不住掉下来。以前我总以为，青山青，绿水长，我的母亲，永远是母亲，永远有着饱满的爱，供我们吮吸。而事实上，不是这样的，母亲犹如一棵老了的树，在不知不觉中，它掉叶了，它光秃秃了，连轻如羽毛的阳光，它也扛不住了。

我的母亲，终于爱到无力。

佳句精选

◇◇ 母亲的笑，便一直挂在脸上，像窗花贴在窗上。

◇◇ 背影看起来，真小啊，小得像一枚皱褶的核桃。

◇◇ 以前我总以为，青山青，绿水长，我的母亲，永远是母亲，永远有着饱满的爱，供我们吮吸。而事实上，不是这样的，母亲犹如一棵老了的树，在不知不觉中，它掉叶了，它光秃秃了，连轻如羽毛的阳光，它也扛不住了。

她已走过了花木葱茏

母亲突然变得胆小了。

比方说，天一黑，她就不敢到屋外去。哪怕是在自家家门口，也只是从这间屋子，走到另一间屋子去。而从前，她常常是独自一人，顶着星星，在地里拾棉花，有时能拾上大半夜，浑身落满露珠的清凉。

再比方说，睡觉时她不敢面朝着窗户。窗帘挡得再严实，她也不敢。而从前，破房子里，处处漏风，她挡在外面，像棵大树似的，替我们抵御风寒。

再再比方说，在她住了一辈子的村庄里，她也会迷路，再不敢擅自外出。而从前，弟弟远在南京上学，从未出过远门的她，挎着一大包她做的糯米饼，一个人摸过去，几经辗转，准确无误地抵达弟弟学校门口。

母亲好像在一夕老下去，她怯弱得近乎懦弱了。她走路小心翼翼。说话小心翼翼。连微笑，都是小心翼翼的。哪里的一声声响，都会惊吓到她。谁的声音稍稍抬高一些，她也会害怕。而从前，她脚下生风，嗓门比谁的都高。和隔壁邻居吵架，她能吵上大半天，硬是把那个五大三粗的邻居，骂得缩回屋子去。

她患了小感冒，头晕目眩，吃不下饭，便以为活不成了，让父亲十万火急招我们兄妹回家。她一脸戚容，躺在病床上，对着我们哭，哭得凄惶极了，雨打风摧般的，仿佛生离死别。而从前，她发着高烧，也还能挑着百十斤的担子，在田埂道上健步如飞。割水稻时，没留心，一刀下去，差点剜下她腿上一大块的肉，血流如注。她也只是皱皱眉头，一滴泪也没有掉。

带她进城对身体做全面检查。她亦步亦趋跟着我，碎碎念，乖乖呀，给你添麻烦了，给你添麻烦了。检查的片子很快出来了，母亲很紧张，她蜷缩在我身后，可怜巴巴地瞅着医生。医生拿着她新拍的片子，上看看，下看看，然后慢条斯理说，老人家，你只是感冒了，有点小炎症。你身体好着呢，没啥别的毛病。

母亲不相信地看着医生。医生说，我给你开点消炎药，你吃吃就好了。母亲很乖地点头，使劲点头，她脸上的笑容，像迎春花触着春风，一点一点张开来。她高兴地对我说，医生说我没病呢。

留母亲在我家小住。母亲起初不肯，她放心不下家里的四只羊、两只鸡、一条狗，还有我父亲。你爸一个人在家呢，母亲说。像把一个小小孩丢在家里，她愧疚得很。我和那人有事要出门去，母亲赶紧跟过来，抢着开门。我说你这是干吗呢？母亲语气坚定地说，我要跟你们出去。我觉得好笑，我说，我们一会儿就回来的。母亲却很固执，一定要跟着。拗不过她，只好带上她。在路上，母亲终于说出她的心声，一个人在你们家，我怕。我万分惊讶。我说大白天的，你怕什么呢？何况这是我家啊。母亲不好意思地笑了，小声嘟哝，我也不知道，我就是怕。

母亲的爱好不多，她不爱看电视，不爱听音乐，又不识字，书报也看不懂。她只能干坐在我的阳台上晒太阳，一边望楼下经过的车，一辆一辆地数。我怕她闷得慌，抽空陪她聊天，聊聊村子里新近发生的事，聊聊从前。母亲显得很欢喜，话也多起来，是鱼儿终归大海的样子。说到兴头上，却突然止了，很担心地问我，我没耽误你的时间吧？

夜晚，城里的灯火才刚刚盛开，母亲就说要睡了。我安顿她睡下，给她塞好被子。她不放心地探出头来问，你不会再出去吧？我答，不出去的，我就守在这里。母亲满意地躺下，笑笑的，笑着笑着，就睡熟了。灯光洒在母亲脸上，像洒下一层橘子粉，母亲那张皱纹密布的脸，看上去又天真又纯净。

我轻轻关了灯，想着，等天亮了，就带她去吃她喜欢吃的自助餐，想吃多少就吃多少。在岁月的年轮中，母亲早已走过她的花木葱茏，回到生命的最初。从现在起，我要把她当孩子来宠。

佳句精选

◇◇ 母亲好像在一夕老下去，她怯弱得近乎懦弱了。她走路小心翼翼。说话小心翼翼。连微笑，都是小心翼翼的。

◇◇ 灯光洒在母亲脸上，像洒下一层橘子粉，母亲那张皱纹密布的脸，看上去又天真又纯净。

◇◇ 在岁月的年轮中，母亲早已走过她的花木葱茏，回到生命的最初。从现在起，我要把她当孩子来宠。

小扇轻摇的时光

暑假了，母亲一直盼望我能回乡下住几天。她知道我打小就喜欢吃些瓜呀果的，所以每年都少不了要在地里种一些。待得我放暑假的时候，那些瓜呀果的正当时，一个个碧润可爱，专等我回家吃。

天气热，我赖在有空调的房间里怕出来，故回家的行程被一拖再拖。眼看着假期已过一半了，我还没有回家的意思。母亲首先沉不住气了，打来电话说：“你再不回来，那些瓜都要熟得烂掉了。”

再没有赖下去的理由了。遂带了儿子，冒着大太阳，坐了几个小时的车，回到了生我养我的小村庄。

村庄的人都是看着我长大的，看见我了，亲切得如自家的孩子。远远地就笑着递过话来：“梅又回来看妈妈啦？”我笑着应：“是呢。”走远了，听到他们在背后议论：“这孩子孝顺，一点不忘本。”心里面霎时涌满羞愧，我其实什么也没做啊，只偶尔把自己送回来给想念我的母亲看一看，竟被村人们夸成孝顺了。

母亲知道我回来，早早地把瓜摘下来，放在井水里面凉着。是我最喜欢吃的梨瓜和香瓜。又把家里唯一的一台大电风扇，搬到我儿子身边，给我儿子吹。

我很贪婪地捧了瓜就啃，母亲在一边心满意足地看，说：“田里面结得多呢，你多待些日子，保证你天天有瓜吃。”我笑笑，有些口是心非地说：“好。”儿子却在一旁大叫起来：“不行不行，外婆，你家太热了。”

母亲惊诧地问：“有大电风扇吹着还热？”

儿子不屑了，说：“大电风扇算什么？我家还有空调呢，你看你家连卫生间也没有呢。”

我立即用严厉的眼神制止了儿子，对母亲笑：“妈你别听他的，有电风扇吹着不热的。”

母亲没再说什么，一头没进厨房间，去给我们忙好吃的了。

晚饭后，母亲把那台大电风扇搬到我房内，有些内疚地说：“让你们热着了，明天你就带孩子回去吧，别让孩子在这儿热坏了。”

我笑笑，执意要坐到外面纳凉。母亲先是一愣，继而惊喜不已，忙不迭搬了躺椅到外面。我仰面躺下，对着天空，手上执一把母亲递来的蒲扇，慢慢摇。虫鸣在四周此起彼伏地响起，南瓜花在夜色里静静开放。月亮升起来，盈盈如水。恍惚间，月下有小女孩，手执小扇，追着扑流萤。

和母亲有一句没一句地说着话，重重复复的，都是些走过的旧时光。母亲在那些旧时光里沉醉。月色潋滟，我的心放松成水中一根柔软的水草，迷糊着就要睡过去了。母亲的声音突然在耳边响起：“冬英你还记得不？就是那个跟男人打赌，一顿吃二十个包子的冬英？”

“当然记得，那个粗眉毛大眼睛的女人，干起活来，大男人也及不上她。”

“她死了。”母亲语调忧伤地说：“早上还好好的呢，还吃两大碗粥呢。准备到田里面锄草的，还没走到田里呢，突然倒下，就没气了。”

“人啊。”母亲叹一声。

“人啊。”我也跟着叹一声。心里面突然警醒，这样小扇轻摇，与母亲相守的时光，一生中还能有几回呢？暗地里打算好了，明日，是决计不回去的了，我要在这儿多住几日，好好握住这小扇轻摇的时光。

佳句精选

◇◇ 月亮升起来，盈盈如水。恍惚间，月下有小女孩，手执小扇，追着扑流萤。

◇◇ 月色潋滟，我的心放松成水中一根柔软的水草，迷糊着就要睡过去了。

◇◇ 这样小扇轻摇，与母亲相守的时光，一生中还能有几回呢？暗地里打算好了，明日，是决计不回去的了，我要在这儿多住几日，好好握住这小扇轻摇的时光。

比时光更坚强

他出生的时候，亲人们还不曾来得及欢喜，就跌进了深不见底的冰窟窿中——他居然，是个脑瘫儿。前路遥遥，漆黑一片，不见一丝光亮。

痛得最锥心的，是他的母亲，那个叫陈立香的女人。十月怀胎，有过多少美好的想象啊！想象他的帅气与聪明，想象他的活泼与可爱，却从不曾想过，他会脑瘫。

无数的日夜，她对着他，泪流成河。他却无知无觉。两岁多了，还听不见声音，不会说话不会走路，眼睛斜视嘴巴歪着……

她抱他入怀，肌肤贴着肌肤，有种奇异的感觉，穿心而过。那是他传递给她的温度。即使他痴着傻着，他依然是她最疼的骨肉。

母爱在那刻长成参天的树。她为他，辞去工作，专门回家带他。她给他唱儿歌、背唐诗、讲故事……日子一天叠着一天，日月轮转，她在日月轮转里，早早地白了头。却有一个信念不倒，那就是，她宝贝的意识只是睡着了，她会唤醒他。

她真的唤醒了他。他开口说话了，虽然吐字不清，可在她听来，不啻天籁。后来，他又开始学走路了，一步一步，每一步的迈进里，都有她虔诚的欢呼和期待。到了上学年龄，她作出重大决定，要送他去上学。

所有人都觉得不可思议，他虽然可以说话可以走路了，但行动并不利索，与同龄孩子的伶俐相比，相去甚远。有人劝她：“别折腾了吧，他现在勉强能说能走，已是最大造化，你还要怎的？”

她却坚定着自己的坚定，一定要让他读书识字，让他和其他正常孩子一样。费尽周折，她把他送进了学校。

从此，他一个人独自背着书包去上学。一路上，他摔过不知多少跟头，她就在后头跟着，却狠着心不去扶他，一任泪水在她脸上肆意流。

他手握不住笔，她想尽办法，用布条子，把笔缚在他手上。于是纸上留下一道一道歪歪扭扭的线条，那是他写的字。她看着笑了，在她眼里，那是盛开的花瓣……

一路千山万壑走下来，这一走，就是二十年。二十年的时间，足以磨平许多耐心。她却一直没有放弃，时时守在他身边，一点一点为他积攒，那束叫作希望的炭火。终于在他二十岁那年，那些炭火，化作熊熊大火燃烧——他考上大学了！

他进大学读书时，有记者得知他的经历，很感动，特地采访他。他激动得脸憋得通红，讷讷半天，在一张纸上深情地写道：“感谢妈妈！”

她知道了，热泪长流。

二十年的含辛茹苦，这世上，除了母亲，谁还能做到这样的坚持？

佳句精选

◇◇ 她抱他入怀，肌肤贴着肌肤，有种奇异的感觉，穿心而过。那是他传递给她的温度。即使他痴着傻着，他依然是她最疼的骨肉。

◇◇ 一路千山万壑走下来，这一走，就是二十年。二十年的时间，足以磨平许多耐心。她却一直没有放弃，时时守在他身边，一点一点为他积攒，那束叫作希望的炭火。

他在岁月面前认了输

他花两天的时间，终于在院门前的花坛里，给我搭出两排瓜架子。竖十格，横十格，匀称如巧妇缝的针脚。搭架子所需的竹竿，均是他从几百里外的乡下带来的。难以想象，扛着一捆竹竿的他，走在车水马龙的大街上是副什么模样。

他说：“这下子可以种刀豆、黄瓜、丝瓜、扁豆了。”

“多得你吃不了的。”他两手叉腰，矮胖的身子，泡在一罐的夕阳里。仿佛那竹架上，已有果实累累。其时的夕阳，正穿过一扇透明的窗，落在院子里，小院子像极了一个敞口的罐子。

我不想打击他的积极性，不过巴掌大的一块地，能长出什么来呢？而且我，根本不稀罕吃那些了。我言不由衷地对他的“杰作”表示出欢喜，我说：“哦，真不赖。”是因为我突然发现，他除了搭搭瓜架子外，实在不能再帮我做什么了。

他在我家沙发上坐，碰翻茶几上的一套紫砂壶。他进卫生间洗澡，水漫了一卫生间。我叮嘱他：“帮我看着煤气灶上的汤锅啊，汤沸了帮我关掉。”他答应得相当爽快：“好，好，你放心做事去吧，这点小事，我会做的。”然而，等我在电脑上敲完一篇稿子出来，发现汤锅的汤，已溢得满煤气灶都是，他正手忙脚乱地拿了抹布擦。

我们聊天。他的话变得特别少，只顾盯着我傻笑，我无论说什么，他都点头。我说：“爸，你也说点什么吧。”他低了头想，突然无头无脑说：“你小时候，一到冬天，小脸就冻得像个红苹果。”想了一会儿又说：“你妈现在开始嫌弃我喽，老骂我老糊涂，她让我去小店买盐，我到了那里，却忘了她让我买什么了。”

“呵呵，老啦，真的老啦。”他这样感叹，叹着叹着，就睡着了。身子歪在沙发上，半张着嘴，鼾声如雷。灯光下，他头上的发，腮旁的鬓发和下巴的胡茬，都白得刺目，似点点霜花落。

可分明就在昨日，他还是那么意气风发，把一把二胡拉得音符纷飞。他给村人们代写家信，文采斐然。最忙的是年脚下，村人们都夹了红纸来，央他写春联。小屋子里挤满人，笑语声在门里门外荡。大年初一，他背着手在全村转悠，家家门户上，都贴着他的杰作。他这儿看看，那儿瞅瞅，颇是自得。我上大学，他送我去，背着我的行李，大步流星走在前头。再大的城，他也能摸到路。那时，他的后背望上去，像一堵厚实的墙。

老下去，原不过是一瞬间的事。

我带他去商场购衣，帮他购一套，帮母亲购一套。

他拦在我前头抢着掏钱，“我来，我有钱的。”他“唰”一下，掏出一把来，全是五块十块的零票子。我把他的手挡回去，我说：“这钱，留着你和妈买点好吃的，平时不要那么省。”他推让，极豪气地说：“我们不省的，我和你妈还能忙得动两亩田，我们有钱的。”待看清衣服的标价，他吓得咋舌，“太贵了，我们不用穿这么好的。”

那两套衣，不过几百块。

我让他试衣。他大肚腩，驼背，衣服穿身上，怎么扯也扯不平整。他却欢喜得很，盯着镜子里的自己，连连说：“太好看了，我穿这么好回去，怕你妈都不认得我了。”

他先出去的。我在后面叫：“爸，不要跑丢了。”他嘴硬，对我摆摆手：“放心，这点路，我还是认得的。”等我付了款，拿了衣出门，却发现他在商场门口转圈儿，他根本不辨方向了。

我上前牵了他的手，他不习惯地缩回。我也不习惯，这么多年了，我们都没牵过手。我再次牵他的手，我说：“你看大街上这么多人，你要是被车碰伤了怎么办？你得跟着我走。”他“唔”一声，粗糙的手，惶惶地，终于在我的掌中落下来，脸上，露出迷惘的神情。我的眼睛，有些模糊，是夕阳晃花眼了吧？什么时候，他竟这样矮下去，矮下去，矮得我看他时，须低了头，他终于如一株耗尽生机的植物，匍匐到大地上。

佳句精选

◇◇ 其时的夕阳，正穿过一扇透明的窗，落在院子里，小院子像极了一个敞口的罐子。

◇◇ 我的眼睛，有些模糊，是夕阳晃花眼了吧？什么时候，他竟这样矮下去，矮下去，矮得我看他时，须低了头，他终于如一株耗尽生机的植物，匍匐到大地上。

远方的远

男人患了肝癌，晚期。行将就木。

守在一边的小女儿，六岁，对死亡懵懵懂懂。她害怕地问男人：“爸爸，你要死了吗？”

男人伸手抚了抚小女儿的脸，笑着摇摇头：“不，爸爸是要到很远很远的地方去。”

“很远很远的地方在哪儿？”女儿问。

男人于是让朋友把他和小女儿带到野外，那里，有一片原野，和低矮的山坡。春天了，草长莺飞，阳光的羽毛，轻轻飘落。一条长满小草和开满野花的小路，弯弯曲曲，伸向远方。一群又一群的小粉蝶，在花草间嬉戏。远方，天与山齐。男人指着远方告诉小女儿："那里，是远方的远，爸爸要到那儿去。爸爸的爸爸，也就是你爷爷，一个人在那儿寂寞了，想爸爸了，所以，爸爸决定去看他。等你长大了，爸爸想你了，你也会走这么远，去看爸爸的。"

"那我就坐飞机去。"小女儿说。想了想，她又说，"要不，我坐飞船去。飞船快吧爸爸？"

男人笑了，男人说："飞船很快很快。可是宝宝，你坐上飞船，你就看不到这些漂亮的小花了。还是慢慢走过去好，你一边走，还可以一边和蝴蝶们玩呀。"

小女儿觉得这个主意不错，她甚至想好，要做个大花环带给爸爸。"只是，你会认出我吗？"小女儿不放心地问。

男人说："到那时，我就问路过的风儿，你们见过我的小女儿吗？我就问路边的小花，你们见过我的小女儿吗？它们会问我，你小女儿长什么样儿呀。我就说，哦，我小女儿有大大的眼睛、小小的嘴，长得像个小公主。她戴着一个美丽的花环，她总是甜甜地笑着，笑起来可漂亮啦。于是风儿和小花都会争着告诉我，呀，我们见过的呀。它们会把我带到你身边，一指你，说，就是她呀。我就认出是你了。"

小女儿开心地笑了。

男人接着说："所以，爸爸走后，宝宝要快乐哦，要笑。不然，那些风儿，那些花儿，会不认得你。"

小女儿点头答应了，很认真地和男人勾了勾小指头。

不久，男人走了。小女儿很思念他，她在纸上画了一幅画：无边的原野，低矮的山坡，弯弯的小路。路边，开着一朵一朵小花，花瓣儿像极微笑的眼睛，一路笑向天边去了。小女儿不悲伤，她知道，那里，就是远方的远，是爸爸在的地方。有一天，他们会在那里相聚。到那时，她一定要告诉爸爸，她一直一直过得很快乐。

佳句精选

◇◇ 春天了，草长莺飞，阳光的羽毛，轻轻飘落。一条长满小草和开满野花的小路，弯弯曲曲，伸向远方。一群又一群的小粉蝶，在花草间嬉戏。远方，天与山齐。

◇◇ 无边的原野，低矮的山坡，弯弯的小路。路边，开着一朵一朵小花，花瓣儿像极微笑的眼睛，一路笑向天边去了。

爱如山路十八弯

她一直比较倔强。倔强，是她用来对付父亲的。她的父亲，是个军人。军人的作风，让他脸上的威严总是多于温和。

小时，她曾试图用她的优秀瓦解父亲脸上的威严，她努力做着好孩子，礼貌懂事、勤奋好学。当她把一张一张的奖状，捧至父亲跟前时，她难掩内心的激动，脸上有飞扬的得意。然而父亲只是淡淡看一眼，说，还得继续努力。

如此的不在意，深深刺痛了她。她甚至怀疑自己不是父亲亲生的。她跑去问母亲，母亲笑了，摸着她的头说，怎么会呢？生你的时候，你爸一高兴，从不喝酒的人，喝掉半斤二锅头呢。

哪里肯信？回头看父亲，父亲不动声色在翻一份报，怎么看怎么不像一个爱她的人。

这以后，她总跟父亲对着干，惹得父亲对她频频发火。她不吭声，倔强地看着父亲。最终，是父亲先叹一口气，转身而去，步履蹒跚。母亲曾苦着脸劝，你们父女两个，是前世的冤家么？她想，或许是吧。

高中分文理科时，父亲建议她学文，那是她的特长。她偏偏选了学理。大学填报志愿时，父亲要她填报师范专业，照父亲的想法，女孩子做老师，是最理想的职业了，既稳妥又安全。她偏不，而是填了建筑专业。气得父亲干瞪眼。

大学毕业那年，她有心回到父母所在的城市工作。但看父亲的表情，好像没有要她留下的意思。她一气之下，跑到千山万水外去了。

一个人在外打拼，难。举目的陌生，更是让她多了几层寒冷。好在不久后她遇到好人，在公司看大门的张伯，亲人般地，对她和颜悦色、关怀备至。下雨天张伯会给她送伞。天冷了张伯送她一双棉手套。家里做了什么好吃的，张伯会用半旧的饭盒装着，给她带了来。她好奇地问张伯，您怎么对我这么好？张伯笑笑说，你像我女儿啊，我也有个你这么大的女儿，在外地呢。那一刻，她想到父亲，心突然疼疼地跳了跳。

母亲不时会给她寄些东西来，吃的穿的用的，都有。父亲却不曾有只言片语来。她由此更坚定了，父亲，是不爱她的。她对自己说，不要去想他。

那日，张伯过生日，喊她去他家吃饭。在张伯家，她受到张伯老两口热情的款待。她陪他们一起包饺子，热热乎乎像一家人。吃饭时，张伯一高兴，多喝了二两酒。喝多了的张伯，大着舌头对她说，丫头，你有一个好爸爸啊，他左一个电话、右一个电话来，拜托我要好好照顾你，说你性格犟，怕你吃亏哪。什么时候他来看你了，我一定要和他喝两盅。

她的吃惊无以复加。她问张伯，您怎么认识我爸的？张伯摇摇头呵呵乐了，说，我其实，不认识你爸，我们只是电话联系了。原来，张伯是父亲战友的朋友的朋友。父亲托了战友，跟战友的朋友联系上，战友的朋友再跟张伯联系上。山路十八弯，通向的，是一个叫爱的地方。

佳句精选

◇◇ 她一直比较倔强。倔强，是她用来对付父亲的。

◇◇ 山路十八弯，通向的，是一个叫爱的地方。

吊在井桶里的苹果

有一句话讲，女儿是父亲前世的情人。说的是做女儿的，特别亲父亲。而做父亲的，特别疼女儿。那讲的应该是女儿家小时候的事。

我小时候，也亲父亲。不但亲，还瞎崇拜，把父亲当作举世无双的英雄一样崇拜着。那个时候的口头禅是，我爸怎样怎样。因拥有了那个爸，仿佛就拥有了全世界。

母亲还曾嫉妒过我对父亲的那种亲。有一件事我印象深刻，那天，下雨，一家人坐着。父亲在修整二胡，母亲在纳鞋底，一家人闲闲地说着话，就聊到我长大后的事。母亲问，你以后长大了、有钱了，买好东西给谁吃？我几乎不假思索脱口而出，给爸吃。母亲又问，那妈妈呢？我指着在一旁玩耍的小弟弟对母亲说，让弟弟给你买去。哪知小弟弟是跟着我走的，也嚷着说要买给父亲吃。母亲的脸就挂不住了，叨叨地说些气话，继而竟抹起泪来，说白养了我这个女儿。父亲在一边讪讪笑，说小孩子懂个啥。语气里，却透着说不出的得意。

待得我真的长大了，却与父亲疏远了去。每次回家，跟母亲有唠不完的家长里短，一些私密的话，也只愿跟母亲说。跟父亲，三言两语就冷了场。他不善于表达，我亦不耐烦去问，有什么事情，问问母亲就可以了。

也有礼物带回，却少有父亲的。都是买给母亲的，好看的衣裳、鞋袜和首饰。感觉上，父亲是不要装扮的，成天一身灰色或白色的衬衫，蓝色的裤子。偶尔有那么一次，我的学校里开运动会，每个老师发一件白色T恤。因我极少穿T恤，就挑一件男款的，本想给家里那个人穿的，但那个人嫌大，也不喜欢那质地。回老家时，我就顺手把它塞进包里面，带给父亲。

我永远忘不了父亲接衣时的惊喜，那是猝然间遭遇的意外，他脸上先是惊愕，继而拿衣的手开始颤抖，不知怎样摆弄了才好。呵呵呵傻乐半天，才平静下来，问，怎么想到给爸买衣裳的?

原来父亲一直是落寞的啊，我却忽略他太久太久。

这之后，父亲的话明显多起来。他乐呵呵的，穿着我带给他的那件T恤，在村子乱晃，给这个看，给那个看。他也三天两头打了电话给我，闲闲地说些话，在要挂电话前，好像是漫不经意地说上这么一句，你有空的话，就回家看看啊。我也就漫不经意地应上一句，好啊。却未曾真的实施过。

暑假快到了，我又接到父亲的电话，父亲在电话里很兴奋地说，家里的苹果树结很多苹果了，你最喜欢吃苹果的，回家吃吧，保你吃个够。我当时正接了一批杂志约稿在手上写，心不在焉地回他，好啊，有空我会回去的。父亲“哦”一声，兴奋的语调立即低了下去，父亲说，那，你记得早点回来啊。我“嗯啊”地答应着，把电话挂了。

一晃半个月过去了，我完全忘了答应父亲回家的事。深夜，姐姐突然有电话至，闲聊两句，姐姐忽然问，爸说你回家的，你怎么一直没回来？我问，家里有什么事吗？姐姐说，也没什么事，就是爸一直在等你回家吃苹果的。

我在电话里就笑了，我说爸也真是的，街上不是有苹果卖吗？一箱苹果也不过几十块。姐姐说，那不一样，爸特地挑了几十个大苹果，留给你，怕坏掉，就用井桶吊着，天天放井里面给凉着呢。

心被什么猛地撞击了一把，我只重复地说，爸也真是的，爸也真是的。就再也说不出其他的话来。井桶里吊着的何止是苹果？那是一个老父亲对女儿沉甸甸的爱啊。

佳句精选

◇◇ 女儿是父亲前世的情人。

◇◇ 原来父亲一直是落寞的啊，我却忽略他太久太久。

◇◇ 井桶里吊着的何止是苹果？那是一个老父亲对女儿沉甸甸的爱啊。

父亲的理想

母亲夜里做了一个梦，一个很不好的梦，是事关我的。

半夜里被吓醒，母亲坐床上再也睡不着。第二天天一亮，就催促父亲进城来看我。

父亲辗转坐车过来，我已上班去了，家里自然没人。父亲就围着我的房子前后左右地转，又伸手推推我锁好的大门，没发现异样，心稍稍安定。

我回家时，已是午饭时分。远远就望见父亲，站在我院门前的台阶上，顶着一头灰白的发，朝着我回家的方向眺望。脚跟边，立一鼓鼓的蛇皮袋。不用打开，我就知道，那里面装的是什么。那是母亲在地里种的菜蔬，青菜啊大蒜啊萝卜啊，都是我爱吃的。一年四季，这些菜蔬，总会源源不断地输送到我的家里来。

父亲见到我，把我上下打量了好几遍后，这才长长地舒口气说：“没事就好，没事就好。”又絮叨地告诉我，母亲夜里做怎样的梦了，又是怎样地被吓醒。“你妈一夜未睡，就担心你出事。”父亲说。我仔细看父亲，发现他眼里有红丝缠绕，想来父亲一定也一夜未眠。

我埋怨父亲：“我能有什么事呢，你们在家净瞎想。”父亲搓着手“呵呵”笑，说：“没事就好，没事就好。”他解开蛇皮袋袋口的扎绳，双手提起倾倒，菜蔬们立即欢快地在地板上蹦跳。青菜绿得饱满，萝卜水灵白胖。

我抓了一只白萝卜，在水龙头下冲了冲，张口就咬。父亲乐了，说：“我和你妈就知道你喜欢吃。”看我的眼神，又满足又幸福。

饭后，我赶写一篇稿子，父亲坐我边上，戴了老花眼镜，翻我桌上的报刊。他翻看得极慢，手点在上面，一个字一个字地看，像寻宝似的。我笑他，“爸，照你这翻看速度，一天也看不了一页呀。”父亲笑着低声嘟囔：“我在找你写的。”

我一愣，眼中一热。转身到书橱里，捧了一叠我发表的文章给父亲看。父亲惊喜万分地问：“这都是你写的？”我说：“是啊。”父亲的眼睛，乐得眯成了一条缝，连连说：“好，好，我丁家出人才了。”他盯着印在报刊上我的名字，目不转睛地看，看得眼神迷离。他感慨地笑着道：“还记得你拖着鼻涕的样子呢。”

旧时光一下子回转了来，那个时候，我还是绕着父亲膝盖撒欢的小丫头，而父亲，风华正茂，吹拉弹唱，无所不能，是村子里公认的“秀才”。那样的父亲，是怀了远大抱负的，他想过学表演，想过做教师，想过从医。但穷家里，有我们四个儿女的拖累，父亲的抱负，终是落空。

随口问一句：“爸，你现在还有理想吗？”

父亲说：“当然有啊。”

我充满好奇地问是什么。我以为父亲会说要砌新房子啥的。老屋已很破旧了，父亲一直想盖一幢新房子。

但父亲笑笑说：“我的理想是，能和你妈平平安安地度过晚年，自己能养活自己，不给儿女们添一点儿负担，不要儿女们操一点点心。”

父亲说这些话时语气淡然，一双操劳一生的手，安静地搁在刊有我文章的一叠报刊上。青筋突兀，如老根盘结。

佳句精选

◇◇ 远远就望见父亲，站在我院门前的台阶上，顶着一头灰白的发，朝着我回家的方向眺望。脚跟边，立一鼓鼓的蛇皮袋。

◇◇ 父亲说这些话时语气淡然，一双操劳一生的手，安静地搁在刊有我文章的一叠报刊上。青筋突兀，如老根盘结。

父亲的菜园子

父亲在电话里给我描绘他的菜园子：菠菜，大蒜，韭菜，萝卜，大白菜，芫荽，莴苣……里面什么都长了，你爱吃的瓜果蔬菜有的是，你就等着吃吧。

我的眼前，便浮现出这样的菜园子：里面的青翠缠绵成一片，深绿配浅绿，吸纳着阳光雨露。实在美好。

既而我又有些怀疑了，父亲虽是农民，但他使的是粗活，挑河挖地，他很在行。而种瓜果蔬菜，是精致活，像绣花一样的，得心细才行。这一些，几十年来，都是母亲做的，父亲根本不会。

我的疑虑还未说出口，父亲就在那头得意地说，种菜有什么难的？我一学就会了。我知道你喜欢吃这些呢，所以辟了很大的一个菜园子。

自从母亲的类风湿日益严重后，父亲学会了做很多事，譬如煮饭和洗衣。想到年近七十的老父亲，在锅台上笨拙的样子，我的眼睛，就忍不住发酸。父亲却呵呵乐，说，等你回来，我到菜园子里挑了菜，炒给你吃，保管你喜欢的。

父亲的菜园子，在父亲的描绘中，日益蓬勃起来。他说，青椒多得吃不掉了，扁豆结得到处都是，黄瓜又打了许多花苞苞，萝卜马上能吃了……我家的餐桌上，便常常新鲜蔬菜不断，碧绿澄清。有的是父亲亲自送来的，有的是父亲托人带来的。父亲说，市场上的蔬菜农药太多，你们少买了吃，还是吃家里带的好。

有时，父亲带来的蔬菜太多，我吃不掉，会分赠给左邻右舍。即便这样，父亲仍在电话里问，够不够吃？不够，我菜园子里多着呢。仿佛他那儿有一口装蔬菜的井，可以源源不断地喷出蔬菜来。

偶然得了机会，我回家转，第一件事，就是直奔父亲的菜园子。母亲坐在院门口笑，母亲说，你爸哪里有什么菜园子啊，学了大半年，他才学会种青菜。这人笨呢。

我疑惑，那，爸送我的那些蔬菜哪里来的？

母亲说，是你爸帮工帮来的。我不能种菜了，他又不会种，怕你没菜吃，他就去邻居家帮工，人家就送他一些现长的瓜果蔬菜。

怔住。回头，瞥见父亲正站在不远处，不好意思地冲我笑，他因他的“谎言”被揭穿而羞赧。嘴上却不肯服输，招手叫我过去，说，你别听你妈瞎说，我不止会种青菜的，我还学会了种芫荽。

他领我去屋后，那里，新辟了一块地，地里面，一些嫩绿的小芽儿，已冒出泥土来，正探头探脑着。父亲指着那些芽儿告诉我，这是青菜，那是芫荽。还种了一些豌豆呢。你看，长得多好。

这里，很快会成一片菜园子，你下次回家来看，肯定就不一样了，父亲说。他的手，很有气势地在空中划了一个半圆，脸上有骄傲，有向往，有疼爱。

我点头。我说到时记得给我送点青菜，还有芫荽，还有豌豆。我喜欢吃。

佳句精选

◇◇ 仿佛他那儿有一口装蔬菜的井，可以源源不断地喷出蔬菜来。

◇◇ 他的手，很有气势地在空中划了一个半圆，脸上有骄傲，有向往，有疼爱。

和父亲合影

父亲在32岁上，照过一张小照。在上海城隍庙照的。二寸，黑白的。父亲当时是送姐姐去上海看腿的。6岁的姐姐，腿被滚水严重烫伤，整日整夜地哭。父亲的心被折磨得七零八落。在姐姐的腿伤稍稍好转了之后，从不迷信的父亲，竟跑去城隍庙，想给姐姐买一个护身符。

父亲最终在城隍庙买没买到护身符，我不得而知。但父亲却走进照相馆，拍了一张小照。

那时，对偏僻乡村的人来说，到照相馆照相还是件稀罕事。父亲的小照被带回来，村里人听闻，都聚到我家来看稀奇。一屋子的人争相传看，都说到底是大上海啊，拍的照片就是好。照片上的父亲，气宇轩昂，脸上虽挂着淡的忧伤，却挡不住风华正茂的英气。多年之后，我再看父亲那张小照，发现年轻的父亲，长得特像电影演员赵丹。而这时的父亲，正倚在家里的沙发上打瞌睡，衰老得似一口老钟。

记忆中的父亲，是没这么老的，是永远的32岁，风流倜傥。在一大帮大字不识一个的乡人们里头，父亲很有些鹤立鸡群的意思。他不但断文识字，吹拉弹唱，也是无所不会。那时，我们兄妹几个，喜欢围了父亲转，看风把父亲的黑头发吹得飞扬起来。喜欢听父亲拉二胡、吹口琴、哼《拔根芦柴花》的小调。喜欢看父亲挥毫泼墨，似乎写尽江山。整个村子里，家家户户门上，贴的都是父亲手书的对联。这样的父亲，在我们眼里，是举世无双的。

我上学了，成绩不错。父亲跟人说，只这个女儿，是他的翻版。但父亲从未指导过我学习。只一次，我伏在小凳子上，用红红绿绿的粉笔画人，把人涂得五颜六色。父亲走过来，俯下身子看我画人，看了一会儿，他握住我的手，替我帮人加上耳朵。又揩掉那些五颜六色，给人穿上中山装，浅褐色的。我对着看，竟发觉画中人，有些像镜框中小照上的父亲了。我又是惊异又是自豪，我爸原来还会画照片上的人呀。

我渐渐长大，对父亲的崇拜少了去，直至无。我眼中的父亲，与其他庸常的父亲没什么两样，他抽难闻的水烟。爱吃大葱和大蒜。手指甲里淤着黑泥，他用那样的手，把玉米饼掰开，一块一块送到嘴里去。及至我工作了，父亲来城里看我，当着一帮我的同事，把大厦的“厦”读成夏天的“夏”，我羞红了脸纠正。父亲讪讪笑，再读，还是读成“夏”。我只有默默摇头。

父亲老了，很多的病缠上身。最严重的是脊椎病，发作时，压迫得他双腿不能走路。这时的父亲，无助得像个小孩，被我接进城里来看病，完全听任我的摆布，神情落寞。

那日，我和几个朋友外出游玩归来，翻看刚刚拍的一组照片，随口对坐在沙发上眯着眼打盹的父亲说，爸，我们俩好像还没拍过合照呢，要不，来一张？父亲一下子睁开眼，脸上呈现出惊喜，他不相信地问我，就我们两个拍？我说，是啊，就我们两个。父亲突然忐忑起来，他问，你不嫌爸爸老吧？

我的心，像被什么东西猛击了一下。我嫌过父亲老吗？

貌似没有。可事实上，我是在嫌弃。我不耐烦听他说话。我极少坐到他身边，握握他的手。我不知他又添了几道皱纹，白了几根头发。我与他，就这么，在岁月里疏离着。

父亲没有一点怪我的意思，他很高兴能和我合影，他说，一定要把照片带回家，给村子里的人看看。他很仔细地理好头发，理顺衣衫，靠到我的身边来，对着相机镜头，认真地摆好姿势。我搂着父亲的肩，我说，爸，来，一二三，我们一齐笑。

合影我洗了两张，一张给了父亲，一张留给我自己。照片上的父亲和我，都笑得灿若春花。所有见过这张照片的人都说，你和你爸长得太像了，笑得一模一样。

佳句精选

◇◇ 照片上的父亲，气宇轩昂，脸上虽挂着淡的忧伤，却挡不住风华正茂的英气。

◇◇ 而这时的父亲，正倚在家里的沙发上打瞌睡，衰老得似一口老钟。

◇◇ 照片上的父亲和我，都笑得灿若春花。所有见过这张照片的人都说，你和你爸长得太像了，笑得一模一样。

种爱

认识陈家老四，缘于我婆婆。

婆婆来我家小住，不过才两天，她就跟小区的人，混熟了。我下班回家，陈家老四正站在我家院门口，跟婆婆热络地说着话。看到我，他腼腆地笑一笑：“下班啦？”我礼貌地点点头：“是啊。”他看上去，年龄不比我小。

他走后，我问婆婆：“这谁啊？”婆婆说：“陈家老四啊。”

陈家老四是家里最小的孩子，父亲过世早，上有两个哥哥，一个姐姐，都已另立门户。他们与他感情一般，与母亲感情也一般，平常不怎么往来。只他和寡母，守着祖上传下的三间平房度日。

也没正式工作，蹬着辆破三轮，上街帮人拉货。婆婆怕跑菜市场，有时会托他带一点蔬菜回。他每次都会准时送过来，看得出，那些蔬菜，已被他重新打理过，整整齐齐干干净净的。婆婆削个水果给他吃，他推托一会儿，接下水果，憨憨地笑。路上再遇到我，他没头没脑说一句："你婆婆是个好人。"

却得了绝症，肝癌。穷，医院是去不得的，只在家里吃点药，等死。精气神儿好的时候，他会撑着出来走走，身旁跟着他的白发老母亲。小区的人，远远望见他，都避开走，生怕他传染了什么。他坐在我家的小院子里，苦笑着说："我这病，不传染的。"我们点头说："是的，不传染的。"他得到安慰似的，长舒一口气，眼睛里，蒙上一层水雾，感激地冲我们笑。

一天，他跑来跟我婆婆说："阿姨，我怕是快死了，我的肝上，积了很多水。"

我婆婆说："别瞎说，你还小呢，有的活呢。"

他笑了，说："阿姨，你别骗我，我知道我活不长的。

只是扔下我妈一个人，不知她以后怎么过。”

我们都有些黯然。春天的气息，正在蓬勃。空气中，满布着新生命的奶香，叶在长，花在开。而他，却像秋天树上挂着的一枚叶，一阵风来，眼看着它就要坠下来坠下来。

我去上班，他在半路上拦下我。那个时候，他已瘦得不成样了，脸色蜡黄蜡黄的。他腼腆地冲我笑：“老师，你可以帮我一个忙么？”我说：“当然可以。”他听了很高兴，说他想在小院子里种些花。“你能帮我找些花的种子么？”他用期盼的眼神看着我。见我狐疑地盯着他，他补充道：“在家闲着也无聊，想找点事做。”

我跑了一些花店，找到许多花的种子带回来，太阳花，凤仙花，虞美人，喇叭花，一串红……他小心地伸手接着，像对待小小的婴儿，眼睛里，有欢喜的波在荡。

这以后，难得见到他。婆婆说：“陈家老四中了邪了，筷子都拿不动的人，却偏要在院子里种花，天天在院子里折腾，哪个劝了也不听。”

我笑笑，我的眼前，浮现出他捧着花的种子的样子。真希望他能像那些花儿一样，生命有个重新开始的机会。

一晃，春天要过去了。某天，大清早的，买菜回来的婆婆，突然哑着声说：“陈家老四死了。”

像空谷里一声绝响，让人怅怅的。我买了花圈送去，第一次踏进他家小院，以为定是灰暗与冷清的，却不，一院子的姹紫嫣红迎接了我。那些花，开得热烈奔放，仿佛落了一院子的小粉蝶。他白发的老母亲，站在花旁，拉着我的手，含泪带笑地说：“这些，都是我家老四种的。”

我一时感动无言，不觉悲哀，只觉美好。原来，生命完全可以以另一种方式，重新存活的，就像他种的一院子的花。而他白发的老母亲，有了花的陪伴，日子亦不会太凄凉。

佳句精选

◇◇ 春天的气息，正在蓬勃。空气中，满布着新生命的奶香，叶在长，花在开。而他，却像秋天树上挂着的一枚叶，一阵风来，眼看着它就要坠下来坠下来。

◇◇ 他小心地伸手接着，像对待小小的婴儿，眼睛里，有欢喜的波在荡。

◇◇ 原来，生命完全可以以另一种方式，重新存活的，就像他种的一院子的花。而他白发的老母亲，有了花的陪伴，日子亦不会太凄凉。

祖母的葵花

我总是要想到葵花，一排一排，种在小院门口。

是祖母种的。祖母侍弄土地，就像她在鞋面上绣花一样，一针下去，绿的是叶，再一针下去，黄的是花。

记忆里的黄花总也开不败。

丝瓜、黄瓜是搭在架子上长的。扁扁的绿叶在风中婆娑，那些小黄花，就开在叶间，很妖娆地笑着。南瓜多数是趴在地上长的，长长的蔓，会牵引得很远很远。像对遥远的他方怀了无限向往，蓄着劲儿要追寻了去。遥远的他方有什么？一定是爱情。我相信南瓜定是一个痴情的女子，在一路的追寻中，绽开大朵大朵黄花。黄得很浓艳，是化不开的情。

还有一种植物，被祖母称作乌子的。它像爬山虎似的，顺着墙角往上爬，枝枝蔓蔓都是绿绿的，一直把整座房子包裹住了才作罢。忽一日，哗啦啦花都开了，远远看去，房子插了满头黄花呀，美得叫人心醉。

最突出的，还是葵花。它们挺立着，情绪饱满，斗志昂扬，迎着太阳的方向，把头颅昂起，再昂起。小时候我曾奇怪于它怎么总迎着太阳转呢，伸了小手，拼命拉扯那大盘的花，不让它看太阳，但我手一松，它弹跳一下，头颅又昂上去了，永不可折弯的样子。

梵·高在1888年的《向日葵》里，用大把金黄来渲染葵花。画中，一朵一朵葵花，在阳光下怒放，仿佛是“背景上迸发出的燃烧的火焰”。梵·高说，那是爱的最强光。在颇多失意颇多彷徨的日子里，那大朵的葵花，给他幽暗沉郁的心，注入最后的温暖。

我的祖母不知道梵·高，不懂得爱的最强光，但她喜欢种葵花。在那些缺衣少吃的岁月里，院门前那一排排葵花，在我们心头，投下最明艳的色彩。葵花开了，就快有香香的瓜子嗑了。这是一种香香的等待，这样的等待很幸福。

葵花结籽，亦有另一种风韵。沉甸甸的，望得见日月风光在里头喧闹。这个时候，它的头颅开始低垂，有些含羞，有些深沉，但腰杆仍是挺直的。一颗一颗的瓜子，一日一日成形，饱满，吸足阳光和花香。葵花成熟起来，蜂窝一般的。祖母摘下它们，轻轻敲，一颗一颗的瓜子就落到祖母预先放好的匾子里。放在阳光下晒，会闻见花朵的香气。一颗瓜子，原来是一朵花的魂啊！

瓜子晒干，祖母会用文火炒熟，这个孩子口袋里装一把，那个孩子口袋里装一把。我们的童年就这样香香地过来了。

如今，祖母老了，老得连葵花也种不动了。老家屋前，一片空落的寂静。七月的天空下，祖母坐在老屋院门口，坐在老槐树底下，不错眼地盯着一个方向看。我想，那里，一定有一棵葵花正在开放，开在祖母的心窝里。

佳句精选

◇◇ 祖母侍弄土地，就像她在鞋面上绣花一样，一针下去，绿的是叶，再一针下去，黄的是花。

◇◇ 在那些缺衣少吃的岁月里，院门前那一排排葵花，在我们心头，投下最明艳的色彩。

◇◇ 葵花结籽，亦有另一种风韵。沉甸甸的，望得见日月风光在里头喧闹。

◇◇ 一颗瓜子，原来是一朵花的魂啊！

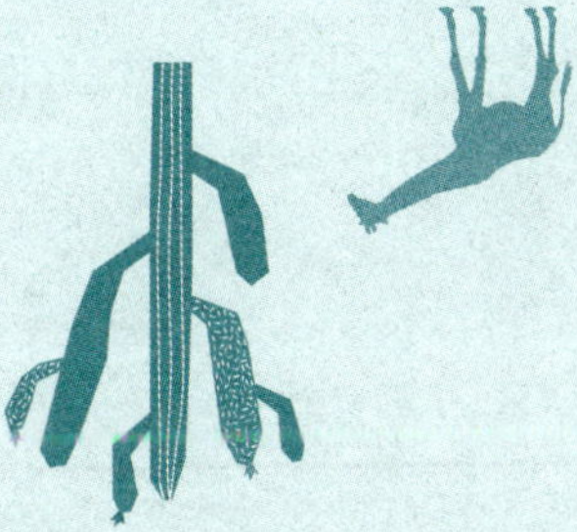

那日的阳光白花花的。

她的人，亦是白花花的。

无数的光影摇移，

哪里看得真切？

可是，握手上的手，是真的。

灌进耳里的声音，是真的。

缠绕着她的呼吸，是真的。

红木梳妆台

女人和花

女人开了一家花店。

花店开在偏巷里，门面不大，十来平方的样子。花草们从屋内，一直排到屋外，门外的场地上，挤满了姹紫嫣红。其中，大丽花最显目，一盆挨一盆，热火朝天地开着。

我路过，被那些大丽花所吸引，它们或大红，或玫粉，花朵重重叠叠，一律的色彩浓郁，拼了命地往那色泽的幽深里钻。我爱这些花，从小就爱。每一朵花上，都住着我的童年。童年的茅草屋前长着它，一大蓬，开的花有碗口那么大，能从夏天一直开到初冬。

它的根，像极了红薯。我小时疑心过它能吃，偷偷挖出它的根，放嘴里嚼。苦，苦透了。开出的花，却又丰腴又富丽，喜洋洋的，让人瞧不出一丝苦涩来。

我想买两盆带回去。

女人听到动静，从店里走出来。大妹子，你看花呢！大嗓门嘎嘣嘎嘣的，吓我一跳。

我定睛看女人，有点惊讶，她长得实在够魁梧的，胖墩墩的身子，胖乎乎的脸，红黑的两颊上，布满褐色斑点。这样一个人，似乎与花花草草沾不上一点边。

这些都是你种的花？我略带疑惑地问。

当然，我喜欢花。女人爽朗地一笑，大妹子，你看上什么就挑什么，都是我自个儿长的，不会算贵了给你的。

我家里种了好几亩地的花呢，女人弯腰整理花草。

一个男人突然从店里走出来，呼哧呼哧喘着粗气。男人看上去瘦瘦的，半边脸歪着，身子也歪着，嘴里含混地说着什么。女人赶紧走过去，搀扶住他，笑着说，知道了知道了，你进屋去安心躺着嘛，我不会走远的。

女人送男人进了屋。花的深深处，搭着一张简易的床。

女人再出来时，我已选好两盆大丽花，一盆大红的，一盆玫红的。

女人笑了，大妹子，你真会挑，这花一点不娇气，好长呢。

我笑笑，没说话，朝屋内多瞟了两眼，屋内花草斑斓。

女人也跟着瞟一眼，大大方方介绍道，他是我男人。她蹲下身子，麻利地给我的花重新装盆培土。

他呀，跟个孩子似的，一眼看不到我，就怕我跟人跑掉。哈哈，她大笑，大妹子，你看就长我这模样的，又老又丑，谁还会要我呀，他不抛弃我就是我的造化了。

他吧，原先身体壮实着呢，比我还壮实呢，扛一二百斤的水泥袋子走路，腿都不带抖一下的。你看不出吧？女人说着说着，自己觉得有趣，又哈哈哈笑起来。

我们一起去过很多地方打工，上海啦，武汉啦，最远的我们还到过深圳呢。攒了些钱，家里也盖上楼房，空调冰箱一应齐全。这日子过的，我做梦都要笑醒了。

女人转头望一眼屋内，笑笑，压低了她的嗓门：

他可能嫌我日子过得太舒坦了，倒跟我开起玩笑来，中风了，赖在床上不肯起来，躺了好几年呢。

我把房子卖啦，给他治病。他还舍不得，老念叨那房子。我觉得吧，人比房子重要，人没了，啥都没了。房子没了，还能重挣回来。

我也没别的本事，打小就喜欢些花花草草的，便开了这家花店，也方便照顾他。这下好了，我整天跟着花草混，别提多舒坦啦。

你看，他现在好多了，能撑着站起来，也能走上几步路了。我相信再调理过一两年，他就彻底好了，到时又能跑能跳了，我们就去租个门面大的店。

女人帮我换好花盆，重新培好土洒上水。喷过水的两盆大丽花，水灵灵的，看上去更艳丽了。女人笑着拍拍手上的泥，直起腰来，满意地看看花，说，大妹子，我种的花好吧？你以后若需要花，就到我家来吧，我肯定会算便宜些给你。

我微笑点头。

又有顾客到来，女人忙着去招呼。女人的身上，摇荡着花的影子。女人的声音，从那些花影里蹦出来，嘎嘣嘎嘣的，生机勃勃着——苦难也会开出花来的，倘若有颗向光向美的心。女人和她的花，让我觉得美好。

佳句精选

◇◇ 它们或大红，或玫粉，花朵重重叠叠，一律的色彩浓郁，拼了命地往那色泽的幽深里钻。

◇◇ 每一朵花上，都住着我的童年。

◇◇ 女人的身上，摇荡着花的影子。女人的声音，从那些花影里蹦出来，嘎嘣嘎嘣的，生机勃勃着——苦难也会开出花来的，倘若有颗向光向美的心。

手腕上的疤

年轻时，总会做些傻事，认着死理，爱着不值得爱的人，却一往无前，直到撞到南墙，撞得头破血流。时间一天一天的，冲淡掉那摊殷红，但伤痕却留下了，做了年轻的见证。譬如，她腕上的那块疤。

其实，早已记不清那人的模样了，交往的点滴，也已成模糊。可是，每次触及腕上的疤痕，如一条蜈蚣一样卧着，她的心，总要疼疼地跳一下。自卑着，压抑着。

不咸不淡地又恋爱几回。男人们的目光，在她的腕上停留。如锐器，带着尖尖的锋利的角，直直刺到她的心里去。

青天白日，藏无可藏。最后的最后，她只能落荒而逃。

遇见他时，她已年过三十。然不俗的外表，优越的工作，让她还是有望得见的靓丽。介绍人试探地对她说：他的长相一般，有点龅牙；老家在山沟沟里，有点穷；工作也不是太稳定，是跑销售的。她没有犹豫地点头，见见面再说吧。

第一次见，他有些拘束，话不多。倒是她，见惯了这种场面，谈笑自如。一起喝茶时，她故意在他面前，晃着那只受过伤的手腕。他的眼光，只轻浅地掠过，却忙忙地接过她手上的茶壶，笑着说，我来吧。他离了座，在她身边弯下腰去，给她的茶碗续上茶。

这细小的动作，让她的心软软地动了动，她和他便相处了下来。随后的日子，他的体贴温存，渐渐密布了她的天空。

可是，心里是有个结的，让她不得真正开心颜。他怎么可以忽略她腕上的那块疤呢？她到底忍不住了，她说，我给你讲个故事吧。他说，好啊。她于是说起年轻时的事，一个女孩，爱上一个男人，死心塌地地爱。后来，男人不要她了，她割了腕。

你看，就是割在这里，她举起有伤疤的那只手腕，指着那块伤疤说，静观着他的表情。她以为他会惊讶，或者愤怒。可是，他只是笑笑，轻描淡写地说，就这事啊？我也做过傻事的。他掀开他的衣服，她看到他的胸口，疤痕累累。他说，这是我被一个女人甩了后，用烟头烫的。

她讶异得不得了，心中的冰块，刹那间消融。她把头轻轻埋到他的胸口，听着他胸膛里的那颗心，有力地咚咚跳动着，她幸福地笑了。她想，这个男人，也是受过伤的，她一定要好好疼他。

从此，一路花开一路欢愉。她不再留意她腕上的疤，是在心里彻底把它丢掉了。偶尔瞥见手腕处，也只是淡淡一笑。天蓝云白啊，日子里有太多的欢乐要去感受。

是在那一天，无意中，他母亲跟她聊起他小时候的事，说他小时调皮得很，爬上桌子碰翻热水瓶，一瓶热水当胸浇过。

她呆住了。这时候，他们的儿子都过周了，在地板上摇摇摆摆学走路。窗台上一盆仙客来，花开饱满，岁月静好。

真爱一个人都会这样吧，有时，不惜用我的谎言，成就你的完美。

佳句精选

◇◇ 但伤痕却留下了，做了年轻的见证。

◇◇ 每次触及腕上的疤痕，如一条蜈蚣一样卧着，她的心，总要疼疼地跳一下。自卑着，压抑着。

◇◇ 真爱一个人都会这样吧，有时，不惜用我的谎言，成就你的完美。

桃花芳菲时

正月十五闹花灯，年轻的三奶奶在街市上看花灯，遇到英俊的三爹。电光火石般地，两颗年轻的心，爱了。不多久，三爹托了媒人上门。

三奶奶是三爹用大红花轿红盖头迎进门的，那时，满世界的桃花开得妖娆，三奶奶的婆婆——我们那未曾谋面过的老太，站在小院里，正仰望着一树桃花。帮佣的端着一盆莲子走过来，老太咧着嘴乐，说，好兆头，多子多孙。但三奶奶婚后，却无一子半嗣。

过年的时候，我们几个小孩子，被祖母一径领着，走上六七里的路，去给三奶奶拜年。这已是若干年后的事了。我们的老太，也早已作了古。祖母再三关照，看见三奶奶不要乱说乱动，要祝三奶奶健康长寿。

房间里的光线总是暗，有一股水烟味。黄铜的水烟台，立在床头柜上，形销骨立的样子。三奶奶盘腿坐在床上，倚着红绸缎的花被子。她是个瘦小的女人，脸隐在一圈淡淡的光里面，看不清。她朝着我们说，好孩子，谢谢你们来看奶奶。然后递过红包来，那是给我们的压岁钱。我们敛了气地候着，祖母却客气地相挡，哪能要你的钱呢？

我们被祖母轰出房去，只留她们两个说话。我们乐得出去玩，门前有河，河上结冰，冰上散落着燃尽的爆竹屑。远远看去，像散落的花瓣。我们捡了泥块打冰漂。玩得肚子饿了，才想起已到饭时，回头去找祖母，只听得三奶奶幽幽说，我可是他大红花轿红盖头娶进门来的。后面是长长久久的静穆，有叹息声，落花似的。我们倚了门，呆一呆，那大红花轿红盖头的场面，该是何等的热闹？而三奶奶，定也是个水灵灵的人吧。

从没见过三爹，他人远在上海。兵荒马乱年代，祖父的弟兄，都跑到上海去苦生活。三爹也去了，先是在上海轮船码头做苦力，后来拉黄包车，再后来，去戏园子做看门人。在那里，二爹遭逢到他生命里的一场艳遇。

爱上三爹的女人，是经常去戏园子看戏的。英俊的三爹，穿着镶白边的红礼服，站在戏园子门口迎客，惹得路过的女人，频频相望。那个女人，在数次相望后，再路过三爹身边，她把她外面穿着的大衣脱下，塞到三爹手上。给我拿着，她用不容置疑的口吻说。三爹愕然，她回眸一笑。如此三两次，便熟识了。

后来，这个女人，成了三爹在上海的太太。三爹托人捎口信给三奶奶，说，我对不起你，你另择好人家，再嫁吧。三奶奶大哭一场，却不肯离去，她把话捎去上海，我可是你大红花轿红盖头娶回家的。三爹听后，长叹一声，再无话。

家里有人去上海，回来说起三爹，多半摇头。三太太，家里人这样称三爹在上海的女人。三太太不是个善类啊，三爹在家做不了主的，大人们在一起谈论时，如是说。

三太太不喜欢这边的人过去，在小阁楼里摔盆子。三奶奶给三爹做的布鞋，也被三太太给退了回来，三太太说，侬自己穿好了。那个时候，三爹已和三太太生了两儿两女，儿女们都大了。三爹拉着去看他的家里人的手，背地里淌眼泪，说，见一回少一回哪。

也问起三奶奶，记忆里多半模糊。三爹说，她也老了吧？然后叹，我对不起她。一次，三爹瞒着三太太，塞了些钱给去看他的人，说，让她多买点吃的吧，告诉她，死了后，我一定葬在那边的。

回来的人，把三爹的话，说给三奶奶听，三奶奶抚被大恸，哭得撕心裂肺。大家都吓坏了，团团围住她，不知怎样相劝才好。三奶奶抽抽噎噎着停下来，却说，孩子们，我这是高兴哪。

三爹在86岁高龄上，突患一场大病，医治无效。弥留之际，家里人去看他，他问，她还好吧？再三恳求，他死了，一定要带着他的骨灰回去。平时冷面冷脸的三太太，也老了，这时仿佛看开许多，她知道，她守了一辈子的男人，只守住了他的身，却没守住他的心。她松口了，说，就依了他吧，想回去，就回去吧。

三爹的骨灰，被接回老家。三奶奶一早就梳洗打扮好了，稀疏的白发，抿得纹丝不乱。大红对襟袄穿着，竟是出嫁时穿的那件红衣裳。她不顾大家的劝阻，踩着碎步，跑了很远的路去迎。她抱着三爹的骨灰盒，多皱的脸上，慢慢洇上笑，笑成桃花瓣。她喃喃说，你这狠心的老头子，我可是你大红花轿红盖头娶进门来的，你却抛下我这么些年，今天，你终于回来啦。站旁边的人，无不泪落。

两天后，三奶奶去世了。她安静地死在床上，身上穿着那件红嫁衣，枕旁放着三爹的骨灰盒。她仪态端庄，面容安详。院子里，一院的桃花，开得正芳菲。

佳句精选

◇◇ 电光火石般地，两颗年轻的心，爱了。

◇◇ 黄铜的水烟台，立在床头柜上，形销骨立的样子。

◇◇ 有叹息声，落花似的。我们倚了门，呆一呆，那大红花轿红盖头的场面，该是何等的热闹？

◇◇ 她仪态端庄，面容安详。院子里，一院的桃花，开得正芳菲。

冬葵

冬葵到药房当学徒的时候，时年十二岁。

也是因为家穷，唯一的男丁，被父母硬生生送了来。什么活都做，掌柜一家人的衣服要洗。尿壶要倒。水要挑。柴要劈。饭要煮。还不时要去山上采草药，一个人顶着烈日，攀爬在悬崖峭壁上，忍受蛇虫侵袭。

冬天，窗上结着冰花，一朵朵，丰腴着。掌柜一家人还躺在温暖的被窝里，冬葵却要早早起来，院前院后打扫，伸了冻疮密布的手，擦冰花。动作慢了，掌柜会生气。肥头大耳的掌柜一个巴掌掴过来，会让冬葵眼冒金星，半天站不稳。

冬葵怕，度日如年。好不容易找了机会回一趟家，对着父母哭，说，哪怕饿死，也不要把我送去。父母反过来对着他哭，说，在家是等死啊娃。没有学徒不是这样的，熬出头来就好了。娃啊，熬着吧。

父母的眼泪，把冬葵吓着了，他后来再没对父母哭过。他在药房里安下身，渐渐爱上那个地方。一天的忙碌过去，他有了属于自己的片刻安宁。虫鸣声若有似无地响在夜空里，铺盖卷静静倚在药房的柜台旁，他举着烛台，在一圈柠檬黄的光里面，踮起脚尖，偷偷打开红木柜子上一个一个暗红的抽屉。各种草木花朵好闻的气息，汹涌而出，很快将他淹没。

冬葵着了魔地喜欢上那些中草药，每一种，都有一个好听的名字。仙茅，白薇，连翘，沉香，茯苓，紫苏……冬葵一一在嘴里念，念得心动。一天，他发现“冬葵”居然也是一味中草药，他实在太高兴了，抓了一小把冬葵子藏在身上，手不时悄悄触摸它，心底有隐秘的快乐在飞。

女孩红花的出现，让冬葵的世界春暖花开起来。这个时候，冬葵已在药房里当了五年差，长成一个瘦瘦高高的少年。他能准确地报出任何一味中草药的名字，抓药时全凭手感，几钱几两，分毫不差。

红花是来买药的。十六岁的女孩，父母早亡，跟了哥嫂。哥嫂贪财，收了人家钱财，强行塞她进花轿，给一病重的老头冲喜。冬葵在她脸上读到深刻的忧伤，如夜色堆积般的。他的心，无端地弹跳起来，疼。他抓一把药，再抓一把药，包好，左右看看，飞快地对红花说，拿走吧，不要钱的。

红花看着他，“扑哧”一声笑了，两只细长的眼睛，弯成小月亮。她说，我带了钱呢。然后，在柜台上搁下一把银元。冬葵的脸“腾”地红了，心却是愉悦的，因为，他看见她的笑。那一天，他看天，天美。看地，地好。肥头大耳的掌柜看过去，也没那么可憎了。

两个少年就这样相识了。一些夜晚，红花会趁老头睡熟了，偷偷跑出来，轻轻敲冬葵的窗。冬葵的心，立即欢喜得开了花。他举着烛台，领着红花，一一去辨认那些中草药。贫穷的两个少年，没什么可相赠，却有草药。他送她“冬葵子”，她赠他“红花”，彼此是贴近的两个。他说，将来有一天，他要开家药房，房前屋后都种上草红花和冬葵。她听着，眼睛亮起来，又黯淡下去。她的日子一片黑，她不知道会走向哪里。他安慰她，没事的，有我呢。

重病的老头终撒手而去，那家人要把红花卖了。红花惊慌失措跑来找冬葵。冬葵只觉得一股热血直冲大脑，他一把牵住红花的手，说，我们逃吧，我带你走。

半路上却被捉回。冬葵被打折了腿，整整一个冬天没能挪步。等到窗外的冰雪终于消融，枝条上缀满雀跃的小绒毛，冬葵却再也找不到红花了。那时恰逢兵荒马乱，一个人的消失，如同一粒尘的消失，无声无息。

掌柜后来暴死，冬葵成了药房的主人。他养成了爱种草红花和冬葵的习惯，日子里，总有红花白花不息地开。这一习惯到他成为爹，没有改。到他成为爷爷，没有改。晚年，他患上老年痴呆症，忘记了很多人很多事，甚至连他最疼爱的孙子站他跟前，他也不认得了，却喜欢种下一棵一棵的草红花和冬葵。在花盆里种。在院门前的花池里种。在他看到的所有的土里面种。人问他，老人家，你这是在种什么呀？他口齿清晰地答，草红花和冬葵呀。核桃般褶皱的脸上，漾着令人心动的温柔。一圈圈，如水波。

佳句精选

◇◇ 各种草木花朵好闻的气息，汹涌而出，很快将他淹没。

◇◇ 冬葵在她脸上读到深刻的忧伤，如夜色堆积般的。他的心，无端地弹跳起来，疼。

◇◇ 那一天，他看天，天美。看地，地好。肥头大耳的掌柜看过去，也没那么可憎了。

◇◇ 那时恰逢兵荒马乱，一个人的消失，如同一粒尘的消失，无声无息。

风过林梢

赫奶奶走了。

这消息让我发了好一阵子的呆。我离开赫奶奶所在的那个小镇，十多年了吧。十年的时光，足以让一个人老去。

我认识赫奶奶的时候，她不过五六十岁。又黑又细的眉毛，弯弯的，像用墨线弹过。配了一对黑珍珠似的眼，望向人的时候，水波潋滟着，孩子般的清澈。她个头中等，身材是恰到好处的丰满。走起路来，像踩着一段舒缓有致的曲子，不疾不徐，有着极美的韵致。想她年轻的时候，一定是个美人。

果真是。

年轻时，她是地方文工团里最红的角儿，舞台上的光芒，盖过天上最亮的星。十八九岁，她甩着粉红的绸帕子唱：

风过林梢呀风过林梢，在哪棵树的心底里，留下痕印。

我倚门张望呀张望着，郎的身影，何时再经过我门前。

——嗓音清脆甜润，风吹小铃铛般的。露天舞台，一盏汽油灯悬着，照着她唇红齿白一张粉嫩的脸，她像开得满满的一枝芍药花。台下人山人海，脚踩着脚，有时还争吵着要动手，都为要挤到台前去看她。

赫奶奶兴致好的时候，会跟人说一点儿当年事，断断续续的。她嘴角含笑，慢条斯理轻声讲着，讲着讲着，突然顿住，说，不提了，不提了，这些陈年烂谷子，提起要让人笑话的。彼时，赫奶奶在一家单位食堂烧饭。我刚出大学校门不久，分配到那个小镇工作，孤身一人，一日三餐，都在那家单位代伙。见面的次数多了，也就熟稔了。她总是很尊敬地称我丁老师。我脸嫩着，实在不好意思让一个年长者这么叫我，就悄悄跟她商量，赫奶奶，还是叫我名字吧，可好？她却看着我，极认真地说，那哪能呢，不能坏了规矩，你是老师，就是老师。

也认识了她的老伴。大家有时叫他赫爹，多数时候却直呼他，赫老头。

第一次见到赫爹，我很替赫奶奶惋惜，她怎么嫁了这么一个男人！

赫爹长得丑，真丑。瘦弱，矮小，局促狭窄的脸上，布满麻子。偏偏眼睛又小，让你实在分不清，他看你的时候，是睁着眼睛呢，还是闭着眼睛呢。

赫奶奶洞悉我的心思，她瞟一眼在忙碌的赫爹，很平静地解释道，别看我家老头子长得丑，人可好着呢，是这个世上少有的好人。

每天清晨，赫爹必早早来到单位，替赫奶奶生好烧饭的炉子，烧好单位一天要用的开水，熬好粥。并把单位门前的场地，打扫得干干净净。人若问，赫老头，你家赫奶奶呢？他必宠溺地笑，说，她要睡觉的，我让她多睡一会儿。

赫爹的“早市”忙活妥当了，赫奶奶才梳洗一新地姗姗而来。碗筷摆上桌，食堂里，也就陆陆续续坐着吃早饭的人了。赫奶奶也坐在其中，细嚼慢咽地吃早饭。赫爹却仍在忙着，为中午的饭菜做准备，一边等着我们吃好了，他好刷锅洗碗。大家若叫，赫老头，你也过来一起吃早饭啊。他会受宠若惊地笑，连连摆手，不了，不了，你们吃吧，我一会儿回家去吃。

回家吃什么呢？是茶泡饭就咸菜。他一天三顿，从不讲究。但对赫奶奶，却像供着一尊佛似的，零食给预备着，饼干、糖果、瓜子，和应季的水果，从不间断。单位给赫奶奶配了一间休息室，我有时过去玩，赫奶奶会搬出一桌的零食来，招待我。全是我家老头子买的，她说。

他们的家住在小镇附近，有农田好几亩，都是赫爹种着。赫爹专辟了地，种赫奶奶喜欢吃的瓜果菜蔬。遇到时新的菜蔬，也给单位食堂免费送一些，蚕豆上市了送蚕豆，番茄上市了送番茄。大家吃着鲜活的菜蔬，不免对赫爹说些感谢的话。赫爹就变得异常慌乱，连连摆手，不谢，不谢，自己种的，不值钱的。赫奶奶不无得意地对人说，我家老头子种田可是一把好手，长的蔬菜啊庄稼啊，都比邻居家的要好。

姚爹突然出现了。姚爹长相斯文，衣着整洁，皮肤白皙，身板儿笔直笔直的。乍一见，像浸润在中草药中多年的老中医，仙风仙骨的。

起初我以为他是赫奶奶的亲戚，像赫奶奶那样标致的人，有这样的亲戚，也是不足为怪的。但后来，三天两头会见着他。他来，大家都很客气地叫他姚爹，很熟悉的样子。他蹲在屋檐下，帮赫奶奶择菜，一边跟赫奶奶说着话，轻声慢语的。若是碰上赫爹来，彼此都会很热络地打招呼，一团和气。

也就听人隐约提起，说他是赫奶奶年轻时的相好。

曾同在一个文工团待着，赫奶奶是台柱子，他是管乐器的，拉得一手好二胡。还兼着写剧本、作曲和排戏，是有名的才子。他写一折《风过林梢》的戏，是歌唱婚姻自由的。那时刚解放，宣扬男女平等，恋爱自己做主。这出戏，很合时宜。赫奶奶是主演，很快引起轰动，一天一场地演，有时还要加演。

两个年轻人日日见着，生了情合了意。也未曾有过承诺，未曾有过誓言，但就是很愿意在一起。有时，他们头挨头地，研究台词唱腔。有时，也没什么事，只偶尔说上一两句无关紧要的话，彼此看着，笑笑，也是好的。看见他们的人，都觉得他们很般配，私下里想着，这两个人要是能够结婚，真像云朵配上云朵、花儿配上花儿呢！

赫奶奶的父母，却突然来到文工团，强行把赫奶奶带回家。他们早已把她暗许了姓赫的一户人家，是早年受过赫家恩惠的。一贫如洗的岁月里，他们夫妇领着幼儿逃荒，差点饿死在荒郊野外，是赫家的一升荞麦，救了他们全家性命。赫家当时有子女六个，最小的赫爹，三四岁了，丑丑的一个小孩，拖着两行鼻涕望着他们。赫奶奶的母亲刚好有孕在身，就指着腹中胎儿，对赫家说，他日，若生了姑娘，就给你们家这个老幺做媳妇儿。

赫奶奶从小也是耳闻过的，只不当真。但她的父母却认了真，耳里听到一些风言风语，着了急，就商量着让赫家来带人。赫奶奶哭过，闹过，绝食过，但她母亲的性子比她更强，一把菜刀架在自己的脖子上，对赫奶奶说，姑娘，你这条命，也是赫家给的，你要是让我们做背信弃义的事，我就立刻死在你跟前。

赫奶奶哭哭啼啼地嫁了。赫爹像捡到珍宝似的，小心轻放着。日子久了，赫奶奶委屈的心，渐渐平复。

姚爹在赫奶奶嫁人后，颓废了好长一段时间，他二胡不拉了，剧本不写了，曲子不编了。一年后，他也离开了文工团，到一所偏远的乡村小学，做了名音乐老师。

他与赫奶奶再次相逢，是他被批斗得最为惨烈的时候。因有个舅舅在海外，他成了走资派。又因他是个搞音乐的，说他宣扬靡靡之音，罪名更大。他天天挨批，头发被剃光了，肋骨被打断了，躺在黑屋子里，一心求死。赫奶奶来了，带着她做的糯米点心，那是他爱吃的。见了她，他仿佛在寒冬里，望见了春天的一抹柳枝绿。

他没有再寻死，咬着牙撑一撑，那段岁月，也就过去了。春和景明时，他搬到了赫奶奶所在的这个镇子，与赫奶奶一家，往来频繁。赫奶奶的孩子，都尊称他，姚叔。

却一直未曾婚娶。赫奶奶热心地帮他穿针引线过，他也对一个离异的女同事有过好感，两人相处过一段日子，后来却不了了之。从此，他再不提婚姻之事。他种花养草，写写曲子，拉拉二胡。闲时就跑过来看看赫奶奶，青天白日，光明磊落。小镇人起初对他们还有闲言，但他们的坦然，倒容不得别人再说什么了。大家暗地里都说赫奶奶有福气，两个男人都对她这么死心塌地。

我离开小镇的那年冬天，赫爹突发脑出血而亡。大家都心照不宣地想，姚爹终于守得云开月明时，这下子，赫奶奶肯定要和他在一起了。赫奶奶的儿孙们，也都有这个意思，极力撮合他们。

赫奶奶却摇头，坚决地说不，她说她不能对不起老头子，他做了一辈子老实人，对她好了一辈子。

赫爹走后，赫奶奶辞去了食堂烧饭的差事，一下子老了许多，老是丢东忘西，记不住事情。姚爹天天去陪她。买了零食带过去，饼干、糖果、瓜子，和应季的水果。赫奶奶吃着零食，吃着吃着，会错把姚爹喊成赫爹。

赫奶奶的葬礼上，姚爹拉了当年的曲子《风过林梢》。这是赫奶奶临终时要求的。姚爹拉着拉着，一滴泪，很亮的，滑落在二胡的弦上。

佳句精选

◇◇ 十年的时光，足以让一个人老去。

◇◇ 她个头中等，身材是恰到好处的丰满。走起路来，像踩着一段舒缓有致的曲子，不疾不徐，有着极美的韵致。

◇◇ 露天舞台，一盏汽油灯悬着，照着她唇红齿白一张粉嫩的脸，她像开得满满的一枝芍药花。

◇◇ 见了她，他仿佛在寒冬里，望见了春天的一抹柳枝绿。

◇◇ 姚爹拉着拉着，一滴泪，很亮的，滑落在二胡的弦上。

爱未央

陈四爹最近迷上藏钱，像乌鸦迷上发光的东西。

是儿媳妇肖英最先发现的。

肖英记得买菜时多下一些零钱，随手搁客厅茶几上。她转身去厨房，不过择了一把菜、洗了两只碗，转身，钱就不见了。

没有人来过，除了公公陈四爹在。

陈四爹却没事人似的，在自己的房间里，数着一堆红红绿绿的小球玩。

自从患上老年痴呆症后，他的智商一下子退回到幼儿期，爱耍小脾气，爱玩五颜六色的玩具。

肖英看看陈四爹，当时没说什么，但心里存了疑惑。她后来做了个试验，故意在客厅的茶几上放上十块钱。她躲到一边去，不一会儿，她看到她的公公陈四爹，从房间里慢慢磨蹭着出来。当他瞥见茶几上的钱时，眼睛里立即大放光芒，左右迅速看看，一把抓起钱，揣到怀里去了。

肖英就有些不高兴了，她走了过去，问陈四爹，爸，您拿钱了？

陈四爹紧紧捂住胸口，瞪着她，答，我没有。

可我明明看见您拿钱了。肖英生气地说着，就要来掰他的手，爸，家里不缺您吃的，不缺您穿的，您说您要钱做什么？

陈四爹不肯松手，孩子似的放声大哭起来，一边哭一边说，我没有拿钱，我没有拿钱。

儿子陈程回家，看到这一幕，劝肖英，你跟爸较什么真？他都八十多岁的人了，拿就拿了吧，反正他也花不出去。

肖英气鼓鼓地说，怨不得家里老丢钱，还不知他藏了多少钱呢。

自此后，肖英存了心眼，把钱看管得很紧。陈四爹找不到钱了，表现得很失落。他在家里来来回回地打转，到处翻找，家里的角角落落，都被他翻了个遍。偶尔在哪个抽屉里，捡到一枚两枚硬币，他欢喜不迭，赶紧往怀里藏。

家人对他哭笑不得，把他的行为归结为，是老年痴呆的一种。

他后来发展到，逢人便伸出手来，讨钱。给我钱——他眼睛直盯着来人，很执拗地说。

大家开他玩笑，四爹爹，您要钱买糖吃啊？

他偏着须发皆白的脑袋，想一想，摇摇头，认真地说，不，我要买金戒指。

您买金戒指给谁戴呀？

给新娘子，给新娘子。他口齿不清地说。

给新娘子？大家哄笑一通，都以为他老糊涂了。

陈四爹的突然失踪，让儿子陈程着实急出了一身冷汗。那天，起先是没有一点征兆的，早饭时，陈四爹还好好的，喝掉一碗粥，吃掉半块馒头。饭后，他回房，继续玩他的彩球。陈程去老年活动中心下棋，肖英去菜场买菜。

等肖英买菜回来，家里的大门洞开，公公陈四爹不见了。

街坊四邻都被发动起来寻找，折腾大半天，仍是无头无绪。后不知谁突然想起来，说，老爷子不会真的跑去买什么金戒指吧？

街上卖金戒指的就那么两家，一家百货商场，一家国货商厦。众人分头去找，果真，在国货商厦一楼的黄金柜台旁，找到陈四爹。柜台的营业员一见找去的人，长舒一口气，说，你们总算找来了，这个老爹爹难缠呢，他非要用这么点钱，买一枚这么大的金戒指不可。

众人看过去，柜台上，摊着一堆零碎，不过百十块。陈四爹指着那些钱，固执地说，我有钱，我要买金戒指。

陈程走过去，不好意思地跟营业员打招呼，他指指自己的脑袋，悄声说，对不起啊，给您添麻烦了，我爸这里不行了。营业员恍然大悟“哦”一声，她同情地看看陈四爹，无声地笑了。

陈程转身，有些恼火地拖住陈四爹，爸，您别闹了，咱回家吧。

陈四爹茫然地望着陈程，望着望着，哭了，他嘟嘟哝哝地说，今天是菊香生日呢，我答应过她，要给她买金戒指的呢。

众人听着，心头一震。菊香，陈程的母亲，陈四爹的老伴，故去已十年。

佳句精选

◇◇ 陈四爹最近迷上藏钱，像乌鸦迷上发光的东西。

◇◇ 陈四爹茫然地望着陈程，望着望着，哭了，他嘟嘟哝哝地说，今天是菊香生日呢，我答应过她，要给她买金戒指的呢。

红木梳妆台

她与他相识，不知是哪一年哪一月的事了。仿佛生来就熟识，生来就是骨子里亲近的那一个人。她坐屋前做女红，他挑着泔水桶，走过院子里的两棵皂角树。五月了，皂角树上开满乳黄的小花儿，天地间，溢满淡淡的清香，有种明媚的好。她抬眉。他含笑，叫一声：“小姐。”那个时候，她十四五岁的年龄吧。

也不过是小户人家的女儿，家里光景算不得好，她与寡母一起做女红度日。他亦是贫家少年，人却长得臂粗腰圆，很有虎相。他挨家挨户收泔水，卖给乡下人家养猪。收到她家门上，他总是尊称她一声“小姐”，彬彬有礼。

这样地，过了一天又一天。皂角花开过，又落了。落过，又开了。应该是又一年了吧，她还在屋前做女红，眉眼举止，盈盈又妩媚，是朵开放得正饱满的花。他亦是长大了，从皂角树下过，皂角树的花枝，都敲到他的头了。他远远看见她，挑泔水桶的脚步，会错乱得毫无步骤。却装作若无其事，依然彬彬有礼叫她一声：“小姐。”她笑着点一下头，心跳如鼓。

某一日，他挑着泔水桶走，她倚门望，突然叫住他，她叫他：“哎——”他立即止了脚步，回过身来，已是满身的惊喜。“小姐有事吗？”他小心地问。

她用手指缠绕着辫梢笑。她的辫子很长，漆黑油亮。那油亮的辫子，是他梦里的依托。他的脸无端地红了，却听到她轻声说：“以后不要小姐小姐地叫我，我的名字叫翠英。”

他就是在那时，发现他头顶的一树皂角花，开得真好啊。

这便有了默契。再来，他远远地笑，她远远地迎。他起初“翠英”两字叫得不顺口，羞涩的小鸟似的，不肯挪出窝。后来，很顺溜了，他叫她，翠英。几乎是从胸腔里飞奔出来。多么青翠欲滴的两个字啊，仿佛满嘴含翠。他叫完，左右仓促地环顾一下，笑。她也笑。于是，空气都是甜蜜的了。

有人来向她提亲，是一富家子弟。他听说了，辗转一夜未眠。再来挑泔水，从皂角树下低头过，自始至终不肯抬头看她。她叫住他：“哎——”他不回头，恢复到先前的彬彬有礼，低低问：“小姐有事吗？”

她说：“我没答应。”

这句话无头无尾，但他听懂了，只觉得热血一下子涌上来，心口口上就开了朵叫作幸福的花。他点点头，说：“谢谢你翠英。”且说且走，一路健步如飞。他跑到一处无人的地方，站在那里，对着天空傻笑。

这夜，月色姣好，银装素裹。他在月下吹笛，笛声悠悠。她应声而出。两个人隔着轻浅的月色，对望。他说：“嫁给我吧。”她没有犹豫，答应：“好。但我，想要一张梳妆台。”这是她从小女孩起就有的梦。对门张太太家，有张梳妆台，紫檀木的，桌上有暗屉，拉开一个，可以放簪子。再拉开一个，可以放胭脂水粉。立在上头的镜子，锃亮。照着人影儿，水样地在里面晃。

他承诺：“好，我娶你时，一定给你一张漂亮的梳妆台。”

他去了南方苦钱。走前对她说：“等我三年，三年后，我带着漂亮的梳妆台回来娶你。”

三年不是飞花过，是更深漏长。这期间，媒人不断上门，统统被她回绝。寡母为此气得一病不起，她跪在母亲面前哀求：“妈，我有喜欢的人。”

三年倚门望，却没望回他的身影。院子里的皂角花开了落，落了开……不知又过去了几个三年，她水嫩的容颜，渐渐望得枯竭。

有消息辗转传来，他被抓去做壮丁。他死于战乱。她是那么地悔啊，悔不该问他要梳妆台，悔不该放手让他去南方。从此青灯孤影，她把自己没入无尽的思念与悔恨中。

又是几年轮转，她住的院落，被一家医院征去，那里，很快盖起一幢医院大楼。她搬离到几条街道外。伴了多年的皂角树，从此成了梦中影，如同他。

60岁那年，她在巷口晒太阳，却听到一声轻唤：“翠英。”她全身因这声唤而颤抖。这名字，从她母亲逝去后，就再没听到有人叫过她。她以为听错，侧耳再听，却是明明白白一声“翠英”。

那日的阳光白花花的。她的人，亦是白花花的。无数的光影摇移，哪里看得真切？可是，握手上的手，是真的。灌进耳里的声音，是真的。缠绕着她的呼吸，是真的。他回来了，隔了四十多年，他回来了，带着承诺给她的梳妆台。

那年，他出门不久，就遇上抓壮丁的。他被抓去，战场上无数鬼门关前来来回回，他嘴里叫的，都是她的名字，那个青翠欲滴的名字啊。他幸运地活下来，后来糊里糊涂被塞上一条船。等他头脑清醒过来，人已在台湾。

在台湾，他拼命做事，积攒了一些钱，成了不大不小的老板。身边的女子走马灯似的，都欲与他共结秦晋之好，他一概婉拒，梦里只有皂角花开。

等待的心，只能迂回，他先是移民美国。大陆还是乱，“文革”了，他断断回不得的。他挑了上好的红木，给她做梳妆台。每日里刨刨凿凿，好度时光。

她早已听得泪雨纷飞。她手抚着红木梳妆台，拉开一个暗屉，里面有银簪。再拉开一个暗屉，里面有胭脂水粉。是她多年前想要的样子啊。

她坐在梳妆台前，很认真地在脸上搽胭脂，搽得东一块西一块的。因为年轻时的过多穿针引线，还有，漫长日子里的泪水不断，她的眼睛，早瞎了。

“哎，好看吗？”她转头问立在身后的他。他一迭声说：“好看好看，这世上，没有哪个女人，比你更好看。”她开心地笑了。他悄悄转身，抹去脸上两行泪。外面的阳光，真是灿烂，像多年前的皂角花开。

佳句精选

◇◇ 五月了，皂角树上开满乳黄的小花儿，天地间，溢满淡淡的清香，有种明媚的好。

◇◇ 他叫她，翠英。几乎是从胸腔里飞奔出来。多么青翠欲滴的两个字啊，仿佛满嘴含翠。

◇◇ 那日的阳光白花花的。她的人，亦是白花花的。无数的光影摇移，哪里看得真切？可是，握手上的手，是真的。灌进耳里的声音，是真的。缠绕着她的呼吸，是真的。

如果蚕豆会说话

二十一岁，如花绽放的年纪，她被遣送到遥远的乡下去改造。不过一瞬间，她就从一个幸福的女孩子，变成了人所不齿的“资产阶级小姐”。那个年代有那个年代的荒唐，而这样的荒唐，几乎改变了她的一生。

父亲被批斗至死。母亲伤心之余，选择跳楼，结束了自己的生命。这个世上，再没有疼爱的手，可以抚过她遍布伤痕的天空。她蜗居在乡下一间漏雨的小屋里，出工，收工，如同木偶一般。

最怕的是田间休息的时候，集体的大喇叭里播放着革命歌曲，“革命群众”围坐一堆，开始对她进行批判。

她低着头，站着。衣服不敢再穿整洁的，她和他们一样，穿带补丁的。发也不再留长的，她忍痛割爱，剪了。她甚至有意站毒日头下晒着，她要晒黑她白皙的皮肤。她努力把自己打造成贫下中农中的一员。一个女孩子的花季，不再明艳。

那一天，歇晌，脸上长着两颗肉痣的队长突然心血来潮，把大家召集起来，说革命出现了新动向。所谓的新动向不过是她的短发上，别了一只红色的发卡。那是母亲留给她的唯一遗物。

队长粗暴地让人从她的发上，强取下发卡。她第一次反抗，泪流满面地争夺。那一刻，她像一只孤单的雁。

这个时候，突然从人群中跳出一个身影来，他不管不顾地冲上去，从队长手里抢过发卡，交到她手里。一边用手臂护着她，一边对着周围的人愤怒地“哇哇”叫着。

所有的喧闹，一下子静下来。大家面面相觑。一会儿之后，又都宽容地笑了，没有人与他计较，一个可怜的哑巴，从小被遗弃在村口，是吃百家饭长大的，长到三十岁了，还是孑然一身。谁都把他当作可怜的人。

队长也不跟他计较，挥挥手，让人群散了。他望望她，打着手势，意思是叫她安心，不要怕，以后有他保护她。她看不懂，但眼底的泪，却一滴一滴滚下来，砸在脚下的黄土里。

他看着流泪不止的她，手足无措。忽然从口袋里，掏出一把炒蚕豆来，塞到她手里。这是他为她炒的，不过几小把，他一直揣在口袋里，想送她。却望而却步，她是他心中的神，如何敢轻易接近？这会儿，他终于可以亲手把蚕豆交给她了，他满足地搓着手“嘿嘿”笑了。

她第一次抬眼打量他，长脸，小眼睛，脸上布满岁月的风霜。这是一个有些丑丑的男人，可她眼前，却看到一扇温暖的窗打开了。是久居阴霾里，突见阳光的那种暖。

从此，他像守护神似的跟着她，再没人找她的麻烦，因为他会为她去拼命。谁愿意得罪一个可怜的哑巴呢？谁也不愿意的。她的世界，变得宁静起来。她甚至，可以写写日记、看看书。重的活，有他帮着做。漏雨的屋，亦有他帮着补。有了他，她不再惧怕夜的黑。

他对她的好，所有人都明白，她亦明白。却从不曾考虑过要嫁给他。这怎么可能呢？她虽身陷泥淖，心底的那一份高傲却从不曾丢。她相信，总有一天，她会重新飞走。

邻居阿婶想做好事，某一日，突然拉住收工回家的她，说：“不如就做了他的媳妇吧，以后也有个知冷知热疼你的人。”她愣住，转身看他，他拼命摇头，脸涨得通红。

这之后，他看见她，远远就避开走。她明白他的好意，是不想让她难做。这反倒让她改变了心意，邻居阿婶再撮合这桩亲事时，她点头答应了。是想着委屈的吧，在嫁他的前一天，她跑到没人的地方，大哭一场。

他们的婚姻，开始在无声里铺排开来，柴米油盐，一屋子的烟火熏着。他不让她干一点点重活，甚至她换下的内衣，都是他抢了洗，她在烟火的日子里，渐渐白胖。

这是幸福吧？有时她想。眼睛眺望着遥远的南方，那里，是她成长的地方。如果生活里没有变故，那么她现在，一定坐在钢琴旁，弹着乐曲唱着歌。或者，在某个公园里，悠闲地散着步。她摊开双手，望见修长的手指上，结着一个一个的茧。不再有指望，那么，就这么过着吧。

他们一直没有孩子。但这不妨碍他对她的好，晴天为她挡太阳，阴天为她遮风雨。村人们感叹，这个哑巴，真会疼人。她听到，心念一转，有泪，点点滴滴，洇湿心头。这辈子，别无他求了。

生活是波平浪静的一幅画，如果后来她的姨妈不出现，这幅画会永远悬在他们的日子里。她的姨妈，那个从小去了法国，而后留在了法国的女人，结过婚，离了，如今孤身一人。老来想有个依靠，于是想到她，辗转打听到，希望她能过去，承欢左右。

这个时候，她还不算老，四十岁不到呢。她还可以继续她年轻时的梦想，比如弹琴，或绘画。她在这两方面都有相当的天赋。

姨妈却不愿意接受他。照姨妈的看法，一个一贫如洗的哑巴，她跟了他十来年，也算对得起他了。他亦是不肯离开故土。

她只身去了法国。在法国，她常伴着咖啡度夕阳，生活优雅娴静。这些，是她梦里盼过多次的生活啊，现在，都来了，却空落。那一片天空下，少了一个人的呼吸，终究有些荒凉。一个月，两个月……她好不容易挨过一季，她对姨妈说，她该走了。

再多的华丽，亦留不住她。

她回家的时候，他并不知晓。却早早等在村口。她一进村，就看到他瘦瘦的身影，没在黄昏里，仿佛涂了一层金粉。或许是感应吧，她想。

其实，哪里是感应？从她走后，每天的黄昏，他都到路口来等她。

没有热烈的拥抱，没有缠绵的牵手，他们只是互相看了看，眼睛里，有溪水流过。他接过她手里的大包小包，让她空着手跟在后面走。到家，他把她按到椅子上，望着她笑，忽然就去搬出一个铁罐来，那是她平常用来放些零碎小物件的。他在她面前，陡地扳倒铁罐，哗啦啦，一地的蚕豆，蹦跳开来。

他一颗一颗数给她看，每数一颗，就抬头对她笑一下。他数了很久很久，一共是九十二颗蚕豆，她在心里默念着这个数字。九十二，正好是她离家的天数。

没有人懂。唯有她懂，那一颗一颗的蚕豆，是他想她的心。九十二颗蚕豆，九十二种想念。如果蚕豆会说话，它一定会对她说，我爱你。那是他用一生凝聚起来的语言。

九十二颗蚕豆，从此，成了她最最宝贵的珍藏。

佳句精选

◇◇ 她蜗居在乡下一间漏雨的小屋里，出工，收工，如同木偶一般。

◇◇ 她第一次抬眼打量他，长脸，小眼睛，脸上布满岁月的风霜。这是一个有些丑丑的男人，可她眼前，却看到一扇温暖的窗打开了。是久居阴霾里，突见阳光的那种暖。

◇◇ 她一进村，就看到他瘦瘦的身影，没在黄昏里，仿佛涂了一层金粉。

◇◇ 九十二颗蚕豆，九十二种想念。如果蚕豆会说话，它一定会对她说，我爱你。那是他用一生凝聚起来的语言。

我用我的明媚等着你

她是我在住院时认识的。因阑尾发炎，我住了一些日子的医院。一个病房同住的，是她和她的丈夫。一次意外的交通事故，她的丈夫，被撞成重伤。经过抢救伤好了，人却沉睡不醒。医生说，可能要变成植物人。

这样的灾难掉到谁身上，谁都要呼天抢地一番，从此，愁云笼罩，天崩地塌，生活中再没有欢乐。然我见到她时，却委实吃了一惊，她太时髦太漂亮了。初冬的天，她一袭薄呢裙，脸上化着淡妆，口红却抹得鲜艳，像朵开得正艳的花。长头发盘在头上，刘海鬈鬈的，覆在额前。显然经过精心打理。

她在病房内唱歌，唱得很欢快。她讲很多的趣闻，说到开心处，兀自大笑不已。大家看她的眼神，就有些怪怪的。背后没少议论，说这个女人的没心没肺，丈夫都这个样子了，她还有心思打扮说笑。也预言，过不了多久，她肯定会抛夫另嫁。她有这个条件，人长得好看，也还年轻，据说，还有一份不错的工作。大家对睡在病床上、毫无知觉的她的丈夫，便抱了极大同情，不停感叹，夫妻本是同林鸟，大难临头各自飞。

倒是她，仿佛对眼前的不堪视而不见。每天，她总要抽出一些时间，溜出医院去。回来时，手里准会带回一些“宝贝”——淘来的衣，丈夫的，她的。或一些打折的首饰。或者，搬一盆花回来，一路灿烂着。花被她安放在病房的窗台上，精神抖擞地开着，或红或黄，把一个病房，映得水红粉黄。

午后时光，人犯困。她把淘来的“宝贝”们披挂在身，在我跟前走T型台步，脸却朝向她的丈夫，频频笑问，你看我漂亮吗？很漂亮的是不？她的丈夫自然没有反应，她却乐此不疲地走着她的T型台步，乐此不疲地问着这些话。

深夜，我一觉睡醒，发现她不在病房内。我推开阳台的门，看见她坐在阳台上，望月。月到中天，淡淡的月光，在她身上，镀一层银光。她看上去，像幽暗处的瓷器，闪着清冷的光。她听到门响，转过脸来，我看到，一行“明月珠”，坠在她的腮旁。她在哭。

我愣住。她的苦痛，原是藏在深夜里，藏在无人处。她抱歉地对我说，吵醒你了？我说，没。也只能这样安慰她，他会醒过来的，一定会的。

她伸手抹抹眼睛，笑了，说，我知道他会醒的。他喜欢我打扮得漂漂亮亮的，他喜欢我开开心心的，所以，我要打扮得好看些，等他醒过来。

为之动容。再看月下的她，身上就有了圣洁的光芒。

两星期后，我出院。她送我到医院门口，把一款淘来的挂件，塞到我手里。告诉我，配了怎样的线衣，会好看。她像对我说，又像对她自己说，无论什么时候，都要漂亮啊，这样才会有好心情，好好活。

这以后，也偶有联系，我打电话去，或她打电话来。每次电话里，她都兴高采烈地向我描述，她穿什么衣，她戴什么首饰，她又淘到什么好宝贝了。我的眼前，便晃着一个年轻的女子，刘海鬈鬈的，口红抹得像朵盛开的花。她漂亮得让人仰视。

春暖花开时，我把她给的挂件找出来，挂上，配了她说的那种颜色的衣服，果真漂亮。她的电话，在这时突然响起，她喜极而泣地告诉我，他醒了。

我笑了。这是我意想中的结果。我从来不曾怀疑过，她一定会用她的明媚，唤醒他。因为生命真正的奇迹，在于不放弃，努力活。

佳句精选

◇◇ 初冬的天，她一袭薄呢裙，脸上化着淡妆，口红却抹得鲜艳，像朵开得正艳的花。

◇◇ 花被她安放在病房的窗台上，精神抖擞地开着，或红或黄，把一个病房，映得水红粉黄。

◇◇ 我推开阳台的门，看见她坐在阳台上，望月。月到中天，淡淡的月光，在她身上，镀一层银光。她看上去，像幽暗处的瓷器，闪着清冷的光。

◇◇ 我从来不曾怀疑过，她一定会用她的明媚，唤醒他。因为生命真正的奇迹，在于不放弃，努力活。

咫尺天涯，木偶不说话

“她”叫红衣。

“他”叫蓝衣。

他们从“出生”起，就同进同出，同卧同眠。简陋的舞台上，“她”披大红斗篷，葱白水袖里，一双小手轻轻弹拨着琴弦。阁楼上锁愁思，千娇百媚的小姐，想化作一只鸟飞。“他”呢，一袭蓝衫，手里一把折扇，轻摇慢捻，玉树临风，是赴京赶考的书生。湖畔相遇，花园私会，缘定终身。秋水长天，却不得不离别。“她”盼“他”归，等瘦了月亮。“他”金榜题名，锦衣华服回来娶“她”，有情人终成眷属。观众们长舒一口气。剧终。“她”与“他”，携手来谢幕，鞠一个躬，再鞠一个躬。舞台下掌声与笑声，同时响起来，哗啦啦，哗啦啦。

那时，“她”与“他”，每天都要演出两三场，在县剧场。木椅子坐上去咯吱吱，头顶上的灯光昏黄黯淡。绛红的金丝绒的幕布徐徐拉开，舞台上亮堂堂的。戏就要丌场了。小小县城，娱乐活动也就这么一点儿，大家都爱看木偶戏。工厂包场，学校包场，单位包场。乡下人进城来，也都来赶趟热闹。剧场门口卖廉价的橘子水，还有爆米花。有时也有红红绿绿的气球卖。进场的孩子，一人手里拿一只，高兴得不得了。

幕后，是她与他。一个剧团待着，他们配合默契，天衣无缝。她负责红衣，她是“她”的血液。他负责蓝衣，他是“他”的灵魂。全凭着他们一双灵巧的手，牵拉弹转，演绎人间万般情爱，千转万回。一场演出下来，他们的手臂酸得发麻，心却欢喜得开着花。木盒子里，她先放进红衣，他把蓝衣跟着放进去，让“他们”并排躺着。他在“他们”脸上轻抚一下，再轻抚一下。她在一边看着笑，他抬头，回她一个笑，默契得无须多说一句话。

彼时，年华正好。她人长得靓丽，歌唱得不俗，在剧团被称作金嗓子。他亦才华横溢，胡琴拉得出色，木偶戏的背景音乐，都是他创作的。让人遗憾的是，他生来是哑巴。他丰富的语言，都给了胡琴，给了他的手。他的手，白皙修长，注定是拉胡琴和演木偶戏的。她的目光，常停留在他那双手上，在心里面暗暗叹，好美的一双手啊。

在一起演出久了，不知不觉情愫暗生。他每天提前上班，给她泡好菊花茶，等着她。小朵的杭白菊，浮在水面上，浅香绵远，是她喜欢的。她端起喝，水温刚刚好。她常不吃早饭就来上班，他给她准备好包子，有时会换成烧饼。与剧场隔了两条街道，有一家周二烧饼店，做的烧饼很好吃。他早早去排队，买了，里面用一张牛皮纸包了，牛皮纸外面，再包上毛巾。她吃到时，烧饼还是热乎乎的，像刚出炉的样子。

她给他做布鞋。从未动过针线的人，硬是在短短的一周内，给他纳出一双千层底的布鞋来。布鞋做成了，她的手指，也变得伤痕密布——都是针戳的。

这样的爱，却不被俗世所容，流言蜚语能淹死人，都说好好一个女孩子，怎么爱上一个哑巴呢，两人之间的关系肯定不正常。她的家里，反对得尤为激烈。母亲甚至以死来要挟她。最终，她妥协了，被迫匆匆嫁给一个烧锅炉的工人。

日子却不幸福。锅炉工人高马大，脾气暴躁。贪酒杯，酒一喝多了就打她。她不反抗，默默忍受着。上班前，她对着一面铜镜理一理散了的发，把脸上青肿的地方，拿胶布贴了。出门有人问及，她淡淡一笑，说，不小心磕破皮了。贴的次数多了，大家都隐约知道内情，再看她，眼神里充满同情。她笑笑，装作不知。台上红衣对着蓝衣唱：相公啊，我等你，山无陵，江水为竭，冬雷震震，夏雨雪，天地合，乃敢与君绝。她的眼眶里，慢慢溢出泪，牵拉的手，上上下下，左左右右。心在那一条条细线上，滑翔宕荡，疼得慌。

他见不得她脸上贴着胶布。每看到，浑身的肌肉会痉挛。他烦躁不安地在后台转啊转，指指自己的脸，再指指她的脸，意思是问，疼吗？她笑着摇摇头。等到舞台布置好了，回头却不见了他的踪影。去寻，却发现他在剧场后的小院子里，正对着院中的一棵树擂拳头，边擂边哭。她站在两米外，心里的琴弦，被弹拨得咚咚咚。耳畔响起红衣的那句台词：冬雷震震，夏雨雪，天地合，乃敢与君绝。

白日光照着两个人。风不吹，云不走，天地绵亘。

不是没有女孩喜欢他。有个圆脸女孩，一笑，嘴两边现出两个浅浅的酒窝。那女孩常来看戏，看完不走，跑后台来看他们收拾道具。她很中意那个女孩，认为很配他。有意撮合，女孩早就愿意，说喜欢听他拉胡琴。他却不愿意。她急，问，这么好的女孩你不要，你要什么样的？他看着她，定定地。她脸红了，低头，佯装没懂，嘴里说，我再不管你的事了。

以为白日光永远照着，只要幕布拉开，红衣与蓝衣，就永远在台上，演绎着他们的爱情。然而某天，剧场却冷清了，无人再来看木偶戏。出门，城中高楼，一日多于一日。灯红酒绿的繁华，早已把曾经的“才子”与“佳人”淹没了。剧场经营不下去了，先是把朝街的门面租出去，卖杂货卖时装。他们进剧场，要从后门走。偶尔有一两所小学校，来包木偶戏给孩子们看。孩子们看得索然无趣，他们更愿意看动画片。

剧场就这样，冷清了。后来，剧场转承包给他人。剧团也维持不下去了，解散了。解散那天，他执意要演最后一场木偶戏。那是唯一一场没有观众的演出，他与她，却演得非常投入，牵拉弹转，分毫不差。台上红衣唱：冬雷震震，夏雨雪，天地合，乃敢与君绝。她和他的泪，终于滚滚而下。此一别，便是天涯。

她回了家。彼时，她的男人也失了业，整日窝在十来平方米的老式平房里，喝酒浇愁。不得已，她走上街头，在街上摆起小摊，做蒸饺卖。曾经的金嗓子，再也不唱歌了，只高声叫卖，蒸饺蒸饺，五毛钱一只！

他背着他的胡琴，带着红衣蓝衣，做了流浪艺人。偶尔他回来，在街对面望她。阳光打在她的蒸饺摊子上，她在风中凌乱了发。他怅怅望着，中间隔着一条街道。咫尺天涯。

改天，他把挣来的钱，全部交给熟人，托他们每天去买她的蒸饺。他舍不得她整天站在街头，风吹日晒的。就有一些日子，她的生意，特别的顺，总能早早收摊回家。——他能帮她的，也只有这么多。

入冬了。这一年的冬天，雪一场接一场地下，冷。她抗不住冷，晚上，在室内生了炭炉子取暖。男人照例地喝闷酒，喝完躺倒就睡。她拥在被窝里织毛线，是外贸加工的。

冬天，她靠这个来养家糊口。不一会儿，她也昏昏沉沉睡去了。

早起的邻居来敲门，她在床上昏迷已多时。送医院，男人没抢救过来，死了。她比男人好一些，心跳一直在。经过两天两夜的抢救，她活过来了。人却痴呆了，形同植物人。

起初，还有些亲朋来看看她，在她床前，叫着她的名字。她呆呆地看着某处，脸上无有表情，不悲不喜——她不认识任何人了。大家看着她，唏嘘一回，各自散去，照旧过各自的日子。

没有人肯接纳她，都当她是累赘。她只好回到八十多岁的老母亲那里。老母亲哪里能照顾得了她？整日里，对着她垂泪。

他突然来了，风尘仆仆。不过五十多岁出头，脸上身上，早已爬满岁月的沧桑。他对她的老母亲“说”，把她交给我吧，我会照顾好她的。

她的哥哥们得知，求之不得，让他快快把她带走。他走上前，帮她梳理好蓬乱的头发，给她换上他给她买的新衣裳，温柔地对她“说”，我们回家吧。三十年的等待，他终于可以在光天化日之下，牵起她的手。

他再也没有离开过她。他给她拉胡琴，都是她曾经喜欢听的曲子。小木桌上，他给她演木偶戏。他的手，已不复当年灵活，但牵拉弹转中，还是当年好时光：

悠扬的胡琴声响起，厚厚的丝绒幕布缓缓掀开，红衣披着大红斗篷，蓝衣一袭蓝衫，湖畔相遇，花园私会，眉眼盈盈。锦瑟年华，一段情缘，唱尽前世今生。

佳句精选

◇◇ 她的眼眶里，慢慢溢出泪，牵拉的手，上上下下，左左右右。心在那一条条细线上，滑翔宕荡，疼得慌。

◇◇ 她和他的泪，终于滚滚而下。此一别，便是天涯。

◇◇ 阳光打在她的蒸饺摊子上，她在风中凌乱了发。他怅怅望着，中间隔着一条街道。咫尺天涯。

◇◇ 悠扬的胡琴声响起，厚厚的丝绒幕布缓缓掀开，红衣披着大红斗篷，蓝衣一袭蓝衫，湖畔相遇，花园私会，眉眼盈盈。锦瑟年华，一段情缘，唱尽前世今生。

老了说爱你

婆婆是公公用独轮车娶回家的。

我见过那架独轮车，放在堆杂物的屋子里，灰头土脸，埋在一堆杂物中。公公几次要把它劈了当柴火烧，都被婆婆拦下了。婆婆如花的年华，刻在上头，哪一次回忆起来，不是唏嘘半天的?

是父母之命、媒妁之言，两个不曾见过面的青年男女，定下亲事。迎娶日那天，公公推着独轮车，来接婆婆。婆婆大哭着不肯上独轮车，她设想过婚礼的种种，却没想到，原来是这样的简陋与不堪。一路之上，独轮车吱吱呀呀，婆婆的一颗心，被碾得七零八落。

穷家里，家徒四壁。新媳妇第一顿饭就犯了愁，拿碗去米缸里舀米，米缸里空空如也。她只好提着篮子去野地里挖野菜，才出门，眼里的一泡泪，落得缤纷。可嫁鸡随鸡、嫁狗随狗，这日子，总得过下去。

很快有了孩子，一个接一个。五个孩子，一字排开，五张小嘴，朝着婆婆要饭吃。上个世纪六十年代，地里面长出的杂草，远比庄稼多。公公说，还是我出外找生路吧。哪里找？海里面找。家的东边，就是大海，海里面有鱼有虾。公公跟了一帮渔民上船，东漂西泊，历尽风浪。这一漂泊，就漂泊了大半辈子。

一个家，全靠婆婆支撑了。她推着独轮车，带上两个最小的孩子，去荒地里割草挣口粮。心里记挂着海上作业的公公，一听到海里面死了人，那心，就提到嗓子眼上。人疯了般地跑。跑哪里去呢？不知道。只知道东边是大海，就往海边跑。半路上，遇到公公回归，公公骂，你慌什么慌？婆婆腿一软，跪倒在地，哭叫一声，吓死我了。

寻常日子，聚少离多，心里面有牵挂，见了面，却没有过多的温情。都是不善言语表达的人，又都是急性子，这一个的心思，那一个不明白。那一个的心思，这一个糊涂着。所以见了面，两人常常三句话不投扣，就吵得鸡飞狗跳的。吵得最厉害的时候，闹过离婚。

不知不觉，儿女们都大了。不知不觉，当年坐着独轮车出嫁的婆婆，已银丝满头。五十多年的婚姻，半辈子的聚散离合，到这时，归于宁静。老了的两个人，谁也离不开谁了， 个才出门不久，另一个就满屋子找，常看到这样的景象：两个鬓发皆白的老人，一前一后走在大街上，一般是公公走在前面，婆婆在后面跟着。阳光静静洒落在他们中间，小鱼般地跳跃着。

两个人亦有着说不完的话，躺着说，坐着说，走着说，甚至在饭桌上，也还在说。说的无非是街头巷尾一些芝麻蒜皮的小事儿，昨天说过的，今天他们还拿出来说，百说不厌。一次，说话之间，公公夹了一筷子菜放到婆婆碗里，是婆婆爱吃的炒鸡蛋。婆婆先是一愣，脸继而红了，她不好意思地左右看看我们，佯嗔道，谁要你搛啊？但筷子却早已将那菜夹起，送到嘴里。嘴边的皱纹，跟着水波样地漾开来。

傍晚没事的时候，他们一前一后倚到阳台上看天，一看大半天。天有什么可看的呢？这让我奇怪。我撞了去，听到婆婆轻声在说，起风了。公公轻声应道，是啊，起风了。婆婆接着说，你听，那风吹的。我好笑地循了婆婆所说的方向去看，并没有看到起风的迹象。但公公却接了婆婆的话说，是啊，那风吹的。两个人脸上，都挂着一团的笑。

佳句精选

◇◇ 一路之上，独轮车吱吱呀呀，婆婆的一颗心，被碾得七零八落。

◇◇ 两个鬓发皆白的老人，一前一后走在大街上，一般是公公走在前面，婆婆在后面跟着。阳光静静洒落在他们中间，小鱼般地跳跃着。

暮春的一天，

童梦弟送我的

几盆仙人掌，

在不知不觉中，

开了花。

花粉粉的，重瓣，

像微笑着的人的脸。

仙人掌不哭泣

落日下的画画人

他曾是一个流动乐团的台柱子。说是乐团，不过由三五个无业青年凑成，都会玩点儿乐器，都能吼上两嗓子。一日，聚一起闲聊，一人突然眼睛亮亮地看着他说：“我们组个乐团吧，你主唱，我伴奏，准能挣大钱。”他在家里正闷得慌，随口答应：“好啊。”

乐团很快建起来。他挑了些歌，都是能唱出人的眼泪来的，随便演练了一下，就上阵了。

演出地点选在人多的广场。一人做了一个大的募捐箱带上，他有异议：“搞募捐不好吧？”那人开导他：“我们一不偷，二不抢，人家愿意捐就捐，不愿意捐，我们也不勉强，有什么不好呢？”他想想，也是。自己安慰自己，我这也是靠劳动吃饭的。

首场演出，他们大获成功，比预想的还要成功。起初，也只是三两个人，站着听他唱。后来，听的人越聚越多，里三层外三层，把他围在中间。不少人歌未听完，就走到募捐箱前，五块、十块地往里面投。他左一声谢谢，右一声谢谢，更拨动了人们心中柔软的弦，捐款的人，越来越多。连平时节俭得不得了的老大妈，也从贴身口袋里，掏出钱来，投进募捐箱去，一边唏嘘着对他说：“孩子，你休息一会儿吧。”

那一天，他们收工回去，把募捐箱的钱倒到床上数，居然数出三千多块。这大大鼓舞了他们。他们决定扩大范围，一个城一个城地，巡回演出。等把全国走一圈下来，他们肯定能弄成个百万富翁。

这样的设想，让他兴奋。从此，他更投入地频频登台，即使寒风当头，他也坚持穿很少的衣服，裸露着他的双腿。

那天，在街头一角，他正卖力地唱着歌，一个小女孩，突然走到他跟前，大眼睛忽闪忽闪地，盯着他裸露的双腿看，而后抬头问：“叔叔，你疼吗？”

他一下子愣住了，眼睛不由自主地落到自己的腿上，那儿，两团红肉，触目惊心。年少时的一场交通事故，他被迫锯掉双腿。从那时起，他收获过许多的同情和怜悯，却少有人问过他疼不疼。

他慌张地“唔”了声。小女孩朝他举起手里的棒棒糖，努力举到他嘴边：“叔叔，你吃，你吃了糖，就不疼了。”

那一刻，深深的羞耻感，潮水一般地淹没了他。用自己的残缺，一次又一次，博取他人的同情，尤其是面对一个纯真的孩子，他觉得自己可耻。

他不顾同伴的劝阻，毅然退出了乐团，在街头，他支起画架，帮人画速写。明码标价，一张速写五块钱。顾客稀疏，生意总是清淡，但他不急不躁，稳坐着。没顾客的时候，他画街景，一棵树，一朵花，一个人，在他笔下，绿着，艳着，欢笑着。心底踏实。

他是我很好的朋友。我看见他时，他穿着长的风衣，把自己伪装得很好，看上去和健全人没什么两样。我在他的摊头，画了一张速写。我放下五块钱，他微笑着收下。他说，身体可以残缺，但心不能。

落日下，我回过头去，他正低头在纸上画画，安静，恬然。他的身上，镀着落日的金粉，散发出动人心魄的光芒。

佳句精选

◇◇ 从那时起，他收获过许多的同情和怜悯，却少有人问过他疼不疼。

◇◇ 他画街景，一棵树，一朵花，一个人，在他笔下，绿着，艳着，欢笑着。心底踏实。

◇◇ 落日下，我回过头去，他正低头在纸上画画，安静，恬然。他的身上，镀着落日的金粉，散发出动人心魄的光芒。

口红

女人想要一款口红，想好久了。

玫瑰红的。女人看见来她地摊前的女顾客唇上，抹着那种色彩的口红。女顾客的嘴唇看上去娇嫩欲滴，像两瓣玫瑰花。女人的眼光扫过去，就移不开了。

女人后来又在不同的女顾客唇上，看到了那种红，娇嫩的，鲜艳的。

女人也想这么鲜艳一回。

大半辈子过下来，女人一直生活在困苦、奔波和忙碌中。少时家贫，家里兄弟姐妹多，不用说口红，连吃穿都成问题。待到长大成人，嫁了人，男人与孩子，又成了女人的天，女人围着他们团团转，根本没有心思去妆扮。孩子稍大一些，女人和男人，双双下了岗，当务之急，是解决生存问题。口红？女人压根儿就没想过这回事。后来，男人去开出租，女人摆了地摊，卖些杂七杂八的小物件，补贴家用。

女人的摊子，摆在一条街道边。那里，有一溜儿排开的摊子，卖水果的，卖服装的，卖烧烤的，卖小炒的，烟火凡尘，熙熙攘攘。摊主大多数是些中年妇女，她们衣着随便，皮肤黝黑，看上去比实际年龄大许多。女人看见她们，就望见自己，她在心里叹一口气，想要那款口红的欲望，越发强烈了。

这辈子，女人就想鲜艳一回。

很快，女人的生日到了。男人问："想要什么？"

女人没好意思说要口红。女人怕吓着男人，摆地摊与抹口红是不搭界的。何况，她年纪已是一大把了。

女人却无法放下对那款口红的惦念。

女人终于鼓起勇气走进商场。

在化妆品柜台，她一眼就看到了那款口红。千真万确，就是它，玫瑰红的！它立在化妆品柜台的货架上，和其他口红一起，款款着，鲜艳娇嫩，等着嘴唇来与它相亲。

女人激动了，她在商品架旁不停地打转，怕别人瞧见了笑话，她只能看一眼那款口红，再看一眼别的化妆品。卖化妆品的女孩，甜甜蜜蜜地朝她走过来，涂得鲜红的两片小嘴唇，轻轻启开：“阿姨，您想买什么？”

女人盯着女孩两片嘴唇看，慌了，伸手一指：“我想要点凡士林，天天风里吹的，手都裂了小口子了。”

女孩粲然笑了：“阿姨，我们这里不卖凡士林的，要不，您去超市看看？超市可能有。”

女人尴尬地“哦”了一声，红了脸，退出门去。心却不甘，她在大门口徘徊半天，终又再次走进商场。

这回，女人直奔那款口红去了。女人未等卖化妆品的女孩开口，就指着那款口红说：“我想买……这个，送给我女儿。”女人撒了谎，她只有一个儿子，并无女儿。

口红的价钱，超出女人的想象，要一百多块呢。女人还是买下它。

女人揣着口红回到家，立即对着镜子，在唇上抹开了。镜子里她的双唇，多像两瓣玫瑰花啊。女人独自欣赏了会儿，拿纸巾，轻轻擦掉。

出门，女人继续去摆她的地摊，容光焕发的。和她相邻摆水果摊的妇人，盯着女人的脸看半天，讶异道："你今天的气色真好。"

女人笑了。因为心上装着一款口红，整个人，竟不一样了。女人想，以后每天都这么抹两下子，美给自己看。

佳句精选

◇◇ 这辈子，女人就想鲜艳一回。

◇◇ 它立在化妆品柜台的货架上，和其他口红一起，款款着，鲜艳娇嫩，等着嘴唇来与它相亲。

◇◇ 镜子里她的双唇，多像两瓣玫瑰花啊。

◇◇ 因为心上装着一款口红，整个人，竟不一样了。女人想，以后每天都这么抹两下子，美给自己看。

笔缘

我是被他店里的古朴吸引住的。

店门口，青花蓝布之上，悬一支特大号的毛笔。笔杆是用青花瓷做的。谁舍得用这笔来写字啊，得收着藏着才是。

这是边陲古镇。一街的鼎沸之中，它仿佛一座小岛，安静得不像话。

我也才从那大红大绿的热闹中走过来。看见这店，身旁的大红大绿全都走远了，喧闹声响也都走远了，人自觉静了。

怎么能不静？看他，静静的一个人，像支悬在墙上的狼毫。白衬衫，褐色皮围裙，戴一顶卡其帆布帽，安坐于店堂口，手握镊子，膝上摊一堆说不上是什么动物的毛，一根一根地拣。他每拣一根，都要对着光亮处仔细看一下，分辨出毛的成色、锋颖、粗细、直顺等等。复低头，再拣。这样的动作，他不厌其烦地做，　做十五年。

店堂狭窄，只容一人过。两边墙壁上，悬着字画。笔架上，各色各样的毛笔，或插着，或悬着，或躺着。有长有短，有粗有细，总有成百上千支吧。这些，全都出自他的手。一根毛一根毛地挑出来，然后，浸泡于水中，用牛角梳慢慢梳理，去绒、齐材子、垫胎、分头、做披毛，再结扎成毫。他说，做成一支毛笔，要一百二十道工序，每一道，都马虎不得。

从前他不是做笔的。他父亲是。他父亲的父亲也是。算是祖传了。父亲做笔，名声很大，方圆几百里，都叫得响。有个顶有名的书法家，专程跑上几百里，来买他父亲做的笔，一买几十年。书法家说，不是他父亲做的笔，那字，就不成字了，总也写不出那种味道来。

父亲临终前，难咽气，说断了祖宗手艺。他当时在一家机械厂任职，还是个副厂长呢，多少人羡慕着啊。可是，为了让父亲能闭上眼睛上路，他选择了辞职，拿起镊子和牛角梳。

这一做，就放不下了。说是热爱，莫若说是习惯了吧。每天早上醒来，他总要摸摸镊子和牛角梳，再把室内所有的笔，都数望一遍，才安心。这种感情，不能笼统地说成执着或是热爱。它是什么呢？就好比你饿了要吃饭，你渴了要喝水，你打个喷嚏会流眼泪，就这样自然而然的。哎呀，说不清啦，最后他这么说。

他辗转过不少地方，带着他的手艺。我这卖的不是笔，卖的是懂得，他强调。现在，能静下心来写字画画的人少，懂得欣赏这种手工艺的行家，更少了。他来到这边陲小镇，一年四季观光客不少，也总能碰上一两个懂笔的知己。所以，他住了下来。有个安徽的书法家，跟他订制了十万块钱一支的羊毫。那得在上万只羊身上，挑出顶级中的顶级的毛，没有任何杂质，长短色泽粗细都一样。他为做这支羊毫，花费了大半年时间。

遇到懂它的人，值！他笑了。房租却越来越贵，原来的店铺有两大间呢，宽敞明亮的，好着呢。现在只剩下这么一小间了，他说。

他有两个孩子，一儿一女，都念初中了。孩子却对做笔没兴趣，有时放学回来，他让他们帮着拣拣毛，他们却弄得乱七八糟的。坐不住哇。做这个，得耐得住性子，还要耐得住寂寞。

他姓章，叫章京平。江西人。他在他做的每支笔上，都刻上了他的名字。

我不懂笔。但我还是问他买了两支，八十块钱一支。笔杆上，镶了一圈青花瓷，很典雅。我带回来，插在书房的笔筒中，外面的桂花或是梅花，开得正好的时候，我会掐一两枝回家，和这两支毛笔插在一起。

佳句精选

◇◇ 一街的鼎沸之中，它仿佛一座小岛，安静得不像话。

◇◇ 身旁的大红大绿全都走远了，喧闹声响也都走远了，人自觉静了。

◇◇ 我这卖的不是笔，卖的是懂得，他强调。

蓝色的蓝

她报出她的姓时，我们都讶异极了。“蓝，蓝色的蓝。”她笑着说，红唇鲜艳。继而介绍她的名，居然单单一个字，蓝。她的名字，蓝蓝。那会儿，我们正站在蓝蓝的湖边，蓝蓝的天空倒映在湖中，如一大块蓝玉。她的名字，应和了眼前景。如此诗意，真是让人妒忌得很。

我们一行人游西藏，她是半道上加进来的。之前，她一个人已游完拉萨，还在一家医院里，做了一天的义工。“也没做什么啦，就是帮人家拿拿接接的。”她满不在意地大笑起来，灿若一朵木棉花。五十多岁的人，看上去不过四十出头，靓丽明艳。小导游喊同团稍上年纪的女人“阿姨”，却叫她，蓝蓝姐。她乐得眉毛眼睛都在笑。

我们都羡慕她的明媚和精气神。几天的西藏行走，我们早已疲惫不堪，高原反应也还在折磨着，一个个看上去灰头土脸的，她却饱满得如枝叶葱茏。“你真不简单。”我们由衷地夸。她听了，哈哈大笑，开心极了。

她爱笑，热情，说话幽默。一团的人，分别来自不同地方，彼此间有戒备，一路上都是各走各的，少有言语。她的到来，恰如煦风吹过湖面，泛起浪花朵朵。众人受她感染，都变得活泼起来亲切起来，有说有笑的。原来，都不是冷漠的人哪。

很快地，她跟全团的人混熟了。这个头疼，她给止疼药。那个腹泻，她给止泻药。有人削水果，不小心被刀划破了手，她伸手到口袋里一掏，就掏出几枚创可贴来。仿佛她会变魔术。大家对她敬佩和感激得不得了，她却轻描淡写地说：“这没什么，我只不过多备了点常用药。”

西藏地广路遥，一个景点到另一个景点，往往相距一两千里，要翻越许多座山，涉渡许多条河。天未亮，我们就摸黑上路，所有人都睡眼惺忪，根本来不及收拾自己，只把自己囫囵塞进车子了事。她却披挂完整，眼影、眉线、口红，样样不缺，妆容精致，光彩灼灼，跟画里的人似的。我们忍不住看她一眼，再看一眼，心里生出无限的感喟与感动来。

知道她的故事，是在纳木错。

面对变幻无穷风光诡异的圣湖，她孩子一样地欢呼奔跑，然后，突然双膝跪下，泪流满面。我们都吓一跳，正愣怔着不知怎么办才好时，听到她喃喃地说：“感谢上帝，我来了。”

原来，她身患绝症已两年。医生宣判的那会儿，她只感到天崩地裂。她在意过很多，得失名利，都曾是她生命的主题曲。她玩命地去争，甚至因此忽略了家庭，让自己憔悴不堪。当她知道自己的生命，只剩下短短三个月时，曾经双手紧握着的那一些，都成浮云，她只要自己能活。

她开始重新打理自己的生活。养花种草。出门旅游。还常常去做义工。生命变得充盈起来。每天清晨睁开眼，看到窗外的一缕阳光，她的心里总会腾起一阵欢喜，“感谢上帝，我又拥有一天！”她把每一天，都当作是崭新的，是重生。所以，心中时时充满感激。她活过了医生断言的三个月。活过了一年。活过了两年。还将活下去。

我们听得涟漪四起。生命本是如此珍贵，当爱惜。我们不再说话，一起看湖。眼睛里，一片一片的蓝，相互辉映交融。那是湖的蓝，天的蓝。广阔无垠。

佳句精选

◇◇ 那会儿，我们正站在蓝蓝的湖边，蓝蓝的天空倒映在湖中，如一大块蓝玉。

◇◇ 每天清晨睁开眼，看到窗外的一缕阳光，她的心里总会腾起一阵欢喜，“感谢上帝，我又拥有一天！”她把每一天，都当作是崭新的，是重生。

◇◇ 我们不再说话，一起看湖。眼睛里，一片一片的蓝，相互辉映交融。那是湖的蓝，天的蓝。广阔无垠。

穿旗袍的女人

六年前，我在一个小镇住。小镇上有个女人，三十多岁的模样，无职业，平时就在街头摆个摊，卖卖小杂物，如塑料篮子瓷钵子什么的。

女人家境不是很好，住两间平房，有两个孩子在上学，还要侍奉一瘫痪的婆婆。家里的男人也不是很能干，忠厚木讷，在一工地上做杂工。这样的女人，照理说应该是很落魄的，可她给人的感觉却明艳得很，每日里在街头见到她，都会让人眼睛一亮。女人有如瀑的长发，她喜欢梳理得纹丝不乱，用发夹盘在头顶上。女人有颀长的身材，她喜欢穿旗袍，虽然只是廉价的衣料，却显得款款有致。她哪里像是守着地摊赚生活啊，简直是把整条街当成她的舞台，活得从容而优雅。

一段时期，小街人茶余饭后，谈论得最多的就是这个女人。男人们的话语里带了欣赏，觉得这样的女人真是不简单。女人们的言语里却带了怨怼，说："一个摆地摊的，还穿什么旗袍！"隔天，却一个一个跑到裁缝店里去，做一身旗袍来穿。

女人不介意人们的议论，照旧盘发，穿旗袍，优雅地守着她的地摊，笑意姗姗，周身散发出明亮的色彩。这样的明亮，让人没有办法拒绝，所以大家有事没事都爱到她的摊子前去转转。男人们爱跟她闲聊两句，女人们更喜欢跟她讨论她的旗袍，她的发型。临了，都会买一件两件小商品带走，心满意足地。

几年后，女人攒足了钱，再贷了一部分款，居然就买了一辆中巴车跑短途。她把男人送去考了驾照，做了自家中巴车的司机。她则随了车子来回跑，热情地招徕顾客。在来来去去的风尘之中，她照例是盘了发，穿着旗袍，清清丽丽的一个人。她的车也跟别家的不同，车里被她收拾得异常整洁，湖蓝色的坐垫，淡紫色的窗帘，给人的感觉就是雅。所以小镇人外出，都喜欢乘她的车。

她的日子渐渐红火起来，却不料，很意外地出了一起车祸。所赚的钱全部赔进去了，还搭上一辆车和几十万的债务。她的腿部也受了很重的伤，躺在医院里，几个月下不了床。小镇人都说：“这个穿旗袍的女人，这下子倒下去是爬不起来的了。”

可是半年后，她却在街头出现了，干着从前的老本行——摆地摊，卖些杂七杂八的日常生活用品。她照例盘发，穿旗袍。腿部虽落下小残疾，但却不妨碍她把脊背挺得笔直，也不妨碍她脸上挂上明亮的笑容。

我离开小镇那年，女人已不再摆地摊了，而是买了一辆出租车在开。过两年，小镇有人来，问及那个女人。小镇人说：“她现在发达了，家里有两辆车子，一辆跑出租，一辆跑长途。”最近又听小镇人说，女人新盖了三层楼房。我问：“她还盘发吗？还穿旗袍吗？”小镇人就笑了，说：“如果不盘发，不穿旗袍，她就不是她了。真的呢，她还跟从前一样漂亮，一点没见老。”

这样的女人，是应该永远活得如此高贵的，是从骨子里透出来的那种高贵，什么样的艰难困苦也湮没不了她。

佳句精选

◇◇ 她哪里像是守着地摊赚生活啊，简直是把整条街当成她的舞台，活得从容而优雅。

◇◇ 这样的女人，是应该永远活得如此高贵的，是从骨子里透出来的那种高贵，什么样的艰难困苦也湮没不了她。

放风筝

女人想放风筝。

三月天，阳光温暖得像开了花。南来的风，渐渐变得柔软起来温情起来，抚摸着每一个路过的人，抚得人的骨头都发了酥。女人的心里，生出一根长长的藤蔓来，朝着风里长啊长：这样的风，多适合放风筝啊。

是打小就有这个愿望的，要在三月的风里，尽情地放一回风筝。女人的父亲过世得早，母亲又体弱多病，她是家里长女，早早承担起养家的责任。女人清楚地记得，那个时候，也是三月天，桃花一枝一枝的，在人家屋前绽放。风轻轻拍打着村庄。弟弟妹妹们拿了破牛皮纸，糊在竹片上，制作成简易的风筝，在田埂边放飞，快乐的叫声震天震地。女人也只是远远瞟一眼，羊还在等着吃草，母亲的药还在等着煎，她哪有那份闲空和闲情呢?

也终于等到弟弟妹妹们长大，女人这才卸下肩上的担子。这时候，女人也到了谈婚论嫁的年龄，收拾一番，她把自己嫁了。所嫁之人也不富裕，常年在外打工，她守着家，操持着家务和农活。曾经放风筝的愿望，就这样，被丢进了岁月深深处。

后来，女儿出生了，女人的全部心思，放到了女儿身上。女儿是幸运的，每年三月，男人都会给女儿买一只风筝回来。女人看风筝的眼睛，不自觉地就会汪上一汪水。多漂亮的风筝啊，像花蝴蝶呢，女人在心里叹。忍不住伸出手来，把风筝摸了又摸。

男人根本没留意女人的眼光，男人说，我陪孩子去放风筝，你把我包里的脏衣服洗一下。男人每次回家，都要拎回一大包脏衣服。女人抚风筝的手，就缩了回去。女人答应一声，好。转身拿了澡盆，泡上脏衣服。

女人蹲在水池边，心不在焉地洗着男人的衣服。肥皂的泡沫，浸到她的眼睛里，女人抬手抹了抹，眼泪就跟着下来了。女人觉得委屈，却又不知道委屈什么。她抬头，看见女儿在田埂边拍手跳，看见男人手里的“花蝴蝶”，飞上天了，越飞越高，越飞越高。女人就又笑起来，只要女儿快乐，就好。

女儿大了，外出读书，后留在城里，有了自己的天地。男人也不用再外出打工了，他回到家里，陪女人种地，养些鸡鸭鹅的。家里虽仍不富裕，但吃穿不愁了。女人突然松懈下来，在大把的时间里发呆，曾经以为湮灭掉的愿望，开始在她心里泛着泡泡儿，让她不得安神。

又是三月天，女人忽然对男人说，我想放风筝。

放风筝？男人笑了，以为女人在开玩笑。都五十来岁的人了，怎么想玩小孩子玩的玩意儿？这不让人笑话么！男人就说，好端端的，放什么风筝呢。

女人执拗地说，我就是想放风筝。

男人看看女人，再看看女人，女人的神情，不像是开玩笑的。男人心里“咯噔”了一下，男人依稀记起以前女人看风筝的样子，目光湿湿的。是他疏忽了，女人原来有着风筝情结的。

男人跑去买了一只蝴蝶大风筝，丝绢做的，花花绿绿的。女人牵着“花蝴蝶”，在田埂边放。“花蝴蝶”飞上天了，女人的心，跟着飞上天。能这么放一回风筝，这辈子没白活，女人扯着风筝的线，笑了，幸福地想。

远远近近的人，都停下来看。他们不看风筝，看放风筝的女人。四野安静，头上已霜花点点的女人，成了一道风景。

佳句精选

◇◇ 南来的风，渐渐变得柔软起来温情起来，抚摸着每一个路过的人，抚得人的骨头都发了酥。女人的心里，生出一根长长的藤蔓来，朝着风里长啊长：这样的风，多适合放风筝啊。

◇◇ 远远近近的人，都停下来看。他们不看风筝，看放风筝的女人。四野安静，头上已霜花点点的女人，成了一道风景。

她不是一棵树

我是在丽江古城看到那个女人的，靛蓝的大褂，靛青的裤，腰系百褶围腰，典型的纳西族装扮。女人很老了，皮肤松弛，多皱褶。她盘腿坐在一方檐下，守着一堆绣花鞋垫，对着熙来攘往的人，风吹不动。像丽江河畔的一方石，抑或檐上的一块砖，身边的一个热闹世界，都与她无关的。她的身上，充满无法言说的古朴和沧桑。

我承认，这样的沧桑，深深打动了我。我身边的游人，亦有停下来看她的，他们在她的鞋垫面前弯下腰去，看看，并不买。抬头就是一爿店，更精美的东西，里面多的是。

我举起手里的相机。飞起的檐，赭色的木门，檐下的红灯笼，还有这个老妇人，这实在是个很不错的画面。我甚至想过，如果拍摄效果好，我要把它放进我的游记里当插图。就在这时，突然从人群里冲出一个小孩儿来，小孩儿七八岁，黑，且瘦。他斜背着一个网兜兜，里面横七竖八躺着一些空饮料瓶。小孩儿几步就冲到檐下的老妇人跟前，伸出胳膊挡在前面，眼睛亮亮地对着我，口齿伶俐地说，不许拍！

我吃了一惊，没明白过来，我说怎么了？手里依然举着相机。

小孩儿一看，急了，直视着我，再次强调，不许拍！她不是一棵树！

我愣住了。这是我万万没想过的。是啊，她不是一棵树呢，我怎么可以随便拍？我放下举起相机的手，对小孩儿抱歉地笑了笑。小孩儿松了一口气，却仍盯着我，仿佛怕我偷拍。

我看他实在可爱，开玩笑地问他，那么，我可以拍你吗？

他眼睛滴溜溜地转了转，回答得倒爽快，说，可以。不过，他伸手一指老妇人脚边的五颜六色，坏坏地笑，说，你得先买一双老奶奶的鞋垫。

我问，为什么呢？

他答，因为你刚才侵犯了她，算是向她道歉。

我笑，照他说的做了。他很高兴，挺配合地让我给他拍了一张照。我故意问他，你也不是一棵树呀，为什么让我拍？

因为你问过我可不可以呀，小家伙响亮地答。而后跑进人群里，像条小泥鳅似的，转瞬不见了踪影。

我愣在那里，为一颗小小的心里驻着的尊严。

这以后，我又去过很多地方，但不管到了哪里，我都不会再轻易把别人捉进我的镜头。因为，她不是一棵树，我没有权利侵犯她。

佳句精选

◇◇ 她盘腿坐在一方檐下，守着一堆绣花鞋垫，对着熙来攘往的人，风吹不动。像丽江河畔的一方石，抑或檐上的一块砖，身边的一个热闹世界，都与她无关的。

◇◇ 这以后，我又去过很多地方，但不管到了哪里，我都不会再轻易把别人捉进我的镜头。因为，她不是一棵树，我没有权利侵犯她。

萝卜花

萝卜花是一个女人雕的，用料是胡萝卜，她把它雕成一朵一朵月季的模样，花盛开，很喜人。

女人在小城的一条小巷子里摆摊，卖小炒。女人卖的小炒只三样：土豆丝炒牛肉，土豆丝炒鸡肉，土豆丝炒猪肉。一个小气罐，一张简易的操作平台，木板做的，用来摆放锅碗盘碟，女人的小摊子就摆开了。

女人三十岁左右，瘦，皮肤白皙，长头发用发夹别在脑后。惹眼的是她的衣着，整天沾着油锅的，应该很油腻才是，却不。她的衣着极干净，外面罩着白围裙，白得纤尘不染。衣领那儿，露出里面的一点红，是红毛衣，或红围巾的红。过一会儿，白围裙有些脏了，她就换下来——她手边备着好几套。

让人惊奇且欢喜的是，女人每卖一份小炒，必在装给你的碗里，放上一朵她雕的萝卜花。这样才好看，女人笑着说。

不知是因为女人的干净，还是她的萝卜花，女人的摊前总围满人。五块钱一份小炒，大家都很有耐心地等着。女人不停地翻炒，装盘，放上一朵萝卜花。于是，一朵一朵的萝卜花，就开到了人家的饭桌上。

我也去买女人的小炒，去的次数多了，跟女人渐渐熟了，知道了她的故事。

原先有个殷实的家，男人是搞建筑的。一次意外中，男人从尚未完工的高楼上摔下来。女人倾尽家里所有，才抢回男人的半条命。

接下来的日子怎么过？年幼的孩子，瘫痪的男人，女人得一肩扛一个。她考虑很久，决心摆摊卖小炒。有人替她担心，街上那么多家饭店和小排档，你卖小炒能卖得出去吗？女人想想，也是，总得弄点和别人不一样的东西。于是她想到了雕刻萝卜花。当她坐在桌旁，安静地雕着萝卜花时，她被自己手上的美好镇住了，一根再普通不过的胡萝卜，眨眼之间，竟能开出一小朵一小朵的花来。女人的心，充满了期待和向往。

就这样，女人的小炒摊子摆开了，很快成为小城的一道风景。一到饭时，大家不约而同相互招呼一声，去买一份萝卜花吧。也就都晃到女人的摊前来了。

一次，我开玩笑地问女人，攒很多钱了吧？女人笑而不答，麻利地翻炒着一锅土豆丝炒牛肉。一小朵一小朵的萝卜花，很认真地开在她手边。

一些日子后，女人竟盘下一家小酒店。她把瘫痪的男人接到店里管账，她负责配菜。女人依然衣着干净，在所有的菜肴里，依然喜欢放上一朵她雕刻的萝卜花。菜不但是吃的，也是用来看的呢，女人笑着说。眼睛亮着。一旁的男人，气色也好，没有半点颓废的样子。

女人的酒店，慢慢地出了名。大家提起萝卜花，都知道。

生活，也许避免不了苦难，却从来不会拒绝一朵萝卜花的盛开。

佳句精选

◇◇ 当她坐在桌旁，安静地雕着萝卜花时，她被自己手上的美好镇住了，一根再普通不过的胡萝卜，眨眼之间，竟能开出一小朵一小朵的花来。女人的心，充满了期待和向往。

◇◇ 菜不但是吃的，也是用来看的呢，女人笑着说。眼睛亮着。一旁的男人，气色也好，没有半点颓废的样子。

◇◇ 生活，也许避免不了苦难，却从来不会拒绝一朵萝卜花的盛开。

美女

我是在朋友任职的校园内碰到她的。

她胖，且黑，看不出实际年龄。却穿红着绿，耳边斜插着一朵花，花大红，艳若朝霞。其时，她手上提着一个蛇皮袋，正弯腰捡拾地上的废纸片。我虽知各地服饰有异，但这样的装扮，总还是有点奇怪的。

朋友那儿的人，似乎个个都认得她，大家对她的装扮习以为常，热情地跟她打招呼，“美女，你好啊。”他们这样叫。她不回话，只咧着嘴，笑嘻嘻看着喊她的人。

我的惊讶，是不言而喻的。朋友未及我问询，便笑着对我说："你很奇怪吧？她的名字，真的就叫美女。"朋友慢慢跟我道开了她的故事。

她天生智障，从小就没有完整地说过一句话。却爱美，喜欢穿红着绿，耳边终日不离一朵花。春插桃花，秋插菊。反正，季节里有什么花，她就插什么花。她起初也没名字，应是家里老三，姓顾，大家便都叫她顾呆三。她听见了，翻着白眼看着叫她的人，很不乐意。后来，有人开玩笑叫她美女，她听得欢喜，笑嘻嘻地应一声："哎。"那一声哎，脆脆的，字正腔圆。自那以后，大家便都叫她美女。她的姓，也渐渐被人忘了。

美女到达谈婚论嫁的年龄，嫁人了。男人家穷，娶不到媳妇，就把美女娶回家。美女竟很争气，很快给男人添了一个胖胖的儿子。儿子活泼可爱，能说会跳，智力完全正常。男人高兴坏了，寻思着外出赚钱，要为儿子的将来，好好积攒一笔财富。

男人先是去煤矿上做工，苦了几年，赚了第一笔辛苦钱，有了这笔钱打底，男人开始跑些小买卖，贩些袜子手套的来卖。几年后，男人竟盘下一辆二手货运车，搞运输。家里的日子，渐渐红火起来。大家都替美女高兴，看看，傻人有傻福，果真不假。

美女的儿子上小学的时候，男人出事了，货运车撞上路边的围栏，翻了下去。男人侥幸地捡回一条命，却全身瘫痪了。

美女面对这从天而降的灾祸，懵懂得很，她照旧穿红着绿，在耳边斜斜地插一朵花。却自然而然地，把一个家，给撑了起来。她天天提着一个蛇皮袋，去外面捡拾垃圾。她知道学校的垃圾最多，所以，每天都会来。大家同情她，都把废报纸废作业本给她留着。她开开心心收下，并不转身就走，而是埋头把他们的办公室，给打扫得干干净净的。美女以这样的方式，来回报他们。

有人给美女钱，她不肯要。给她吃的，她笑嘻嘻收下，自己不吃，用手紧紧捂着，带回去，给男人和孩子吃。她的男人瘫痪好几年了，还活得好好的。她的儿子，也快小学毕业了，成绩相当好。

佳句精选

◇◇ 她胖，且黑，看不出实际年龄。却穿红着绿，耳边斜插着一朵花，花大红，艳若朝霞。

◇◇ 美女面对这从天而降的灾祸，懵懂得很，她照旧穿红着绿，在耳边斜斜地插一朵花。却自然而然地，把一个家，给撑了起来。

女人如花

她居然叫如花，王如花。别人唤她：“如花，如花。”乍听之下，以为定是个有闭月羞花之貌的小女子。而事实上，她快五十岁了，人长得粗壮结实，脸上沟壑纵横。

最感染人的是她的笑，笑声朗朗，几里外可闻。我最初是因她的笑注意到她的，一群人中，她的笑，如金属相叩，叮叮当当。

门楣儿不惹眼，是一间旧房子，上悬一块木牌：家政服务中心。一屋的人，不知说起什么好笑的事，惹得她笑得上气不接下气。看到我在看她，她的笑并未停住，而是带着笑问："小妹子，你需要什么服务？"说话间，她已掏出她的名片，递到我跟前。

这委实让我吃一惊。低头看她的名片，"王如花"三个字，显目得很。底子上印一朵硕大的红牡丹，开得喜笑颜开。背面的字，密密的，从做家务活到护理人，她一一写上，似乎样样精通。当得知我只是需要清洁房子时，她手臂有力地一挥，爽朗地笑着说："这事儿简单，包在我身上，我保管帮你把房子打扫得连颗灰尘粒儿也找不着。"

当日，她就带了两个女人到了我家。一个年纪轻的，她说是她侄女，大学毕业了一直没找到工作。"干这个也挺好的，小妹子你说是不是？"她笑着问我。一个年纪稍大一些的，她说是她妹妹。"在家闲着也闲着，我让她来搭搭手。"她乐呵呵说。

我看看楼上楼下，这么大一个家，我充满疑虑，我说："你们行吗？"王如花哈哈大笑起来，她说："小妹子，你放心吧，我说行。"

她果真行。不到半天时间，我家里已大变样，窗明几净，地板光鉴照人。她额上沁满汗珠，笑声却一直没停过。她说："小妹子，我说个笑话给你听啊，有次我去一户人家，男主人叫人把煤气罐从楼下扛到六楼去，一看是我，他说，咋不叫个男的来？我说，我先试试。我扛了煤气罐就上了楼，他人跟后面追都追不上。”

跟我说起她的故事来，她也一直笑着。男人因病瘫痪在床，都十多年了。唯一的儿子，跟人学了坏，被判刑入狱，现在还待在牢里。她去探监，跟儿子说了这样一句：儿子，妈妈会陪你重活一次，就当重生养你一回。说得儿子眼泪汪汪。

她说：“小妹子，我儿子会学好的。”

她说：“只要人在，日子会好起来的。”

我点头。我说：“我信。”

她的活干得利索，收费也公道。结完账，我把清理出的一堆废报刊，送给了她。她很开心，冲我朗声笑道：“小妹子，以后你家里有事需要我，你只要打我名片上的电话，我保管随叫随到。一回生，二回熟，我们以后就是老朋友了。”

我因她那句老朋友的话，独自莞尔良久。

小城不大，竟经常遇到王如花。遇到时，她老远就送上朗朗的笑来，热情地跟我打招呼。有时，我在前面走着，突然听到后面的人群里，有人叫："如花，如花。"而后，我听到一阵笑声，如金属相叩，叮叮当当。不用回头，我知道那准是王如花，心里面陡地温暖起来，明媚起来。

佳句精选

◇◇ 一群人中，她的笑，如金属相叩，叮叮当当。

◇◇ 只要人在，日子会好起来的。

◇◇ 有时，我在前面走着，突然听到后面的人群里，有人叫："如花，如花。"而后，我听到一阵笑声，如金属相叩，叮叮当当。不用回头，我知道那准是王如花，心里面陡地温暖起来，明媚起来。

蔷薇几度花

喜欢那丛蔷薇。

与我的住处隔了三四十米远，在人家的院墙上，趴着。我把它当作大自然赠予我们的花，每每在阳台上站定，目光稍一落下，便可以饱览到它：细长的枝，缠缠绕绕，分不清你我地亲密着。

这个时节，花开了。起先只是不起眼的一两朵，躲在绿叶间，素素妆，淡淡笑。还是被眼尖的我们发现了，我和他几乎一齐欢喜地叫起来："瞧，蔷薇开花了。"

之前，我们也天天看它，话题里，免不了总要说到它。

——你看，蔷薇冒芽了。

——你看，蔷薇的叶，铺了一墙了。

我们欣赏着它的点点滴滴，日子便成了蔷薇的日子，很有希望很有盼头地朝前过着。

也顺带着打量从蔷薇花旁走过的人。有些人走得匆忙，有些人走得从容。有些人只是路过，有些人却是天天来去。想起那首经典的诗：“你站在桥上看风景/看风景的人在楼上看你。”这世上，到底谁是谁的风景呢？你是我的，我也是你的，只不自知。

看久了，有一些人，便成了老相识。譬如那个挑糖担的。

是个老人。老人着靛蓝的衣，瘦小，皮肤黑，像从旧画里走出来的人。他的糖担子，也绝对像幅旧画：担子两头各置一匾子；担头上挂副旧铜锣；老人手持一棒槌，边走边敲，当当，当当当。惹得不少路人循了声音去寻，寻见了，脸上立即浮上笑容来，“呀”一声惊呼：“原来是卖灶糖的啊。”

可不是么！匾子里躺着的，正是灶糖。奶黄的，像一个大大的月亮。久远了啊，它是贫穷年代的甜。那时候，挑糖担的货郎，走村串户，诱惑着孩子们的幸福和快乐。只要一听到铜锣响，孩子们立即飞奔进家门，拿了早早备下的破烂儿出来，是些破铜烂铁、废纸旧鞋等的，换得掌心一小块的灶糖。伸出舌头，小心舔，那掌上的甜，是一丝一缕把心填满的。

现在，每日午后，老人的糖担儿，都会准时从那丛蔷薇花旁经过。不少人围过去买，男的女的，老的少的，有人买的是记忆，有人买的是稀奇，——这正宗的手工灶糖，少见了。

便养成了习惯，午饭后，我必跑到阳台上去站着，一半为的是看蔷薇，一半为的是等老人的铜锣敲响。当当，当当当——好，来了！等待终于落了地。有时，我也会飞奔下楼，循着他的铜锣声追去，买上五块钱的灶糖，回来慢慢吃。

跟他聊天。“老头。”——我这样叫他，他不生气，呵呵笑。“你不要跑那么快，我们追都追不上了。”我跑过那丛蔷薇花，立定在他的糖担前，有些气喘吁吁地说。老人不紧不慢地回我：“别处，也有人在等着买呢。”

祖上就是做灶糖的。这样的营生，他从十四岁做起，一做就做了五十多年。天生的残疾，断指，两只手加起来，只有四根半指头。却因灶糖成了亲，他的女人，就是因喜吃他做的灶糖，而嫁给他的。他们有个女儿，女儿不做灶糖，女儿做裁缝，女儿出嫁了。

“这灶糖啊，就快没了。”老人说，语气里倒不见得有多愁苦。

“以前怎么没见过你呢？”

“以前我在别处卖的。”

“哦，那是甜了别处的人了。”我这样一说，老人呵呵笑起来，他敲下两块灶糖给我。奶黄的月亮，缺了口。他又敲着铜锣往前去，当当，当当当。敲得人的心，蔷薇花朵般地，开了。

一日，我带了相机去拍蔷薇花。老人的糖担儿，刚好晃晃悠悠地过来了，我要求道：“和这些花儿合个影吧。”老人一愣，笑看我，说：“长这么大，除了拍身份照，还真没拍过照片呢。”他就那么挑着糖担子，站着，他的身后，满墙的花骨朵儿在欢笑。我拍好照，给他看相机屏幕上的他和蔷薇花。他看一眼，笑。复举起手上的棒槌，当当，当当当，这样敲着，慢慢走远了。我和一墙头的蔷薇花，目送着他。我想起南朝柳恽的《咏蔷薇》来：“不摇香已乱，无风花自飞。”诗里的蔷薇花，我自轻盈我自香，随性自然，不奢望，不强求。人生最好的状态，也当如此罢。

佳句精选

◇◇ 起先只是不起眼的一两朵，躲在绿叶间，素素妆，淡淡笑。

◇◇ 老人着靛蓝的衣，瘦小，皮肤黑，像从旧画里走出来的人。

◇◇ 不少人围过去买，男的女的，老的少的，有人买的是记忆，有人买的是稀奇，——这正宗的手工灶糖，少见了。

◇◇ 我自轻盈我自香，随性自然，不奢望，不强求。人生最好的状态，也当如此罢。

石缝里的山百合

女友可莹，喜欢在脖子上挂一坠子。坠子是她特地定做的——一方岩石上，有花盛开，花红艳，像静静燃着的一星火苗。是朵山百合。

她自办的超市，连锁店已开到二十家。又遇见良人，那人疼惜她如疼惜自己的生命。她的好日子是锦上花，瓣瓣都开得饱满欢实。

曾经却不是这样。曾经她一度想自杀。那个时候，诸多烦恼，纷至沓来：先是下岗。后前夫出轨，卷走家里全部积蓄。疼爱她的母亲又重病过世。她的天空，在顷刻间崩塌。

她写好遗书，远去黄山。那个地方，一直是她向往的。与丈夫恩爱时，丈夫曾许诺，等有一天，他们赚足钱，他一定带她到黄山，在那里买幢房子，长住下来，每天陪她看日出看云海，听满山松涛声声，相伴到终老。她想到这些，心就痛得痉挛成一团。原来，神仙眷侣不是人人都做得的，男人的承诺，是写在水上的，算不得数的。

她计划好了，等登上黄山后，她要择一处风景绝好的地方，纵身跳下去，一了百了。

她一步一步爬上山去。从山顶望下去，她看到了令人叹为观止的黄山云海。那些棉花糖似的白云，一蓬一蓬涌上来，壮观得叫她窒息，又令她十分悲伤。尘世是这样的美好，而她，就要与它永别了。她忍不住回过头去，想最后再看一眼这个尘世。却在回头的刹那，一抹艳红，跳进她的眼里，不由分说地。那么夺目，那么遗世独立，又是欢呼雀跃的。那是开在石缝里的一朵山百合。

见过太多漂亮的花，长在花圃里的，或是装在精致的花盆里的，被人精心侍弄着。却从未曾像这朵让她震惊，周围寸草不生，只有它，独独的一枝，不知经历怎样的艰难困苦，一日一日，从石缝里，撑出半个身子来，骄傲地，开出了花。再壮观的云海松涛，也为之黯然失色。

她站在那朵山百合跟前，落了泪。

她活着回来了。回来后，她做的第一件事就是和丈夫离婚。紧接着，她开始找工作。她去饭店当过服务员，给人做过保姆，走街串巷收过废品，在街头摆过小摊，一点一点积攒，她终于盘下一家因经营不善而快倒闭的小商店。

她盘活了这家小商店，做出了自己的品牌，成了远近闻名的女企业家。她常出席一些大型的商业活动，每次，她总会被请到台上说两句，她最喜欢说的一句话是，只要好好活着，总有机会，重新来过。

佳句精选

◇◇ 坠子是她特地定做的——一方岩石上，有花盛开，花红艳，像静静燃着的一星火苗。

◇◇ 她的好日子是锦上花，瓣瓣都开得饱满欢实。

◇◇ 周围寸草不生，只有它，独独的一枝，不知经历怎样的艰难困苦，一日一日，从石缝里，撑出半个身子来，骄傲地，开出了花。再壮观的云海松涛，也为之黯然失色。

◇◇ 只要好好活着，总有机会，重新来过。

仙人掌不哭泣

童梦弟搬来我家隔壁住的时候，手里托着一盆仙人掌。

我家隔壁，是两间老式平房。门前铺着细细的条砖，砖缝里长草，也冒出一朵两朵的小黄花。原主人买了新房，搬走了，两间平房，做了出租用。

初秋的天，薄凉。雨飘得细细密密。砖缝里的小黄花，在雨里瑟瑟。童梦弟却穿着一条超短裙，裸露着修长的双腿。她跟着房主，一路走，一路笑，浑身洋溢着与初秋的雨，颇不协调的欢喜。那份欢喜，如同云罅中的光亮，晶莹剔透。让人的心，忍不住雀跃。

她住下后不久，就来拜访我，送我一盆仙人掌。“我妈说过，邻居好，赛金宝。”她笑，笑得灿若春花。唇红齿白，青春逼人。“姐姐，这个很好长的，你不用怎么理它，它也能长得很好。”她指着仙人掌对我说，并告诉我，她的老家，家家都长这个。哪里碰伤了，用它的汁搽搽就好了。

这便相识了。院门外遇见，她总是脆生生地跟我打招呼，一口一个姐地叫我。脸上，始终如一的，是花开般的笑容。

她做的工作，很杂，我在街上遇见过几次。一次她在路口散发传单，怀里抱着一大捧彩印的广告。一次在商场门口，临时搭建的舞台上，她又唱又跳的，为商场促销搞宣传。还有一次，我在路边的地摊上碰到她，她在吆喝着卖一些廉价的棉袜子。青春的脸上，挂一抹花开般的笑容。即使在满大街的芜杂之中，那笑容，也没有丢失掉一点点。

童梦弟说：“我想攒多多的钱呢，我要攒钱寄给家里。我还要攒钱买房子，和我喜欢的人在一起，过一辈子。”这是童梦弟的理想生活，很寻常，亦很动人。这个时候，我们已经很熟了。我约她来我家里喝茶，新沏的茉莉花茶。她手里捧一团毛线过来，手指在棒针上，上上下下，上上下下，不停地编织。那是外贸加工的线衣，织一件，可换十五元的手工费。

听她说起她的老家贵州。深山老沟里，开门看到的全是石疙瘩。能见到土的地方，都被他们开垦出来，种上土豆，种上苞谷。她上面有一个姐姐，下面有三个妹妹。父母盼男孩，给她取名梦弟。她的妹妹分别叫盼弟、招弟、来弟。“名字很俗气，是吧？”她低了头问我，哧哧笑，“不过，我很喜欢，因为，这是我妈给取的。”她复又说。

她的姐姐在12岁上，得病没了。她成了家里最大的孩子，书只念到小学三年级，就回了家。她要带妹妹，要帮父母干活。尽管，她那么喜欢念书。

在她13岁那年，母亲得了一种奇怪的病，全身浮肿。家里没钱送母亲去大医院，两个月后，母亲走了。“要是我那时能挣钱，我妈就不会死了。”她说到这里，有些自责，脸上的笑容黯淡下来，好长时间没再言语。唯有十指，在棒针上上上下下，上上下下，舞得人眼花缭乱。

15岁，她跟了村里人出来打工。做过保姆，在饭店端过盘子，做过化妆品推销员。最穷困潦倒时，她捡过人家丢弃的食物吃，睡过桥洞。她辗转过不少城市，这让她骄傲。

“简直就是免费旅游呀。”她笑了，有些得意地晃了晃头。更让她骄傲的是，她挣的钱，不但养活了她的家人，而且还让妹妹们都有书读。现在，她最大的妹妹盼弟，已读大二了。“她成绩很好的，也能自己挣钱给自己花了。”日子苦尽甘来，童梦弟显得很知足。

童梦弟唯一的遗憾，是书读得少了。她梦想有一天，能读大学。她买了不少的书，自学。还买了钢笔字帖，练字。有次，她拿了她练的字来给我看，我看到上面写着一首拙朴的小诗，题为《仙人掌不哭泣》：

仙人掌不哭泣
因为泪水对它来说
十分十分珍贵
它要用它浇灌心灵
它要用它滋养身体
好使它卑微的生命
也能开出美丽的花朵

我好奇地问她：“谁的诗？”她不好意思地笑了，告诉我，是她写的。我惊叹，我说童梦弟，你都可以成为诗人了。她听了很开心，一再向我道谢，仿佛我给了她什么恩赐似的。

这之后，每隔一两天，童梦弟会拿了她的新作来，给我看。那些诗，虽稚嫩，却充满灵气，清新得如同乡村野地里的小野菊。她羞涩地说，她正在学着投稿，等她挣到第一笔稿费，一定请我吃饭。

有一段日子，我很少见到童梦弟。隔壁的门，整日整夜地关着。要不是晾衣绳上，晾着一件她的黑裙子；要不是窗台上，摆放着她长的两盆仙人掌，我会疑心，我的隔壁，根本不曾有人来住过。

再见到童梦弟，秋已深了。平房前，砖缝里的小草和小黄花们，都萎了。她来敲我的门，穿一件绛红色线衣，素妆着，笑容恬淡，有点像邻家女孩。她问我有没有葱。她说："我想学做扬州炒饭呢。"她站在黄昏下，黄昏的金粉，洒她一身。

我问她这些日子去了哪里。她只管抿了嘴笑，后来才告诉我，她和一个人，回了她的老家一趟。

原来，她爱了。之前，她在另一个城，已有一份稳妥的工作。某天，她遇到他。她放弃了好好的工作，从别的城，一路追奔到我们这里。只因为，他的家住在这里。

我给了她一把葱。不一会儿，她端一碗扬州炒饭来，请我尝。我尝一口，赞：“味道真不错，像正宗的扬州炒饭呢。”她眼睛亮亮地看着我，欢喜地问：“真的？”

她喜欢的那个人，是最爱吃扬州炒饭的。“他祖上是扬州的呢，他曾祖父，还在扬州做过官呢。”她说起他来，眉眼里，全是笑。

几天后，我看到一个男人，开始出入她的小屋。男人模样一般，举止倒也温厚。他帮童梦弟晒被子，在晾衣绳上，一遍一遍扑打上面的尘。童梦弟则去菜场，买回一堆菜，一头钻进厨房里，忙得油烟四溅。他们隔着一些尘和油烟说话，让人望得见最凡俗的幸福。

转眼，冬了。第一场冬雪降临，不过是在眨眼之间，树白了，屋子白了，路白了，整个世界，都白了。人仿佛，也是一个雪白的人了。我找出相机，去叫童梦弟出来一起拍雪景。门敲了许久，童梦弟才来开门，身上裹一件毛毯，凌乱着一头长发。

我一眼瞥见，她的眼窝底，有深深的泪痕。正诧异着准备询问，她的脸上早已换上笑容，花开一般的。她说：“姐，你等我一下啊。”转身冲进房内，再出来，她已换了装，上身套一件红色外套，脚上蹬一双红色雪地靴，脸上施了薄粉，长长的头发，挽在脑后。人像一朵红梅了。

我是在一些天后才得知，那时，童梦弟已怀上男人的孩子，而男人，却不能接受她了。男人的父母一直不同意男人与她交往，尽管她做出种种努力。她给他父母织线衣，一件一件，从上衣，织到毛裤。她去他家，小保姆似的，里里外外忙着打扫。隔三岔五的，她会买了他父母爱吃的糕点，送过去。她甚至托父亲，做了贵州特产——熏肉，打包寄过来，让他父母品尝。他们还是不能接纳她，嫌她是外地的，嫌她家穷，嫌她没文凭。男人在父母的安排下，去相亲，很快与一本地女孩开始交往。她选择了放手，关在屋子里，独自疗伤。自始至终，她都没有告诉男人，怀上孩子的事。

腊月底，空气中到处弥漫着一股甜蜜，家家户户都着手准备过新年了。童梦弟来跟我告别，她把窗台上的两盆仙人掌，捧过来送给我。她说她要去别的地方，不会再到这里来了。她说有机会，她很想去读书，在漂亮的校园里漫步。她说她会活得好好的，找到一个真正喜欢她的人，一起过一辈子。她说这些时，脸上始终挂着花开般的笑容。

我问她：“恨他吗？”她笑着摇摇头，说：“不。就当是我不小心，碰伤了皮，用仙人掌的汁，搽搽就好了。”

新年过后，我隔壁那两间老式平房里，很快搬来新的租客，是一对做生姜生意的年轻夫妇。清晨，他们一起推了拖车，去卖生姜。晚上，他们一起拉着拖车回家，一起做饭，隔着一些尘和油烟，大着嗓门说笑。他们总使我想起童梦弟，她的理想生活，就是这样的。

暮春的一天，童梦弟送我的几盆仙人掌，在不知不觉中，开了花。花粉粉的，重瓣，像微笑着的人的脸。

佳句精选

◇◇ 她跟着房主，一路走，一路笑，浑身洋溢着与初秋的雨，颇不协调的欢喜。那份欢喜，如同云罅中的光亮，晶莹剔透。让人的心，忍不住雀跃。

◇◇ 仙人掌不哭泣/因为泪水对它来说/十分十分珍贵

◇◇ 她站在黄昏下，黄昏的金粉，洒她一身。

◇◇ 暮春的一天，童梦弟送我的几盆仙人掌，在不知不觉中，开了花。花粉粉的，重瓣，像微笑着的人的脸。

青春的回眸里，

怎么能少了

一朵花的香呢？

我笑笑走开去，

任他们在花树下，

叽叽喳喳。

相见欢

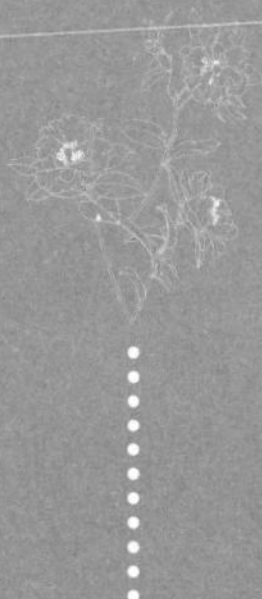

相见欢

花，真大，硕大。白缎子扎出来似的。人普遍称之广玉兰。它其实还有个别名，叫荷花玉兰。这叫法才真叫体己，把它的清新脱尘，活脱脱给叫出来了。它是开在树上的荷花。

一排，一排，路两侧，高大的树上，栖落着这样的花朵。密集的绿叶之中，它的白，愈发显得醇厚、浓郁，质感嫩滑，跟新鲜的奶油似的，让人有咬上一口的欲望。

五六月的天，小城的荷花玉兰，不吵不闹地开了，一朵接着一朵，总要开到七八月。花香顺着风飘，清清淡淡，清清淡淡。是出浴后的女子，怀着体香。因为多，人多视而不见，他们日日袭着花香走，却不知道感激谁。

花不在意。无人留意它，还有鸟儿呢。我看见一只翠鸟，飞进花树中，在绿叶白花间，蹦蹦跳跳，幸福地鸣叫。纵使没有鸟儿光顾，也还有蝴蝶呢，还有蜜蜂呢。哪怕只为一缕拂过的轻风，它的开放，也有了意义。

与它，不是初相识，而是再相逢。是十八九岁的年纪吧，我远在外地的一座城读书。校园里走着，不经意就能撞见这样一棵树，高大，枝繁叶茂。没课的时候，我喜欢躲在二楼的阅览室看书，拣了窗口坐。窗外，一棵荷花玉兰，枝叶蓬勃得都俯到窗台上来了。什么时候看着，它都是满树的绿油油，春光永驻的样子。

最喜花开时分。是鼻子先知道的。一缕一缕的香，从窗外飘进来，在薄薄的空气中浮动，空气变得酥软。与花朵打个照面，心里的欢喜，一蓬一蓬地开了。

陌生的男孩女孩搭讪，是从这花开始的。

咦，花开了？那一天，终日在一张台子后坐着、负责登记各类报刊的男孩，突然站到女孩跟前来，顺着女孩的目光，看向窗外的荷花玉兰说。

是啊，花开了，女孩答。低头，眼光落在书上面，有些慌乱。

我看你每次来，都借阅诗歌一类的书，你很爱诗？男孩问。

女孩的心跳得缤纷，原来，他一直注意她的。女孩惊喜地说，你也爱诗？

男孩点点头，不好意思地说，我有时，也胡乱涂一些的。

男孩是阅览室的收发员，来自偏僻乡下，家穷，母亲多病，他早早辍学。因了一远房表亲的关系（他的表亲在这所学校任职），他得以在此谋得一临时差事。

女孩不介意这些，她和他交流各自写的诗。薄薄的黄昏，暗香浮动。

也有过一两回漫步，两个人，在旁人诧异的目光中，沿着一排一排的荷花玉兰走。没话找话的时候，他，或者她会说，看，花又开了好几朵了。

于是，都仰头看花。男孩忽然说，真羡慕你们这些大学生啊。又忽然认真地看着女孩说，谢谢你，你没有看不起我。

女孩的心里，又甜蜜又悲伤，竟是说不出的。

也就要毕业了。女孩去找男孩道别，才得知，男孩早已辞去工作，走了。女孩看到男孩留下的诗：你有你的路要走/我有我的路要走/感谢相遇的刹那/你的温暖/陪我走过孤独。

经年之后，我每遇到荷花玉兰，就会想起这些来。男孩的样子早已模糊，却清晰地记得那一朵一朵的花，在我青春的枝头，静静绽放。

我现在任教的校园里，也植有大棵的荷花玉兰。午后清淡的闲暇里，几个孩子嬉闹着过来了，他们额上淡黄的绒毛下，望得见青嫩的血管在搏动。他们从一排花树下过，并不抬头看花。我忍不住喊住他们：

看，那些花。

花？哪里有？他们看看我，茫然四顾，终于在头顶上发现了大朵的荷花玉兰。他们惊叫起来，这么大的花啊！

青春的回眸里，怎么能少了一朵花的香呢？我笑笑走开去，任他们在花树下，叽叽喳喳。

佳句精选

◇◇ 花，真大，硕大。白缎子扎出来似的。

◇◇ 它是开在树上的荷花。

◇◇ 哪怕只为一缕拂过的轻风，它的开放，也有了意义。

◇◇ 窗外，一棵荷花玉兰，枝叶蓬勃得都俯到窗台上来了。什么时候看着，它都是满树的绿油油，春光永驻的样子。

◇◇ 青春的回眸里，怎么能少了一朵花的香呢？我笑笑走开去，任他们在花树下，叽叽喳喳。

粉红色的信笺

忘不了我一伸手时，她脸上的惊慌。像只受惊的兔子，两只大眼睛无处转移了视线，扑愣愣地乱撞着。手攥得紧紧的，一抹潮红，像水滴在宣纸上，迅速洇满她青春的脸庞。

那是高考前夕，学生们都低头在自修，每颗脑袋像极饱满的向日葵，沉甸甸地低垂着，是丰收前的一种沉重。我在课桌间来回转着圈，不时解答一两个疑问。在这期间，她一直目不斜视地坐在座位上，快速地写着什么。她面前摊着课本，但我还是在那课本下轻易就发现了一张粉红色的信纸，纸上飘着点点梅花，雪花似的。她的字一个一个落到那上面，也如同盛开了的小花。我站她身后看了好一会儿，确信她写的东西完全与学习无关。所以，在她即将写完的时候，我含笑地向她伸出手去。“给我——”虽是温柔的低声的，却不容置疑。她愣怔半天，慢慢把手上的东西递过来。

教室里平静如常，没有学生注意到这边的这一幕。我没看纸上写的东西，而是把那张纸小心地折叠好，递还她。我笑说：“青春的东西，要收收好。”她很意外，吃惊地看着我。我俯过头去，耳语般地对她说：“老师也曾青春过，这也曾是老师的秘密。”然后直起身来，轻轻拍拍她的肩，对她笑了笑。她脸上的表情开始放松了，最后舒展成一个灿烂的笑。我对她点点头，我说：“看书吧。”她听话地翻开课本，一脸的释然。

半年后，我收到一封从一所名牌大学寄来的信，是她写的。信纸是我见过的那种，粉红色的，上面飘着点点梅花，雪花似的。她在信中写道：“老师，感谢你用最美丽的方式，保留了我青春的完整。当时我以为我完了，我不敢想象那后果，我以为接下来该是全班同学的嘲笑，该是校长找了谈话，该是家长到学校来。真的那样之后，我还能抬起头来吗？我不敢想象我能否心态正常地参加高考。”最后她写道：“老师，谢谢你，给了我一个台阶，一个最堂皇的理由。”

青春的岁月里，原是少不了一些台阶的，你得用理解、用宽容、用真诚去砌，一级一级，都是成长的阶梯。

佳句精选

◇◇ 忘不了我一伸手时，她脸上的惊慌。像只受惊的兔子，两只大眼睛无处转移了视线，扑愣愣地乱撞着。

◇◇ 每颗脑袋像极饱满的向日葵，沉甸甸地低垂着，是丰收前的一种沉重。

◇◇ 青春的岁月里，原是少不了一些台阶的，你得用理解、用宽容、用真诚去砌，一级一级，都是成长的阶梯。

掌心化雪

那个时候，她家里真穷，父亲因病离世，母亲下岗，一个家，风雨飘摇。

大冬天里，雪花飘得紧密。她很想要一件暖和的羽绒服，把自己裹在里面。可是看看母亲愁苦的脸，她把这个欲望压进肚子里。她穿着已洗得单薄的旧棉衣去上学，一路上冻得瑟瑟。她想起安徒生的童话《卖火柴的小女孩》，她想，若是她也有一把可供燃烧的火柴，该多好啊——她实在太冷了。

拐过校园那棵粗大的梧桐树，一树银花，映着一个琼楼玉宇的世界。她呆呆站着看，世界是美好的，寒冷却钻肌入骨。突然，年轻的语文老师迎面而来，看到她，微微一愣，问："这么冷的天，你怎么穿得这么少？瞧，你的嘴唇，都冻得发紫了。"

她慌张地答："不冷。"转身落荒而逃，逃离的身影，歪歪扭扭。她是个自尊的孩子，她实在怕人窥见她衣服背后的贫穷。

语文课，她拿出课本来，准备做笔记。语文老师突然宣布："这节课我们来个景物描写竞赛，就写外面的雪。有丰厚的奖品等着你们哦。"

教室里炸了锅，同学们兴奋得叽叽喳喳，奖品刺激着大家的神经，私下猜测，会是什么呢？

很快，同学们都写好了，每个人都穷尽自己的好词好语。她也写了，却写得索然，她写道："雪是美的，也是冷的。"她没想过得奖，她认为那是很遥远的事，因为她的成绩一直不引人注目。加上家境贫寒，她有多自尊，就有多自卑，她把自己封闭成孤立的世界。

改天，作文发下来，她意外地看到，语文老师在她的作文后面批了一句话："雪在掌心，会悄悄融化成暖暖的水的。”这话带着温度，让她为之一暖。令她更为惊讶的是，竞赛中，她竟得了一等奖。一等奖仅仅一个，后面有两个二等奖，三个三等奖。

奖品搬上讲台，一等奖的奖品是漂亮的帽子和围巾，还有一双厚厚的棉手套。二等奖的奖品是围巾，三等奖的奖品是手套。

在热烈的掌声中，她绯红着脸，从语文老师手里领取了她的奖品。她觉得心中某个角落的雪，静悄悄地融化了，湿润润的，暖了心。那个冬天，她戴着那顶帽子，裹着那条大围巾，戴着那副棉手套，严寒再也没有侵袭过她。她安然地度过了一个冬天，一直到春暖花开。

后来，她读大学了。她毕业工作了。她有了足够的钱，可以宽裕地享受生活。朋友们邀她去旅游，她不去，却一次一次往福利院跑，带了礼物去。她不像别的人，到了那里，把礼物丢下就完事，而是把孩子们召集起来，温柔地对孩子们说：“来，宝贝们，我们来做个游戏。”

她的游戏，花样百出，有时猜谜语，有时背唐诗，有时算算术，有时捉迷藏。在游戏中胜出的孩子，会得到她的奖品——衣服、鞋子、书本等，都是孩子们正需要的。她让他们感到，那不是施舍，而是他们应得的奖励。温暖便如掌心化雪，悄悄融入孩子们卑微的心灵。

佳句精选

◇◇ 雪在掌心，会悄悄融化成暖暖的水的。

◇◇ 她让他们感到，那不是施舍，而是他们应得的奖励。温暖便如掌心化雪，悄悄融入孩子们卑微的心灵。

黄裙子，绿帕子

十五年前的学生搞同学聚会，邀请了当年的老师去，我也是被邀请的老师之一。

十五年，花开过十五季，又落过十五季。迎来送往的，我几乎忘掉了他们所有人，然在他们的记忆里，却有着我鲜活的一页。

他们说，老师，你那时好年轻呀，顶喜欢穿长裙。我们记得你有一条鹅黄的裙子，真正是靓极了。

他们说，老师，我们那时最盼上你的课，最喜欢看到你。你不像别的老师那么正统威严，你的黄裙子特别，你走路特别，你讲课特别，你爱笑，又可爱又漂亮。

他们说，老师，当年，你还教过我们唱歌呢，满眼的灰色之中，你是唯一的亮色，简直是光芒四射啊。

他们后来再形容我，用得最多的词居然都是：光芒四射。

我听得汗流浃背，是绝对意外的那种吃惊和惶恐。可他们一脸真诚，一个个拥到我身边，争相跟我说着当年事，完全不像开玩笑的。

回家，我迫不及待翻找出十五年前的照片。照片上，就一普通的女孩子，圆脸，短发，还稍稍有点胖。可是，她脸上的笑容，却似青荷上的露珠，又似星月朗照，那么的透明和纯净。

一个人有没有魅力，原不在于容貌，更多的，是缘于她内心所散发出的好意。倘若她内心装着善与真，那么，呈现在她脸上的色彩，必然叫人如沐暖阳如吹煦风，真实、亲切，活力迸发。这样的她，是迷人的。

我记忆里也有这样的一个人。小学六年级，学期中途，她突然来代我们的课，教数学。我们那时是顶头疼数学的，原先教我们数学的老师是个中年男人，面上整天不见一丝笑容，即使外面刮再大的风，他也是水波不现，严肃得像件老古董。

她来，却让我们都爱上了上数学课。她十八九岁，个子中等，皮肤黑里透红，长发在脑后用一条绿色的帕子，松松地绾了。像极田埂边的一朵小野花，天地阔大，她就那么很随意地开着。她走路是连蹦带跳的，跟只欢快的鸟儿似的。第一次登上讲台，她脸红，半天说不出话来，只轻咬住嘴唇，望着我们笑。那样子，活脱脱像个邻家大姐姐，全无半点老师的威严感。我们一下子喜欢上她，新奇有，更多的，却是觉得亲近和亲切。

记不得她的课上得怎样了，只记得，每到要上数学课，我们早早就在桌上摆好数学书，脖子伸得老长，朝着窗外看，盼着她早点来。我们爱上她脸上的笑容，爱上她的一蹦一跳，爱上她脑后的绿帕子。她多像一个春天啊，在我们年少的心里，茸茸地种出一片绿来。

她偶尔也惩罚不听话的孩子，却从不喝骂，只伸出食指和中指，在那孩子头上轻轻一弹，轻咬住嘴唇，看着那孩子笑道，你好调皮呀。那被她手指弹中的孩子，脸上就红上一红，也跟着不好意思地笑。于是，我们便都笑起来。我们的作业若完成得好，她会奖励我们，做游戏，或是唱歌——这些，又都是我们顶喜欢的。在她的课堂上，便常常掌声不断，欢笑声四起，真是好快乐的。

然学期未曾结束，却又换回原来严肃的男老师，她得走了。她走时，我们中好多孩子都哭了。她也伏在课桌上哭，哭得双眼通红。但到底，还是走了。我们都跟去大门口相送，恋恋不舍。我们看着她和她脑后的绿帕子，一点一点走远，直至完全消失不见。天地真静哪，我们感到了悲伤。那悲伤，好些天，都不曾散去。

佳句精选

◇◇ 她脸上的笑容，却似青荷上的露珠，又似星月朗照，那么的透明和纯净。

◇◇ 一个人有没有魅力，原不在于容貌，更多的，是缘于她内心所散发出的好意。

◇◇ 她多像一个春天啊，在我们年少的心里，茸茸地种出一片绿来。

你并不是个坏孩子

一个自称叫陈小卫的人打电话给我，电话那头，他满怀激动地说："丁老师，我终于找到你了。"

他说他是我十年前的学生。我脑子迅速翻转着，十来年的教学生涯，我换过几所学校，教过无数的学生，实在记不起这个叫陈小卫的学生来。

他提醒我："记得吗？那年你教我们初三，你穿红格子风衣，刚分配到我们学校不久。"

印象里，我是有一件红格子风衣的。那是青春好时光，我穿着它，蹦跳着走进一群孩子中间，微笑着对他们说：

“以后，我就是你们的老师了。”我看到孩子们的脸仰向我，饱满、热情，如阳光下的葵。

“我当时就坐在教室最北边的一排啊，靠近窗口的，很调皮的那一个，经常打架，曾因打破一块窗玻璃，被你找到办公室谈话的。老师，你想起来没有？”他继续提醒我。

“是你啊！”我笑。记忆里，浮现出一个男孩子的身影来，隐约着，模糊着。他个子不高，眼睛总是半睨着看人，一副桀骜不驯的样子。经常迟到，作业不交，打架，甚至还偷偷学会抽烟。刚接他们班时，前任班主任特意对我着重谈了他的情况：父母早亡，跟着姨妈过，姨妈家孩子多，只能勉强管他吃穿。所以少教养，调皮捣蛋，无所不为。所有的老师一提到他，都头疼不已。

“老师，你记得那次玻璃事件吗？”他在电话里问。

当然记得。那时我接手他们班才一个星期，他就惹出一件事来：与同桌打架，打破窗玻璃，碎玻璃划破他的手，鲜血直流。

“你把我找去，我以为，你也和其他老师一样，会把我痛骂一顿，然后勒令我写检查，把我姨妈找来，赔玻璃。但你没有，你把我找去，先送我去医务室包扎伤口，还问我疼不疼。后来，你找我谈话，笑眯眯地看着我说，以后不要再打架了，你打了人，也会让自己受伤的对不对？那块玻璃你也没要我赔，是你掏钱买了一块重安上的。”他沉浸在回忆里。

我有些恍惚，旧日时光，飞花一般。隔了岁月的河流望过去，昔日的琐碎，都成了可爱。他突然说：“老师，你做的这些，我很感动，但真正震撼我的，却是你当时说的一句话。”

这令我惊奇。他让我猜是哪句话，我猜不出。

他开心地在电话那头笑，说：“老师，你对我说的是，你并不是个坏孩子哦。”

就这么简单的一句话，却让他记住了十来年。他说他现在也是一所学校的老师，他也常找调皮的孩子谈话，然后笑着轻拍一下他们的头，对他们说一句：“你并不是个坏孩子哦。”

一句话，对于说的人来说，或许如行云掠过。但对于听的人来说，有时，却能温暖其一生。

佳句精选

◇◇ 旧日时光，飞花一般。隔了岁月的河流望过去，昔日的琐碎，都成了可爱。

◇◇ 一句话，对于说的人来说，或许如行云掠过。但对于听的人来说，有时，却能温暖其一生。

天上有云姓白

他不是我们的正式老师，不过是个高中毕业生。

那时，我们初中快毕业了，教我们的英语老师突然生了病，没有老师能顶上这个缺，于是他来了，跛着一条腿。

据说他是校长的亲戚。不然凭他一个高中毕业生，怎么能来代我们的课？他来代课总有好处的，有不菲的代课费。这是消息灵通的同学说的。

他第一天来给我们上课，在我们的灼灼目光中，他一跛一跛的，费了好大的劲，才迈上讲台，有学生在底下终于憋不住，“扑”一声笑出来。这一笑，让他“腾”地红了脸，他窘迫得不敢直视我们，低着头，对着讲台上一摞作业本，半天才憋出一句话来：“同学们好，天上有云姓白，我的名字叫白云。”

自此后，有学生远远看见他，就“白云”“白云”地叫开了。等他答应一声，回转过身来，殷殷地问：“什么事啊？”那叫着的学生会“啊”一声，抬头指着天说：“我看天上的白云呢。”他并不恼，呵呵笑一声，也陪着那个同学仰头看天。

他的课备得极认真，书上密密麻麻全是红笔注的补充。只是那时我们不懂事，并不知他的努力和辛劳，私下里是有些瞧他不起的，认为他不过是个代课的。所以课总不好好上，不时打岔，跟他耍贫嘴，甚至有同学在底下吹口哨。每每这时，他总是涨红了脸，站在讲台前，一动不动地看着我们，等我们闹够了，他可怜巴巴地问：“现在我们开始上课好吗？”然后弯腰跟我们连连道歉：“对不起，对不起，都怪我课讲得不好，让你们没兴趣听。”教室里突然安静下来，窗外有风吹过。那一瞬，我们有些无地自容。再上课，都听话起来，乖巧起来。他很高兴，课上完了，他说：“我要奖励你们。”我们都以为他是说着玩的，再来上课，却见他提来一袋子糖——他自个儿掏钱买的，给我们一人发两块。

他喜欢扎在学生堆里聊天。有学生好奇地问：“你腿咋的啦？”他并不避讳，也不生气，自自然然地说：“小儿麻痹症落下的。”又说起他很想读大学，但家里穷，弟妹多，上大学成了遥不可及的梦想。“所以呀，你们要珍惜呀，珍惜这样的好时光。”他变得像长者。

一个月后，我们的英语老师病好了来上班，他得走了。这时，班上发生了一件大事，一个成绩很好的女生，父亲突然暴病身亡，女生的家一下子塌了，女生提出退学。他知道后，很着急，跛着一条腿，走了十来里的乡间路，到女生家里去。女生的寡母领着五个孩子，齐齐跪倒在他跟前。他的心一下子揪紧了，他说：“我会帮你们的。”他掏出身上所有的钱，又许诺，女生以后上学的钱，他会帮衬着。“一定要让她读高中、读大学，她有这个潜力。”他再三恳求，直到女生的母亲答应为止。

我们毕业前夕，他到学校来看我们，来看那个女生。他瘦了，精神却出奇的好。他说：“你们要好好读书啊，我很想你们。”这一句话，惹哭了我们许多人。

在我高中快毕业的时候，却听说他染上白血病，不久便走了。当年他教的学生，因分散在四面八方，竟没有一人能见上面。他资助过的那个女生，一说起他，就哭得不能自已。

很多年过去了，当年的同学每遇见，必谈到他。末了大家会叹一声："他是个好人哪。"天上每天都有白云飘过，不知有没有一朵云上有他。

佳句精选

◇◇ 教室里突然安静下来，窗外有风吹过。那一瞬，我们有些无地自容。

◇◇ 天上每天都有白云飘过，不知有没有一朵云上有他。

眼泪的力量

多年未见的初中同学，意外相遇，笑望中，多少岁月，都飘成过往。昔日那个蹦蹦跳跳的少年呢？淡黄的底片上，影像模糊。却清楚地记得，有那样一位李姓老师，身上散发出慈悲的光芒。

教我们那年，他已经很老很老了。满头银丝，戴副金边眼镜。镜片透明，可以清晰地看见镜片后他那双眼睛，小小的，一条缝儿似的。或许不是小，而是他看人时总是眯着双眼，说话语气温和，慈祥得很。偏远中学，那些年缺教师缺得厉害，已退休的他，便一年一年留了下来。

他第一次进课堂，一群年少轻狂的孩子，就试出他是好欺负的。讲台前横七竖八地躺着笤帚、簸箕，都是我们这群孩子干的——打闹玩斗，这是少不了的工具。其他老师进来看到这场景，一定大为恼火，而后我们中的某个同学，或某几个同学，便会灰溜溜地上去把“战场”收拾好。课后，还得认真写一份检查，在班上朗读，朗读完了，贴到教室的墙上。严重的还得找了那孩子的父母来，一顿更严厉的惩罚是免不了的。

他没有这样做，而是笑眯眯看着我们，温和地说：“你们这些捣蛋鬼啊。”他弯腰收拾好散落一地的东西，并顺便把前排学生掉在地上的作业本捡起来，拍去上面的尘土，给那孩子在桌上摆放好。他转身看黑板，黑板上全是我们的涂鸦，展现出一片杂草丛生的荒野。我们以为他就要发火了，却没有，他依然笑眯眯的，认真地评价哪幅画画得不错，哪幅画画得不好，然后拿了黑板擦擦掉，一边吩咐我们朗读课文。我们读得如同鸭叫，他却听得很陶醉，从讲台上走下来，在教室里来回走，眯缝着眼，把我们一一亲切地看过。

再上他的课，我们胆大起来，公然拿了课外书放桌上看。说话的，唱歌的，都有。课堂如同开茶馆。他手足无措站在讲台前，请求般地说：“孩子们，可以安静一会儿吗？”这话听得人心里柔软，纵使我们再年少轻狂，也因了这句话，怔一怔，教室里有片刻安静。这个时候，我们听到他开始解读课文，一个句子，被他重复念了好几遍。他捧着书的样子也可笑，明明戴着眼镜啊，却偏把书捧至鼻翼处，看上去，不是在读书，而是在闻书。这样的课，自是没有生动处，刚刚安静的教室又喧闹起来了。

我们的班主任却与他相反，是个血气方刚的年轻人，班上最调皮的男生都怕他。班主任每次遇到李姓老师，都会谦恭地叫声李老师好，而后关照：“班上有谁不听话，你告诉我就行了。”他每次都摇头，笑着说：“孩子们听话着呢。”这话被我们听到，到班上学说，引起一阵哄笑。轮到他上课时，我们变得更是有恃无恐了。

又一次上他的课，有两个学生，在课堂下斗嘴，斗着斗着，竟动起手来。教室里很快乱成一锅沸腾的粥。他走过去拉，脸都急红了。混乱中谁听他的？他突然挤到两个动手的学生中间，眼泪从镜片后流下来。他说：“你们要打，就打我吧。”

所有的喧闹，一下子沉静下来，空气凝固了。那坠于他腮边的泪，一滴一滴，滴在我们年少的心上。从此，再没有学生在他的课上调皮捣蛋。那一滴一滴晶莹的泪水，教会了我们什么叫善良什么叫仁爱。

佳句精选

◇◇ 笑望中，多少岁月，都飘成过往。昔日那个蹦蹦跳跳的少年呢？淡黄的底片上，影像模糊。

◇◇ 那坠于他腮边的泪，一滴一滴，滴在我们年少的心上。从此，再没有学生在他的课上调皮捣蛋。那一滴一滴晶莹的泪水，教会了我们什么叫善良什么叫仁爱。

遇见你的纯真岁月

他是第一个分配到我们乡下学校来的大学生。

他着格子衬衫，穿尖头皮鞋，操一口流利的普通话，这令我们着迷。更让我们着迷的是，他有一双小鹿似的眼睛，清澈、温暖。

两排平房，青砖红瓦，那是我们的教室。他跟着校长，绕着两排平房走，边走边跳着去够路旁柳树上的树枝。附近人家养的鸡，跑到校园来觅食了，他看到鸡，竟兴奋得张开双臂，扑过去，边扑嘴里边惊喜地叫：“啊啊，大花鸡！”惹得我们笑弯了腰，有同学老气横秋地点头说：“我们老师，像个孩子。”

他真的做了我们的老师，教我们语文。第一天上课，他站讲台上半天没说话，拿他小鹿似的眼睛，看我们。我们也仰了头对着他看，彼此笑眯眯的。后来，他一脸深情地说：“你们长得真可爱，真的。我愿意做你们的朋友，共同来把语文学好，你们一定要当我是朋友哦。”他的这个开场白，一下子拉近了他与我们的距离，全班学生的热血，在那一刻沸腾起来。

他的课，上得丰富多彩。一个个汉字，在他嘴里，都成了妙不可言的音符。我们入迷地听他解读课文，争相回答他提的问题。不管我们如何作答，他一律微笑着说：“真聪明，老师咋没想到这么答呢？”有时我们回答得太离谱了，他也佯装要惩罚我们，结果是，罚我们唱歌给他听。于是教室里的欢笑声，一浪高过一浪。那时上语文课，在我们，是期盼，是幸福，是享受。

他还引导我们阅读。当时乡下学校，课外书极其匮乏，他就用自己的工资，给我们买回很多的书，诸如《红楼梦》《钢铁是怎样炼成的》《红与黑》之类的。他说：“只有不停地阅读，人才能走到更广阔的天地去。”我至今还保留着良好的阅读习惯，应该是那个时候养成的。

春天的时候，他领我们去看桃花。他说：“大自然是用来欣赏的，不欣赏，是一种极大的浪费，而浪费是可耻的。”我们“哄”一声笑开了，跟着他蹦蹦跳跳走进大自然。花树下，他和我们站在一起，笑得面若桃花。他说：“永远这样，多好啊。”周围的农人，都看稀奇似的，停下来看我们。我们成了风景，这让我们倍感骄傲。

我们爱他的方式，很简单，却倾尽我们所能：掐一把野地里的花儿，插进他办公桌的玻璃瓶里；送上自家烙的饼、自家包的粽子，悄悄放在他的宿舍门口。他总是笑问：“谁又做好事了？谁？”我们摇头，佯装不知，昂向他的，是一张张葵花般的笑脸。

我们念初二的时候，他生了一场病，回城养病，一走两个星期。真想他呀，班上的女生，守在校门口，频频西望——那是他回家的方向。被人发现了，却假装说，啊，我们在看太阳落山呢。

是啊，太阳又落山了，他还没有回来。心里的失望，一波又一波的。那些日子，我们的课，上得无精打采。

他病好后回来，讲台上堆满了送他的礼物，野花自不必说，一束又一束的。还有我们舍不得吃的糖果，和自制的贺卡。他也给我们带了礼物，一人一块巧克力。他说：“城里的孩子，都兴吃这个。”说这话时，他的眼睛湿湿的。我们的眼睛，也跟着湿了。

他的母亲，却千方百计把他往城里调。他是家里独子，拗不过母亲。他说：“你们要好好学习，将来，我们会有重逢的那一天的。”他走的时候，全班同学哭得很伤心。他也哭了。

多年后，遇见他，他早已不做老师了，眼神已不复清澈。提起当年的学生，却如数家珍般的，一个一个，都记得。清清楚楚着，一如我们清楚地记得他当年的模样。那是他和我们的纯真岁月，彼此用心相爱，所以，刻骨铭心。

佳句精选

◇◇ 只有不停地阅读，人才能走到更广阔的天地去。

◇◇ 大自然是用来欣赏的，不欣赏，是一种极大的浪费，而浪费是可耻的。

◇◇ 花树下，他和我们站在一起，笑得面若桃花。

◇◇ 那是他和我们的纯真岁月，彼此用心相爱，所以，刻骨铭心。

七里香幽幽

三层小楼，粉墙黛瓦，阅览室设在二层。靠楼梯的一面墙上，满满当当的，摆的全是书。朝南的窗户外面，植着七里香。人坐在室内看书，总有花香飘进来，深深浅浅，缠绵不绝。

这是当年我念大学时，学校的阅览室。对于像我那样痴迷读书，而又无钱买书的穷学生来说，这间免费开放的阅览室，无疑是上帝恩赐的一座宝藏。在那里，我如饥似渴，阅读了大量的中外文学书籍。也是在那里，我初次接触到《诗经》，立马被那些好听的“歌谣”迷上。野外总是天高地阔的，我一会儿化身为那只在河之洲的雎鸠，一会儿又变身为采葛的女子，岁月绵远，天地皆好。

其实那时，我心卑微。我来自贫困的乡下，无家世可炫耀，又不貌美，穿衣简朴，囊中时常羞涩。在一群光华灼灼的城里同学跟前，我觉得自己真是又渺小又丑陋。

读书却使我的内心，慢慢儿地，变得丰盈。那真是一段妙不可言的光阴，每日黄昏，一下了课，我匆匆跑回宿舍，胡乱塞点食物当晚饭，就直奔阅览室而去。看管阅览室的管理员，是个三十多岁的年轻人，个高，肤黑，表情严肃。他一见我跑去，就把我看的《诗经》取出来，交我手上，把我的借书卡拿去，插到书架上。这一连串的动作，跟上了发条似的，机械连贯，滴水不漏。我起初还对他说声谢谢的，但看他反应冷淡，后来，我连“谢谢”两字也免了，只管捧了书去读。

读着读着，我贪心了，我想把它据为己有。无钱购买，我就采取了最笨的也是最原始的办法——抄写。一本《诗经》连同它的解析，我一字不落地抄着，常常抄着抄着，就忘了时间。年轻的管理员站我身边许久，我也没发觉，直到他不耐烦地伸出两指，在桌上轻叩，“该走了，要关门了。”语调冷冷的。我才吃一惊，抬头，阅览室的人已走光，夜已深。

我不好意思地笑笑，归还了书。窗外七里香的花香，蛇样游走，带着露水的清凉。我心情愉悦，摸黑蹦跳着下楼，才走两级楼梯，身后突然传来管理员的声音：“慢点走，楼梯口黑。”依旧是冷冷的语调，我却听出了温度。我站在黑地里，独自微笑很久。

那些日子，我就那样浸透在《诗经》里，忘了忧伤，忘了惆怅，忘了自卑，我蓬勃如水边的荇菜、野地里的卷耳和蔓草。也没想过自己到底为什么要迷恋，也没想过自己日后会走上写作的路，只是单纯地迷恋着、挚爱着，无关其他。

很快，我要毕业了。突然收到一份礼物，是一本《诗集传楚辞章句》，岳麓书社出版的，定价七块六毛。厚厚的一本。扉页上写着：赠给丁小姐，一个爱读书的好姑娘。下面没有落款。

我不知道是谁寄的。我猜过是阅览室那个年轻的管理员。我再去借书，探询似的看他，他却无异常，仍是一副冰冰冷的样子，表情严肃。我又怀疑过经常坐我旁边读书的男生和女生，或许是他，或许是她。他们却埋首在书里面，无波，亦无浪。窗外的七里香，兀自幽幽地，吐着芬芳。

我最终没有相问。这份特殊的礼物，被我带回了故乡。后来，又随我进城，摆到了我的办公桌上。我结婚后，数次搬家，东迁西走，丢了很多东西，但它却一直都在。每当我的眼光抚过它时，我知道，这世界哪怕再叫人失望，也有一种叫美好的东西，在暗地里生长。

佳句精选

◇◇ 人坐在室内看书，总有花香飘进来，深深浅浅，缠绵不绝。

◇◇ 窗外七里香的花香，蛇样游走，带着露水的清凉。

◇◇ 这世界哪怕再叫人失望，也有一种叫美好的东西，在暗地里生长。

孩子和秋风

我和几个孩子站在一片园子里，感受秋天的风。园子里长几棵高大的梧桐树，我们的脚底下，铺一层厚厚的梧桐叶。叶枯黄，脚踩在上面，嘎吱嘎吱，脆响。风还在一个劲儿地刮，吹打着树上可怜的几片叶子，那上面，就快成光秃秃的了。

我给孩子们上写作课，让孩子们描摹这秋天的风。以为他们一定会说寒冷、残酷和荒凉之类的，结果却出乎我的意料。

一个孩子说，秋天的风，像把大剪刀，它剪呀剪的，就把树上的叶子全剪光了。

我赞许了这个比喻。有二月春风似剪刀之说，秋天的风，何尝不是一把剪刀呢？只不过，它剪出来的不是花红叶绿，而是败柳残荷。

剪完了，它让阳光来住，这个孩子突然接着说一句。他仰向我的小脸，被风吹着，像只通红的小苹果。我怔住，抬头看树，那上面，果真的，爬满阳光啊，每根枝条上都是。失与得，从来都是如此均衡，树在失去叶子的同时，却承接了满树的阳光。

一个孩子说，秋天的风，像个魔术师，它会变出好多好吃的，菱角呀，花生呀，苹果呀，葡萄呀。还有桂花，可以做桂花糕。我昨天吃了桂花糕，妈妈说，是风变出来的。

我笑了。小可爱，经你这么一说，秋天的风，还真是香的。我和孩子们一起嗅，似乎就闻见了风的味道，像块蒸得热气腾腾的桂花糕。

一个孩子说，秋天的风，像个调皮的娃娃，他把树上的叶子，扯得东一片西一片的，那是在跟大树闹着玩呢。

哦，原来如此。秋天的风一路呼啸而下，原是藏着笑的，它是活泼的、热闹的，是在逗着我们玩的。孩子们伸出小手，跟风相握，他们把童年的笑声，丢在风里。

走出园子，风继续在刮。院墙边一丛黄菊花，开得肆意流畅，一朵一朵，像新剥开的橘子瓣似的，瓣瓣舒展，颜色浓烈饱满。一个孩子跳过去，弯下腰嗅，突然快乐地冲我说，老师，我知道秋天的风还像什么了。

像什么呢？我微笑地看她。她的小脸蛋，真像一朵小菊花。

秋天的风，像一个小仙女，她走到菊花旁，轻轻吹一口气，菊花就开了。这个孩子被自己的想象激动着，脸上洇着兴奋的红晕。

我简直感动了。可不是，秋天的风，多像一个小仙女啊！她走到田野边，轻轻吹一口气，满田的稻子就黄了。她走到果园边，轻轻吹一口气，满树的果实就熟了，橙黄橘绿。有小红灯笼似的柿子，还有青中带红的大枣，和胖娃娃一样的石榴。她走到旷野边，轻轻吹一口气，一地的草便都睡去了，做着柔软的金黄的梦。小野花们还在开着，星星点点，红的、白的、紫的，朵朵灿烂。在秋风里，在越来越高远澄清的天空下。

孩子有本心，即便是肃杀的秋风，他们也给它镶上童话的金边，从中窥见生命的可亲和可爱。

佳句精选

◇◇ 失与得，从来都是如此均衡，树在失去叶子的同时，却承接了满树的阳光。

◇◇ 孩子们伸出小手，跟风相握，他们把童年的笑声，丢在风里。

◇◇ 院墙边一丛黄菊花，开得肆意流畅，一朵一朵，像新剥开的橘子瓣似的，瓣瓣舒展，颜色浓烈饱满。

◇◇ 孩子有本心，即便是肃杀的秋风，他们也给它镶上童话的金边，从中窥见生命的可亲和可爱。

草世界，花菩提

丁立梅散文精选集

丁立梅 著

東方出版社

花心当如人心，
只要心中有晴天，
便日日晴着。

草世界，
花菩提

目录

草世界，花菩提

花向美人头上开

目录

一壶春水漫桃花

一枝疏影待人来

花间小令

生命的高贵与卑微，
本是相对的。
纵使不幸卑微成一株杂草，
通过自己的努力，
也可以让命运改道，
活出另一番景象。

草世界，花菩提

水沉为骨 玉为肌

街上的花店里，有水仙球卖的时候，我买了两个。

家里有两只很漂亮的水仙花盆，田螺的形状，青釉的，古典得很。这是一个朋友从陕西带回来的。陕西多古董，我便认定了这两只花盆也是古董。每年的冬天，我都会买了水仙来陪它们。只需一泓清水，装上水仙，两只“田螺”便立时灵动起来，远古的气息，穿云破雾而来。

看水仙在“田螺”的背上生长，是一件十分有趣的事情。眼看着它从白色的鳞根处，冒出一点一点的嫩黄。心里面知道，那是长叶了。把它搁窗台上，那儿是阳光最为充足的地方。每日里，我时不时地跑过去看看。阳光下，它嫩黄的芽上，已泛出一汪淡绿来。渐渐地，抽叶了。渐渐地，叶片丰满起来。再过两日，我在它肥厚的叶下，居然寻到了花苞苞。它是什么时候打苞苞的呢？不知。生命的成长，总是在不知不觉中完成的，让人惊叹。

我数了数，一盆里有花苞苞四个，一盆里有五个。它们起初不过绿豆儿大小，像极了爱玩捉迷藏的孩子，躲在叶下，躲过我们的视线，一个人低了头在那儿哧哧笑。后来，“绿豆儿”一点一点膨胀，鼓鼓的，像怀孕的妇人。里面的孩子迫不及待要出来，撑不住了，就快撑不住了。

这之后的一天，我晚下班，刚刚推开家门，冷不防，就被馨香抱了个满怀。我连忙跑去窗台边，两只“田螺”里的水仙，已全然绽放。花朵紧挨着花朵，气息甜美。它们粉着一张小脸蛋，翠衣翠裙，于凌波之上曼妙。

我脑子里不由得跳出黄庭坚写它的诗句：“借水开花自一奇，水沉为骨玉为肌。”果真是水沉为骨玉为肌啊！柔嫩的花瓣，恰如水做的骨肉、玉雕的肌肤。凝视的眼神便一醉再醉，索性把它捧至床头，睡里梦里，便都是它的香了。

看过有关水仙的西方传说，说水仙是由一孤芳自赏的少年变的。少年生得英俊飘逸，他非常爱惜自己的容貌，常常临水自照，把自己当花一样欣赏。一天，他又在河边揽水自照，却不幸溺水身亡。他死后，魂魄不肯离去，遂变成水仙。

我喜欢这个传说，少年终于圆了他的梦。从此，他的美与水共存。

然水仙不单单在水里面才能生长。一天，在一家花店，我看到许多水仙被装在泥盆里，妍妍而开，模样娇憨得很。仿佛仙子落凡尘，别有一番风韵。问及，说是把开过的水仙，连根埋到上里，来年的这个时节，它会重新长出来。

回家，半信半疑地，把开过的水仙，埋到屋角后。一年的时间，早已淡忘了这样的事，根本就没留意过，那屋角后的泥土里，原是埋着水仙的魂的。某天下班归来，鼻翼处突然绕了馨香，缕缕不绝，在冷而湿的空气里飘拂。

寻去，屋角处，不知何时，水仙已婷婷。像邻家的小女孩，于不经意间，就长成了一个窈窕的大姑娘了。

佳句精选

◇◇ 阳光下，它嫩黄的芽上，已泛出一汪淡绿来。渐渐地，抽叶了。渐渐地，叶片丰满起来。再过两日，我在它肥厚的叶下，居然寻到了花苞苞。它是什么时候打苞苞的呢？不知。生命的成长，总是在不知不觉中完成的，让人惊叹。

◇◇ 一年的时间，早已淡忘了这样的事，根本就没留意过，那屋角后的泥土里，原是埋着水仙的魂的。某天下班归来，鼻翼处突然绕了馨香，缕缕不绝，在冷而湿的空气里飘拂。

像菜花一样幸福地燃烧

油菜花开了，不多的几棵，长在人家屋檐下的花池里。这是城里的油菜，绝对不是长着吃的，而是长着看的。

跟那人说："菜花开了呢。"那人一脸惊喜，说："找个时间看菜花去。"这是每年，我们的出行里，最为隆重的一节。

不知什么时候起，城里人兴起看菜花热，每年春天，都成群结队地，追到城外看菜花。一些地方的菜花，因此出了名。譬如江西婺源的菜花，云南罗平的菜花。

有一年秋，我对婺源着了迷，收拾行装准备去。朋友立即劝阻，说："你现在不要去呀，你等到春天再去呀，春天才有菜花可看呢。"笑着问他："婺源的菜花，怎样的好看？"他说：

“一望无际燃烧呀，就那样燃烧呀。”

笑。哪里的菜花，不是这样燃烧着的？所有的菜花，仿佛都长了这样的一颗心，热情的，率真的。一朝绽开，满腔的爱，都燃成艳丽。有坡的地方，是满坡菜花；有田的地方，是满田的菜花。整个世界，亲切成一家。

我是菜花地里长大的孩子。故乡的菜花，成波成浪成海洋。那个时候，房是荡在菜花上的。仿佛听到哪里噼啪作响，花就一田一田开了。大人们是不把菜花当花的，他们走过菜花地，面容平静。倒是我们小孩子，看见菜花开，疯了般地抛洒快乐。没有一个乡下的女孩子，发里面没有戴过菜花。我们甚至为戴菜花，编了歌谣唱：“清明不戴菜花，死了变黄瓜。”现在想想，这歌谣唱得实在毫无道理，菜花与黄瓜，哪跟哪呀。可那时唱得快乐啊，蹦蹦跳跳着，死亡是件遥远而模糊的事，没有悲伤。一朵一朵的菜花，被我们簪进发里面，黄艳艳地开在头上。

也去扫坟。那是太婆的坟，坟被菜花围着，是黄波涛里荡起的一斗笠。想太婆日日枕着菜花睡，太婆是幸福的吧。感觉里，不害怕。

这个时候，照相师傅背着照相器材下乡来了。他走到哪个村子，哪个村子就过节般地热闹。女人们的好衣服都被翻出来了，穿戴一新地等着照相。背景是天然的一片菜花黄，衬得粗眉粗眼的女人们，一个个娇媚起来。男人看女人的目光，就多了很多温热。我祖母是不肯我们多多拍照的，说那东西吸血呢。但她自己却忍不住也拍了一张，端坐在菜花旁，脸笑得像朵怒放的菜花。

读过一首写菜花的诗，极有趣："儿童急走追黄蝶，飞入菜花无处寻。"诗里，调皮的孩子，追逐着一只飞舞的蝴蝶。蝶儿被追进菜花丛，留下孩子，盯着满地的菜花寻找，哪一朵菜花是那只蝶呢?

张爱玲的外国女友炎樱，曾说过一句充满灵性的话："每一个蝴蝶，都是从前的一朵花的鬼魂，回来寻找它自己。"若果真如此，满世界的菜花，该变成多少的蝶？这实在是件美极的事。

菜花开得最好的时候，我选了一个大晴天，和那人一起去乡下看菜花。一路观着菜花去，一路看着菜花回，心情好得跟菜花似的，幸福地燃烧。这个时候想的是，就算生命现在终止，我们也没有遗憾了，因为我们深深爱过，那一地的菜花黄。

佳句精选

◇◇ 所有的菜花，仿佛都长了这样的一颗心，热情的，率真的。一朝绽开，满腔的爱，都燃成艳丽。有坡的地方，是满坡菜花；有田的地方，是满田的菜花。整个世界，亲切成一家。

◇◇ 故乡的菜花，成波成浪成海洋。那个时候，房是荡在菜花上的。仿佛听到哪里噼啪作响，花就一田一田开了。

◇◇ 也去扫坟。那是太婆的坟，坟被菜花围着，是黄波涛里荡起的一斗笠。想太婆日日枕着菜花睡，太婆是幸福的吧。感觉里，不害怕。

◇◇ 菜花开得最好的时候，我选了一个大晴天，和那人一起去乡下看菜花。一路观着菜花去，一路看着菜花回，心情好得跟菜花似的，幸福地燃烧。

草世界，花菩提

初识它，是在一册诗书里。

原是坊间小曲，被人吟唱。后被文人推崇，成词牌名，按韵填词，名扬天下。从远唐，一路逶迤而来，一唱三叹，缠绵旖旎。

我仿佛瞥见，大幅的屏风，上面栖息着大朵的花，牡丹，或是芍药。屏风后，美人如水，怀抱琵琶，浅吟低唱着——虞美人。她葱白的手指，轻拢慢捻，一曲更一曲。

月升了，夕阳斜了，美人的发，渐渐白了。

女人的年华，原是经不起寂寞弹唱的，弹着弹着，也便老了。

后来，我识得一种花，叶普通，茎普通，花却浓烈得让人惊异。血红，红得似天边燃烧的霞。单瓣，薄薄的，如绫如绸。它们在一条公路边盛开，万众一心。公路边还长了低矮的冬青树，里面夹杂着几株狗尾巴草。让人一喜，分明就是曾经的熟识啊！

我停在那儿，等车。车迟迟不来。

那是异乡。我因了几株狗尾巴草，不觉异乡的陌生与疏离；又因了一朵一朵殷红的花，不觉等待的焦急与漫长。

我的眼光，久久停在那些殷红上，它们腰身纤细，脸庞秀丽，薄薄的花瓣，仿佛无法承载内心的情感，无风亦战栗。很像古时女子，羞涩见人，莲步轻移。

寻问一当地路人："请问，这是什么花？"路人瞥一眼，说："虞美人啊。"许是见多了这样的花，他不觉惊异，回答完我的话，继续走他的路。

他完全不知，他的一句"虞美人啊"，在我心中，激起怎样的狂澜！

看着眼前的花，想着它的名，远古的曲子，不由分说地，在我耳畔轻轻弹响：是李后主的"春花秋月何时了，往事知多少"；是周邦彦的"柳花吹雪燕飞忙。生怕扁舟归去、断人肠"；是苏东坡的"夜阑风静欲归时，惟有一江明月碧琉璃"；是纳兰性德的"残灯风灭炉烟冷，相伴唯孤影"。

人生最难消受的，是别离。是虞姬且歌且舞，泣别项羽。这个楚霸王最爱的女人，当年风光时，她与他，应是人成对，影成双。垓下一战，楚霸王大势尽去，弱女子失去保护她的翼。男人的成败，在很多时候，左右着女人的命运。她拔剑一刎，都说为痴情。其实，有什么退路呢？她只能，也只能，以命相送。传说，她身下的血，开成花，花艳如血。人们唤它，虞美人。

真实的情形却是另一番的，此花原不过田间杂草，野蒿子一样的，贱生贱长，不为人注目。然它，不甘沉沦，明明是草的命，却做着花的梦。不舍不弃，默默积蓄，终于于某天，疼痛绽放。红的，白的，粉的，铺成一片。瓣瓣艳丽，如云锦落凡尘。人们的惊异可想而知，它不再被当作杂草，而是被当作花，请进了花圃里。有人叫它丽春花。有人叫它锦被花。还有人亲切地称它，蝴蝶满园春——春天，竟离不开它了。

生命的高贵与卑微，本是相对的。纵使不幸卑微成一株杂草，通过自己的努力，也可以让命运改道，活出另一番景象。

佳句精选

◇◇ 月升了，夕阳斜了，美人的发，渐渐白了。

◇◇ 女人的年华，原是经不起寂寞弹唱的，弹着弹着，也便老了。

◇◇ 生命的高贵与卑微，本是相对的。纵使不幸卑微成一株杂草，通过自己的努力，也可以让命运改道，活出另一番景象。

满架蔷薇 一院香

迷恋蔷薇，是从迷恋它的名字开始的。

乡野里多花，从春到秋，烂漫地开。很多是没有名的，乡人们统称它们为野花。蔷薇却不同，它有很好听的名字，祖母叫它野蔷薇。野蔷薇呀，祖母瞟一眼花，语调轻轻柔柔。臂弯处挎着的篮子里，有青草绿意荡漾。

野蔷薇一丛一丛，长在沟渠旁。花细白，极香，香里，又溢着甜，是蜂蜜的味道。茎却多刺，是不可侵犯的尖锐。人从它旁边过，极易被它的刺划伤肌肤。我却顾不得这些，常忍了被刺伤的痛，攀了花枝带回家，放到喝水的杯里养着。

一屋的香铺开来，款款地。人在屋子里走，一呼一吸间，都缠绕了花香。年少的时光，就这样被浸得香香的。成年后，我偶在一行文字里，看到这样一句："吸进的是鲜花，吐出的是芬芳。"心念一转，原来，一呼一吸是这么地好，活着是这么地好，我不由得想起遥远的野蔷薇，想念它们长在沟渠旁的模样。

后来我读《红楼梦》，最不能忘一个片段，是一个叫龄官的丫头，于五月的蔷薇花架下，一遍一遍用金簪在地上画"蔷"字。在那里，爱情是一簇蔷薇花开，却藏了刺。但有谁会介意那些刺呢？血痕里，有向往的天长地久。想来世间的爱情，大抵都要如此披荆斩棘。甜蜜的花，是诱惑人心的狐。为了它，可以没有日月轮转，可以没有天地万物。就像那个龄官，雨淋透了纱衣也不自知。

对龄官，我始终怀了怜惜。女孩过分地痴，一般难成善果。这是尘世的无情。然又有它的好，它是枝头一朵蔷薇，在风里兀自妖娆。滚滚红尘里，能有这般爱的执着，是幸运，它让人的心，在静夜里，会暖一下，再暖一下。

唐人高骈有首写蔷薇的诗，我极喜欢：

绿树阴浓夏日长，楼台倒影入池塘。

水晶帘动微风起，满架蔷薇一院香。

天热起来了，风吹帘动，一切昏昏欲睡。却有满架的蔷薇，独自欢笑，眉眼里，流转着无限风情。哪里经得起风吹啊？轻轻一吹，散开的，是香。再轻轻一流转，散开的，还是香。一院的香。

我居住的小城，蔷薇花多。午后时分，路上行人稀少，空气都是懒懒的。蔷薇从一堵墙内探出身子来，柔软的枝条上，缀满一朵一朵细小的花。花粉红，细皮嫩肉的样子。此时此刻，花开着，太阳好着，人安康着，心里有安然的满足。

佳句精选

◇◇ 野蔷薇一丛一丛，长在沟渠旁。花细白，极香，香里，又溢着甜，是蜂蜜的味道。

◇◇ 一屋的香铺开来，款款地。人在屋子里走，一呼一吸间，都缠绕了花香。年少的时光，就这样被浸得香香的。

◇◇ 想来世间的爱情，大抵都要如此披荆斩棘。甜蜜的花，是诱惑人心的狐。为了它，可以没有日月轮转，可以没有天地万物。

◇◇ 哪里经得起风吹啊？轻轻一吹，散开的，是香。再轻轻一流转，散开的，还是香。一院的香。

◇◇ 午后时分，路上行人稀少，空气都是懒懒的。蔷薇从一堵墙内探出身子来，柔软的枝条上，缀满一朵一朵细小的花。花粉红，细皮嫩肉的样子。

栀子同心 好赠人

在同事的办公桌上，发现花一朵，确切地说，是花骨朵儿一枚。惊喜地问，这不是栀子花吗？

——当然是栀子花。虽还是花骨朵儿，那香气，已染得满指皆是。同事慷慨地说，送你吧，回去养水里，慢慢开，连水都是香的。

还有叶也是香的，茎也是香的，骨头也是香的——整个的魂，都是香的。

这就是栀子花，香不惊人死不休。整个一浓妆艳抹的女子，风情都浸到骨子里了。却不惹人轻视，大俗即大雅。只是能把大俗变成大雅的，不是人人都能做到。对花来说，亦如是。

这是栀子花的本事。乡下老太太，对别的花花草草们，都熟视无睹着，唯独对栀子花，却表现出小女孩的惊喜来，哎哟，是栀子花呀。她们把它别在衣襟上，戴在发间，欢喜着，珍爱着，走远了的一颗少女心，又回转了来。看到的人会发出会心的一笑，没有人对此评头论足，大家都纵容着对栀子花的这份喜爱。

亲眼见过一老太太交代后事。其时她已病入膏肓，气息奄奄。她家院子内的栀子花，却开得蓬蓬勃勃，浓香扑鼻。她再三对守在身边的女儿说，她走的时候，一定要帮她把头发梳直了，要戴那顶红帽子，要记得摘几朵栀子花放她身边——人生走到尽头，不肯丢下的，还是体面和尊严。这体面和尊严，是世间最生动的美。

而栀子花无疑是美的。

一首歌里唱，栀子花，白花瓣。只这一句，它的清丽，已呼之欲出。而早在唐朝，就有个叫王建的诗人，把栀子花的美，写得入骨三分，“妇姑相唤浴蚕去，闲看中庭栀子花”。瞧瞧，庭院里的一棵栀子开花了，害得忙着去采桑浴蚕的姑嫂，一时间竟忘了要去做的事了，止住了匆忙的脚步。她们是先闻见栀子花的香的吧，如同打翻了香料瓶，洒得满庭院皆是。咦，是栀子花开了么？她们且惊且喜道。该是活泼的小姑子眼睛尖，在那肥绿的叶间，先发现了像一朵白云似的花朵，她忍不住一声惊叫，呀，真的是栀子花开了呀。立刻引得嫂子伸长了脖颈来看。白日头长长的，风吹得人发软。花与人，就那么相看两不厌。

这是俗世里的小温情。它给辛苦忙碌的心，抹上了一抹浓香，如嘉奖。寻常的人生，因此活出了欢喜，活出了滋味。

还是唐朝人，韩翃对栀子花，有着另一番深情，“葛花满把能消酒，栀子同心好赠人”。男人相聚的最高境界是，有酒有诗，还要有花。葛花用来消酒，千杯不醉。栀子用来赏心悦目，馈赠知音。有说栀子花又叫同心花的。真是爱极这同心一说，它让送的人欢喜，收下的人亦欢喜。

宋词里有“与我同心栀子，报君百结丁香”之句，动了情的男女，拿花来表情达意，你若送我栀子，我必报君丁香。这里的栀子，与爱情挂上了钩。爱情浓艳若此，怎不叫人迷醉？

佳句精选

◇◇ 这就是栀子花，香不惊人死不休。整个一浓妆艳抹的女子，风情都浸到骨子里了。却不惹人轻视，大俗即大雅。

◇◇ 人生走到尽头，不肯丢下的，还是体面和尊严。这体面和尊严，是世间最生动的美。

◇◇ 白日头长长的，风吹得人发软。花与人，就那么相看两不厌。

◇◇ 这是俗世里的小温情。它给辛苦忙碌的心，抹上了一抹浓香，如嘉奖。寻常的人生，因此活出了欢喜，活出了滋味。

两朵栀子花

书房内放有两朵栀子花，是前晚在外吃饭时一朋友送的。朋友先送我一朵，吃完饭，又从上衣口袋里小心地掏出一朵来，笨拙地，像护着一只小小的蝶。我极感动，一个大男人，把花藏在口袋里。这样的细节，特动人，顶得上千言万语。又，能让一个男人，以如此喜爱的方式藏在口袋里的，大概只有栀子花了。

我对栀子花怀有特殊的感情，这种感情缘于我的乡下生活。我童年最香的记忆，是有关栀子花的。那时，乡下人家的院子里都栽有一小棵栀子树的，也无须特别管理，只要一抔泥土，就长得枝叶葱茏的了。

一进六月，满树馥郁，像打翻了香料瓶子似的，整个村庄都染了香了。一朵一朵的栀子花，歇在树上，藏在叶间，像刚出窝的洁白的小鸽子，暗香浮动。女孩子们可喜欢了，衣上别着，发上戴着，跑哪里，都一身的花香。虽还是粗衣破衫地穿着，但因了那一袭花香，再平常的样子，也变得柔媚千转。

我家院子里也长有一棵，每到栀子花开的时节，我和姐姐，除了在衣上别着，发上戴着，还把它藏袖子里，挂蚊帐里，放书包里。甚至，把家里小猫尾巴上也给系上一朵。那些栀子花开的日子，快乐也如一树的香花开。

早些天，在菜市场门口，我就望见了栀子花的。一朵一朵，栖落在篾篮里，如白蝶。旁边一老妇人守着，在剥黄豆荚。老妇人并不叫卖，栀子花独特的香气，自会把人的眼光招了去。就有脚步循了花香犹疑，复而是低低的一声惊呼，呀，栀子花呀。声音里透出的，全是惊喜。买菜找零的钱，正愁没处放，放到老妇人手上，拣上几朵栀子花，香香地招摇。

我也在篾篮前止了步，看篮子里的花朵，那些小白蝶一样的花朵，我真想它们都能有双翅膀。老妇人抬头看我一眼，笑道，这是栀子花呢。我点头，没有告诉她，这是我记忆里的花啊。那天，我没买花，我想着它们能飞翔的事。它们从我的从前，飞到现在，还会飞到未来去。

现在，朋友送的两朵栀子花在书房，伴我已有两天了，原先凝脂样的白，已渐渐染了淡黄，继而深黄，继而枯黄。但花香却一点没变，还是馥郁绕鼻，一推开书房门就能闻到。

这世上，大概没有一种花，能像栀子花一样，香得如此彻底了，纵使尸骨不存，那魂也还是香的，长留在你的记忆里。打电话回家，问母亲院子里的栀子树是否还在。母亲笑说，开一树的花了，全被些小丫头摘光了。眼前便晃过乡村的田野，晃过田野旁的小径，一群小丫头奔跑着，发上戴着洁白的栀子花，衣上别着洁白的栀子花，还在衣兜里装了吧？还在衣袖里藏了吧？

上网去，碰巧读到一解读花语的帖子，其中栀子花的花语挺有意思，那花语是：喜欢此花的你有感恩图报之心，以真诚待人，只要别人对你有少许和善，你便报以心的感激。

佳句精选

◇◇ 我极感动，一个大男人，把花藏在口袋里。这样的细节，特动人，顶得上千言万语。

◇◇ 一进六月，满树馥郁，像打翻了香料瓶子似的，整个村庄都染了香了。一朵一朵的栀子花，歇在树上，藏在叶间，像刚出窝的洁白的小鸽子，暗香浮动。

◇◇ 那些栀子花开的日子，快乐也如一树的香花开。

◇◇ 这世上，大概没有一种花，能像栀子花一样，香得如此彻底了，纵使尸骨不存，那魂也还是香的，长留在你的记忆里。

看荷

一到夏天，我就急不可耐吵那人，看荷去，看荷去。

公园里，原先有的。一方小水域里，植了百十株。每逢夏至，那片池，便成了荷的天下，碧绿的叶，红粉的花，舞尽风情。

后来，荷却不见了，连一片叶子也瞧不见了。原先长荷的地方，泊着孩子们玩的小汽艇。盛夏里走过那里，一池的水在寂静。我以为，它在怀念荷。

去别处看看吧。听人说，某单位有。大院子中央，水泥浇筑的小池子里，栽了十来株，花开也婷婷。寻去，极负责的门卫阻拦，看着我问："干什么呢？"我语急，慌不择词："找人。"

“找谁？”他不依不饶。

答不出，只好实话实说：“我想进去看荷。”

“看荷？”门卫狐疑地打量我，他肯定从没遇到过，以这样的理由，堂而皇之想进他们单位的。他没有放行。

我从铁栅栏外，遥瞥见一抹红，我猜，是荷吧。心里念着，荷，我来看过你了。想起画家张大千的话来：“赏荷，画荷，一辈子都不会厌倦！”荷担当得起这样的喜欢。

那人驱车带我去邻近的兴化市，我终得以与荷重逢。公路两侧，乡野广阔，小小的水塘，大大的水塘，里面散落荷无数。雨后清凉，花打落不少，却有圆圆的叶，很随意地铺在水面上。每片叶上，都汪着一捧的晶莹，是一颗大大的心。诗人杨万里形容得好：“却是池荷跳雨，散了真珠还聚。聚作水银窝，泻清波。”果真的泻清波啊！

附近劳作的农人，伸手遥指远处一丛芦苇，笑着告诉我们：“那后面还有更多的藕呢，藕花开得也多。”他不说荷，他说藕，这等叫法，有骨子里的亲近。他才是真正亲荷的人。

农人慷慨地要借了小船给我们，让我们划过去看。我们谢绝了他的好意。还是不打扰荷的清静吧，就这样站在水塘边，看着也好。天空高远，大地澄清，荷们独自舞蹈。花多以白色为主，凝脂一般的。间或有一点两点的红，俏立在青绿细高的茎上，红唇微启，是花骨朵儿。最有看头的，还数那些圆润的荷叶，它们是水面上盛开的绿的花朵。

问农人："每年都长吗？"农人答："每年都长呢，我们这里水多，盛产藕。"听了，由衷高兴，这是荷的幸运，也是农人的幸运。如此，年年相会。

想起我在念中学的时候，有女同学家在小镇附近，家里种了成亩成亩的荷。她是这样相邀的，去我家吃藕啊。花开时节，站她家田埂旁，张眼望去，满田碧绿的底子上，跳出一朵一朵的雪白和粉红，美得惊天动地。她不在意，她的父母不在意，他们采藕，清炒了吃，煨了汤吃，包了饼子吃。甚至，生吃。清水里洗一下，拿刀刮刮，一口咬下去，脆香。那里面附着荷花的魂呢。

好多年了，那个女生的姓名，我早已忘了。可是她的样子，却清晰地记得：胖胖的，有着藕一样雪白的肌肤。她的身后，荷花遍地。

佳句精选

◇◇ 雨后清凉，花打落不少，却有圆圆的叶，很随意地铺在水面上。每片叶上，都汪着一捧的晶莹，是一颗大大的心。

◇◇ 花多以白色为主，凝脂一般的。间或有一点两点的红，俏立在青绿细高的茎上，红唇微启，是花骨朵儿。最有看头的，还数那些圆润的荷叶，它们是水面上盛开的绿的花朵。

◇◇ 花开时节，站她家田埂旁，张眼望去，满田碧绿的底子上，跳出一朵一朵的雪白和粉红，美得惊天动地。

◇◇ 清水里洗一下，拿刀刮刮，一口咬下去，脆香。那里面附着荷花的魂呢。

大丽花

大丽花是祖父种的。

据说祖父年轻时是个好玩的角色，听戏，扎风筝，侍弄花草……等我有了记忆，祖父已是祖父了——一个严肃的小老头儿。世事历尽沧桑，曾经的繁华和热闹，已成了他偶尔眯起眼睛时，打的一个盹了。他种的花花草草，也只剩下大丽花。

大丽花是长在屋檐下的，大门的两侧，左边一丛，右边一丛。花开的时候，人从大门口进进出出，就在大丽花的左环右抱之中了。玫瑰红的一朵朵，深深浅浅。映衬得我们的粗布衣衫，也有了别样的动人。

那花，不香，但极艳丽，硕大。花开得最好的时候，有碗口那么大。小而扁圆的花瓣儿，重重叠叠，吐出一层是艳丽，再来一层，还是艳丽。如年华正好的女子，随意一个眼波流转，都堪称惊艳。

祖母叫不出来大丽花的名，老是把它唤成大米花。这叫法实在有趣，让人暖暖地想，是一粒大米掉在地上开了花呀。表情严肃的祖父，听祖母如是叫，会笑呵呵地说她，真笨。祖母回他，你才笨。这是记忆里，他们最具温情的对话。

村人们也喜欢这么叫，大米花大米花的，仿佛唤自家女儿。他们走过我家门口，看到那艳艳的一朵朵花，会情不自禁对我祖父说一声："四爹，你家的大米花，开得真好看呀。"祖父的脸，便大丽花一样盛开了，开心地看上花两眼，然后背着手在门口转悠，很自得的样子。

也难怪祖父会得意了，村里其他人家都没有大丽花，单单我家有。我家因有了大丽花，便显出有点与众不同来。村里的女孩子们，都爱在我家门口转，为的是得到一朵两朵的大丽花。她们把花戴到发梢上，美滋滋地迎着风跑。

一天，一个收破烂的从我家门口过，四五十岁的大男人，竟目不转睛盯着我家门口的大丽花看半天，而后叹一声，多好看哪。祖母是个心肠特别好的人，见人家如此喜欢，就掐一朵送过去。那男人高兴地接了，把它插在车把上，红艳艳的一大朵大丽花，就开在男人的车把上了。男人骑着车，继续去收他的破烂，却与先前有些不一样了，笑是荡在眉间的，一朵花在风中开着，惹得看见的人，也不由自主跟着笑。

我家的大丽花，后来因房子拆迁，消失了。

某天，我翻找一份资料，竟看到久违的大丽花，红红白白地，开在一幅图片上。旁有文字介绍，说大丽花又称“大理菊”，原产墨西哥，有各种花色。白的大丽花我没见过，我固执地以为，玫瑰红的那一朵朵，才是最最美丽的。就像风中车把上开着的那一朵，一直灿烂在我童年的记忆里。

佳句精选

◇◇ 花开的时候，人从人门口进进出出，就在大丽花的左环右抱之中了。玫瑰红的一朵朵，深深浅浅。映衬得我们的粗布衣衫，也有了别样的动人。

◇◇ 花开得最好的时候，有碗口那么大。小而扁圆的花瓣儿，重重叠叠，吐出一层是艳丽，再来一层，还是艳丽。如年华正好的女子，随意一个眼波流转，都堪称惊艳。

◇◇ 祖母叫不出来大丽花的名，老是把它唤成大米花。这叫法实在有趣，让人暖暖地想，是一粒大米掉在地上开了花呀。

◇◇ 男人骑着车，继续去收他的破烂，却与先前有些不一样了，笑是荡在眉间的，一朵花在风中开着，惹得看见的人，也不由自主跟着笑。

一似美人春睡起

喜欢美人蕉这花名。花用美人命名，暗地里便生了软香。读过一首写美人蕉的诗：“芭蕉叶叶扬瑶空，丹萼高攀映日红。一似美人春睡起，绛唇翠袖舞东风。”端的是翠袖红装，极尽妩媚。

花却不似美人般娇贵，它随处可以长，极具大众化。

那年去珠海，满城都是美人蕉。后来我坐车去荒郊野外，见得最多的，也是美人蕉。在路旁，在野地里，不管不顾地盛开着，大把大把地艳着。

归来时，路过韶关，去看在那里定居的伯伯一家。伯伯早些年也在我们苏北乡下住，生有一儿，即我的堂哥。堂哥成年后，做乡村代课教师，娶妻生子。以为这样的美满会终老，但堂哥和堂嫂在婚姻里有了诸多不合，堂嫂爱上了别人。这对一个男人来说，是极具羞辱性的。堂哥一气之下，远离家乡外出求学，辗转到广东。其间，他睡过码头、桥洞，去工地上扛过水泥包。

那时，堂哥写信回家，伯伯每读一回，都要哭一回。后来，堂哥考上大学，学成归来，四里八乡都震动了。但堂嫂还是不待见他，带了孩子，跟了她喜欢的人去。从此，家乡对于堂哥来说，是块伤心地，却还要魂牵梦萦地想。遇到家乡人去，必问家里情况。问及他的孩子，留下话来，随孩子的愿，等孩子成年了，如果想来认他这个父亲，他随时敞着门的。这话听来让人唏嘘，人世间，就有这样的不完满，谁能说得清？

伯伯年纪一年大似一年，被堂哥接到韶关去，扔了家里的四合院。看到我，伯伯欢喜得围着我转，这人那人的，凡他熟悉的，都问了个遍。末了，叹息一句：“院子里的草，怕是长很高了，屋后的美人蕉，怕是也开花了。”

堂哥家的阳台上，摆满美人蕉，一盆一盆的，花开得艳艳的，有红有黄，热闹得有些寂寞。我不知怎么安慰伯伯，就跳过去看花，我说这美人蕉，开得可真漂亮啊。

我回家时，伯伯用报纸包了一团东西，塞到我的箱子里。我问：“什么呀？”伯伯孩子气的狡黠，说：“现在不许看，回家看，包你喜欢。”他送我到门外，抬袖抹泪，说：“再来啊，再来啊。”

一天一夜的火车，我到家，展开包着的报纸，竟是一株开得好好的美人蕉。

佳句精选

◇◇ 喜欢美人蕉这花名。花用美人命名，暗地里便生了软香。

◇◇ 后来我坐车去荒郊野外，见得最多的，也是美人蕉。在路旁，在野地里，不管不顾地盛开着，大把大把地艳着。

◇◇ 堂哥家的阳台上，摆满美人蕉，一盆一盆的，花开得艳艳的，有红有黄，热闹得有些寂寞。

月季

花里面，月季的名字，是比较土的一个。它的花期极长，除了隆冬，几乎月月开花，季季芳香，干脆就叫了月季。这好比乡下人家，生的孩子多，丝瓜藤上结着的丝瓜般的，一个挨一个，也就不那么“重视”了。孩子哇哇啼哭着出来，又是一丫头片子。做娘的虚弱地说：“给娃儿取个名吧。”做爹的瞟一眼，顺嘴丢出个名儿来，就叫小草吧。叫菊花吧。叫叶子吧。

命贱吧？是的，有点。家徒四壁，从小缺衣少食，泥地里滚着爬着，被风吹着揉着，被太阳烤着晒着，皮肤粗糙黝黑。可是，却特别皮实，连小感冒小头疼也极少。这样的孩子，容易成长，且长大后，经得起岁月磨难，纵使遇到再大的坎，她也能咬咬牙跨过去，心怀感恩，尽力吐露出生命的芬芳。

月季如人，也是这般地命贱，却顽强。那时，放学的路上，要经过一苗圃，里面长满花草。常有花探出墙头，逗引着我，冲我妖娆地笑。于是有那么一天，我趁人不备，很不女生地翻越墙头，爬过围墙去。好大的地方啊，足足有好儿亩地。叫不出名字的花真多，但一眼认得月季的，颜色极是出色，单单红色，就有若干种：大红，粉红，橘红，绛红，玫瑰红……我很奢侈地左挑右选，俨然花的主人。我最后挑了一棵粉红的，挑了一棵鹅黄的，连根拔起，塞书包里带回家去。花枝上多刺，刺大且硬，我的手，被刺破好几处，当时是顾不得的。

到家的第一件事，就是整地，挖坑，栽花。地是不紧张的，屋门口随便挑块空地儿就成。我挑了正对着大门的那块，拔掉里面长得好好的两棵茄子。祖父在一边看见了，说：“春天栽花才能活的。”我不信，我说秋天也能活的。

月季栽好，才觉出手疼，疼得钻心。晚上母亲回家，拿缝衣针，就着煤油灯，从我手指上挑去三四根刺。母亲边挑边责骂：“怎么这么野，丫头没个丫头样子。”母亲也心疼被我拔掉的茄子。我抿着嘴笑，不回嘴。我想着门前的灿烂，偷乐，啊，一棵粉红，一棵鹅黄，真开心哪。

月季却萎了，好像很不满意我替它挪了地方。有大人给我出主意，说用河里的淤泥护着它，它就能成活。我赶紧跑去河里，挖了满满一脸盆河泥。隔天看它，它竟活过来了，花朵儿开得喜盈盈的。就这样，它在我家屋前定居下来，边开边谢，边谢边开。我看着月季，渐渐长大。后来，我离开故土，在异地他乡安营扎寨，从此，故乡隔得远远的，月季还待在老地方。月季还是月季，一年又一年。

回老家，父亲或母亲，总要指着门前的月季对我说："看，你小时栽的月季。" 这是我和父母间保留的对话。我鼻子就有些酸酸了，我说："它咋还开这么多花呢。"

它的花，一点儿不见老，还是一团粉红，一团鹅黄，豆蔻年华。

佳句精选

◇◇ 那时，放学的路上，要经过一苗圃，里面长满花草。常有花探出墙头，逗引着我，冲我妖娆地笑。

◇◇ 后来，我离开故土，在异地他乡安营扎寨，从此，故乡隔得远远的，月季还待在老地方。月季还是月季，一年又一年。

◇◇ 它的花，一点儿不见老，还是一团粉红，一团鹅黄，豆蔻年华。

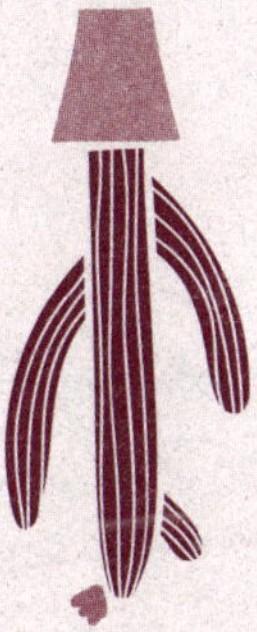

但愿这世上的
每一个生命，
都能做着它自己。

花向美人头上开

有木名凌霄

我对凌霄花最初的印象并不好，是因为女诗人舒婷的诗句：“我如果爱你，绝不像攀援的凌霄花，借你的高枝炫耀自己。”诗里的凌霄花，既虚荣又自私，不讨人喜。虽然彼时，我连凌霄花的面都没见过，完全的道听途说。

这让我想起一段往事来。那时，我新婚不久，搬到那人单位的宿舍住。单位小，不过七八个人，关起大院，就是一家子。那人的领导，其时已年近五十，爱人在另一个镇，一直分居两地。一天，领导突然宣布，他爱人要调过来了。这在单位里引起“恐慌”，大家纷纷传言，说那女人的厉害——管男人厉害，与人相处厉害，总之是很厉害的。搞得我的心七上八下，如此一个“母老虎”做邻居，哪有安宁的日子好过？

她到底来了，高高胖胖的。因我们先入为主了，她虽长得平和，在我们的眼里，也是一副凶相。听她说话和做事，也都好像透着盛气凌人的架势。故我们远远避着她，她来了半个多月，我跟她的对话，绝对不会超过十句。某天，下雨，我晚归，记起晒在院门前的被子，心里懊恼着，一定被雨淋透了。我跑到院门口，碰到她，她轻描淡写对我说：“别跑，我帮你把被子收回家了。”

后来，我有了小孩，小孩常蹒跚着去敲她家的门。她总是翻找出好吃的好玩的给小孩，逗引得孩子一看见她就欢叫奶奶。她原来，是个极和气的人。可见得，道听途说常是不可信的。

还是回到凌霄花上来吧。第一次真正遇见它，是在我所在的中学校园里。那天天暗得很，一场大雨欲来的样子，我在不常去的一间教室里监考。偶尔往窗外一探头，看到教室后有一树的橙红，花惊天动地开着，像燃烧着的灯笼似的，把我的眼睛，连同灰暗的天，照得明艳无比。心里疑惑着：“这什么花呢？”监考完了，我立马跑过去，同事告诉我：“凌霄花啊。”

当下愣在那树花下，原来，凌霄花是这么地卓尔不群！它们一朵一朵，亲密无间地搂抱在一起，无芥无蒂，光华灿烂，把一棵普通的榆树，打扮得如同出嫁的新娘。它哪里是借高枝炫耀自己？它分明是毫无保留地，捧出一颗热诚的心，给天，给地，给你。——诗人的话，原也是不可信的。

渐渐地，见多了这样的花。我上班的路上，就有那么一大蓬，占据着人家院墙的大半壁江山。一到夏末，那橙红的花朵，就争先恐后地插满墙头，朵朵都跟火焰似的，燃啊燃啊，可以一直燃到深秋。秋风吹过了一场又一场，几乎扫遍了所有落叶，它的枝上，竟还有一朵两朵小花，在顽强地开着，橙红橙红的，火焰似的。

春天，别的植物都复苏了，欣欣向荣起来，它还在沉睡。白褐色的枝条裸露在春光里，让人疑心着它是不是死了。却于某天，惊异地发现，它裸露的枝条上，竟抽出若干细小的嫩叶子。心中的欢喜就那样荡开来，呆呆站着看许久，这才满意地走开。我知道，用不了多久，它就会绿叶满枝头。再不多久，它会打苞开花，又将是一墙头的笑盈盈。

佳句精选

◇◇ 它们一朵一朵，亲密无间地搂抱在一起，无芥无蒂，光华灿烂，把一棵普通的榆树，打扮得如同出嫁的新娘。它哪里是借高枝炫耀自己？它分明是毫无保留地，捧出一颗热诚的心，给天，给地，给你。

◇◇ 我上班的路上，就有那么一大蓬，占据着人家院墙的大半壁江山。一到夏末，那橙红的花朵，就争先恐后地插满墙头，朵朵都跟火焰似的，燃啊燃啊，可以一直燃到深秋。

◇◇ 我知道，用不了多久，它就会绿叶满枝头。再不多久，它会打苞开花，又将是一墙头的笑盈盈。

那些年，指甲花开

花店里有一种花，小小的一株，高不盈尺，装在小陶罐里。陶罐拙朴小巧。花也小巧，纤纤弱弱的，从密密的叶子下，探出一点红，和一点白来。像极害羞的小丫头。捧上一罐，爱不释手地探问，这什么花呀？卖花的女人微微一笑，这，指甲花呀，改良的指甲花呀。心当下一惊，仔细看去，看出似曾相识来，可不就是指甲花！

对这花太熟稔了，熟稔到几乎熟视无睹的地步。每年夏天，乡村人家的房前屋后，都是它，一大丛一大丛的。也没谁特意栽种过，它就那么姐妹众多。一场夏雨后，满场的姹紫嫣红，噼里啪啦燃开去的，都是它。红的，白的，紫的，黄的，极尽颜色。

像谁用蜡笔，一朵一朵给抹过。

做女孩子的，这个时候，最开心了。因为，又可以用它染指甲了。我们采了它的叶和茎，捣碎，掺上明矾，搁置小半天，就可以敷指甲了。一夜过后，指甲上准留下艳艳的红。由不得人不佩服，女孩子天生就有扮美的本领，即使在再贫瘠的荒芜里，她们也能无师自通，种植出美来。

是那样的夏夜，一大家子坐在家门口的场院上纳凉。风若有似无吹过，白天的暑热，渐渐消去，露珠悄悄降落，植物们的香气，浮游上来，是黄豆荚、南瓜、丝瓜、豇豆，还有玉米和水稻。虫子们大着胆子在鸣唱。天上的星星，密布得像撒落的米粒。我们掐一把黄豆叶，让祖母给包红指甲。祖母总是很有耐心，她把已搅拌好的指甲花，细细地覆盖到我们的指甲上，用黄豆叶包好，外面再用茅草扎紧了。我们戴着这样的“指甲套”，十指沉沉，不好受，却都能忍着。忍一忍，美就来了——那时我们就懂得。

女孩子们聚一起，免不了要比一比谁的手指甲染得更红艳。黄昏下，我们割完满满一篮子猪草，坐在沟渠边说话，把染了红指甲的手，放到水里。红指甲在水里显得分外妖娆，我们轻轻摆动手指头，一沟的水，便都妖娆地晃动起来。我们的心，也跟着妖娆起来。

我也曾把一朵一朵的指甲花，摘下来，用针线细细穿成花环，戴头上，戴脖子上，在乡间土路上艳艳地招摇。就有乡人停了锄望着我笑，笑容也如指甲花般的，很明艳。呀，这小丫头，是个人精，不知谁突然笑说。引起一阵和善的附和。当时，我虽不知道人精是什么，但隐约知道那是一句夸奖的话，小小的心立即飞扬起来。

很多年过去了，我忘了很多的人，很多的事，但乡人笑吟吟的那一句“这小丫头，是个人精”的话，我却一直记得。每每想起，就莞尔不已。

佳句精选

◇◇ 一场夏雨后，满场的姹紫嫣红，噼里啪啦燃开去的，都是它。红的，白的，紫的，黄的，极尽颜色。像谁用蜡笔，一朵一朵给抹过。

◇◇ 女孩子天生就有扮美的本领，即使在再贫瘠的荒芜里，她们也能无师自通，种植出美来。

◇◇ 天上的星星，密布得像撒落的米粒。

◇◇ 红指甲在水里显得分外妖娆，我们轻轻摆动手指头，一沟的水，便都妖娆地晃动起来。我们的心，也跟着妖娆起来。

花向美人头上开

炎夏里，买一盆茉莉花放家里，最是合宜。

装它的盆子不必讲究，瓦盆子可以，泥盆子亦可以。纤细的茎上，缀着花骨朵儿几粒。小，小得如同绿豆一般。却不容你忽视，一经打开，瓣瓣莹白得晃眼，味道又香又甜，醇厚浓郁。仿佛它的那颗小心脏，是用香料做的。也总是这朵开了，那朵又冒出来，经久不息。

暑热里，你归家，才打开家门，一股子的香，就亲亲热热地跑来迎你，带着清凉甜蜜的气息，你满身的燥热，就那样散去。你不由得微笑起来，要感激，要热爱。家里搁着一盆茉莉花，你觉得这燠热难耐的夏天，也有了它的迷人处。

年迈的婆婆给茉莉花浇水。她打量着花，轻轻问你：“这什么花呀，这么小，却这么香。”

你认认真真告诉她：“这是茉莉花啊。”

她“哦”一声，是茉莉花呀。第二天，她给花浇水的时候，又轻轻问你：“这什么花呀，这么小，却这么香。”你还是认认真真地告诉她：“这是茉莉花啊。”

年老的人，记性不好了，在一盆花上纠缠。你愿意她如此纠缠下去，愿意十次百次地回答她：“这是茉莉花啊。”缘分，把两个原本不相干的人，聚拢到一个屋檐下，一日一日，气息相融，滋养出生命中割舍不了的情分。

国人喜茉莉花，源远流长。早在晋代，就有“倚枕斜簪茉莉花”的风尚。到了唐宋时期，更是有过之而无不及。在长安大街上走着，冷不丁的，就能撞到一个头上簪满茉莉花的女人，她袭一身香气款款而行，让酷热的夏天，透出一丝清凉来。——“荔枝乡里玲珑雪，来助长安一夏凉”，说的就是这样的事。宋代诗人江奎，对茉莉花也是青睐有加的，他曾写诗夸道：“虽无艳态惊群目，幸有浓香压九秋。应是仙娥宴归去，醉来掉下玉搔头。”小小的茉莉花，虽貌不惊艳，可人家出生不凡哪，它原是仙姑簪在头上的呀，怨不得它会那么香。

到了明代，人们不单单争相种植茉莉花，还把它编了小调唱：“好一朵茉莉花，好一朵茉莉花，满园的花草香也香不过它。”从南京唱响的这曲《鲜花调》，六百多年后，成了闻名遐迩的江南民歌《茉莉花》。

清人王士禄的茉莉花，则透着凡尘俗世的恩爱欢喜：“冰雪为容玉作胎，柔情合傍琐窗隈。香从清梦回时觉，花向美人头上开。”一觉梦醒，香气绕鼻，恍惚中不知身在何处。睁眼四顾，原来，一旁的美人头上，簪了几朵茉莉花。花衬美人，美人衬花，还有比这更相宜的么！

梅雨过后，小城的路边，卖茉莉花的渐渐多起来，隔老远就能闻见它的香。有小女孩牵了妈妈的手，走到茉莉花跟前，蹲下来细看，她问妈妈：“这什么花呀？”妈妈答：“这是茉莉花呀。”小女孩凑近了闻，突然发现什么似的惊叫起来：“妈妈，好香啊，它的味道，像茉莉花茶。”

我在一旁听得哑然失笑，却又不由得有些感动，孩子的本心真是简单纯良得很，茉莉花自然是香得很像茉莉花茶的，不然还能像什么呢？

但愿这世上的每一个生命，都能做着它自己。

佳句精选

◇◇ 仿佛它的那颗小心脏，是用香料做的。也总是这朵开了，那朵又冒出来，经久不息。

◇◇ 缘分，把两个原本不相干的人，聚拢到一个屋檐下，一日一日，气息相融，滋养出生命中割舍不了的情分。

◇◇ 但愿这世上的每一个生命，都能做着它自己。

天香云外飘

校园里植了几棵桂花树，不蓊郁，亦不高大，姿色平平得很，平常日子里，人都不以为意。然一俟进入秋天，树下便常有女孩子围着打转——她们在寻花呢。

我远远看着笑，心里说：“傻孩子，桂花哪里要寻，它若盛开，定会追了你纠缠不休。”

真真是纠缠不休啊。某天，鼻子里先是钻进一丝香，一丝甜，香得很桂花，甜得很桂花。正惊疑不定呢，那香，那甜，突然汹涌起来，奔腾起来，一浪一浪涌过来，把鼻子填满。又从鼻孔里钻进嘴里，钻进心里，霸道地攻城略地，所向披靡。

明知是它，还是要向人求证：“是桂花开了吗？”“可不是，桂花开了。”答的人，也是满心欢喜的——又是一年喜相逢。眼睛四下寻望，脚步却立定未动。对它，根本无须探寻来处，总是一家开花百家香的。你只管张开鼻翼，饱吸。

吸是吸不尽的。哪里能吸得尽呢？清晨，露重，露是它的味道。傍晚，风起，风是它的味道。阳光遍洒，阳光也是它的味道。若是逢上下雨，更是不得了了，每一滴雨里，都浸着它的香它的甜。

这个时候，你的手，最好不要随便乱碰触。它的香，是息在一片草叶上的；它的甜，是逗留在一扇门扉上的。

我居住的楼后，不知哪户人家，也植了桂。秋深时节，浓郁的花香，追了人跑，让你情不自禁被它俘获。你坐下时，花香趴在你的膝上。你站起时，花香停在你的肩上。你吃饭时，花香落在你的碗里。你睡觉时，花香伏在你的枕上。哪里舍得关窗子，由着它们进来，满屋子逡巡。

翻遍书橱，遍寻写它的诗词，唯有宋之问的最得我心：“桂子月中落，天香云外飘。”好一个“天香云外飘”！月庭也小，哪里容得下它那颗香的心？且许它四处逍遥去吧，独乐乐不如众乐乐。反倒使大众受了惠，每个生命都能分得一勺它的香。众生平等，岁月静好。

想起早些年读《红楼梦》，对里面的人物夏金桂，大不喜。女人恶到那份儿上，算得歹毒了。偏偏地，她却叫金桂。如今想来，她也只能叫金桂的。可恶之人必有可怜之处，她少时丧父，跟着寡母。后长大嫁人，又诸多不如意，薛蟠那种花心男人，哪有真情可待？曹雪芹给她安上金桂的名，是为怜惜。那大捧的香甜，可以拯救一个人吧？——到底，曹雪芹是心怀慈悲的，在他心里，每一个女儿家，都应该如桂花一样美好。

秋风吹，校园里的桂花也开得盛。爱它的女孩子，在树下四下张望，趁人不备，赶紧攀得一枝，塞衣袖里。突然瞥见我在一边看她，她脸一红，微低了头，唤声："老师好。"不忍责备，我笑说："回吧，把它夹书本里，能香一个秋天的。"

何止是一个秋天？它会染香一颗青春的心，连同，青春的记忆。

佳句精选

◇◇ 某天，鼻子里先是钻进一丝香，一丝甜，香得很桂花，甜得很桂花。

◇◇ 清晨，露重，露是它的味道。傍晚，风起，风是它的味道。阳光遍洒，阳光也是它的味道。若是逢上下雨，更是不得了了，每一滴雨里，都浸着它的香它的甜。

◇◇ 秋深时节，浓郁的花香，追了人跑，让你情不自禁被它俘获。你坐下时，花香趴在你的膝上。你站起时，花香停在你的肩上。你吃饭时，花香落在你的碗里。你睡觉时，花香伏在你的枕上。哪里舍得关窗子，由着它们进来，满屋子逡巡。

◇◇ 且许它四处逍遥去吧，独乐乐不如众乐乐。反倒使大众受了惠，每个生命都能分得一勺它的香。众生平等，岁月静好。

人与花心 各自香

是在突然间，闻见桂花香的，在微雨的黄昏。

那香味儿，起初若有似无，羞羞怯怯的。正疑心着，驻足四处张望，忽然一阵风来，吸进鼻子的，就是大把大把的香甜了。

有路人自言自语着，呀，桂花开了。一脸兴奋的笑，是乍见之下的惊喜。

心，跟着香香甜甜地一转：真的，桂花开了。那熟稔的香甜味儿，率真，浓烈，让人欢喜。

眼前恍恍惚惚的，有一树花开，细细碎碎的，是一树丹桂，在小院中。皓月当空，花香雾般缥缈。只需一棵树，就染香了一整个村庄。祖母的视线被小院中的桂花树牵着，目光柔和，充满慈祥。她望着窗外的树说，过些日子，给你们做桂花汤圆吃。

我们很快乐。桂花汤圆好吃，一口一个呀，那是穷日子里，我们最奢侈的向往。我们望向窗外，对那一树细密的花儿，充满感激。

夏夜纳凉，天上挂一轮明月。祖母摇着蒲扇，对着月亮，讲月宫里桂花树的故事：有个叫吴刚的仙人，犯了人错，被玉皇大帝罚到月宫里，砍伐桂花树，他什么时候把桂花树砍掉了，什么时候才能被放出来。可是，那桂花树却奇怪得很，他一斧子下去，桂花树又迅速长出新枝来。他一日不砍，树就疯长得能撑破月亮，吴刚只好日夜不停地在树下砍啊砍。人不能做错事啊，祖母这样叹。祖母是同情吴刚的。而我们，却在小小的心里，暗想着那棵桂花树，它若真的撑破了月亮会怎样呢？那一树的桂花，可以做多少的桂花汤圆吃啊。这样的暗想，蜜甜蜜甜的。

喜欢过一部老电影里的旁白：桂花开了，十里八里都能闻到。故事发生在战争年代，一对毫无血缘关系的孤儿——六岁的男孩、四岁的女孩，被一农妇收养，在种着桂花树的小院里，他们长大，他们相爱。后来，解放了，男孩当了大官的亲生父母找上门来，把男孩接到城里。距离之外，一切似乎都变了，包括男孩女孩青梅竹马的爱情。但有一样却没变，那就是小院里的桂花树，一到秋天，依然捧出一树甜蜜的桂花来，十里八里都能闻到。男孩的梦里都是桂花香啊，他终抵不住思念，被花香牵回到女孩身边。

这是桂花的爱情，爱就爱了，只管把她的浓情蜜意一路洒开来，缕缕不绝，让人欲罢不能，魂牵梦萦。

现在，桂花树不单单乡村有，城里也栽种了。秋天时节，在某条街道上正走着呢，有桂花香突然撞过来。如果这个时候刚好飘过一场雨，雨不大，是漫不经心飘着的那一种，花香便被濡湿得很有质感，随手一拂，满指皆是。桂花把空气染成了一罐蜜，人泡在其中，也成了一个香甜的人了。

不由自主想起宋代诗人朱淑真写的诗来：“一枝淡贮书窗下，人与花心各自香。”这样的时光，非常地幸福，非常地暖。这样的时光，很容易想起一些人，想念他们的好，怀着感恩的心。

佳句精选

◇◇ 心，跟着香香甜甜地一转：真的，桂花开了。那熟稔的香甜味儿，率真，浓烈，让人欢喜。

◇◇ 眼前恍恍惚惚的，有一树花开，细细碎碎的，是一树丹桂，在小院中。皓月当空，花香雾般缥缈。只需一棵树，就染香了一整个村庄。

◇◇ 这是桂花的爱情，爱就爱了，只管把她的浓情蜜意一路洒开来，缕缕不绝，让人欲罢不能，魂牵梦萦。

◇◇ 桂花把空气染成了一罐蜜，人泡在其中，也成了一个香甜的人了。

扁豆花 满架秋风

说不清是从哪天起，我回家，都要从一架扁豆花下过。

扁豆栽在一户人家的院墙边。它们缠缠绕绕地长，你中有我，我中有你。顺了院墙，爬。顺了院墙边的树，爬。顺了树枝，爬，又爬上半空中的电线上去了。电线连着路南和路北的人家，一条人行甬道的上空，就这样被扁豆们，很是诗意地搭了一个绿篷子，上有花朵，一小撮一小撮地开着。

秋渐深，别的花且开且落，扁豆花却且落且开。紫色的小花瓣像蝶翅。无数的蝶翅，在秋风里舞翩跹。欢天喜地。

花落，结荚，扁豆成形。五岁的侄儿，说出的话最是生动，他说那是绿月亮。看着，还真像，是一弯一弯镶了紫色边的绿月亮。我走过时，稍稍抬一抬手，就会够着路旁的那些绿月亮。想着若把它切碎了，清炒一下，和着大米饭蒸，清香会浸到每粒大米的骨头里——这是我小时的记忆。乡村人家不把它当稀奇，煮饭时，想起扁豆来，跑出屋子，在屋前的草垛旁，或是院墙边，随便捋上一把，洗净，搁饭锅里蒸着。饭熟，扁豆也熟了。用大碗装了，放点盐，放点味精，再拌点蒜泥，滴两滴香油，那味道，只一个字：香。打嘴也不丢。

这里的扁豆，却无人采摘，一任它挂着。扁豆的主人大概是把它当风景看的。于扁豆，是福了，它可以不受打扰地自然生长，花开花落。

也终于见到扁豆的主人，一整洁干练的老妇人。下午四点钟左右的光景，太阳跑到楼那边去了，她家小院前，留一片阴。扁豆花却明媚着，天空也明媚着。她坐在院前的扁豆花旁，膝上摊一本书，她用手指点着书，一行一行读，朗朗有声。我看一眼扁豆花，看一眼她，觉得它们是浑然一体的。

此后常见到老妇人，都是那个姿势，在扁豆花旁，认真地在读一页书。视力不好了，她读得极慢。人生至此，终于可以停泊在一架扁豆花旁，与时光握手言欢，从容地过了。暗暗想，真人总是不露相的，这老妇人，说不定也是一高人呢。像郑板桥，曾流落到苏北小镇安丰，居住在大悲庵里，春吃瓢儿菜，秋吃扁豆。人见着，不过一乡间普通农人，谁知他满腹诗才？秋风渐凉，他在他居住的厢房门板上，手书浅刻了一副对联："一庭春雨瓢儿菜，满架秋风扁豆花。"几百年过去了，当年的大悲庵，早已化作尘土。但他那句"满架秋风扁豆花"，却与扁豆同在，一代又一代，不知被多少人在秋风中念起。

大自然的美，是永恒的。

清代学者查学礼也写过扁豆花："碧水迢迢漾浅沙，几丛修竹野人家。最怜秋满疏篱外，带雨斜开扁豆花。"有人读出凄凉，有人读出寥落，我却读出欢喜。人生秋至，不关紧的，疏篱外，还有扁豆花，在斜风细雨中，满满地开着。

生命不息。

佳句精选

◇◇ 秋渐深，别的花且开且落，扁豆花却且落且开。紫色的小花瓣像蝶翅。无数的蝶翅，在秋风里舞翩跹。欢天喜地。

◇◇ 我走过时，稍稍抬一抬手，就会够着路旁的那些绿月亮。

◇◇ 人生至此，终于可以停泊在一架扁豆花旁，与时光握手言欢，从容地过了。

◇◇ 大自然的美，是永恒的。

◇◇ 人生秋至，不关紧的，疏篱外，还有扁豆花，在斜风细雨中，满满地开着。

菊有黄花

一场秋雨，再紧着几场秋风，菊开了。

菊在篱笆外开，这是最大众最经典的一种开法。历来入得诗的菊，都是以这般姿势开着的。一大丛一大丛的。

倚着篱笆，是篱笆家养的女儿，娇俏的，又是淡定的。有过日子的逍遥。晋代陶渊明随口吟出“采菊东篱下”，几乎成了菊的名片。以至后来的人们，一看到篱笆，就想到菊。陶渊明大概不会想到，他能被人千秋万代地记住，很大程度上，得益于他家篱笆外的那一丛菊。菊不朽，他不朽。

我所熟悉的菊，却不在篱笆外，它在河畔、沟边、田埂旁。它有个算不得名字的名字：野菊花。像过去人家小脚的妻，没名没姓，只跟着丈夫，被人称作吴氏、张氏。天地洞开，广阔无边，野菊花们开得随意又随性。小朵的，清秀，不施粉黛。却色彩缤纷，红的黄的，白的紫的，万众一心齐心合力地盛开着。仿佛一群闹嚷嚷的小丫头，挤着挨着在看稀奇，小脸张开，兴奋着，欣喜着。对世界，是初相见的懵懂和憧憬。

乡人们见多了这样的花，不以为意。他们在秋天的原野上收获，播种，埋下来年的期盼。菊花兀自开放，兀自欢笑，与乡人们各不相扰。蓝天白云，天地绵亘。小孩子们却无法视而不见，他们都有颗菊花般的心，天真烂漫。他们与菊亲密，采了它，到处乱插。

那时，家里土墙上贴一张仕女图，有女子云鬓高耸，上面横七竖八插满菊，衣袂上，亦沾着菊，极美。掐了一捧野菊花回家的姐姐，突发奇想帮我梳头，照着墙上仕女的样子。后来，我顶着满头的菊跑出去，惹得村人们围观。看，这丫头，这丫头！他们手指我的头，笑着啧啧叹。

现在想想，那样放纵地挥霍美，也只在那样的年纪，最有资格。

人家的屋檐下，也长菊。盛开时，一丛鹅黄，另一丛还是鹅黄。老人们摘了它们晒，做菊花枕。我家里曾有过一只这样的枕头，父亲枕着。父亲有偏头痛，枕了它能安睡。我在暗地里羡慕过，决心给自己也做一个那样的枕头。然而来年菊花开时，却贪玩，忘掉这事。

年少时，总是少有耐性的，于不知不觉中，遗失掉许多好光阴。

周日逛街，秋风已凉，街道上落满梧桐叶，路边却一片绚烂。是菊花，摆在那里卖。泥盆子装着，一只盆子里只开一两朵花，花开得肥肥的，一副丰衣足食的好模样。颜色也多，姹紫嫣红，千娇百媚。还是喜欢黄色的。《礼记》中有“季秋之月……鞠有黄华”的记载。可见得，菊花最地道的颜色，是黄色。

我买了一盆，黄的花瓣，黄的蕊，极尽温暖，会焐暖一个秋天的记忆和寒冷。

佳句精选

◇◇ 倚着篱笆，是篱笆家养的女儿，娇俏的，又是淡定的。有过日子的逍遥。

◇◇ 天地洞开，广阔无边，野菊花们开得随意又随性。小朵的，清秀，不施粉黛。却色彩缤纷，红的黄的，白的紫的，万众一心齐心合力地盛开着。仿佛一群闹嚷嚷的小丫头，挤着挨着在看稀奇，小脸张开，兴奋着，欣喜着。对世界，是初相见的懵懂和憧憬。

◇◇ 年少时，总是少有耐性的，于不知不觉中，遗失掉许多好光阴。

◇◇ 我买了一盆，黄的花瓣，黄的蕊，极尽温暖，会焐暖一个秋天的记忆和寒冷。

菊事

去冬，我把一盆开过花的菊，随手丢弃在屋旁，连同装它的瓦盆。

屋旁有巴掌大的空地，没人理它，它便自作主张地在里面长婆婆纳，长狗尾巴草，长车前子，长蒲公英，还长荠菜。我挑过一回荠菜，满像那回事的，把一份野趣挑进篮子里。后来，这一小撮荠菜，被我切碎了，烙进糯米饼里。饼烙得点点金黄，配了糯米的糯白，配了荠菜的嫩绿，不用吃，光看看，就很享受了。咬一口，鲜透牙。很是感动了一回，有泥土的地方，总会生长着我的故乡。

现在，这块地里，多出一大丛的菊来。是被我丢弃的那一盆。谁想到呢，它的花萎了，叶萎了，心竟是活的。它搂着这颗心，落地生根，不声不响地，勤勤勉勉地生长。最终，它不单自己活了下来，还子孙满堂的样子，——去冬不过一小瓦盆的花，今秋已繁衍成一大丛了。它让我想到柳暗花明，想到天无绝人之路，想到苦尽甘来，只要心没有死，总有出头之日的。

风一场，雨一场，秋季翻过，已是冬了，它还没开够，朵朵灿烂。满世界的萧条，唯它，一簇新亮，是李商隐诗里的“融融冶冶黄”，是童年乡下屋檐下的那抹明黄，打老远就看得见。路过的人，有的站着远远瞅。有的看不过瘾，走近了细细瞧。一律的惊叹，好漂亮的花！它倒是沉得住气，面对众人的赞赏，不动声色、不慌不忙地，只管把好颜色往外掏。一瓣金黄，再一瓣，还是金黄。如历尽世事的女子，参透人生无常，倒让自己有了一份坚守，那就是，守住自己，守住心。所以，冷落也好，繁华亦罢，它都能安然相待，不急不躁。

孤寡老人程爹，在小区的小径旁长菊。小径旁的空地，原是狭长的一小块，小区人家装修房子，把一些碎砖碎玻璃倒在里面。路过的人都小心不去碰触，以免被玻璃划伤了。连调皮的小猫，也绕着那块地走。老人清理掉碎砖碎玻璃，在里面长青菜和菊。几棵青菜，几朵菊花。再几棵青菜，几朵菊花。绿配紫，绿配红，绿配白，绿配黄，小块的地，让人看过去，竟有花园般的感觉。

这些天，老人除了吃饭睡觉，几乎都围着他的菊在转。我上班时看见他，下班时还看见他，背着双手，很有成就感地在小径上漫步，来来回回。一旁，他的菊，如同被惯坏的孩子，正满地打着滚，撒泼似的，把些紫的、红的、白的、黄的颜色，泼洒得四处飞溅。哪朵，都是硕大丰腴的，都上得了美人头。

天冷，菊越发地艳丽，直艳到人的心里去。小区的人，每日里行色匆匆，虽是久住，彼此却毫不关己地陌生着。而今，因了这些菊，一个个舒缓了脚步，脸上僵硬的线条，渐渐柔软起来。话搭话地闲聊几句，说着花真好看之类的。或者不聊，仅仅站着，看一眼菊，相互笑笑，自有一份亲切，入了心头。再遇见，便是老相识了。清寒疏离的日子，因菊，变得脉脉温情。

佳句精选

◇◇ 有泥土的地方，总会生长着我的故乡。

◇◇ 谁想到呢，它的花萎了，叶萎了，心竟是活的。它搂着这颗心，落地生根，不声不响地，勤勤勉勉地生长。

◇◇ 它倒是沉得住气，面对众人的赞赏，不动声色、不慌不忙地，只管把好颜色往外掏。一瓣金黄，再一瓣，还是金黄。如历尽世事的女子，参透人生无常，倒让自己有了一份坚守，那就是，守住自己，守住心。

◇◇ 一旁，他的菊，如同被惯坏的孩子，正满地打着滚，撒泼似的，把些紫的、红的、白的、黄的颜色，泼洒得四处飞溅。哪朵，都是硕大丰腴的，都上得了美人头。

◇◇ 清寒疏离的日子，因菊，变得脉脉温情。

华丽缘

觉得那树真叫华丽，秋的帷幕一经拉开，它就满树挂上了红灯笼，在越来越高远的天空下，光彩照人着。

路旁，它站着，一棵，一棵。春天，它新冒出的嫩叶，不是柔软的绿或嫩黄，而是，带着些绛色的红——这也被我们忽略了，以为那不过是普通的红叶树罢了。夏天，它的叶，走了从俗的路，变绿了，与其他植物浑然一体，这更容易让我们忽略了。虽然，它金色的小花，一簇一簇开了，也还是没有引起我们过多留意。那么细小的花，你挤我攘地团在一起，实在有些乱糟糟的。风吹，金色的小花落了一地。我们走过，望着地上铺得密密的小花，也仅仅是惊讶了一下，这是什么花呀？却根本没打算去相识去相知。路过的风景太多，它也只是寻常。

直到，有那么一天，我骑着单车，慢慢地，从一座桥上下来。桥头的景致，日日相似。桥那头，蹲着一个爆米花的男人，总见他披一件旧的军大衣，头上戴一顶旧军帽。一旁的收音机里，铿铿锵锵的锣鼓声，喧喧嚷嚷——他在听京剧。他的脚跟前，一副铁架支棱着，下有一簇小火，烘烤着上面的黑色小滚筒，滚筒里装着玉米粒。有时，他身边围满人，大家都在等新爆出的玉米花。有时，他身边没人，他就独自摇着那只黑色小滚筒，一边咿咿呀呀跟着收音机里唱，好不自在。每望见他，我的心里，总会腾出说不出的欢喜来，他在，那个桥头，便有了温度。

桥这头，卖鞋垫和小物什的妇人，守着她的鞋垫摊子，用一把拂尘，轻掸着上面的尘。那动作真是优雅至极，她却不知。她只管笑微微地，轻轻掸着，一边拿眼看着路过的人。天地间，大美无言。果真。然后，我的眼睛，就看到了那些“花”，三瓣儿抱成一朵，小红灯笼似的。一朵一朵地又缀在一起，簇拥成个大花球。远观去，绿叶之上，大捧的红花球，夺目得竟不似真的。它们在半空中盛开着，累累的，一树，一树，一直延伸到路的尽头去了。

我当即被它惊得目瞪口呆，它怎么可以，怎么可以如此华丽！这个时候，我尚不知它有个很端庄的名字，叫栾树，又名灯笼树的。我亦不知那些夺目的花朵，其实不是花朵，而是它结的果。果里还藏着另一个乾坤，几粒黑得透亮的种子，躺在里面，形似佛珠。也真有人拿它制作佛珠，故寺院中多栽种此树——这一些，都是我后来询问了很多人，查阅了相关资料才得知的。这期间，它并不因我的不知道，而懈怠一点点，它殷勤地、蓬勃地结着它的果，从浅黄，到金黄，慢慢至微红，再到深红。直至一树一树，都燃烧起来了，在秋日渐深的天空下，绚烂着。

它让我想起我教过的一个女学生。女学生家境清寒，父亲在乡下务农，忠厚木讷。母亲是个聋哑人。她本人长相极其普通，穿着简朴，成绩一般，平时寡言少语。这样的女孩子，前途极易被人预测——至多上个三流大学，或者，回乡下去，早早地嫁人，走父亲的路。然最后，她却让所有人大吃一惊，她竟考上了一所知名的美术学院。当有人向她探询考上的经验和秘密时，她淡淡说了句，我已默默练了七年的绘画。

佛说，世上的苦难里，原都藏着珍珠。你能经受住苦难的磨炼，你终将找到，生活赐予你的华美。这就像栾树，在经历了漫长的沉寂之后，它终于，迎来了属于它的华丽。

佳句精选

◇◇ 秋的帷幕一经拉开，它就满树挂上了红灯笼，在越来越高远的天空下，光彩照人着。

◇◇ 每望见他，我的心里，总会腾出说不出的欢喜来，他在，那个桥头，便有了温度。

◇◇ 远观去，绿叶之上，大捧的红花球，夺目得竟不似真的。它们在半空中盛开着，累累的，一树，一树，一直延伸到路的尽头去了。

◇◇ 佛说，世上的苦难里，原都藏着珍珠。你能经受住苦难的磨炼，你终将找到，生活赐予你的华美。

富贵竹

我养花长草少有能活过半年以上的。在花店里，看似活蹦乱跳生机勃勃的花儿草儿，到了我手里，一律全害了相思病似的，思念故土思念故人，眼见着鲜亮的脸庞，一日一日瘦小下去，最后，无一例外地，全都香消玉殒。

朋友得知，推荐我养富贵竹。这种植物好长，水也好，土也好，只要有一点点附着物，它就绿给你看，朋友如此介绍。

心动。跑去花店，张眼之处，那些盆盆罐罐里，竟全长着这种竹。高的比人还高，矮的不过盈尺，全都绿意婆娑着，是绿汪汪的绿海洋。店主说，因为它好长，四季常绿，来买的人很多。我指着一盆不过盈尺的说，我喜欢只长这么高的，好摆放。店主笑了，如果它长得过高，你可以这样。他边说边操起剪刀，拔起一根富贵竹，拦腰剪断，重又把它插回土里。那一剪子，剪得干脆利落不留余地，我担心地问，会死吗？他笑，不会，它命大着呢。我疑惑，这么贱的命，为什么还叫富贵？他说，命贱才易活，这是福，福大寿才大的。而有福的，岂不是富贵？

我点头，以为很有道理。金枝玉叶的，大抵难逃短寿的命，纵使担了富贵的名头，却少了很多生的乐趣。像历史上那个不满周岁就死去的汉殇帝。

我买了一盆富贵竹回家。盆上有蓝黄花纹，交错而生，出土的古董似的。矮矮的三根富贵竹，紧挨在里面长，叶阔绿厚的，像粗眉大眼的丫头。憨憨的，又是充满情趣的。我无端地想起《红楼梦》里的一个人物——傻大姐，她天性愚顽，毫无心计，满大观园的女儿中，她活得最本真。曹雪芹描写她，惜墨如金，只用了几个字，就把她的外貌给概括了，“体肥面阔”，外加“一双大脚”，满眼的珠翠摇曳香汗微微里，只她一个扑着一双大脚，体肥面阔地走来晃去，多么健康！我想，红楼梦醒，一干的小姐丫头，都不可能落到好去处，反倒命贱如富贵竹的她，到哪里都可以活命的。

我把新买的富贵竹，搁电脑旁。无须我管理，它兀自长得欢天喜地。每日里，我写字写累了，一抬头，定会与它撞个照面。一盆子的绿，便水花儿一样，在我眼里乱溅开来，给我满满的清凉。

守着这样一盆富贵竹，岁月安详着，芸芸众生里的我，也算得上是个富贵之人了。

佳句精选

◇◇ 金枝玉叶的，大抵难逃短寿的命，纵使担了富贵的名头，却少了很多生的乐趣。

◇◇ 矮矮的三根富贵竹，紧挨在里面长，叶阔绿厚的，像粗眉大眼的丫头。憨憨的，又是充满情趣的。

◇◇ 每日里，我写字写累了，一抬头，定会与它撞个照面。一盆子的绿，便水花儿一样，在我眼里乱溅开来，给我满满的清凉。

才有梅花便不同

趁着天黑，去邻家院子边，折一枝梅回来。这有偷的意思了，——我是，实在架不住它的香。

它香得委实撩人。晚饭后散步，隔着老远，它的香就远远追过来，像撒娇的小女儿，甜腻腻地缠着你，让你架不住心软。我向东走，它追到东边。我向西走，它追到西边。我向南走，它追到南边。我向北走，它追到北边。黑天里看不见，但我知道它在那里，它就在那里，在邻家的院子里。一棵，只一棵。

白天，我在二楼。西窗口。我的目光稍稍向下倾斜，就可以看到它。邻家的院子，终日里铁栅栏圈着，有些冰冷。有了一树的梅，竟是不一样了。连同邻家那个不苟言笑的男人，他在梅树下进进出出，望上去，竟也有了几分亲切。一树细密的黄花朵，不疾不徐地开着，隔了距离看，像镶了一树的黄宝石。枝枝条条，四下里漫开去，它是想把它的欢颜与馨香，送到更远的地方去。一家有花百家香。花比人慷慨，从不吝啬它的香。

梅是大众情人，人见人爱，这在花里面少见。梅的本事，是一般的花学不来的。谁能在冰天雪地里，捧出一颗芬芳的心？谁能在满目的衰败与枯黄之中，抖搂出鲜艳？只有梅了。从冬到春，在季节最为苍白最为寂寥的时候，它含苞，它绽放。它是冬天里的安慰，它是春天里的温暖。

喜欢关于梅的一则韵事。相传宋武帝的女儿寿阳公主，某天午睡，独卧于自己寝宫的檐下。旁有一树梅，其时花开正盛。风吹，有花落于公主额上，留下一朵黄色印记，拂之不去。宫人们惊奇地发现，公主因这朵黄色印记，变得更加娇媚动人了。从此，宫人们争相效仿，采得梅花，贴于额前，此为梅花妆。——原来，古代女子的对镜贴花黄，竟是与梅花分不开的。

我对着镜子，摘一朵梅，玩笑般地贴在额前。想我的前身，当也是一个女子吧，她摘过梅花么？她对镜贴过花黄么？想起前日里，去城南见一个朋友。暖暖的天，暖暖的阳光，空气中，有了春的味道。突然闻到一阵幽香，不用寻，我知道，那是梅了。果真的，街边公园里，有梅一棵，裸露的枝条上，爬满小花朵，它们甜蜜着一张张小脸儿，笑逐颜开。有老妇人在树旁转，她抬眼，四下里看，趁人不备，折下一枝，笑吟吟地，往怀里兜。她那略带天真的样子，让我微笑起来，人生至老，若还能保持着这样一颗喜爱的心，当是十分十分可爱且甜蜜的罢。

亦想起北魏的陆凯。那样一个大男人，居然浪漫到把一枝梅花，装在信封里，寄给好朋友范晔，并赋诗一首："折梅逢驿使，寄与陇头人。江南无所有，聊赠 枝春。"他把他的春天，送给了朋友。做这样的人的朋友，实在是件幸运且幸福的事。

我折回的梅，被我插在书房的笔筒里。简陋的笔筒，因了一枝梅，变得活泼起来俏丽起来。南宋杜耒写梅："寒夜客来茶当酒，竹炉汤沸火初红。寻常一样窗前月，才有梅花便不同。"诗里不见一字对梅的赞美，却把梅的风骨全写尽了。梅有什么？梅有的，就是这样的与众不同啊！一地清月，满室幽香。那样一个寻常之夜，因窗前一树的梅，诗人的人生，活出了不寻常。

佳句精选

◇◇ 晚饭后散步，隔着老远，它的香就远远追过来，像撒娇的小女儿，甜腻腻地缠着你，让你架不住心软。

◇◇ 一树细密的黄花朵，不疾不徐地开着，隔了距离看，像镶了一树的黄宝石。枝枝条条，四下里漫开去，它是想把它的欢颜与馨香，送到更远的地方去。一家有花百家香。花比人慷慨，从不吝啬它的香。

◇◇ 从冬到春，在季节最为苍白最为寂寥的时候，它含苞，它绽放。它是冬天里的安慰，它是春天里的温暖。

◇◇ 我折回的梅，被我插在书房的笔筒里。简陋的笔筒，因了一枝梅，变得活泼起来俏丽起来。

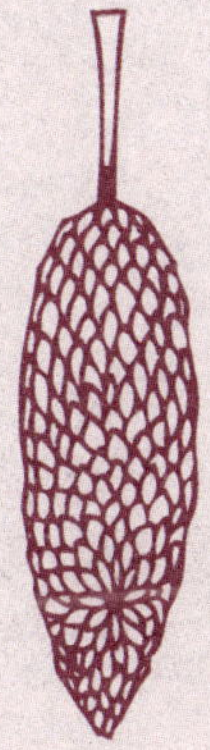

却记着那年那日，那人送我一枝桃花。

桃花开在乡下的河边，他有事路过，

禁不住那一树粉红的诱惑，

趁人不备，去树上攀下一枝。

百十里的路，他宝贝样地带给我，

眼里汪着整个春天。

我于一刹那间爱上，从此义无反顾。

那个春天，我的书桌上，

有了一壶春水漫桃花。

一壶春水漫桃花

槐花深一寸

槐花开的时候，我抽了空去看。人生的旅途说长也长，说短也短，我们能相遇到的花期也有限，我不想错过每一场花开。

槐花也属乡野之花。它比桃花、梨花更与人亲，那是因为它心怀甜蜜。花开时节，空气中密布它的香甜，让你不容忽视。于是乡下孩子的乐事里，就有这么一件，爬上树去摘槐花。那也是极盛大的场景，树上开着槐花，地上掉着槐花，小孩的脖子上、肩上落着槐花，口袋里，还塞着一串串白。随便摘取一朵，放嘴里品咂，甜啊，糖一样的甜。巧妇会做槐花饼、槐花糖。吃得人打嘴不丢。家里养的羊，那些日子也有了嘴福，把槐花当正餐吃的。

我来赏的这树槐花，在小城的河边。小城新辟了沿河观光带，这棵槐，被当作一景从他处移植过来。其他树种众多，独独它，只一棵。《周礼·秋官》中记载：周代宫廷外植有三棵槐树，三公朝见天子时，面向那三棵槐树而立。周代的槐，有崇敬的意思在里面。槐又通“怀”，是怀想与守望。我瞎想，我们小城移来这棵槐，是把它当作镇城之树的吧。

傍晚时分，光的影，渐渐散去。黑暗是渐渐加深的，及至一树的白，也没在黑里头。天便完全黑下来了。这时候，赏花变得纯粹，周遭的黑暗做了底子，槐花的白，便跳跃出来，是黑布上绣白花。

仰头望向那树白，心莫名被一种情绪填得满满的。说不清那情绪到底是什么。那一刻，时间停顿，风不吹，云不走，仿佛什么都想了，什么都没有想。这是人生的态度，我更愿意把它理解为本能，是由不得你的。

微笑。想起那首出名的山西民歌《我望槐花几时开》。歌里唱：“高高山上一树槐／手把栏杆望郎来／娘问女儿你望啥子／我望槐花几时开……”盼郎来的女儿家，心焦焦却偏不承认，偏把相思推给无辜的槐花：“哎呀呀，槐花槐花，你咋还没有开？”这里的槐花，浸染上人间情思，惹人爱怜。

一对老夫妻，晚饭后出来散步。他们唠嗑的声音隐约传来，如虫子在鸣唱。他们走过我身边，奇怪地看看我，并没有停下他们的脚步。却在离我有一段距离后，一个问："人家在看什么呢？ "一个答："看槐花呗。"一个说："哦，槐花开了呀。"一个笑答："是啊，开了。"他们的声音，渐渐融入到夜色里，融入到槐花的甜里去，直至无痕。

我喜欢这样的一问一答，不落空，相依为命。我愿意，老了时，也有这样一个人陪在我身边，听我说一些可有可无的话，然后一一应答。这是最凡俗的，而又是最接近幸福的。

风吹，有花落下来。我捡一串攥手心里，清凉的感觉，在掌中弥漫。白居易写槐花："薄暮宅门前，槐花深一寸。"我以为这是花落景象。古人尚不知花可吃，或者，知可吃而不吃，是为惜花。他们任由槐花自开自落，一径落下去，在地上铺了足有一寸深的白。真是奢侈了那一方土地，埋了那么多香甜的魂。

佳句精选

◇◇ 人生的旅途说长也长，说短也短，我们能相遇到的花期也有限，我不想错过每一场花开。

◇◇ 地上掉着槐花，小孩的脖子上、肩上落着槐花，口袋里，还塞着一串串白。

◇◇ 这时候，赏花变得纯粹，周遭的黑暗做了底子，槐花的白，便跳跃出来，是黑布上绣白花。

◇◇ 那一刻，时间停顿，风不吹，云不走，仿佛什么都想了，什么都没有想。这是人生的态度，我更愿意把它理解为本能，是由不得你的。

◇◇ 他们的声音，渐渐融入到夜色里，融入到槐花的甜里去，直至无痕。

◇◇ 他们任由槐花自开自落，一径落下去，在地上铺了足有一寸深的白。真是奢侈了那一方土地，埋了那么多香甜的魂。

看花

这时节，只要一有空闲，我就跑出去看花。

春天最不值钱的，就是花。

走在路上，我有君临天下的感觉，身边莺歌燕舞霓裳飘拂，后宫佳丽何止三千！人实在是有福气了，人并不知。我看路人走过花旁，一树樱花，一树桃花，还有几树海棠，那么沸沸的。他却视而不见，一径走了。我真是急，我恨不得拽住他，你看哪，你且看看哪，你就这么走了，多浪费！

也无须追到远处去，就在家门口转着吧，随便地一扭身，你也就能看到好。好是真的好，草都绿了，花都开好了，无一处不是欢欣鼓舞蓬蓬勃勃的。让你想到一个词，花样年华。季节可不正是到了它的花样年华时！

蒲公英在草地上眨巴着眼睛，这小家伙性格有点孤傲，少有成群结队的。它们撑着艳艳的小黄脸，东一朵、西一朵，闲逛着玩儿。遇见，我也总是要向它行行注目礼。比方说，它在砖缝中。比方说，它在背阴的墙脚处。比方说，它在一截断墙上。我的内心，也总会引起一点小震动，生命的丰饶，原在生命本身，无关别的。

垂丝海棠开得顶烂漫、顶没心没肺的。春风也不过才吹了两吹，它们就跟商量好了似的，齐刷刷地冒出来，来开茶话会了。每根枝条上，都坐满了小花朵啊，手挽手、肩挨肩的，密密匝匝，盛况空前。

我走过它们身边，我老觉得它们在笑。一朵花先笑了，接着再一朵，再再一朵。然后，千朵万朵跟着笑起来，笑得花枝乱颤、云蒸霞蔚。

笑我吗？我扭头去望，不自觉地，也笑了。

油菜花开得就有些蛮不讲理了。它简直是泛滥，有一统天下的野心，成坡成岭，成海成洋。我走进一片菜花地，老疑心耳边响着“嗒嗒嗒”的马蹄声，它是要揭竿而起吗？

乡下的房，这个时候，是顶幸福不过的了，被它左抱右拥着，像荡在黄金波上的一艘船。有人出来，有狗出来，有鸡出来，有羊出来，那“黄金波”就跟着划过一道道细细的浪。风吹油菜花。唉唉唉，你只剩叹息的份儿了。

如果逢着河，如果河边刚好长着一棵野桃树，那你就等着束手就擒吧，你是注定动弹不得的了。水映着一树的花，花映着一河的水，红粉缥缈。有人在河边钓鱼，你看着那人，又欢喜又恼恨。你觉得他是在钓桃花瓣，却又搅了鱼的清梦。鱼嚼桃花影哪，自然与自然相融相生，美到地老天荒。

看到一棵梨树，开出落雪的模样。我走过去，坐在树下，奢侈地发呆。一个信息忽然过来，是远方的一个读者，她说，梅子老师，这些日子我过得很不快乐，我是一个特别在乎别人评价的人，你有过这样的烦恼吗？

我仰头望望一树的花，笑了。低头回复她，这样的烦恼，从前我也有过，现在没有了，因为，我的活，完全是我自己的事。就像一朵花的开放，它从来没有去征求过谁的同意。风也管不着，鸟也管不着，灵魂便自由了。

佳句精选

◇◇ 走在路上，我有君临天下的感觉，身边莺歌燕舞霓裳飘拂，后宫佳丽何止三千！

◇◇ 生命的丰饶，原在生命本身，无关别的。

◇◇ 我走进一片菜花地，老疑心耳边响着“嗒嗒嗒”的马蹄声，它是要揭竿而起吗？

◇◇ 水映着一树的花，花映着一河的水，红粉缥缈。有人在河边钓鱼，你看着那人，又欢喜又恼恨。你觉得他是在钓桃花瓣，却又搅了鱼的清梦。鱼嚼桃花影哪，自然与自然相融相生，美到地老天荒。

◇◇ 我的活，完全是我自己的事。就像一朵花的开放，它从来没有去征求过谁的同意。风也管不着，鸟也管不着，灵魂便自由了。

自是花中第一流

这几天晚上，我颇喜欢到一条路边去坐坐。

也是偶然的发现，某天，打那儿过，鼻子里送进来一缕香，浓甜的，缠绵不绝。我知道，是桂花。心里一阵欢喜，每年桂花的盛开，总是鼻子先知道。

我装着这样的欢喜回家。一到晚上，想散步了，脚步不由自主往那条路奔去，我要去相会桂花。

白天的桂花，自然也是香的。但我觉得，有黑夜做底子，那香气，才会格外纯粹，是白天的芜杂所不能比肩的。就像现在，路两边静了，秋虫在哪里的草丛里唧唧，叫得又轻柔又温软。绿化带里栽着的树木们，这个时候，不分你高我低了，它们浑然一体，都是一团暗墨的影，亲热的一家子。星稀月朗，黛青色的天幕，辽阔 茫，好像是为了呼应这样的宁静。桂花们开始轮番登台。我可以想象到它们的样子，一个个撑着金黄的小伞，踮着小脚，鼓着小嘴，使劲地吹着香。或是，挥舞着金黄的衣袖，洒下一片又一片的香。远处人家的房子、灯光，近处的路，路上偶尔走过的行人，还有路旁的花草树木们，都沉没下去，迷醉了一般。桂花的香气浮上来，像水漫过来。天地间，只剩它的香在游走。

张开嘴，轻轻咬上一口，那香，仿佛就钻进嘴里了。这个时候的空气，像米糕，糯软的；又像酒，香醇的。桂花是酿酒的第一高手。想起李清照写的桂花："何须浅碧深红色，自是花中第一流。"莞尔。想来她是极爱桂花的，比别的花要甚。我不独独爱桂花，也爱荷花、菊花、梅花、兰花等等。这世上，总有些好花，让人一见欢喜。如同这世上总有些好人，在支撑着这世界的美好，让人心念转动，眼睛濡湿。

大自然让人恋恋的，是有这些好花在。人世间让人恋恋的，是有那些好人在。

就这样坐着，一个人，坐到双肩渐湿——夜露降了。露蘸着桂花的香桂花的甜，露便也是香的，便也是甜的。那么，我是扛着一肩的香和甜了。这么想着，我又笑了。也不知是哪里栽着的桂花树，我不去找，那根本不关紧，我只要闻着它的香。我来，它在。我不来，它也在，这就很好了。年轻时做过那样的傻事，喜欢的花，总想办法连枝剪下，插到家里的花瓶里，独自欣赏，以为那是爱它。等走过青春的浮躁、虚荣和执拗，岁月慢慢沉淀下来，渐渐明白了，占有未必就是拥有。有时，还不如放手，让它归于自然，各有各的路好走。

突然想起看过的一款美食，叫法直白得很，叫桂花藕粉羹。白瓷碗装着，琥珀色的藕粉羹之上，点缀着一小撮金黄的桂花。乍见之下，欢喜得很，金黄配了琥珀色，真是极尽温婉，想着入口一定极香甜柔滑，暖心又暖胃。很想尝试一下了。在这个星稀月朗的晚上，做上一碗桂花藕粉羹，慢慢喝下，当是件十分幸福的事。

佳句精选

◇◇ 每年桂花的盛开，总是鼻子先知道。

◇◇ 桂花们开始轮番登台。我可以想象到它们的样子，一个个撑着金黄的小伞，踮着小脚，鼓着小嘴，使劲地吹着香。或是，挥舞着金黄的衣袖，洒下一片又一片的香。

◇◇ 大自然让人恋恋的，是有这些好花在。人世间让人恋恋的，是有那些好人在。

◇◇ 露蘸着桂花的香桂花的甜，露便也是香的，便也是甜的。那么，我是扛着一肩的香和甜了。

◇◇ 等走过青春的浮躁、虚荣和执拗，岁月慢慢沉淀下来，渐渐明白了，占有未必就是拥有。有时，还不如放手，让它归于自然，各有各的路好走。

薄荷，薄荷

不知它打哪儿来，最初的记忆里，就有它。屋后吧，凤仙花开得呼啦啦、呼啦啦，而它，姿态优雅地站立其中，恬淡地注视着，仿佛在看一群活泼的孩子，以一颗包容欣赏的心，由着它们热闹去。

最是奇怪大人们，咋就知道屋后有薄荷呢？他们是从来不看那些凤仙花的，但他们就是知道，哪里有凤仙花，哪里有薄荷。在他们眼里心里，每种植物的生长，都是天经地义的事，值不得大惊小怪，如同日升月落。他们吩咐一声：“去，到屋后掐几片薄荷叶子来。”那是因为孩子们身上生痱子了，奇痒无比。孩子们得令，“嗖”一声飞奔过去，胡乱掐上一把来，满指满掌，皆是薄荷香啊。他们拿它冲了热水，给孩子们泡澡，孩子们的身上，散发出薄荷经久的清凉。还真是神奇的，只要洗上两次薄荷浴，孩子们身上的痱子就不痒了，不知不觉，消失了。

也有用薄荷泡茶喝的。不用多，沸水里丢下两片叶子足矣。我的父亲有个白瓷大茶缸，他每天早上外出干活，都泡上一大茶缸薄荷茶——凉着。暑热里归家，来不及脱了草帽，就奔向它，抱着它咕咚咕咚大灌一气，满足地长叹一声："真过瘾啊。"秋深时节，薄荷也凋零，那个茶缸没有薄荷可泡了，我们拿了它去清洗，手指上缠绕的，竟都是薄荷的味道。长长久久。

看过一个有关薄荷的神话：希腊冥王哈得斯爱上了善良的精灵曼茜，冥王的妻子佩瑟芬妮知道后，妒火中胸。她念魔咒把曼茜变成了一株小草，长在路边任人践踏，以为从此拔去眼中钉。让佩瑟芬妮怎么也没想到的是，曼茜变成的小草，身上竟散发出一股奇异的清香，赢得越来越多的人的喜爱，人们亲切地唤她，薄荷，薄荷。

喜欢这个故事，有德之人，必有神灵护佑，纵使她变成一株不起眼的小草。而薄荷的花语，恰恰是"有德之人"。从它的茎，到叶，到花，无一处不是清香与清凉的，可食，可入药。用薄荷做成的糖果与食品，多不胜数。最地道的，要数薄荷糖，过去贫穷年代，唯有它，可以与穷人相依为命。薄纸袋里，一装十粒，一毛钱就能买一袋。劳作疲惫的时候，拣一粒放嘴里，从嘴到心，立即被清凉填满。我的祖父祖母喜欢吃，我的父亲母亲喜欢吃，我们，也喜欢。

离故乡远了，以为离薄荷也远了。却于某一日，在我家花坛里，那开得满满的红的黄的美人蕉中，发现了一抹不一样的绿，凑近了看，竟是一株薄荷。或许是风吹过来的，或许是鸟衔过来的，或许是泥土本身带来的……它来了。我很吝啬地掐一片叶，置在枕边，于是清凉满枕。我多日的失眠，竟不治而愈。

从未谋面的文友，说要到我的小城来看我。我说："好，你来吧，我家里还长了薄荷。"她"扑哧"一声，在电话那头笑了，说："这个理由好，我不是去看你，我是去看薄荷的。"

佳句精选

◇◇ 在他们眼里心里，每种植物的生长，都是天经地义的事，值不得大惊小怪，如同日升月落。

◇◇ 秋深时节，薄荷也凋零，那个茶缸没有薄荷可泡了，我们拿了它去清洗，手指上缠绕的，竟都是薄荷的味道。长长久久。

◇◇ 有德之人，必有神灵护佑，纵使她变成一株不起眼的小草。

光阴如绣，蔓草生香

一

买来的生姜，忘了吃它，它兀自在塑料袋子里，长出芽来。哦，不，不对，那不是芽了，它有枝有叶，绿意盈盈，简直就是一株植物的模样了。

我把它移到花盆里，对它说，亲爱的姜，你长吧，按你自己的心意，长成你想要的样子。

我听见它的欢笑。是的，生命中，能按自己的心意生长，是件多么愉快的事！

同样这样长着的，还有红薯。还有绿豆。还有葱。

亦是忘了吃它们。它们就悄悄地退到一边，发芽，抽茎，长叶，端出一捧的绿来给我看。

时光大度而宽容，足够一个小生命，编织出属于它自己的梦。

二

早起，去看昨天开着的那朵扶桑。只一朵红，缀在我的窗台上，明艳得像红唇。楼下走过的人，抬头，都能看得见。

他们问，什么花啊？那么红！

我欢喜地答，扶桑啊。

现在，它已萎了。

生命的灿烂也只是一日工夫。但我知道，灿烂不在时间的长短。我已记住了它的模样。昨天的风也记住了。云也记住了。鸟也记住了。

昨天的云，落满窗。一只鸟儿，停在我的花旁，啁啾了大半天。

三

紫薇的花开得茂盛极了。

小城的路边都是，或红或紫，或蓝或白。一撮一撮，拼尽颜色，不藏不掖，有着傻傻的热情。看着它们，本是清素的心，也变得灼热起来，想笑，想爱，想对这个世界好。

还有木芙蓉和木槿，也是赶着趟儿地开。

还有合欢。已是秋了，它们居然还在开着花，柔情不减。

我在合欢树下走。我踮着脚，朝它们的花朵伸出鼻子去。旁边有人不解，看我。我说，香。那人也把鼻子凑过去，脸上有了笑意。

合欢的香，是小儿女的体香，那种淡淡的甜。让人的心发软。

还有一种树的叶子也极好闻，像薄荷。我每每走过它身边，都会去摘上两片叶子，放口袋里。

四

喜欢在黄昏时，出门去。

这个时候，万物都着上了温柔色，无一不是好的。

天上的云，开始手忙脚乱地换装，在太阳离去，夜幕降临前，它们总要来一场大型演出。赤橙黄绿青蓝紫——云的演出服，可真是多得数不清。

换好装的云，疯跑起来。不过眨眼工夫，它们就都汇聚到天边。天边的色彩变得繁复起来，斑驳得如同堆满了油画。又是奢华的、变幻莫测的。云的舞姿，实在太出神入化，曼妙得叫夕阳都融化了。

人不知道，他是多么有福分，每天都能欣赏到这样一场隆重的演出，且是免费的！人总是急急地往前赶，往前赶，硬生生错过了多少这样绚烂的黄昏。

我不急。我遇见了，必停下脚步，把它们看个够。

生命中的遇见，如此有限，这个黄昏走了，也便永远走了，不可再相见。然浮世的追逐，却是无限的，得失名利，哪有尽头？用有限，去换无限，那是顶不划算的事。我不愿意。

我愿意把我生命的三分之一匀出来，交给光阴，只为听听风吹，看看花开。只为在这样的黄昏底下，携一袖清风，看看云的演出。

五

想在白云朵上种点什么。

那真是一朵一朵的白云朵，它们一个挨着一个，随意而又散漫地席蓝天而坐。像丰收过后，晒场上蹲着的棉花朵。又像小时的我们，托着下巴，在田埂上坐着，等着谁给讲故事。

谁给它们讲故事呢？又会讲一个怎样的故事呢？

——我多想知道。

是不是关于小花和小蚂蚁的？是不是关于青草和羊群的？是不是关于溪水和小鱼的？

我想在那白云朵上，种上草。嫩绿的、翠绿的、青绿的、碧绿的草，配上这样的白，多么相称。风撑着青草的长篙，以云为舟，自由来去。真个是光阴如绣，蔓草生香。

佳句精选

◇◇ 时光大度而宽容，足够一个小生命，编织出属于它自己的梦。

◇◇ 生命的灿烂也只是一日工夫。但我知道，灿烂不在时间的长短。我已记住了它的模样。昨天的风也记住了。云也记住了。鸟也记住了。

◇◇ 合欢的香，是小儿女的体香，那种淡淡的甜。让人的心发软。

◇◇ 我愿意把我生命的三分之一匀出来，交给光阴，只为听听风吹，看看花开。

◇◇ 我想在那白云朵上，种上草。嫩绿的、翠绿的、青绿的、碧绿的草，配上这样的白，多么相称。风撑着青草的长篙，以云为舟，自由来去。真个是光阴如绣，蔓草生香。

在梅边

赏春，是要从赏梅开始的。

春天的第一张笑脸，是端给梅的。

蜡梅不算，蜡梅是寒冬的客人。“知访寒梅过野塘”，说的是腊梅，又名蜡梅。《本草纲目》里有详解：

> 蜡梅，释名黄梅花，此物非梅类，因其与梅同时，香又相近，色似蜜蜡，故得此名。

春天认定的梅，是指春梅。

立春之后，我似乎就闻到空气中有梅香了。近些年，小城重视起绿化建设来，移来不少的梅，东一株西一株地栽着。河边有。路边有。公园里有。我居住的小区里也有。两三株红梅，点缀在微微起伏的草地上。陪伴着它们的，还有金桂、紫薇和栾树。

我在七楼上俯瞰下面的草地，看到一星点一星点的红，俏立在瘦瘦的枝头上，如彩笔轻点了那么一两下。那人站我身后，一探头，说，是梅花。我微笑，没吱声。

当然是梅花。

天仍是寒，我也还穿着冬天的衣裳，一不小心，竟惹上感冒了，咳嗽，低热，头微晕——都怨这反复无常的春，忽冷忽热的，也没个准。

如恋爱中的女人，她的心思你猜不透。

春天也在谈一场恋爱的。

一样的曲折迂回，患得患失，傻傻地天真着，也不过是要藏起它那颗想爱的心。然到底是藏不住的，一点一点，被这大自然识破。虫子们醒了。草绿起来。花开起来。它的爱，终要尘埃落定。那时，方得花红柳绿，人间四月天。是大团圆的美满结局。

可我不想等。我说，我想去南京看梅了。

那人不假思索，答应，好。

知我者，莫如他。他知道，每年这时节，我都要去赴一场春天的约会。婚姻一路，他不曾给我带来荣华富贵，却带给我现世的安稳和懂得。这是多少女人终其一生，求之不得的。

今生得他，幸焉。

南京的梅花谷，是梅的天下。

那里几乎汇聚了梅家族所有的亲人。

名字也大多婉转清扬着，比如宫粉。比如美人。比如骨里红。还有胭脂、照水和玉蝶。还有名叫别角晚水的，据说全国独此一株。

晴天，特别特别地晴。天便蓝得水汪汪的，像倒扣了一片高原的湖泊，车喧马嚣声落不进一点点来，真正是谷里一个世界，谷外一个世界。我赶早了，满谷的梅花，尚未完全开放，一粒一粒的花苞苞，鼓着小嘴儿，缀满枝枝丫丫。像彩色的小珍珠，可穿成手链，戴小女孩的腕上。

我穿过一树又一树梅，实在欢喜。我以为这是极好的，花要半开着，欲拒还迎，又含蓄又矜持，不一览无余，才最有看头。俗世里，一览无余的生活，会让人乏味。你总要留点私密，留点向往，留点期待。没有期待的人生，算什么呢！

一群老美人从我身边风一样刮过去，她们穿红着绿，系着花丝巾，戴着红帽子。我目测了一下，她们的平均年龄应在六十岁以上了。前面一人在探路，兴奋地惊叫，快来呀，这里呀，这里呀，这里开了一树啦！

哦，来了来了！后面的齐齐应道，兴奋地奔了过去，把满山谷的花香，都搅动得荡漾起来。她们是街坊邻居？是故交旧友？还是老同学？我在心里猜测着，莫名地感动。人生的路上，能有幸相遇，且一路同行至此，真是莫大的造化。

佳句精选

◇◇ 一样的曲折迂回，患得患失，傻傻地天真着，也不过是要藏起它那颗想爱的心。然到底是藏不住的，一点一点，被这大自然识破。虫子们醒了。草绿起来。花开起来。它的爱，终要尘埃落定。那时，方得花红柳绿，人间四月天。是大团圆的美满结局。

◇◇ 晴天，特别特别地晴。天便蓝得水汪汪的，像倒扣了一片高原的湖泊，车喧马嚣声落不进一点点来，真正是谷里一个世界，谷外一个世界。

◇◇ 花要半开着，欲拒还迎，又含蓄又矜持，不一览无余，才最有看头。俗世里，一览无余的生活，会让人乏味。你总要留点私密，留点向往，留点期待。没有期待的人生，算什么呢！

一壶春水漫桃花

三月里桃花开。所以一进三月，我嘴里就一直念念着，看桃花去吧，看桃花去吧。

哪里看去？自然是乡下。乡下的桃花，是追着春风开的。那会儿，桃树上的叶还未长全呢，花朵儿却迫不及待地，一朵挨着一朵开了。呼啦啦，是一树花满头。小脸儿粉粉的，红晕浸染，如情窦初开的女子。

树不是特意栽种，像风丢过来的种子，河边或屋后，就那么随意地长着一两棵。普通得不能再普通。却不妨，一朝花开，惹来满场惊艳：呀，原来不是乡下小姑娘啊，是仙子落凡尘。

记忆里，有桃花点点，在小院里，还有屋后。花开得好的时候，褐黑的茅草屋，也被映得水粉水粉的，有了许多妩媚在里头。只是那时年少，玩性大，飞奔的脚步，哪肯停下来好好欣赏桃花？根本不知道花什么时候开的，又什么时候落了，就那样辜负了大好春光。现在想想，那时丢掉的何止是大好春光？总以为有挥霍不尽的好光阴，哪知青春变白首，也不过是一下子的事。

读大学时，许多女生曾结伴去看桃花，浩浩荡荡。郊外有桃园，花盛开的时候，是浅粉的海洋。一车子全是女生，叽叽喳喳着。等到跳进那花的海洋里，全都变成一朵朵桃花了。粉色的心，唯春风怜惜。

在花树下欢跳着东奔西跑，不期然地，遇到本班一个男生。那男生的目光一直尾随着一个女生，痴痴的。他是爱她的。他看她的目光，就有了千朵万朵桃花在漾。她却毫不知觉，只管在一树一树的花下穿行、欢叫。我在一旁看得感动，暗恋原是这般花影飘摇，迷离生动。我替那个女生急，我在心里叫，你快回头看看他呀，看看他呀。多年后得知，他并不曾携她的手。毕业后，他们各奔东西，他有了他的日子，她有了她的岁月。

唐朝崔护有首很著名的诗："去年今日此门中，人面桃花相映红。人面不知何处去，桃花依旧笑春风。"诗人以桃花做了整首诗的底子，像白的宣纸上，泼了一团水粉，热闹着，又寂寞着。真叫人惆怅不已。花仍在，人却非。世间的缘分，原是这样的可遇不可求。

却记着那年那日，那人送我一枝桃花。桃花开在乡下的河边，他有事路过，禁不住那一树粉红的诱惑，趁人不备，去树上攀下一枝。百十里的路，他宝贝样地带给我，眼里汪着一整个春天。我于一刹那间爱上，从此义无反顾。那个春天，我的书桌上，有了一壶春水漫桃花。

这是他给予我的最浪漫的事。偶尔说起，我们已不再青春的心里，会蒙上一层迷醉。一枝桃花的感动，竟是终身的，谁能想到呢？

佳句精选

◇◇ 乡下的桃花，是追着春风开的。那会儿，桃树上的叶还未长全呢，花朵儿却迫不及待地，一朵挨着一朵开了。呼啦啦，是一树花满头。小脸儿粉粉的，红晕浸染，如情窦初开的女子。

◇◇ 一朝花开，惹来满场惊艳：呀，原来不是乡下小姑娘啊，是仙子落凡尘。

◇◇ 粉色的心，唯春风怜惜。

◇◇ 他看她的目光，就有了千朵万朵桃花在漾。

◇◇ 花仍在，人却非。世间的缘分，原是这样的可遇不可求。

◇◇ 百十里的路，他宝贝样地带给我，眼里汪着一整个春天。我于一刹那间爱上，从此义无反顾。

◇◇ 一枝桃花的感动，竟是终身的，谁能想到呢？

听荷

去听荷吧，选一个月夜。月亮还不那么丰满，它还处在它的童年，像一瓣细长的菊花瓣，飘在天上，朦胧着。这个时候，最好。

荷开得刚刚好，是满塘开着的。月色清浅，满塘的荷，是墨色染成的一朵朵，与田田的叶，融为一体。与青碧的水，融为一体。与整个整个的夜色，融为一体。天空与大地，从没这么亲密过吧，你是我，我也是你。

塘——城里少见了。这口塘因小城大面积搞绿化，策划者中不知是谁拥有一颗诗意的心，在绿化带中，给挖出来的。周围遍植垂柳，塘里养荷。离塘不远的是桃园。再过去一些，是梨园。

接着是桂花园、蜡梅园。这里便成了小城绝美的去处，春有桃花梨花，夏有荷花，秋有桂花，冬有蜡梅，季季有花，日日有好。

盛夏里，塘里的荷自然唱了主角，在层层涌现叠起的绿中间，荷一朵一朵，悄然盛开，如一阕阕小令。哪里能瞒得住风的耳朵？十里八里之外，风都能听到荷轻轻绽放的声音。风跑过来，拂过一朵一朵的花，把荷的清香，洒得四下飞溅。人闻到，一个愣神，啊，荷花开了。平淡的日子里，陡添一重欢喜，看荷去吧。

人家院子里有缸，缸里种荷。那荷也是顶守时的，六月的风一吹，它就开始踮起脚尖，一点一点，从浓密的叶间，探出一张张粉脸，顾盼生姿。荷的主人与人闲话，总似不经意添上一句，我家的荷开了。也引了三朋四友，以赏荷的名义，来家里小酌几杯。俗世的庸常里，就有了几分小雅。

这样看荷，自是热闹的。而月夜听荷，则是另一番情趣。在塘边，随便挑一块草地，坐下。周遭静，纯粹的静。各种声息，浮游上来，像小花猫的脚尖，于午夜时分，轻轻踩过屋上的瓦片。那是露珠滑落的声音，草叶舒展的声音，风在轻喃的声音，虫在欢唱的声音，荷在绽放的声音。满塘墨色的荷的影，你映着我的，我映着你的。你想起古人写，“水面清圆，一一风荷举”；又或是，“满塘素红碧，风起玉珠落”，哪里又能描尽它的风姿？你想用千万个好来夸它，一时又无从说起。

荷在轻轻吐香，你甚至听到它们的心跳。开尽的正在话别，下一场花开再相见。含苞的“啪”一声怒放，花蕊间，盛满思念的味道。待到白天，晴空暖日，人看到一塘的荷，仿佛从未曾少过哪一朵，谁知它们，早已在暗夜里完成了交接。

心中突然涌起感动，满满的。掉头看身边那个人，夜色里看不清他的样子，可是，他的呼吸就在耳边。岁月里还要什么山盟与海誓？能陪你来听这场荷，已经足够了。你伸手捉住他的手，什么话也不用说。懂的，都懂的。

远远的灯光，辉煌得像满天星斗，那儿，有家。这里，荷与月色尽享安宁，仿佛尘世尽头。而我们，终归要回到那热闹中去，内心却泊着一汪恬淡的水，有墨色的荷，在暗暗喷着香。以后再以后的日子，即便走过了千重山万重水，也一定记得这样一个月夜，我们一起来听荷。

佳句精选

◇◇ 月亮还不那么丰满，它还处在它的童年，像一瓣细长的菊花瓣，飘在天上，朦胧着。

◇◇ 荷一朵一朵，悄然盛开，如一阕阕小令。哪里能瞒得住风的耳朵？十里八里之外，风都能听到荷轻轻绽放的声音。风跑过来，拂过一朵一朵的花，把荷的清香，洒得四下飞溅。

◇◇ 周遭静，纯粹的静。各种声息，浮游上来，像小花猫的脚尖，于午夜时分，轻轻踩过屋上的瓦片。

◇◇ 开尽的正在话别，下一场花开再相见。含苞的“啪”一声怒放，花蕊间，盛满思念的味道。

◇◇ 岁月里还要什么山盟与海誓？能陪你来听这场荷，已经足够了。

◇◇ 远远的灯光，辉煌得像满天星斗，那儿，有家。这里，荷与月色尽享安宁，仿佛尘世尽头。

胭脂

突然听到“胭脂”这个名，我的心里，陡地吃了一惊。是唤一个温软的女子，她有着细长的眉毛、细长的眼睛，生在江南烟雨的小巷里，暗香浮动，摇曳生姿。又或是，古有女子，对镜理红妆，是“谁堪览明镜，持许照红妆”，是“玉面耶溪女，青娥红粉妆”——这里的“红”，就是胭脂。素手纤纤在胭脂盒内蘸取一点，拍在腮上，女子的脸，立即艳若桃花。

彼时，夕照满天，我正弯腰，在细细打量一丛花。那是块拆迁地，断壁残垣处，它开得勃勃生机，喜庆热闹，全然不理会周遭一片瓦砾倾轧。紫红的一朵朵，昂昂然，艳，鲜嫩，有股不屈不挠的架势。在我，是旧相识。只是没想到，睽别多年，竟会在城市的一隅与它不期而遇。

一位遛狗的老先生路过，以为我不识此花，随口告诉我，这是胭脂啊。因他这一说，我认定他是个文化人。我用微笑向他致意，颔首谢过，却在心里面翻江倒海。

它居然有这么个香艳的名字！

童年的乡下，家家都有这么一大丛胭脂的，长在厨房门口。仿佛它生来就长在那儿，是乡村应有的模样。像屋后面有河，弯弯的田埂边开野花。像屋顶上歇着无数的雀，牛羊的叫声，此起彼伏。

它在傍晚开，早上合，和月亮一起盛放，和星星们一起旖旎，它是夜的精灵。当然，我的乡亲们远没这么抒情，在他们眼里，天地万物，原都是该派的样子，是命里注定的。鱼在河里游，鸟在天上飞，没什么可奇怪的。家家做晚饭不看钟点，只要瞟一眼厨房门口的花就是了。哦，晚婆娘花开了，该做晚饭了，他们自言自语。

对，他们叫它，晚婆娘花。是勤恳持家的小主妇，夜幕降临了，还不肯歇息，纳鞋打粮，为一家人的生计打拼，直到月亮累弯了腰，花儿也要睡了。

断指七爷的家门口，也长着这么一大蓬胭脂花。七爷的断指，说是打仗时打掉的。激战中，他用手去挡子弹，子弹一下子削去了他四根手指。

我们小孩子好奇，问他，七爷，你真打过仗吗?

七爷从鼻孔里“哧”出一声，不搭理我们，自去喝他的老酒。一桌一椅，一人一壶，斟满一个夕阳。鸟雀声稠密，一旁的胭脂花，开得沸沸扬扬。

我们傻傻看着，被眼前景怔得无话可说。这时，突然听到七爷幽幽吐出一句，嘁，我跨过鸭绿江时，你们这些小毛头还不知在哪片草叶上飘哪。

我们不懂什么鸭绿江，但从他的神态上，肯定了他果真是打过仗的，心里便把他当英雄崇拜。村里人也都这么崇拜着，对他尊重有加。他无后，孤身一人，住两间茅棚，极少种地，家里却从不缺吃的。谁家新打了粮，有了时令蔬菜，都给他送。我受母亲委托，曾给他送过扁豆。这任务让我觉得光荣。小篮子提着，全是新摘下来的扁豆，散发出一缕一缕清香的味道。他收下扁豆，叫我好姑娘，在空篮子里放上两块糖，说，替我谢谢你妈妈。他这么一说，我真是高兴得不得了。有糖吃自然高兴，还有他谦和的语气，也让我莫名开心。

一年一年的，村庄见老了，七爷却不见老。前几年我回乡遇见，他还是那般样子，八九十岁的人了，耳不聋，眼不花，一顿饭还能喝掉半斤酒。全村人都把他当老佛爷了，家家有事，他都是座上宾。

他的房子村人们给新修了，小瓦盖顶，门窗结实。只遗憾着，门前不见了胭脂花。

佳句精选

◇◇ 紫红的一朵朵，昂昂然，艳，鲜嫩，有股不屈不挠的架势。

◇◇ 它在傍晚开，早上合，和月亮一起盛放，和星星们一起旖旎，它是夜的精灵。

◇◇ 一桌一椅，一人一壶，斟满一个夕阳。鸟雀声稠密，一旁的胭脂花，开得沸沸扬扬。

染教世界都香

秋风吹了几吹，桂花也就开了。

每年，它都是如此守时。不管你有没有在等，不管你有没有把它放在心上，它都会来，只为赴它自己的约。

它来，是高调着的，霸气着的，是锣鼓齐鸣着的，沸沸扬扬着的。它就是它的小宇宙。

没有人会嫌恶了它的高调。谁会呢！人家的底气在那儿摆着呢，不过一两枝花开，就能“染教世界都香”。

香是香得风也打着转转，醉醺醺不知往哪儿吹。我和那人沿一条河边大道，慢慢走。桂花的香和甜，在身边缠绕不休。我们走到东，它跟到东。我们走到西，它跟到西。我们走到一座桥上去，它竟也跟到桥上去。像个懵懂可爱的孩童，抓一支蘸满香料的笔，逮到什么涂什么，想涂抹出一个他的世界来。你拿他是一丁点儿办法也没有的。也只好纵容着他，宠溺着他，任他爬到你的身上，乱涂乱画。哪一笔里，不是香和甜哪！是初入尘世的天真和好。

夜色在桂花香里弥漫。河里偶有船只驶过，呜呜响着。船头的灯，如萤火。我微笑地看着它驶过我的身侧。它是否载了一船的桂花香而去？辛苦的奔波里，拌了这样的花香，也算是慰藉是奖赏了。

虫鸣声变得轻柔，不知它们躲在哪一棵树的后面。它们喁喁着，很懂事的，生怕惊扰了什么。没到十五，月亮还不是很圆满，却更显得静美。像开到一半的白莲花，浮在靛青色的夜幕上。有人从身边走过，他们携来一阵香风，又携走一阵香风。我和那人，有一句没一句地说着些话。一切都好到不能再好。天地是。万物是。人是。情绪像鼓胀起来的风帆，意气风发，只想破浪劈涛，朝着远方航行去。

这样的时光，真真叫人舍不得。像小时候品尝那难得的一块麦芽糖，和月饼，小心地捧在掌心里，傻傻地笑着，看着，快乐在心里冒着泡泡，舍不得动口去咬它。怕一下口，就把它给咬没了。

想来小时也就知道，甜美的东西，是要珍惜着的，是要慢慢消化着的。不然，就是莫大的辜负。

那人对着夜空，深深呼吸一口，再深深呼吸一口，叹道，真好啊。

是啊，真好啊。一年有这样一场桂花开，人生里，也就多出许多的不舍来。纵使遇着这样的不顺、那样的艰难，仍有这般的好时光，它不会负你。活着，也便值了！

佳句精选

◇◇ 它来，是高调着的，霸气着的，是锣鼓齐鸣着的，沸沸扬扬着的。它就是它的小宇宙。

◇◇ 香是香得风也打着转转，醉醺醺不知往哪儿吹。

◇◇ 哪一笔里，不是香和甜哪！是初入尘世的天真和好。

◇◇ 船头的灯，如萤火。我微笑地看着它驶过我的身侧。它是否载了一船的桂花香而去？辛苦的奔波里，拌了这样的花香，也算是慰藉是奖赏了。

◇◇ 没到十五，月亮还不是很圆满，却更显得静美。像开到一半的白莲花，浮在靛青色的夜幕上。

◇◇ 一切都好到不能再好。天地是。万物是。人是。情绪像鼓胀起来的风帆，意气风发，只想破浪劈涛，朝着远方航行去。

鸟窝·菊花

有两样东西，无论在什么地方看见，我的心里总会腾起细波来，碎碎的。似轻风拂过，每道褶皱里，都是柔软与温情。这两样东西，一是鸟窝，一是菊花。

鸟窝筑在高高的树上，树是刺槐树，和苦楝树。乡村里，这两种树特别好长，家家房前屋后，都有几棵几人合抱才抱得过来的刺槐和苦楝，也不知它们到底生长了多少年，它们应该比村庄还要老。春生家的白眉毛老爷爷说，他小时候，就在这样的树上掏鸟窝的。

鸟窝都是喜鹊们筑的。乡村多喜鹊，一领一大群，在人家房屋顶上喳喳喳，在田野上空喳喳喳。这种鸟，天生的憨厚，只要一扯开嗓子，就欢快得很，仿佛从不知忧愁。它们筑的窝，大，有面盆那么大，托在高高的枝丫上。窝筑得简陋，枯树枝乱七八糟搭在一起。它们是憨夫憨妇过日子，搭了窝棚住，也能将就着，只要每天能看到太阳升起，日子里就有快乐。

天气开始转凉的时候，村庄的鸟儿，都远飞到温暖的他乡去了，只剩麻雀和喜鹊。麻雀四处流浪着，飞到哪儿住哪儿。柴禾里，竹林里，芦苇丛里……得过且过着。只有喜鹊，还守着它们的窝，一板一眼地过着日子。

风一阵紧似一阵，刺槐树上的叶掉了。苦楝树上的叶掉了。直到一个村庄的叶，都掉得差不多了。天空开始变得又高又远，村庄呈苍茫色。光秃的枝丫上，喜鹊的窝，有些孤零零的。秋深得很彻底了。

这时，却有另外的艳丽色彩跳出来。那是屋檐下的一丛菊，并不曾留意，它们是什么时候生长的，从冒芽，到长叶，到打花苞苞，它们都默默无言地进行着。一朝花开，却映亮了一个庄子。每家的茅草房，都变得黄灿灿。邻家女子，这时节有人来相亲，没有胭脂水粉好打扮，就掐一朵黄菊花，插到发里面。见了人，羞涩地低下头，寻常女子，也有了婉约和动人。

李清照说，人比黄花瘦。她说的黄花，是指菊吧。我却不认同的。菊哪里瘦了？我记忆里的菊，是一大朵一大朵怒放着的，丰腴着的。黄巢的“满城尽带黄金甲”好，把菊的声势给写出来了。当一个村庄的菊花都盛开了时，那真是满村庄尽带黄金甲了。你旅途劳顿，远远归来，望见村庄。这时，跳入你眼帘的，有两样东西，一是高高的树上，蹲着的大大的鸟窝。一是家家门口，捧出的一片金黄。你奔波的劳顿立即消散，你想到家里温暖的灶台，冒着热气的玉米粥，拌了两滴麻油的小菜，还有，倚门守望的人。再大的寒潮，也侵袭不到你了。

有家可归，有人在等，是幸福的。这种幸福的味道，经年之后，你还能咂摸出那层浓烈。对故乡的感情，原是深入到骨子里的。

我在另一个秋天，去拜访一个朋友。朋友住在一个小镇上，房前有树，房后也有树。我惊喜地看到，朋友家房前的树上，蹲了两只大大的鸟窝。屋檐下，一丛黄菊花，开得正明艳。我脱口对朋友说，我喜欢你这里，很喜欢。

来年的春天，朋友到我居住的小城，遇到我，我尚未开口，他就说，你放心，那鸟窝还在，那菊花也还在，到秋天，就会开花。

佳句精选

◇◇ 它们是憨夫憨妇过日子，搭了窝棚住，也能将就着，只要每天能看到太阳升起，日子里就有快乐。

◇◇ 一朝花开，却映亮了一个庄子。每家的茅草房，都变得黄灿灿。

◇◇ 有家可归，有人在等，是幸福的。这种幸福的味道，经年之后，你还能咂摸出那层浓烈。对故乡的感情，原是深入到骨子里的。

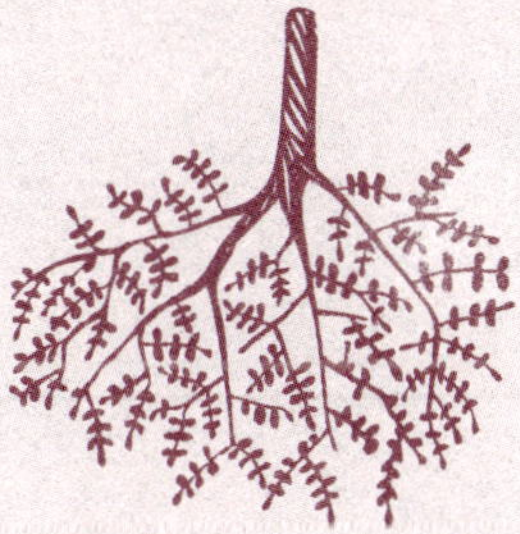

且香，且媚。
且媚，且香。
一生的好年华，
原也经不起等的，
风一吹，
就要谢了呀。

一枝疏影待人来

老枣树

老家的院子一角，一直长着一棵枣树。枣树枝叶蓬勃时，能遮挡住半幢房子。屋内的光线因它的分割，显得明明暗暗。我妈做针线，看不清针脚了，她会抬头看一眼窗外的枣树，自言自语道，枣树遮住光了。但从不曾想过动它，就这么让它任性地长着。

这棵枣树，到底活了多大年纪了，我爷爷在世时，也说不清。我爸更是说不清了，我爸说，打小，家门口就长着的。他们兄妹六七个，都是吃着这棵枣树上的枣长大的。

枣树原在爷爷的老家待着的。爷爷成年后，分家产，这棵枣树，也成了家产的一部分，被分给了爷爷。

爷爷带着这棵枣树，到百十里外的荒地里安了家。三间茅草屋搭起，这棵枣树，被植在了茅草屋前，成了我们家的标志。它结果时，累累一树，方圆一二十里的人都知道。

到我记事时，这棵枣树，已被人称为老枣树了。我小时，走丢过，站在大路上直着嗓子哭。人问，孩子，你家住哪里呀？我抽抽泣泣答，我家房子前长棵老枣树。人便一拍巴掌，恍然大悟，哦，是丁志煜家的啊。因了这棵老枣树，我被顺利送回家。

我十岁那年，我家搬迁到河对岸去。我奶奶不舍得这棵老枣树，执意也要把它搬走。我爸请了人来搬它，人一锹下去，损伤它不少的根。我奶奶心疼得不得了，拿些碎布头包住它的根。它被栽到了新家的院子一角，大家都说，怕是难成活的。但最终，它却活过来了，抽枝、长叶、开花、结果，从不怠慢任何一步。

这棵枣树上的枣子，甜了我们兄妹几个的童年、少年，成了我们心目中家庭中的一员。我们去外地念书，给家里人写信，在最后，也总要问候一下老枣树，老枣树还好吧？

我爸认真回，好着呢，开一树花了。或者回，又结好多枣子了。

枣子总能留到我们寒假归来时吃。我奶奶拣大个的，一颗一颗洗净了，晒干了，装在陶罐里。枣子红红的，一口一个甜。我们吃着，觉得安稳快乐，外面再多的繁华旖旎，也不及家里一颗枣子的好。奔波在外的心，终落到实处。

后来，我们兄妹几个，一个个离家了，有了自己的小窝。然每到枣子成熟的时候，我们都不约而同回老家去，屋前屋后转转，看看老枣树，摘下一颗一颗的甜。一家老小，围桌而坐，一个都不少，其乐融融。有老枣树在，时光好像还是从前的样子。

随着我奶奶和爷爷的相继过世，老枣树也一年不如一年了。先是枝条枯萎，继而，树干腐朽，脆弱不堪。起初，还有少量枝条硬撑着，在春天爆出新绿，在夏初开出花，在秋天果子成熟。到最后，它实在撑不住了，一树的衰败暗哑。

终有一天，等我们兄妹几个都在家，我爸跟我们商量，把老枣树砍了吧？

哦？我们都很意外。看看老枣树，它缩在院子一角，像衰老干瘪着的一个人，怕是连吹过的一缕轻风也扛不住了吧。我们相互看一眼，说，好啊，那就……砍了罢。

再回老家去，我在院子里转着、转着，竟意外发现，在原先老枣树生长的地方，竟冒出一棵小枣树来，探头探脑着，顶一身翠翠的嫩叶子，在阳光下笑意婆娑。

佳句精选

◇◇ 枣树枝叶蓬勃时，能遮挡住半幢房子。屋内的光线因它的分割，显得明明暗暗。

◇◇ 枣子红红的，一口一个甜。我们吃着，觉得安稳快乐，外面再多的繁华旖旎，也不及家里一颗枣子的好。奔波在外的心，终落到实处。

◇◇ 然每到枣子成熟的时候，我们都不约而同回老家去，屋前屋后转转，看看老枣树，摘下一颗一颗的甜。一家老小，围桌而坐，一个都不少，其乐融融。有老枣树在，时光好像还是从前的样子。

◇◇ 再回老家去，我在院子里转着、转着，竟意外发现，在原先老枣树生长的地方，竟冒出一棵小枣树来，探头探脑着，顶一身翠翠的嫩叶子，在阳光下笑意婆娑。

花香缠绕的日子

要集体搬去新校区了。

大家齐聚老校区，热热闹闹地拍照留念。我悄悄一个人，在校园里各处走了走。我走得很慢很慢，每一步里，都有着从前的影子。

12年，整整12年，我在那里。

在那里，我结识最多的，是花。春天，图书楼西侧的榆叶梅开得噼里啪啦。围着墙角一圈儿的葱兰，慢慢儿地，也都开花了。最初看到那一朵一朵小小的白，低到尘埃，不声不响地开着，我真的很意外。想它们才是花中君子，守得住清贫与孤寂。

办公楼前面是草坪。草坪的四周，都被花环抱了。鸢尾的花，是浅紫的，像大翅膀的蝴蝶。一度，我误以为它是蝴蝶兰。虞美人的花，是踮着脚尖开的，亭亭着，花瓣儿薄绸子一样的。我喜欢采几瓣，夹在书里面。我在教室里讲课，讲着讲着，翻开一页，看到那瓣“薄绸子”，会心地笑上一笑。打碗花是野生的吧？浅粉的小喇叭，一朵朵，跟精致的小酒盅似的，盛着日光的酒。月季的花，丰腴而妖娆，极有贵妃派头。我从那里经过，敌不过它的诱惑，凑过鼻子去，闻上一闻，满衣袖都沾着它的香。

通往教学楼道路的两侧，更是花们的天下。二三月份，水仙花开得茂密。我是第一次看见水仙花长在土里面，又朴实又活泼，有种娇俏在里头。四五月份，红花酢浆草开花了。粉红的小花朵，不过指甲大小，却层出不穷，一开一大片，像铺着花地毯，特别招惹小白蝶。小白蝶成群结队飞过来，好似又开出些白的花。

茑萝开花了。花朵镶在细细的藤蔓上，跟小星星似的，文气得很。看到它，我总要想到《诗经》中的句子：“茑为女萝，施与松柏。”当然，此花非彼花。但还是有着渊源的，因形态的相像，它把茑与萝的名字合二为一。

不得不说一下教学楼一侧的紫藤花廊。四月里，紫藤花开。那一条花廊，美得像吴冠中的画。画廊下，常有孩子们的身影在晃动。花映着孩子们的脸，孩子们的脸映着花，让人好生羡慕那样的时光，青春无可匹敌。

教学楼的东侧，有河，南北走向。河边树木森森。春天，一两树桃花，傍河而开。一枝枝艳粉的花，探到水里面。我会在那里流连忘返，想着醉倚桃红，亦是人间一大乐事。

紧接着，樱桃花该开了。凌霄花该开了。荷花玉兰该开了。七里香该开了。翠竹浓荫，我在楼上上课，稍一低头，便会闻到一阵一阵的花香。是荷花玉兰，或是七里香的。我和孩子们在花香里读书，书上的每个字，都是香的了。

秋天的校园，也是好看的。沿河的法国梧桐，叶片儿慢慢染上淡黄、金黄、褐黄，斑驳得像油画。花坛里的小雏菊们争先恐后挤挤挨挨地开了花，粉紫、深红、橘黄、莹白，颜色缤纷，总要开到初冬才作罢。

艺术楼墙上的爬山虎，叶片儿也渐渐变红了。在白的瓷砖上，尤为耀眼。一面墙上镶着那样的一两棵，美好得像宋词。

桂花隆重登场了。这花甫一盛开，就是满校园沸腾，香哪，香得四处乱窜。那些日子，我们走路都是一步一香的。上课也是。看书也是。我每在黑板上写一个字，每翻一页书，每说一句话，都有香气缠绕不休。

冬天，有蜡梅花开。那一年大雪，我在教室里上课，蜡梅花的香钻进鼻子里来，逗引得人心旌摇荡。哪里还上得下去课呢！我对孩子们说，不上课了，我们去雪地里玩吧。我就真的领着他们去雪地里玩了。我一边找寻着雪中的蜡梅，一边看孩子们在雪地里奔跑。他们欢笑的样子，像雪，散发出晶莹的光芒。

写到这里，一个词突然漫上心头，那个词，叫怀念。

是啊，真怀念啊。

佳句精选

◇◇ 打碗花是野生的吧？浅粉的小喇叭，一朵朵，跟精致的小酒盅似的，盛着日光的酒。

◇◇ 花映着孩子们的脸，孩子们的脸映着花，让人好生羡慕那样的时光，青春无可匹敌。

◇◇ 沿河的法国梧桐，叶片儿慢慢染上淡黄、金黄、褐黄，斑驳得像油画。

◇◇ 艺术楼墙上的爬山虎，叶片儿也渐渐变红了。在白的瓷砖上，尤为耀眼。一面墙上镶着那样的一两棵，美好得像宋词。

◇◇ 我一边找寻着雪中的蜡梅，一边看孩子们在雪地里奔跑。他们欢笑的样子，像雪，散发出晶莹的光芒。

人间四月天

这个时候，眼睛里看到的，都是好的。怎么看，都是好的。

人间四月天哪。

我从窗户里一探头，就看见屋旁人家院子里的桃花。那里，梅已开过，桃花开始粉墨登场。只一棵树，算不得繁密，像国画大师随意挥毫，勾勒出那么几枝，风骨却立时显露出来。一小朵一小朵粉红的花，撑在上头，凌空远眺，眼波流转，顾盼生风。

我总要呆呆地望上一阵子，望得心里也开出花来。有好几次我都瞅见那户人家胖胖的妇人，在花树下拾掇着什么。妇人是个厉害的角色，常听她大着嗓门，在喝骂自家孩子，雷霆万钧。有一次，我还碰见她在小区门口跟人吵架，唾沫横飞，委实泼辣。

这会儿，一树的花，映得她整个的人，水粉水粉的。她变得温柔可亲，落到我的眼里，也像画了。

总觉得桃花这样的花，豁达得很，群居来得，独处也来得。成片的桃园，它们你挤我挨，铺天盖地，波澜壮阔，美得让人心慌意乱。然单单的一棵，也不显得冷落。乡村人家常常就长着这么一棵，四月天，它从屋后探出半个身子来，变魔术似的，掏出一朵花，再掏出一朵，无穷无尽，喷红吐粉。周围再多的麦绿花黄，也立即做了陪衬，只那半树的花，勾魂摄魄。

茶花开得就有些傻了。阳台上有一盆，从三月一直开到现在，越发开得无心无肺。瞧它盛开的架势，不把一个春天开完，是绝不罢休的。我有些惊讶的是它的凋谢，不是一瓣一瓣凋零，而是整朵整朵掉落。它算得上是花中真名士，即便谢了，也保持盛开的姿势。

也终于轮到垂丝海棠上台了，它擎着一树的花苞苞已等候多时。四月的东风一吹，它就满满地怒放了，红粉美艳，遮天蔽日。人在它边上走，有种锣鼓喧天鞭炮齐鸣的感觉。

——让人产生这种感觉的，还有菜花。

菜花得去乡下看。

乡下的四月天，真是奢侈得不行，叫得上名儿叫不上名儿的植物们，都蓄着一股劲，开花的拼命开花，吐绿的拼命吐绿，没有哪一样，不是入得景上得画的。且不说桃花，不说梨花，不说杏花和苹果花，单单是野地里的那些蒲公英、一年蓬、婆婆纳和野菊花们，就足以晃花你的眼，你有些忙不过来了，不知道先看哪一样才好。

而成片的油菜花，简直让你的呼吸不能顺畅了。那种气势磅礴，那种淋漓尽致，那种不管不顾，只埋头拼命焚烧般的盛开，真真叫人忧伤得很了。美到极致的事物，往往总令人发愁，不知拿它们怎么办才好。站在菜花地里，你的眼睛被染得金黄。你的脸庞被染得金黄。你的头发被染得金黄。你的手，你的脚，你整个的人，无一不被染得金黄。你也成了菜花一朵。来吧！燃烧吧！让生命彻底地痛快一回。

惹看的，还有柳。有河的地方有。没河的地方也有。我见到一户人家屋前长柳，绿意轻染，让一幢小楼，变得秀气十足起来。古人喜折柳相赠，“柳条折尽花飞尽，借问行人归不归”。哎，为诗中人叹息，桃红柳绿时，最易相思。我想起牡丹花繁盛的洛阳城，多的是柳，街道两边，一棵伴着一棵。这四月天里，它们不定怎样的绿波纷扰，绊惹春风呢。

这个时候的春风，是可以煮着吃的。菜薹是香的。莴苣是香的。春韭是香的。还有蒜薹，烧肉是最好不过的，不吃肉，单拣那蒜薹吃了。烧鱼时若搁上一把蒜薹，鱼会变得格外的香，四月的好滋味，便在舌尖上缠绵。

佳句精选

◇◇ 只一棵树，算不得繁密，像国画大师随意挥毫，勾勒出那么几枝，风骨却立时显露出来。一小朵一小朵粉红的花，撑在上头，凌空远眺，眼波流转，顾盼生风。

◇◇ 四月天，它从屋后探出半个身子来，变魔术似的，掏出一朵花，再掏出一朵，无穷无尽，喷红吐粉。

◇◇ 我有些惊讶的是它的凋谢，不是一瓣一瓣凋零，而是整朵整朵掉落。它算得上是花中真名士，即便谢了，也保持盛开的姿势。

◇◇ 站在菜花地里，你的眼睛被染得金黄。你的脸庞被染得金黄。你的头发被染得金黄。你的手，你的脚，你整个的人，无一不被染得金黄。你也成了菜花一朵。

◇◇ 这个时候的春风，是可以煮着吃的。

桃花流水窅然去

——题记：我相信，总有些青春，是这样走过来的……

小桥。流水。凉亭。茂密的垂柳，沿河岸长着。树干粗壮，上面布满褐色的皱纹，一看就是上了年纪的。桥这边一排平房，青砖黛瓦木头窗。桥那边一排平房，同样的青砖黛瓦木头窗。门一律地漆成枣红色。房前都有长长的走廊，圆拱门连着，跟幽深的隧道似的。还有长着法国梧桐的大院落，梧桐棵棵都壮硕得很，绿顶如盖。老人们说，当年这地方，是一个姓戴的地主家的大宅院。土改后，收归公家所有，几经周转，最后，改成了学校。周围六七个庄子的孩子，升上初中了，都集中到这儿来读书。门牌简单朴素，黑漆字写在白板子上——戴庄中学。

我念初中的时候，每日里走上六七里地，到这个中学来读书。都是十三四岁的孩子，今儿见着，还瘦小着呢，明儿再见，那个子已蹿长得跟棵小白杨似的。我也在不断地长着个头。母亲翻出旧年的衣衫给我穿，袖子嫌短了，衣摆不够长了。母亲在衣袖上接上一块，在下摆处，接上一块。用灰的布条，或蓝的布条。我穿着这样的衣裳，走在一群齐整的同学中间，内心自卑得如同倒伏在地的小草。

有女生，父亲是教师，家境优越。做教师的父亲帮她买漂亮的裙子，还有围巾。春天了，小河两岸的垂柳，绿茸茸地招人，撩拨得人心里发痒。我们的心，也跟着长出绿苞苞来，欣喜有，疼痛有，都是莫名的。课间休息，那个女生，从小桥那头走过来，脖子上系一条玫红色的围巾，风吹拂着她的围巾，吹拂成一道美丽的虹。她的头顶上方，垂下无数根绿丝绦。红的色彩，绿的色彩，把她衬托得像画中人。我确信，那会儿，全校所有同学的眼光，全都落在她的身上。她的人，款款在那些目光里。我渴盼也有条那样的红围巾，玫红色，花瓣一般地柔软。然以我家当时的经济条件，那是遥不可及的梦想。我变得忧伤。

我的身体亦开始出现了一些变化，开始长胖，开始来潮。第一次见到凳子上洇上的一摊殷红，我大惊失色。同桌女生比我年长，她悄声要我不要动，让我等全班同学走光了再走。她后来告诉我，女生长大了，每个月都要见血的。她帮我洗净了凳子，我羞愧得哭泣不已，觉得自己丑。

我变得不爱说话。即使被老师喊出来回答问题，声音也小得跟蚊子似的。班上男生女生打闹成一片，唯独我是孤独的。男生们帮女生取绰号，他们嘻嘻哈哈地叫，女生们嘻嘻哈哈地应。但他们愣是没帮我取绰号，让我时刻提着一颗心，担心他们在背地里取笑我。一天，同桌突然告诉我，你也有绰号的呀，你的绰号叫小胖。我的心，在那一刻黑沉沉地往下掉，掉到看不见的地方去了。

地理课上，教地理的老人家，在讲台前讲得眉飞色舞。底下的学生，却兀自说着话。老人家管不了，生气地摔了书本。我前排的男生学着他摔书本，不小心带动桌上的墨水瓶，墨水瓶飞起来，不偏不倚，洒了我一身。如果换了一个人，或许我不会那么难过，可偏偏洒我墨水的男生，是我一直暗暗喜欢的。他长得帅气，成绩好，歌唱得也好，还会吹笛子。虽然他一再道歉，在我，却是莫大的伤害，我坚定地认为，他是故意的。从此看见他，跟仇人似的。心却痛得无处安放。

上美术课了，同学们一阵雀跃。老师在黑板上画了一株桃花，让我们仿画。一缕春风从敞开的窗户吹进来，吹动我们的书本。有燕子在窗外呢喃。我的心，在那一刻想逃走，逃得远远的。我想起跟父亲去老街时，看见老街附近，有一片桃园，那时，桃正蜜甜在树上。若是千朵万朵桃花一齐怒放，会是什么样子？我想知道。

我突然就坐不住了，春风里仿佛伸出无数双手，把我使劲往校园外拽。我不要再见到男生的怪模样，女生的怪模样。不要再见到玫瑰红的围巾，别人有，而我没有。不要再见到前排的那个男生，他总是嬉皮笑脸着，露出一口洁白的牙。不要再见到秃顶的英语老师，眼光从镜片后射出来，严厉地盯着我问：“‘今天天气如何’这句话怎么翻译？”

我要去看那些桃花——这想法让我兴奋。我努力按捺住跳动的心，把下午两节课挨下来。两节课后，是活动课，大多数同学，都到操场上玩去了，我溜出校门。满眼是碧绿的麦子，金黄的菜花。人家的房，淹在排山倒海的绿里面黄里面。风吹得人想飞。我一路狂奔，向着那片桃花地。

半路上，遇到一只小狗，有着麦秸黄的毛，有着琥珀似的眼睛。它蹲在路边看我，我也看它，我们的信任，几乎是在一瞬间达成。我走，它也走，起初它离我有几尺远的距离，后来，干脆绕到我的脚边。我临时给它起了个名副其实的名字，小狗。我叫：“小狗。”它就朝我摇摇尾巴，好像很满意我这叫法。我们一路相伴着走，一人，一狗，阳光照着，很暖和。

当大片的桃花，映入我的眼帘时，夜幕已四垂。一树一树的桃花，铺成一树一树的水粉，仿佛流淌的粉色的河，静静地，朝着夜暮深深处流去。看得我，想哭。有归家的农人，从桃园边过，他们不看桃花，他们看着我，奇怪地问：“孩子，你找谁？”

我摇着头，走开。我在心里说，我不找谁，我只找桃花。

那一晚，我一直在桃园边游荡，陪着我的，是那条半路相遇的小狗。走累了，我们钻进桃园，倚着一棵桃树睡了，并不觉得害怕。

第二天清早，我原路返回，小狗一直跟着我。在校门口，我蹲下身子，抱住它的头，不得不跟它说再见。我后来进校园，回头，看到它蹲在校门口看我，眼睛里充满不舍，还有忧伤。

学校里早就闹翻了天，因为我的离校出走。母亲一夜未睡，在外面无头无绪地找了大半宿，一屁股跌坐到教室外的台阶上，哭。当看到我出现时，母亲又惊又怒。所有人都来追问我，到底去哪里了，为什么要离校出走？他们问，我就哭，直哭得上气不接下气，哭得他们反过来劝我不要哭了。其实我那时，根本不知道自己在哭什么，觉得像做了一场梦。但哭过后，我的心平静了，我安静地坐在教室里，读书，做作业。倒是我的同桌，想探听秘密似的，问我去了哪里。我不说。她眼光幽幽地看着窗外，向往地说：“你去的地方，一定很好玩吧。”

成年后，跟母亲笑谈我年少时的种种，我问母亲：“记不记得那一次我逃课？”

母亲问：“哪一次？”

我说：“去看桃花的那一次。”母亲“啊”一声，笑：“你一直很乖的，哪里逃过课？”

佳句精选

◇◇ 春天了，小河两岸的垂柳，绿茸茸地招人，撩拨得人心里发痒。我们的心，也跟着长出绿苞苞来，欣喜有，疼痛有，都是莫名的。

◇◇ 那个女生，从小桥那头走过来，脖子上系一条玫红色的围巾，风吹拂着她的围巾，吹拂成一道美丽的虹。

◇◇ 我突然就坐不住了，春风里仿佛伸出无数双手，把我使劲往校园外拽。

◇◇ 满眼是碧绿的麦子，金黄的菜花。人家的房，淹在排山倒海的绿里面黄里面。风吹得人想飞。

◇◇ 一树一树的桃花，铺成一树一树的水粉，仿佛流淌的粉色的河，静静地，朝着夜暮深深处流去。

一枝疏影待人来

一枝疏影待人来，是写梅的，寒梅。

寒冬的天，下过一场雪了吧？应该是。

雪映梅花。梅花照雪。两两相望，都是直往心里去了的。

视觉与味觉在纠缠。白，再也白不过雪。香，再也香不过寒梅。

雪没有什么人要等。

它是无拘无束自由身，想飘到哪里，就飘到哪里。想在哪里落脚，就在哪里落脚。它有本事在一夕之间，让整个世界彻底变了模样，银装素裹，别无杂色，只剩它一统天下——雪是很有能耐闹腾的。

寒梅却静，天性使然。说它是谦谦君子，又不太像，它讷于言，也不敏于行。

作为一棵树，寒梅是早已认命了的吧。被人栽在哪里，哪里就是它的一生之所，它再也挪动不了半步——除非它是南美洲的卷柏。

卷柏是会追着水走的。当卷柏在一个地方待得不耐烦了，觉得土壤再不能给它提供好吃好喝的了，它会拔脚就走。让身体蜷缩成一个圆球，滚呀滚呀，直到滚到它满意的地方为止。卷柏很有点泼皮无赖的样子，你待它再好，它也能一刀斩断情缘，不留恋，不叹息，连稍许的回头，也没有的。

寒梅做不到。寒梅传统得近乎固执，它独守着它的家园，直到老死，直到化成灰，也不会更改一点点。

寒梅心里能做的梦，也只是，在最好的年华，等着你来与它相遇。

它只能等。它的生，就是为了等。

百花肃杀之后，它登场。这是寒梅的小聪慧。要不然又能怎样呢？百花之中，它算不得出色的。貌相实在平淡，牡丹和芍药，荷和秋菊，哪一个不比它张扬。即便是用香来比拼，香到骨子里了，也还有桂花呢。也还有茉莉呢。也还有栀子呢。

天寒地冻里，百花让位，它才是独香一枝，貌压群芳。

这该积蓄多大的勇气啊！为了博你流连，它拼上它的全部了。你惊讶于它的顽强，用冰清玉洁等词来赞美它，你却看不到，它的心也冷成一团的呀。寒气刀子似的，割着它的每一寸肌肤，它竭力装作若无其事，端出一脸的好模样，笑着。开呀，开呀，把心也全给打开来。

且香，且媚。且媚，且香。一生的好年华，原也经不起等的，风一吹，就要谢了呀。

心里真急，亲爱的，你来，你快来呀，你怎么还不来！

世界那么寥廓。花香那么寂静。是深宫女子，待宠幸。

有人说，凡尘里最大的不幸，是相遇之后被辜负。寒梅却说，不，不，是没有相遇，就被遗忘。连梦，也做不得。连回忆，也没有一点点。这才叫残忍。

淡的月光，给它描上象牙白的影。它是二八俏佳人。它等，它等呀等，等你来。有时会等到。有时等不到。生命原本就是一场寂然，这也是没办法的事。

然，可不可以这样理解：它在等你的时候，你其实早已在寻它。“溯游从之，宛在水中央。”你不过走慢了那么一小步，它在它的生命里，已完成了最美的绽放。你眼睁睁错过了，是怎生地后悔莫及，你不想辜负的呀，不想，不想呀。

就像小时，你盼娶新娘，有热闹可看，有喜糖可吃。是那样地喜洋洋，世上的好，仿佛都聚在那一时、那一刻了。偏着你们那里的风俗，娶新娘都在夜里进行。你等了又等，最后实在困得不行，你上床了。临睡前，再三跟大人说，到时记得叫醒我呵。

一觉醒来，天已大亮，人家的热闹早过，门前一地的鞭炮红屑屑。新娘子的红盖头早掀过了，新娘子亦已换上家常的衣裳，客走人散。你跺脚大哭，哭得委屈死了。他们不等你，他们竟然自己就热闹过了。你为此遗憾伤心了好些年。

佳句精选

◇◇ 雪映梅花。梅花照雪。两两相望，都是直往心里去了的。

◇◇ 寒梅心里能做的梦，也只是，在最好的年华，等着你来与它相遇。

◇◇ 它只能等。它的生，就是为了等。

◇◇ 且香，且媚。且媚，且香。一生的好年华，原也经不起等的，风一吹，就要谢了呀。

◇◇ 生命原本就是一场寂然，这也是没办法的事。

彼岸花

我画了一枝彼岸花。用大红和深红的色彩涂抹，描着描着，手怯。纸上的色彩，太鲜艳了，血一般的。

世上少见这种花，花与叶两不相见。花开，叶在彼岸；叶来，花在彼岸。一点不拖泥带水，决绝得叫人心疼。偏又血脉相连，枝枝蔓蔓上，都是对方的气息。那一个的在，是了然于心的。却注定了今生无缘，来世无分。

这世上，原还有一种情在，未曾相遇，便早已错过。

命运就是这样的蹉跎。是年少时的那个故事，记不得是谁讲的了。或许是我爷爷，或许是我父亲。说是一年轻男人，收听广播时，爱上了广播里的一个声音。每日晚上，那声音会准时响起，先是开场白：各位听众，晚上好。女声，甜美，清脆，如百灵鸟鸣啭。这声音有时会讲一两个小故事。有时会读一两篇小通讯。有时会播报几则时事。不管她讲什么，在年轻男人听来，都是极好的。他爱上了。

他去找她，不得见。给她写信，写了很多。终一天，她回复了，竟是妙龄女郎一个。他真是欢喜啊。他们约好见面。见面那天他早早去，却听说，她突然间犯了事，被送到某地劳改农场劳教去了。他辗转寻到那里，却被告之，她已被遣送至他乡。从此，音信杳无。他一辈子未曾娶妻，只等着那熟悉的声音再次响起。到死，他也没有等到。

故事真是悲，听得年少的心里，忧伤四起。茅屋檐下，彼岸花正不息地开。

那时不识此花。夏雨初歇，水滴花开，花纤弱，花瓣细长卷曲，一瓣一瓣，就那么卷着，红得触目。周遭顿时失色，只那一枝枝红，激荡着。祖母叫它龙爪花。我想不明白，它与龙有什么关联。也只把好奇装在肚子里，看见它，也只远远看着。我们掐桃花，掐大丽花，掐菊花，掐一切看得见的花，却从未曾掐下它来玩——小孩子是特别懂敬畏的，太美的事物里，藏着神圣，亵渎不得。

民间又一说，称它蛇花。

那年，在无锡，惠山上漫走，满山都开着这样的花。石头旁，小径边，或是一堆的杂草丛中。它是当野花开着的，没有一点点骄傲。然独特的气质，即便山野，也遮掩不了。那朵朵的艳红，把一座山，映得水灵而妩媚。喜欢，太喜欢了。我实在忍不住，掐一枝，拿手上把玩。

旁边走过三五个妇人，是老姐妹相聚着爬山的吧。她们对着我，叽叽咕咕说着什么，神情甚是着急。我听不懂，只能猜，以为她们指责我乱掐花草。于是很是羞愧，手上握着那朵花，扔也不是，不扔也不是。又想狡辩，啊，它是从岩石下面开出来的一朵，是杂草堆里的，是野花儿。

一中年男人走过，看到我们大眼瞪小眼的样，赶紧帮着翻译。告诉我，她们说，你手上的蛇花是有毒的，赶紧扔了吧。

回家查资料，果然。中医典籍上叫它石蒜，如是记载：

> 红花石蒜鳞茎性温，味辛、苦，有毒，入药有催吐、祛痰、消肿、止痛、解毒之效。但如误食，可能会导致中毒，轻者呕吐、腹泻，重者可能会导致中枢神经系统麻痹，有生命危险。

这让我想起“红颜祸水”一说。君王亡国，也怨了红颜。可是，有谁想过，祸水原不在红颜，而是绊惹她的那些个啊。如这彼岸花，它在它的世界里妖娆，关卿何事？你偏要惹它，只能中了它的蛊——它就是这样的轻侮不得。这骨子里的凛冽，倒让我敬佩了。

它还有个极禅意的名字，叫曼珠沙华。是佛经中描绘的天界之花，说见之者可断离恶业。

佳句精选

◇◇ 这世上，原还有一种情在，未曾相遇，便早已错过。

◇◇ 夏雨初歇，水滴花开，花纤弱，花瓣细长卷曲，一瓣一瓣，就那么卷着，红得触目。周遭顿时失色，只那一枝枝红，激荡着。

◇◇ 它是当野花开着的，没有一点点骄傲。然独特的气质，即便山野，也遮掩不了。那朵朵的艳红，把一座山，映得水灵而妩媚。

◇◇ 君王亡国，也怨了红颜。可是，有谁想过，祸水原不在红颜，而是绊惹她的那些个啊。

蒲

我们叫它，蒲。

蒲，蒲呀，我们这样轻轻唤。像唤自家的小姐妹。

蒲是跟苦艾长在一起的。有水的地方，几乎都能瞥见它的身影，绿身子，绿手臂，绿头发，在清风里兀自舒展，翛翛复翛翛。

它是从哪一天开始进入我们小孩的视野的？实在说不清。它跟乡下的许多植物一样，存在得那么天经地义合情合理。我们熟稔它，也是那么天经地义合情合理。就像河里本来就有鱼，空中本来就有飞鸟。它生来，就是村庄的一部分。端午节，家里大人一声令下，去采些蒲和苦艾回来。我们领旨般地，撒了欢地直奔它而去。都知道，它在哪块水塘里长得最茂盛呢。

这是一年一年承传下来的风俗，过端午，家家门上必插上蒲与苦艾。也在蚊帐里悬挂。也在家什柜上摆着。节日的气氛，被渲染得浓烈又隆重。

苦艾味苦，苦到骨头里，是愁眉苦脸的一个人哪，终年看不见他的笑。我们采一把苦艾，手上的苦味，搓洗很久，也去不掉。我们不爱。蒲却清清爽爽的，是喜眉喜眼的女儿家，又憨厚，又天真。它在水边端然坐，青罗裙带，长发飘拂，碧水缭绕，那方水域，也都染着淡香。我们拿它绿绿的枝叶缠辫梢，每一丝头发，都变得好闻。

夏天，它抽出一枝一枝橙黄的穗，像棍子一样的，我们叫它蒲棍。采了它，晚上点燃了熏蚊子，屋子里也就散发出好闻的蒲香味，像撒了一层薄薄的香料。我们也举着它，当灯，去草丛里捉蟋蟀、捉蚂蚱。

家里也总有几样物件，与它关联着，像蒲扇。它比不得芭蕉扇，又大又笨，扇出的风也大。蒲扇是轻的、软的，它轻摇慢拢，不疾不徐，永远是那么的好脾气，适合温顺的女人和孩子用。乡下的孩子，人人都有一把自己的小蒲扇的。

还有蒲席、蒲鞋。冬天在床上垫上蒲席，又轻软，又暖和。蒲鞋则是好多贫穷人家，冰天雪地里的暖。那时也只道它寻常，不过是野生野长的野草罢了，并不过分珍惜，也没过分看重，只是日日相见的那个寻常人，在骨子里亲着、爱着，却不自知。

经年之后，我在一些书籍里遇到它，才吃惊起来：原来，它的来历，非同一般。它入得了菜，入得了药，入得了酒，还入得了爱情。它简直就是隐世高人一个。

早在《诗经》里就有："其蔌维何？维笋及蒲。"盛筵之上，蒲和笋一样，是被当作佳肴摆上桌的。春日初生，它白嫩的根和茎，是鲜蔬中的珍品。

还是在《诗经》里，它闯进一个少女的心扉，成了她辗转反侧的爱恋，"彼泽之陂，有蒲与荷。有美一人，伤如之何"，"彼泽之陂，有蒲与蕑。有美一人，硕大且卷"，"彼泽之陂，有蒲菡萏。有美一人，硕大且俨"。河畔泽地，它与荷在一起，它与兰花在一起，它与莲在一起，是那么地卓尔不群！英俊又健美的少年郎哪，怎不叫人相思！

蒲也被智慧的先民们，用来泡酒。"不效艾符趋习俗，但祈蒲酒话升平"，唐人殷尧藩在过端午时如是祈愿。在那之前，应该早已有了这样的传统，在端午，必喝上几杯蒲酒，祈愿人世安稳太平。有些地方，更是把此酒引到婚宴上，拟出"喜酒浮香蒲酒绿，榴花艳映佩花红"这样的对联，真个是美酒飘香，花美人俏，地久天长。

蒲还是上等的药材，全草入药，曰"香蒲"。它的学名，原就叫香蒲的。花粉亦是入得药的，叫"蒲黄"。果穗茸毛入药，则叫“蒲棒”。带有部分嫩茎的根茎入药，叫“蒲　”。这样的药煎熬出来，怕也带着一股子香的。

小城新辟的观光带中，不知是谁的大手笔，竟辟出四五个浅塘，里面长的，全是蒲。阔别它多年，偶然遇见，我的惊喜不言而喻。我不时跑过去看它。它开花，嫩黄浅白。它抽穗，橙黄的一枝枝，像棒槌一样的，昂立，长长的碧叶衬着，实在漂亮。它还有个别名，叫水蜡烛，真正是形象极了。它是替鱼照着光明？还是替莲和菱？还是心中本就生着一枝枝光明？

我每回去，都见有孩子在它边上玩耍。他们攀下一枝枝水蜡烛，在风中快乐地挥舞着。我为他们感到庆幸，有蒲熏着的童年，总有一缕清香在飘拂。

佳句精选

◇◇ 有水的地方，几乎都能瞥见它的身影，绿身子，绿手臂，绿头发，在清风里兀自舒展，翛翛复翛翛。

◇◇ 蒲却清清爽爽的，是喜眉喜眼的女儿家，又憨厚，又天真。它在水边端然坐，青罗裙带，长发飘拂，碧水缭绕，那方水域，也都染着淡香。

◇◇ 那时也只道它寻常，不过是野生野长的野草罢了，并不过分珍惜，也没过分看重，只是日日相见的那个寻常人，在骨子里亲着、爱着，却不自知。

◇◇ 它还有个别名，叫水蜡烛，真正是形象极了。它是替鱼照着光明？还是替莲和菱？还是心中本就生着一枝枝光明？

◇◇ 我为他们感到庆幸，有蒲熏着的童年，总有一缕清香在飘拂。

香菜开花

香菜开花，居然也那么好看——我是很有些惊奇的了。

照理说，我应该见过香菜开花的。从前的乡下，哪家没有这样的一畦菜蔬？用它凉拌云丝，或是萝卜丝，是顶好吃不过的。煮鱼或烧汤搁一点在里面，那鱼和汤，就香得不得了。乡下人叫它，芫荽。

花在乡野最容易被埋没，那是因为多。乡下几乎没有一种植物不开花。野蔷薇、紫云英和野菊花，一开一大片，把香气撒得到处都是，也无人去赏。农人们兀自在花旁劳作，浑然不觉。香菜开花，就更显得寂寂无闻。

然现在不同。现在，它是在我的花池里开了花，让我忽略不得。

院门前的花池里，曾入住过一拨一拨的植物。有我特意栽种的，像月季、美人蕉和海棠。也有主动跑来的，如狗尾巴草、婆婆纳、荠菜和一年蓬。我亦在里面种过扁豆，想有满池秋风扁豆花的。后来，扁豆果然蓬勃得不像话了。

只是，这棵香菜是什么时候来此安营扎寨的呢？不知。花池里本来长着一大丛茂密的海棠，都快把池子给撑破了。母亲来我家，看见，觉得浪费了，拔掉，栽上葱。母亲说："葱多好啊，家有葱花，做菜不求人的。"

葱却瘦，不情不愿的样子。每每看到它们，总让我觉得愧对它们，给它们浇淘米水，给它们施有机肥，还是不见它们茁壮起来。邻居看见，说："这块地的肥力没了，怕是被原来那丛海棠给吸收了。"我想想，觉得有道理。从此，对它们不再过问。

那日，我站小院门口，和邻居闲话，一瞥花池，竟看到了香菜。这太让我意外了。我走近了，弯腰细看，可不就是香菜！一棵，安居乐业在我的花池里，端出一副碧绿粉嫩的好模样。电话问母亲："可有帮我种过香菜？"母亲答："没有啊。"这更让我欢喜了，好吧，我当它是风吹来的礼物。

一日一日，它勤勉生长。葱们渐渐退居一隅，花池成了它的天下。

忽一日，它就开花了。想来它是早就蓄谋好了的，先是悄悄抽长，个头变高，终于亭亭起来，枝叶纷披。而后，它悄悄积攒着米粒似的小花苞，绿的，与绿叶子混在一起，不细看，还真看不出。一俟时机成熟，它便当仁不让地全部盛开，一头一身，全是细白的小碎花，满天星似的。隔着清风看过去，叶疏花细，很像蓝印花布上歇着的那一朵朵。花中生花，五朵环抱，精巧秀气，每一朵，都当得了古典美。

于是，我有了一池的香菜花可赏。无论远观，无论近看，它都上得了台面，不比人们钟爱的兰花逊色。对着它，我有些感动，我们相识很多年了，我却是第一次见识它的花。从前的从前，它应该就是这么开着花的。以后的以后，它还将会这么开着花。有人赏，或无人赏，对它来说，又有什么关系呢？它只管顺应着自然的法则，一路走下去，让生命按着生命的顺序成长。

想起曾看到的一句话：“花的开落，不为旁衬或装点，花只是花，开落只在开落本身。”这颇像我们的寻常人生，一生默默，不离不舍，无关繁华与冷落，只认真地活着自己的活。

佳句精选

◇◇ 一棵，安居乐业在我的花池里，端出一副碧绿粉嫩的好模样。

◇◇ 隔着清风看过去，叶疏花细，很像蓝印花布上歇着的那一朵朵。花中生花，五朵环抱，精巧秀气，每一朵，都当得了古典美。

◇◇ 有人赏，或无人赏，对它来说，又有什么关系呢？它只管顺应着自然的法则，一路走下去，让生命按着生命的顺序成长。

◇◇ “花的开落，不为旁衬或装点，花只是花，开落只在开落本身。”这颇像我们的寻常人生，一生默默，不离不舍，无关繁华与冷落，只认真地活着自己的活。

合欢

六月天，我去山东高唐，随一行人到当地景点“柴府”小游。小径之上，忽与一树花撞上，绿叶蓬勃间，有粉色羽毛攒成的小扇子，轻歌曼舞——那是一团一团的花。红得浅浅的，却又艳得很。我问身边同行的作家原野：“知这是什么花吗？”原野抬头，认真打量，眼神里露出孩童的好奇，问：“什么花？”我笑了，告诉他：“合欢啊。”

这么说时，我的心里欢喜得很。说它，就像在说一个熟稔的知己，是恨不得全世界都要知道它的。

“认识”它，好些年了吧。那时，还年少，突然在一篇文章里与它相遇。彼时，它正开在一幅被面上，大团的花好月圆。作者只浅浅带过，说待嫁女子，盖一床大红被子，上面绣着大朵的合欢。我顿如被石化般地发了痴，合欢，合欢，多么地欢快和乐！是小女孩笑露出一排洁白的牙，被父母呵护在怀里；是小羊羔蹒跚着走路，阳光梳理着它的毛发，闪闪发光；是俗世的屋檐下，一家人团团围坐，桌上的菜肴，冒出香香的热气。——我展开无数的想象，想它是纯白的，丰美的，如莲，如百合。

后来，再长大些，读到纳兰性德的“不见合欢花，空倚相思树”之句，又发了一回呆。仿佛 见满树的合欢，被风簌簌吹落。人再见，已是空留满枝绿痕，徒增忧伤——它原是染了相思的。

这之后，我也只在别人的文字里，偶尔一瞥它的影子。大抵都是盛放喜悦的。我就那么看着，跟着喜悦一下，以为它隔得远远的，是属于遥远的他方的，我抵达不了。

就这么过去了很多年，我早走过青春年少，一天，我在我居住的小城，偶然看到一树的花，像用粉色的绒线织出来的，红晕轻点，秀气得让人心里长出茸毛来。我当即在树下傻掉了，我确信我之前从没见过它。遍寻许多人，都摇头说不知它是什么花。最后，我拍了照，上网求证，立即有人在后面留言，轻浅的两个字：合欢。

那一刻，我只听到心“咚”地一下，疼疼地弹跳起来。青春年少的那匹马，嗒嗒嗒走过我那么多寂静的岁月。原来，它就是合欢。原来，它就是！我想起一句话来，世上最遥远的距离，不是相隔天涯，而是我一直守在你的跟前，你却不知道。

再见它，就寻常着了，城里几乎处处都有它的影子，从六月天，能开到八九月。傻傻地开，珍惜着开，绿叶相衬，花像一朵一朵粉红的云，浮在叶上面。凑近了闻，隐约的香，香得内敛而节制。

有时树下走着人。有时只有清风拂过。花只管开着，开着，总是无限欢喜的样子。每回见到，我都有欲落泪的冲动。我想，花心当如人心，只要心中有晴天，便日日晴着。

佳句精选

◇◇ 说它，就像在说一个熟稔的知己，是恨不得全世界都要知道它的。

◇◇ 合欢，合欢，多么地欢快和乐！是小女孩笑露出一排洁白的牙，被父母呵护在怀里；是小羊羔蹒跚着走路，阳光梳理着它的毛发，闪闪发光；是俗世的屋檐下，一家人团团围坐，桌上的菜肴，冒出香香的热气。

◇◇ 仿佛瞭见满树的合欢，被风簌簌吹落。人再见，已是空留满枝绿痕，徒增忧伤——它原是染了相思的。

◇◇ 有时树下走着人。有时只有清风拂过。花只管开着，开着，总是无限欢喜的样子。

◇◇ 花心当如人心，只要心中有晴天，便日日晴着。

花池里的扁豆

一颗扁豆种子，像一枚小纽扣，亦像一只小眼睛。婆婆把它托在掌心，问我：“能不能种在门口的花池里？”

花池也小，院门一侧，砌了一个，花盆般大，里面已被美人蕉占了天地，哪里有供扁豆生长的空间？婆婆说：“扁豆只要一点点地方，就可以长出来的。”

那么，好吧，种下，种下。

其实，并没指望它能生根发芽，更没指望它能蓬勃起来开花结果。城里的空间如此局限，哪里有它舒展的余地。然而，它却生根了，发芽了，抽茎了，长叶了。起初，也只那么小小的绿，羞怯怯地，从肥硕的美人蕉下面探出头来。眼尖的邻居看见了，稀奇地叫："这不是扁豆吗？"

当然是扁豆。

"咦，你家还在花池里长扁豆，长了做什么呢？这一丁点儿地方，怕是长不起来的。"平时话语并不多的邻居，因这花池里的扁豆，驻足流连在我家院门口，说了一连串的话。

我笑着回："长着玩的，当花草养呢。"我的脑中蹦出郑板桥那句极有画意的诗句："满架秋风扁豆花。"我想象着，不久的将来，我将是满墙秋风扁豆花的。

也只是如此想象着，并不当真。它是那么纤弱，并无充足的养料供着，要爬满墙头，当是做梦吧。倒是眼瞅着美人蕉开花了，一朵接一朵，红红黄黄。吐出一朵，再来一朵，吐不尽似的。像小时看魔术师表演，不知那魔术师藏了多少红的黄的绸带，扯出一根来，再扯出一根来，手上红红黄黄一堆儿了，他那里仍在扯不尽地扯着。

扁豆呢？扁豆淡定得多了。时光里，它不紧不慢地迈着小碎步，藤蔓一点一点牵出来，叶子一片一片冒出来。看似漫不经心，实际上，人家却是处处存了心的。它先是不声不响地占下花池，把美人蕉挤到一隅。这还不够，它还爬上院墙，爬到再无处可攀，便又顺了墙体，爬进院子里。绿，一路绿着。我从院门口走过，它的藤蔓垂下来，碰着我的头。

花开。一串，一串，紫的，镶着白色的边儿，微微昂着小脸蛋，对着清风朗日。每一小朵，都像一个浅浅的笑，好看得很。

蝴蝶来了。一只斑斓的大蝴蝶。很显然，它是冲着这蓬扁豆来的。它绕着扁豆飞，一会儿伏在这朵花上面，一会儿停在那朵花上面，奢侈得不行。我站定在一旁，微笑着看，我当它是上天送我的礼物。我想到一个人，一个女人，她因患侏儒症，从小受尽冷眼与嘲讽，书也只读到小学。父母曾为她的出路愁断肠，半夜三更坐床上苦叹："这丫头怎么好呢？肩不能担担，手不能提篮。"她却不言不语，暗下里学会了缝纫，专做童装。她做的童装，比商场里卖的还好看。后来，她在老街上，开了一家裁缝店，名声慢慢做大了，不少人慕名带了孩子，走上很远的路，去找她做衣裳。

亦相遇到喜欢的人，那人人高马大，竟不嫌弃她的矮小，心甘情愿给她打下手，独飞的鸟儿成了双。不久，她生下个漂亮的女儿，日子过得幸福美满。

这世上，总有些奇迹会发生，譬如，一颗扁豆种子的心中，蕴含的倔强。譬如，一个女人的柔弱里，迸发的力量。

佳句精选

◇◇ 一颗扁豆种子，像一枚小纽扣，亦像一只小眼睛。

◇◇ 花开。一串，一串，紫的，镶着白色的边儿，微微昂着小脸蛋，对着清风朗日。每一小朵，都像一个浅浅的笑，好看得很。

◇◇ 蝴蝶来了。一只斑斓的大蝴蝶。很显然，它是冲着这蓬扁豆来的。它绕着扁豆飞，一会儿伏在这朵花上面，一会儿停在那朵花上面，奢侈得不行。我站定在一旁，微笑着看，我当它是上天送我的礼物。

◇◇ 这世上，总有些奇迹会发生，譬如，一颗扁豆种子的心中，蕴含的倔强。譬如，一个女人的柔弱里，迸发的力量。

红纱满桂香

这时节，总免不了要对桂花絮叨几句。

它是那么顽皮，又是那么莽撞，如装着满肚子好奇的稚气小童，跌跌绊绊地奔着、跑着，总是趁人不注意，偷袭于人，扰了人的心思。人在花香里愣神。也仅仅是稍一愣神，立即明了，哦，是桂花开了。

香，是它特有的香。无论是在烟雨朦胧的江南，还是在苍翠笼罩的秦岭，那香，是不改一丁点的。万千花木之中，你只要轻轻一嗅鼻子，就能轻易地辨认出它来。像熟悉得不能再熟悉的人，纵使久别，你也能在纷繁芜杂中，循着他的气息而去。

嗅，使劲嗅——是恨不得拖住身边走过的每一个人，让他们也闻闻这桂花香的。终有人觉着了不寻常，前行的脚步慢下来，左右巡视，脸上有笑意浮起，似自语，又似对你说：“桂花开了呢。”

你回他一个笑。陌生的相逢，有时会因这点点花香，濡了心，在一瞬间达成默契。说什么都是多余的，那么，就笑笑吧，都懂的。

这时的桂花，也还是试探式的，枝头上爆出三五朵，像偷跑出门来的孩子，藏了香，这里洒一点儿，那里洒一点儿，它却躲在一边偷偷笑，就看众人的反应了。等大家终于觉悟起来，四处寻觅，欢喜地说：“啊，是桂花啊。”它便再也按捺不住，飞跑出来，就差大着声叫了：“对啊对啊，是我呀，我在这里啊！”一树的花朵，都被它唤醒了。大伙儿争先恐后提着香出来，到处泼。于是乎，角角落落，便都是它的香了。

这之后的大半个秋天，你总能不期然地遇到它。是在露水暗落的晚上，你走着走着，就被浓烈的香牵了脚步。你停下来，任花香围绕着你跳舞。忍不住想，露水用它调制成酒，给谁饮呢？是给秋虫吧，草丛里，秋虫们叫声缠绵，是喝醉了；是给秋风吧，秋风走得东倒西歪，吹起的每一缕里，都喷着香，是喝醉了；是给秋月吧，秋月眯着眼，脸上起了红晕，是喝醉了。你也仿佛醉了，一个晚上，你都异常高兴，看见谁都傻笑，性情温和得不得了。

最妙的，是在微雨中碰到它。这个时候，它化作滴滴香雨，落在你的眉上、发上、肩上，落在你的心里。你静静立着，感受着这份静美。多少年了，生命中走失过多少的人和事，再不相见。唯它，年年如期而至，从不背弃，亦不爽约。你很感动，生命中终有赤诚可信。

朋友心情不好，婚姻遇阻，像一道过不去的坎。你约她出来，于夜色中漫步。也不多说什么，有时，默默的陪伴，便是最好的慰藉。你们绕着街心公园一遍一遍走，突然，步子就乱了，是桂花的香惹乱的。你们上上下下一顿好找，却发现，它就在身边，那些做成矮墙的绿树，原来是被修剪过的桂花树，上面密布着小黄米似的花朵。

你摘一些碎花放朋友掌心，任她握着。回到家后，你接到朋友的电话，她说，手上全是香呢。我会好好的，你放心。

你笑了。你自然放心了，有这样的好香可闻，当是不会轻易浪费生命。突然想起李贺的《大堤曲》来，开首就染着浓郁的桂花香："妾家住横塘，红纱满桂香。"你实在被诗里女子的俏皮逗乐了，又是顶羡慕她的，多好啊，青春妙龄，明眸皓齿，怀着爱的情意，伫立在秋风中，一袭红衣，满袖都拢着桂花香。

佳句精选

◇◇ 万千花木之中，你只要轻轻一嗅鼻子，就能轻易地辨认出它来。像熟悉得不能再熟悉的人，纵使久别，你也能在纷繁芜杂中，循着他的气息而去。

◇◇ 这时的桂花，也还是试探式的，枝头上爆出三五朵，像偷跑出门来的孩子，藏了香，这里洒一点儿，那里洒一点儿，它却躲在一边偷偷笑，就看众人的反应了。

◇◇ 是在露水暗落的晚上，你走着走着，就被浓烈的香牵了脚步。你停下来，任花香围绕着你跳舞。忍不住想，露水用它调制成酒，给谁饮呢？

◇◇ 多少年了，生命中走失过多少的人和事，再不相见。唯它，年年如期而至，从不背弃，亦不爽约。你很感动，生命中终有赤诚可信。

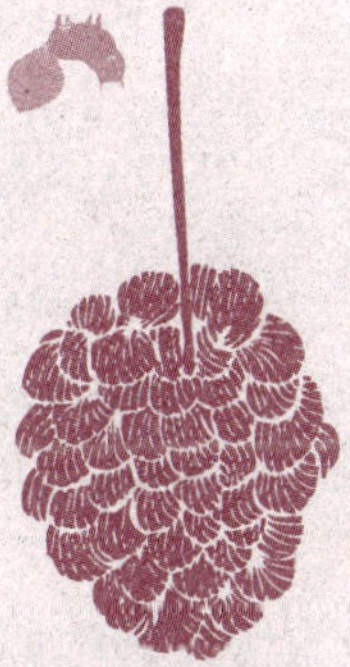

我们该为一些花鼓掌。
譬如，油菜花。
譬如，葱兰。
譬如，婆婆纳。
譬如，木槿。
譬如，四季海棠。
我们该向一些花学习，
纯粹而热烈地活上一回，
不辜负春风，不辜负自己。

花间小令

花间小令

油菜花

我们该为一些花鼓掌。

譬如，油菜花。

春天，我把吃剩的半棵油菜，随手丢在水碗里，想不到它竟在水碗里兀自生长起来，碧绿蓬勃，欢欣鼓舞。

我觉得有趣，搬它至窗台，那里，春风几缕，日日眷顾。三五日后，它撑出一撮一撮的花苞苞，精神抖擞着。再一日，我早起，看到的竟是一碗的黄灿灿——我水碗里的油菜花，已在不知不觉中，悄悄绽放了。

那是怎样的一种盛放啊，如井喷如泉涌，不管不顾，酣畅淋漓，是把整个心都捧出来的一场燃烧。虽远离原野，可它却一点也不沮丧，不气馁，拿水碗当舞台，一招一式都丝毫不马虎，瓣瓣染金，朵朵溢彩。

我在屋里转一圈，就又凑到它的跟前去了。什么时候见它，它都是一副热心肠，捧出所有的金黄，是恨不得为你粉身碎骨的。所有的油菜花，原都是女中豪杰。

我很想向一朵油菜花学习，纯粹而热烈地活上一回，不辜负春风，不辜负自己。

葱兰

葱兰这名字叫得好，又像葱又像兰。叶是葱绿，花是素白，墙角边蹲着，一排。或在花坛边立着，一圈。不吵不闹，安静恬淡，如乖巧的小女儿。

起初谁会注意到它呢？野草一般的，相貌实在平平。

我去收发室取信，路过图书楼，阴山背后就长了这么一棵。日日晴天，它却分享不到一点阳光，但它好像并不在意，照旧欢欢喜喜地生长着，绿莹莹的，如葱如韭。

后来的一天，花开了，小小的白，小白蛾似的，层出不穷地冒出来。在人的心上，扇动起讶异和温柔来，哦，它真是美！屋后的阴影，被它映照得一派明媚。

我摘一朵，带给收发室的大姐。大姐驼背，身体变形得厉害，据说是年少时一场病落下的。换作别人，早就自卑得不行，可她却活泼开朗，喜欢穿鲜艳的衣裳，喜欢摆弄头发，发型常换。每回见她，都是快快乐乐的，让你再灰暗的心，也跟着明快起来。

大姐把我送的花，很爱惜地用水杯养着。隔日再去，我人还未到近前，她就高兴地告诉我，你送的花还在开呀。去看，果真的，一小朵的白，在水杯里，盛放着，丝毫不减它的秀美。

它还有个别称叫韭菜莲，韭菜一样碧绿青翠，莲一样不蔓不枝，清新脱俗。亦是很形象很贴切。

婆婆纳

每次看到婆婆纳，我总忍不住要笑，是会心一笑。像见到一个可爱的人。

不管它只身在哪里，我都能一眼认出它。在云南的玉龙雪山上，在辽宁的冰峪沟里，或是在我的花盆中。花盆里一株杜鹃开得灼灼，它趴在杜鹃根旁，探着小小的脑袋，蓝粉的小脸，笑嘻嘻的。被杜鹃遮着挡着，亦不觉得委屈。

乡下广袤的田野里，沟边渠旁，到处有它。同属野草类，蒲公英和野蒿，长得又高挑又张扬，在风里招摇。它却内敛得很，趴在一丛茅草中，或是一棵桑树下，守着身下一片土，慢悠悠地，吐出一小片一小片的蓝，如锦，美得一点也不含糊。

我总要在它的名字上怔上一怔。婆婆纳，婆婆纳，是细眉细眼的小媳妇，孝顺，贤惠，一入婆家，就被婆婆喜着疼着。没有华衣美服，没有玉食金馔，也没有姣好容貌，却心灵手巧，踏踏实实，把一段简朴的小家日子，过得红红火火，活色生香。

这世上，多的是平凡人生，只要用心去过，一样可以花开如锦。

木槿

最初读《诗经》，我曾被“有女同车，颜如舜华”之句惊艳。这里的“舜华”，指的是木槿花。如木槿花一样的女子，该是何等美好。

木槿，乡下人不当花，是当篱笆的，院边栽一排，任它在那里缠缠绕绕。它在五月里开始开花，一开就是大半年光景，朝开暮落，白白紫紫，讨喜的小女孩般的，巧笑倩兮，一派天真。现在想想，那时的乡下小院，虽贫瘠着，然有木槿护着，又是多么奢侈华丽。

如今，城里多植木槿，路边，河旁，常能遇见。满目的深绿浅绿中，三五朵紫红，三五朵粉白，分外夺目，让遇见的心，会欢喜起来，哦，木槿呢！

乡下却少有它的踪迹了，喜欢木槿的老一辈人，已一个一个离去。乡下小姑娘来城里，不识路旁的木槿，我耐心地告诉她，这是木槿啊，以前乡下多着的。

这么说着，鼻子突然莫名地有些酸涩。时光变迁，多少的人非物也非，好在还有木槿在，年年盛放如许。

它又名无穷花。我喜欢这个名，生命无穷尽，坚韧美丽，生生不息。

四季海棠

我站在邻居家的院门前，看花。

那里长一蓬我不认识的花，满铺的小圆叶之上，碎碎的花瓣，抱成一团，朵朵红艳，实在好看。

邻居说，这是四季海棠啊。

你要吗？她热情地相问。我尚未答话，她已弯腰，“咔嚓”一下，掰下一枝来——我都替它疼了。

邻居说，只要插到土里，它就能活。

依言插到土里。不几日，这一枝四季海棠，竟变成了一大棵，生出无数的枝枝丫丫来。又过些日子，一棵变成了很繁茂的一簇，把整个花池都撑满了。

它开始安安心心地开花。也不急，一次只开一两朵，一瓣一瓣，慢慢开，总要等到五六天后，一朵花才全部开好，每瓣都红透了。看着它，我总觉得它像极会过日子的小主妇，节俭简朴，细水长流。

有时，我一连好些天忘了看它，再去看时，它还是那副气定神闲的样子，不紧不慢地开着它的花，一捧的肥绿，托着两三团艳红。时光在它那里，仿佛泊在老照片里的一缕月色，静谧而悠长。

霜降过几回，都有冰冻了。耐寒的菊们，也萎了精神。它却仍枝叶饱满，花开灼灼。路过的人会惊奇地说一声，瞧这海棠！肃杀清冷的日子，变得不那么难挨了。

佳句精选

◇◇ 所有的油菜花，原都是女中豪杰。

◇◇ 我很想向一朵油菜花学习，纯粹而热烈地活上一回，不辜负春风，不辜负自己。

◇◇ 葱兰这名字叫得好，又像葱又像兰。叶是葱绿，花是素白，墙角边蹲着，一排。或在花坛边立着，一圈。不吵不闹，安静恬淡，如乖巧的小女儿。

◇◇ 这世上，多的是平凡人生，只要用心去过，一样可以花开如锦。

◇◇ 它又名无穷花。我喜欢这个名，生命无穷尽，坚韧美丽，生生不息。

◇◇ 一捧的肥绿，托着两三团艳红。时光在它那里，仿佛泊在老照片里的一缕月色，静谧而悠长。

温暖的苇花

芦苇的花，最不像花，像是用轻软的丝絮絮出来的。

出城，逢到有河的地方，有沟的地方，就能看到它。不是一棵一棵单独生长，要长，就是一片，一群。挤挤挨挨，勾肩搭背，亲亲密密。它是最讲团结精神的。这一点，比人强。人有时喜欢离群索居，喜欢特立独行。所以，人容易孤独，而芦苇不。

风吹，满天地的苇花，齐齐地，朝着一个方向致意。它让我想起“蒹葭苍苍，白露为霜”那样的诗句来，那是极具苍茫寥廓、极具凄冷迷离的景象。可是，我眼前的苇花不，一点也不，我看到的，是一团一团的温暖。冬阳下，它像极慈眉善目的老妇人的脸，人世迢迢，历尽沧桑，终归平淡与平静。

我一步一步下到河沿，攀了两枝最茂盛的苇花。一旁的农人经过，看我一眼，笑笑。走不远，复又回过头来看我一眼，笑笑。他一定好笑我的行为，采这个做什么呢！

我是要把它带回家的。家里有花瓶，靛青色的，上面拓印着一片一片肥硕的叶。这是我的一个学生，在江西读书，不远千里给我捎回来的。花瓶太大，没有花能配它。插两枝苇花进去，却刚刚好。苇花伸出长长的脖颈，在我的花瓶上方笑，绵软、温柔，一团和气。

来我家的人看到，惊奇一声，这不是芦苇吗！

当然是。寻常的物，换了一个环境，就显出不寻常来。有句话讲，环境造就人。其实，环境也造就物的。

我的老父亲看到，却“哧哧”笑出声来。他说，丫头，亏你想得出。我知道父亲笑什么，老家遍地芦苇，没人拿它当宝贝的。

冬天，农闲。家家要做的事，就是去沟边河边割芦苇，运回家当柴火。一丛一丛的芦苇倒下，苇花受了惊吓，噗噗噗，四下飞散，飞絮满天。农人的头上身上，都沾满苇花。他们把它当尘一样的，随便拍拍，轻描淡写。弯腰，却在小鸟用苇花垒成的窝里，捡到几只还温热着的鸟蛋。他们很高兴地把鸟蛋揣进怀里，哪里顾得上半空中鸟的凄凄鸣叫呢？他们的眼前，晃过家里几个孩子的小脸。请原谅，贫穷年代，那是孩子的美食。

我的祖母用苇花絮过枕头和尿垫。她称苇花叫茅花。那个时候，天冷得嘎嘎叫啊，我的手冻得裂了口子，还是一条沟一条沟去摘茅花，摘回来给你爸絮枕头，絮尿垫。茅花软乎乎的，我的儿子枕在上面睡在上面就不冷了——祖母每说到这儿就停下来，眼神里波光乍现。她想起她初为人母的幸福时光了，多遥远哪。而我，总会在她的话里，发好一会儿的呆。我转身，看着头发已渐灰白的父亲想，这么老的父亲，也是被他的母亲疼大的。人类之所以能够生生不息，就是因为这样的爱啊，年年复年年。如苇花。

也见过村人用苇花编毛窝的。一枝一枝的苇花编出的毛窝，像毛茸茸的小船儿。天寒地冻的天，冻僵的双脚，伸进毛窝里，又轻软，又暖和。人被冻僵的神经，也一下子活络起来。贫穷年代，它默默无闻地，温暖了多少双脚啊！

现在，毛窝已很少见了。今年，我去一个山沟沟游玩，在一间供游人游览的旧作坊里，赫然见到毛窝。它们被染成五颜六色，一双一双穿在一起，挂在墙上，成了艺术品。

佳句精选

◇◇ 芦苇的花，最不像花，像是用轻软的丝絮絮出来的。

◇◇ 风吹，满天地的苇花，齐齐地，朝着一个方向致意。

◇◇ 冬阳下，它像极慈眉善目的老妇人的脸，人世迢迢，历尽沧桑，终归平淡与平静。

◇◇ 一枝一枝的苇花编出的毛窝，像毛茸茸的小船儿。天寒地冻的天，冻僵的双脚，伸进毛窝里，又轻软，又暖和。人被冻僵的神经，也一下子活络起来。

有美一朵，向晚生香

朋友说，她家小院里的桃花开了。她是当作喜讯告诉我的。

“来看看？”她相邀。

自然去。每年的春天，我都是要追着桃花看的。春天的主角，离不了它。所谓桃红柳绿，桃花是放在第一位的。

桃花勾人魂。它总是一朵一朵，静悄悄地，慢条斯理地开，内敛，含蓄。虽不曾浓墨重彩地吸人眼球，却偏叫人难忘。是小家碧玉，真正的优雅与风情，在骨子里。

看桃花，总不由自主地想起一首写桃花的诗：“去年今日此门中，人面桃花相映红。人面不知何处去，桃花依旧笑春风。”诗人崔护，在春风里，丢了魂。邂逅的背景，真是旖旎：草长莺飞，桃花烂漫，山间小屋，独门独户。桃花只一树吧？够了。一树的桃花，嫩红水粉，映衬着小屋。天地纯洁。诗人偶路过，先是被一树桃花牵住了脚步，而后被桃花下的人，牵住了心。

姑娘正当年呢。山野人家，素面朝天，却自有水粉的容颜，水粉的心。她从花树下走过，一步一款款。他看得眼睛发直，疑是仙子下凡来。四目相对的刹那，心中突然波澜汹涌，是郎情妾意了。三月的桃花开在眼里，三月的人，刻在心上。从此，再难相忘。翌年之后，他回头来寻，却不见当日那人，只有一树桃花，在春风里，兀自喜笑颜开。

这才真叫人惆怅。现实最让人无法消受的，莫过于如此的物是人非。

年轻时，总有几场这样的相遇吧。那年，离大学校园十来里路的地方，有桃园。春天一到，仿若云霞落下来。一宿舍的女生相约着去看桃花，车未停稳，人已扑向花海，倚着一树一树的桃花，笑得千娇百媚。猛抬头，却看到一人，远远站着，盯着我看。年轻的额头上，落满花瓣的影子。我的血管突然发紧，心跳如鼓，假装追另一树桃花看，笑着跳开去。转角处，却又相遇。他到底拦住了我问：“你是哪个学校哪个班的？”我低眉笑回：“不知道。”三月的桃花迷了眼。

以为会有后续的。回学校后，天天黄昏，跑去校门口的收发室，盼着有那人的信来，思绪千转万回。等到桃花落尽，那人也没有来。来年再去看桃花，陡然生出难过的感觉。

还是那样的年纪，去亲戚家度假。傍晚时分，在一条河边徜徉。河边多树，多草，多野花，夕照的金粉，洒了一地。隔河，也有一青年，在那里徜徉。手上有时握一本书，有时持一钓竿，却没看见他垂钓。

一日，隔了岸，他冲我招手："嗨。"我也冲他招手："嗨。"仅仅这样。

后来，我回了老家。再去亲戚家，河还在，多树，多草，多野花，夕照的金粉，洒了一地。却不见了那个青年。

还是感谢那些相遇，在我生命的底色上，抹上一朵粉红，于向晚的风里，微微生香。青春回头，不觉空。

真想，在桃花底下，再邂逅一个人，再恋爱一回。朋友说："你这样想，说明你已经老了。"

"是吗？"笑。岁月原是经不起想的，想着想着，也真的老了。年轻时的事，变成花间一壶酒，温一温唇，湿一湿心，这人生，也就过来了。

佳句精选

◇◇ 每年的春天，我都是要追着桃花看的。春天的主角，离不了它。所谓桃红柳绿，桃花是放在第一位的。

◇◇ 桃花勾人魂。它总是一朵一朵，静悄悄地，慢条斯理地开，内敛，含蓄。虽不曾浓墨重彩地吸人眼球，却偏叫人难忘。是小家碧玉，真正的优雅与风情，在骨子里。

◇◇ 还是感谢那些相遇，在我生命的底色上，抹上一朵粉红。于向晚的风里，微微生香。青春回头，不觉空。

◇◇ 岁月原是经不起想的。想着想着，也真的老了。年轻时的事，变成花间一壶酒，温一温唇，湿一湿心，这人生，也就过来了。

棉花的花

纸糊的窗子上，泊着微茫的晨曦，早起的祖母，站在我们床头叫：“起床啦，起床啦，趁着露凉去捉虫子。”

这是记忆里的七月天。

七月的夜露重，棉花的花，沾露即开。那时棉田多，很有些一望无际的。花便开得一望无际了。花红，花白，一朵朵，娇艳柔嫩，饱蘸露水，一往情深的样子。我是喜欢那些花的，常停在棉田边，痴看。但旁的人，却是视而不见的。他们在棉田里，埋头捉虫子。虫子是息在棉花的花里面的棉铃虫，有着带斑纹的翅膀，食棉花的花、茎、叶，害处大呢。这种虫子夜伏昼出，清晨的时候，它们多半还在酣睡中，敛了翅，伏在花中间，一动不动，一逮一个准。有点任人宰割。

我也去捉虫子。那时不过五六岁，人还没有一株棉花高，却好动。小姑姑和姐姐去捉虫子，很神气地捧着一只玻璃瓶。我也要，于是也捧着一只玻璃瓶。

可是，我常忘了捉虫子，我喜欢待在棉田边，看那些盛开的花。空气中，满是露珠的味道，甜蜜清凉。花也有些甜蜜清凉的。后来太阳出来，棉花的花，一朵一朵合上，一夜的惊心动魄，华丽盛放，再不留痕迹。满田望去，只剩棉花叶子的绿，绿得密不透风。

捉虫子的人，陆续从棉田里走出来。人都被露水打湿，清新着，是水灵灵的人儿了。走在最后的，是一男一女，年轻的。男人叫红兵，女人叫小玲。

每天清早起来去捉虫子，我们以为很早了，却远远看见他们已在棉田中央，两人紧挨着。红兵白衬衫，小玲红衬衫，一白一红。是棉田里花开的颜色，鲜鲜活活跳跃着，很好看。

后来村子里风言，说红兵和小玲好上了。说的人脸上现出神秘的样子，说曾看到他们一起钻草堆。母亲就叹，小玲这丫头不要命了，怎么可以跟红兵好呢？

家寒的人家，却传说曾是富甲一方的大地主，有地千顷，佣人无数。在那个年代，自然要被批被斗。红兵的父亲不堪批斗之苦，上吊自杀。只剩一个母亲，整日低眉顺眼地做人。小玲的家境却要好得多，是响当当的贫下中农不说，还有个哥哥，在外做官。

小玲的家人，得知他们好上了，很震怒。把小玲吊起来打，饿饭，关黑房子……这都是我听来的。那时村子里的人，见面就是谈这事，小着声，生怕惊动了什么似的。这让这件事本身，带了灰暗的色彩。

再见到红兵和小玲，是在棉花地里。那时，七月还没到头呢，棉花的花，还是夜里开，白天合。晨曦初放的时候，我们还是早早地去捉棉铃虫。我还是喜欢看那些棉花的花，花红，花白，朵朵娇艳。那日，我正站在地中央，呆呆对着一株棉花看，就看到棉花旁的条沟上，坐着红兵和小玲，浓密的棉叶遮住他们，他们是两个隐蔽的人儿。他们肩偎着肩，整个世界很静。小玲突然看到我，很努力地冲我笑了笑。

刹那间，有种悲凉，袭上我小小的身子。我赶紧跑了。红的花，白的花，满天地无边无际地开着。

不久之后，棉花不再开花了，棉花结桃了。九月里，棉桃绽开，整个世界，成柔软的雪白的海洋。小玲出嫁了。

这是很匆匆的事情。男人是邻村的，老实，木讷，长相不好看。第一天来相亲，第二天就定下日子，一星期后就办了婚事。没有吹吹打打，一切都是悄没声息的。

据说小玲出嫁前哭闹得很厉害，还用玻璃瓶砸破自己的头。这也只是据说。她嫁出去之后，很少看见她了。大家起初还议论着，说她命不好。渐渐的，淡了。很快，雪白的棉花，被拾上田岸。很快，地里的草也枯了，天空渐渐显出灰白，高不可攀的样子。冬天来了。

那是1977年的冬天，好像特别特别冷，冰凌在屋檐下挂有几尺长，太阳出来了也不融化。这个时候，小玲突然回村了，臂弯处，抱着一个用红毛毯裹着的婴儿，是个女孩。女孩的脸型长得像红兵。特别那小嘴，简直一个模子刻出来的，村人们背地里都这样说。

红兵自小玲回村来，就一直窝在自家的屋子里，把一些有用没用的农具找出来，修理。一屋的乒乒乓乓。这以后，几成规律，只要小玲一回村，红兵的屋子里，准会传出乒乒乓乓的声音，经久持续。他们几乎从未碰过面。

却还是有意外。那时地里的棉花又开花了，夜里开，白天合。小玲不知怎的一人回了村，在村口拐角处，碰到红兵。他们面对面站着，站了很久，一句话也没说。后来一个往东，一个往西，各走各的了。村人们眼睁睁瞧见，他们就这样分开了，一句话也没有地分开了。

红兵后来一直未娶。前些日子我回老家，跟母亲聊天时，聊到红兵。我说他也老了罢？母亲说，可不是，背都驼了。我的眼前晃过那一望无际的棉花的花，露水很重的清晨，花红，花白，娇嫩得仿佛一个眼神就能融化了它们。母亲说，他还是一个人过哪，不过，小玲的大丫头认他做爹了，常过来看他，还给他织了一件红毛衣。

佳句精选

◇◇ 七月的夜露重，棉花的花，沾露即开。那时棉田多，很有些一望无际的。花便开得一望无际了。花红，花白，一朵朵，娇艳柔嫩，饱蘸露水，一往情深的样子。

◇◇ 后来太阳出来，棉花的花，一朵一朵合上，一夜的惊心动魄，华丽盛放，再不留痕迹。

◇◇ 很快，地里的草也枯了，天空渐渐显出灰白，高不可攀的样子。冬天来了。

◇◇ 我的眼前晃过那一望无际的棉花的花，露水很重的清晨，花红，花白，娇嫩得仿佛一个眼神就能融化了它们。

豌菜头

喜欢一道素菜——清炒豌菜头。

看过不少美食家写美食，品种繁多，却少有豌菜头的影子。连深谙吃之道的汪曾祺，也不过是在一长列的菜里头，极吝啬地一笔带过，素炒豌豆苗，便完了。好像华丽舞台上，一大群伴舞的女孩子里，那个极不起眼的，荧光镜头一掠而过，尚未看清她的眉毛眼睛，她已被湮没。一曲终了后，谁会想起她？

乡下人却爱极它。秋凉的时候，谁家不种一畦豌豆？冬天，地里的土冻得结实，它却喜眉喜眼地生长着，圆润的叶，一点一点丰满起来，碧绿或翠绿，也有的颜色是紫红的。这个时候，一根一根掐下它来，水绿盈手，嫩得起泡泡儿。回家，放点油盐，爆炒，桌上就有了一道清炒豌菜头。一筷子下去，满筷青翠，清新绕鼻，绕舌，绕心。

它的吃法不多，除了清炒外，就是做衬菜了。一大碗狮子头，上面点缀一蓬豌菜头。端上桌，没人动里面的狮子头，都抢着吃那一蓬碧绿。不事雕饰的豌菜头，反而抢了主角风光。

豌菜头还可以做腌菜。做法也不复杂，洗净了，一层一层码上盐，用坛子装了，密密封。过些时日，揭开坛口，原先一坛的碧绿，已变成一坛的金黄。挑一根吃，脆嫩脆嫩，微酸中，带了甜味。乡人们会说，腌得多好，黄爽爽的啊。这个“黄爽爽”用得形象极了，是黄得爽快，金灿灿欲滴，怕是任何诗人也想不出这个词来。难怪民间歌谣《诗经》会那么脍炙人口，原来，越接近生命本质的东西，越容易久长，纵使隔着几千年的烟雨，也不会褪色。

我每年春节回老家拜年，母亲必备多多的豌菜头。竹篮子里堆得满满的，是母亲佝偻着身子，伏在地里，不顾严寒，一根一根，用手掐下来的。母亲清炒，或者做了衬菜给我吃，我总是吃得盘底朝天。在我，爱吃豌菜头是一方面，另一方面，我想让母亲欢喜。天下母亲都同一理，儿女的欢喜，就是她们的欢喜。那么，我表现出的欢喜，对母亲来说，就是安慰，就是幸福。

菜市场里，卖豌菜头的，都是些乡下老妇人。她们有着一张沧桑而慈祥的脸，她们的笑容谦和质朴，让你很自然地联想到乡下的老母亲，跟她们有亲近的欲望。她们卖菜不顶真，秤杆翘得高高的，临了，还要再添上一把菜给你，说，不是刀割的，是用手掐的，一根一根掐的，嫩着呢。

吃腻了鸡鸭鱼肉，炒一盘这样的豌菜头上桌，食欲会大增，人会莫名地快乐起来。从来故乡的味道，都是最能抚慰人心的。

当豌菜头老了，不能再做菜蔬吃时，就等着它开花、结果。它开的花，相当漂亮，像翩跹的蝴蝶，乳白，紫红，一朵朵，翘立在藤蔓上。花谢，豌豆荚慢慢成形。这时候，可以炒嫩豌豆荚吃了。也可以用嫩豌豆荚烧肉，清香无比。

佳句精选

◇◇ 冬天，地里的土冻得结实，它却喜眉喜眼地生长着，圆润的叶，一点一点丰满起来，碧绿或翠绿，也有的颜色是紫红的。这个时候，一根一根掐下它来，水绿盈手，嫩得起泡泡儿。

◇◇ 乡人们会说，腌得多好，黄爽爽的啊。这个“黄爽爽”用得形象极了，是黄得爽快，金灿灿欲滴，怕是任何诗人也想不出这个词来。

◇◇ 原来，越接近生命本质的东西，越容易久长，纵使隔着几千年的烟雨，也不会褪色。

◇◇ 天下母亲都同一理，儿女的欢喜，就是她们的欢喜。

◇◇ 从来故乡的味道，都是最能抚慰人心的。

荠菜卿卿

开过花的泥盆里，不知何时，竟冒出一棵荠菜来。等我发现时，荠菜已很荠菜的样子了，碧绿粉嫩，活活泼泼，直把我的花盆当故乡。我没舍得拔去，一任它自由生长，等着它开花。辛弃疾写，“春在溪头荠菜花”。在我，是春在泥盆荠菜花了。

因这棵荠菜，家里的对话又多了许多。常常是在茶余饭后，我和那人踱步过去，站定在花盆前，四只眼睛齐齐地，笑微微地看着这棵荠菜。荠菜肥嘟嘟的，像鼓着小嘴儿在吹气泡的小人儿。我唤它，荠菜卿卿。我们商量着，是不是摘下它来炒了吃。当然，这是说笑了，我哪里舍得？这棵荠菜里，住着我的故乡。看到它，心里总不由自主往上泛着亲切感，是恨不得拥抱的，惊喜交加地叫一声，是你啊！——是久别重逢。

对荠菜，是熟稔到骨子里的。乡下长大的孩子，有几个没跟荠菜亲过？过去，乡下人家改善伙食，用荠菜烧豆腐，就是一道美味佳肴了，会让孩子们幸福好几天。若是把荠菜剁碎了做馅，包成春卷，包成饺子，那更是不得了了，孩子们会因之雀跃，在村子里到处显摆，我家今天吃荠菜饺子了。

我还吃过荠菜烧的玉米粥。祖母爱这样烧，把荠菜剁得碎碎的，加上玉米糁，加上淀粉，再打点蛋清进去，烧出一锅的绿糊糊，香得缠牙。长大后看东坡逸事，看到东坡喜食用荠菜做成的羹，人称东坡羹，我笑了。我的祖母不知世上从前还有个苏东坡，她烧的荠菜玉米粥，应称作祖母羹了。

荠菜好吃，好吃在野。完完全全的天赐之物，吸尽天地之精华。初春，别的植物们才大梦初醒，正揉着眼睛恍惚呢，荠菜们早已生气勃勃，精力旺盛地绿着。在沟边，在田野里，在坡上，到处都可觅到它们青绿的身影。

觅？对。荠菜的性情有点像孩子的性情，天真可爱，自由自在，无拘无束。调皮的孩子是一刻也坐不住的，你不过才眨了一下眼，孩子便跑不见了，满天地撒着欢呢。乡下人对这，宽容得近乎宠溺。春风招摇，女人们提了篮子，四下里去挑荠菜，弯腰屈膝寻大半天，也才挑了小半篮子。她们不恼，笑嘻嘻的，心里欢喜得很。四野辽阔，天长云白，这寻觅的乐趣，让微波不荡的人生，变得活泼起来。

朋友家在郊外，有良田二三亩。这个春天，他邀我们去他家吃荠菜饺子。当一只只胖胖的荠菜饺子盛上桌，朋友无比自豪地介绍，放心吃吧，这是纯天然的，是我和我老婆两个人，伏在地里，一棵一棵挑出来的。

朋友这么说着时，他老实憨厚的妻，一直立在一边笑吟吟。我们心里，生出无限感慨来。当年，朋友爱上了别的女人，婚姻曾一度搁浅，几经曲折，到底回归了。看看，俗世的爱，就是这样的。亲爱的，我们一起挑荠菜去吧。

佳句精选

◇◇ 荠菜肥嘟嘟的，像鼓着小嘴儿在吹气泡的小人儿。

◇◇ 荠菜好吃，好吃在野。完完全全的天赐之物，吸尽天地之精华。

◇◇ 四野辽阔，天长云白，这寻觅的乐趣，让微波不荡的人生，变得活泼起来。

◇◇ 看看，俗世的爱，就是这样的。亲爱的，我们一起挑荠菜去吧。

艾草香

对艾草，是老相识了。

乡村的沟沟渠渠里，一是艾草多，一是芦苇多。它们在那里熙熙攘攘，自枯自荣，世世代代。除了偶尔飞过的鸟雀，平时大概再没有谁会惦念它们。但乡人们都知道，它们在呢，就在那片沟渠里，枕着风，傍着水，枝繁叶茂，不离不舍。一到端午，家家户户门窗上都插上了艾草，满村荡着艾草香。

羊却不爱吃，猪也不爱吃，大概都是嫌它气味的霸道。它是草里的另类，做不到清淡，从根到茎，从茎到叶，气味浓烈得汹涌澎湃，有种豁出去的决绝。采艾的手，清水里洗过好多遍了，那艾草的味道，还久久停留在手上，不肯散去。苦中带香，香中带苦，你根本分不清到底是苦多一些，还是香多一些。苦乐年华，它一肩扛了。

所以，它独特，在传统的民俗里，万古长存。早在《诗经》年代，就有了“彼采艾兮”的吟唱。说是唱爱情呢，我却觉得是唱它。它被人们赋予了神圣，用以寄托愁思，聊解忧伤。

南朝梁宗懔的《荆楚岁时记》中也曾有记载：“五月五日采艾为人，悬门户上，以禳毒气。”说的是端午节这天，人们争相采艾，扎成人的模样，悬挂于大门之上，以消除毒气灾殃。不过是普通植物，却担当起驱毒辟邪的重任，这是艾草的本事了。有时，保持个性，坚守自己，方能脱颖而出。在这一点上，我们人类，得向一棵艾草学习。

可能是小时的记忆作怪，多少年来，我一直以为艾草只在水边生长——这是我的孤陋了。福建有文友说，在他们家乡，漫山遍野都长着艾草。三月里，艾草正鲜嫩，人们采了它，拌上糯米粉，包上芝麻、白糖做馅，蒸熟，即成艾草糍粑。咬上一口，香软甘甜，鲜美无比。这吃法让我惊异，有尝试的欲望。想着，等来年吧，等三月天，一定去采了艾草回来吃。

小区里，爱种花的陈爹，在他的小花圃里，种上了艾。六月的天空下，一丛红粉之中，它遗世独立的样子，让人一眼认出，这不是艾草吗！

陈爹笑，眼光缓缓地落在它上面，说，是啊，是艾草啊。

种这个做什么呢？问的人显然有些好奇了。

陈爹不急着作答，他弯腰，眯着眼睛笑，伸手拨弄一下那些艾。他说，可以驱虫的。你看，它旁边的花长得多好，不怕虫叮。

哦——围观的人一声惊呼，恍然大悟，原来，它做了护花使者。

陈爹种的艾草，现在正插在我家的门上。不多，一棵，茎与叶几乎同色，灰白里，浸染了淡淡的绿。香味很地道，开门关门的当儿，它总是扑鼻而至，浓烈，纯粹。这是陈爹送的。他爬了很高的楼梯，一家一家分送。他说，要过端午节了，弄棵艾你们插插。

我不时地望望，闻闻，心里有欢喜。端午的粽子我早已不爱吃了，然过节的气氛，却一点没削减，因了这一棵温暖的艾。

佳句精选

◇◇ 但乡人们都知道，它们在呢，就在那片沟渠里，枕着风，傍着水，枝繁叶茂，不离不舍。

◇◇ 它是草里的另类，做不到清淡，从根到茎，从茎到叶，气味浓烈得汹涌澎湃，有种豁出去的决绝。

◇◇ 苦中带香，香中带苦，你根本分不清到底是苦多一些，还是香多一些。苦乐年华，它一肩扛了。

◇◇ 有时，保持个性，坚守自己，方能脱颖而出。

任性的水仙

每年冬天，我都会去街上，买上一两盆的水仙回来长。这几成惯例。

倘若哪一年忘了买，心里会极不踏实，总觉得家里少了点什么。即便是到了年脚下，也还是要专门跑出去一趟买。满街的水仙都长高了，都打花苞苞了，有好多的都盛开了。花贩数着花朵卖。看，这棵上有五朵花苞，这棵上有六朵花苞。你真会挑，这么多花苞苞啊，搁家里，开起来多香哪。一朵三块钱，三五一十五，三六一十八，啊，算便宜点给你吧，两棵你就给三十块钱好了。花贩舌灿若莲。

我持着花，犹豫着，都长这么高了！都长这么高了！心里惋惜着。

我其实，更想买到水仙花球，回来慢慢长。

水仙花球很像一个谜。不，不，它就是一个谜。你根本不知道它紧裹着的小身体内，到底藏着几朵花的梦。你把它养在一杯水里。装它的容器是不择的，用碗，用纸杯，用罐头瓶子，它都能很快驻扎下来，随遇而安，苦乐自知。

然后，你基本上不用管它了，任它自个儿倒腾着去吧。记起它的时候，就去看看它，你也总能碰到小欢喜。昨天看时，它冒出两颗小芽芽了。今天再去看时，它已抽长出枝叶。枝叶也就开始疯了般地长，越长越密，越长越肥，越长越高。它走过它的童年、少年，直奔着花样年华而去。

花骨朵是什么时候打的？那完全是在你的眼皮子底下，偷偷进行着的，你竟说不清。等你发现时，肥绿的枝叶下，翡翠珠儿似的花苞苞，已在一眨一眨地看着你。这也没什么可遗憾的，唯有这说不清，才叫人惊喜吧。是不请不约的意外相遇。

到这个时候，我以为，水仙已度过它最好的前半生。接下来，毫无悬念可言了，每朵花苞苞，都会怒放，都会香得透心透肺、淋漓尽致。

它香起来的时候，我就有些忧愁了，是美人迟暮，想留也留不住。好在还有来年可等，来年，它又是好花一朵朵，开遍寻常百姓家。

以前我在乡下小镇生活，认识一个老中医，他特爱长水仙。每年冬天，他家堂屋的条几上，一溜排开的，全是水仙花，足足有十多盆。他的水仙长得特别，像专门挑拣过似的，不高不矮，不胖不瘦，有型有款。葱绿的枝叶，托起小花三五朵，幽幽吐香，脉脉含情，真正当得了诗里面夸的“凌波仙子生尘袜，水上轻盈步微月”。

问他讨过经验。他说，水要适度，阳光要适度，营养要适度。这“适度”，不是人人都能掌控的。我家的水仙，也便还是由着它的性子长了，乱蓬蓬的一堆叶，乱蓬蓬的一团香，失了仙气，倒像一率真任性的乡下疯丫头。这样也好，它保持了它最原始的本真。

佳句精选

◇◇ 水仙花球很像一个谜。不，不，它就是一个谜。你根本不知道它紧裹着的小身体内，到底藏着几朵花的梦。

◇◇ 它香起来的时候，我就有些忧愁了，是美人迟暮，想留也留不住。

◇◇ 我家的水仙，也便还是由着它的性子长了，乱蓬蓬的一堆叶，乱蓬蓬的一团香，失了仙气，倒像一率真任性的乡下疯丫头。这样也好，它保持了它最原始的本真。

老人与花

老人种了一些花，在屋角后。

老人的屋后，是一条东西横亘的小径，小区里的人，出出进进，都从那里过。老式小区，居住简陋。小径两旁，多的是撂空的地方，少有人管理，任由杂草啥的胡乱长着，这儿牵一串野葛藤，那儿趴一堆婆婆纳。唯有老人的屋后，四季明艳，色彩缤纷。

我每从那儿走过，眼光都会不由自主落到那些花上面。月季是天天见着的，花朵儿硕大丰腴，一株橘红，一株明黄。还有一株，乳白色的，花瓣儿如凝脂。饱食终日的好模样。四五月份，老人的屋后，是鸢尾花的天下。蝴蝶一样的鸢尾花，扑扇着紫色的大翅膀，在人的心中，扇动起一圈一圈的温柔。到了七八月份，凤仙花和太阳花，你追我赶地盛开了，占尽颜色。

现在呢？秋渐凉，树上的叶，随着晚来的风，一片一片落。懒婆娘花和一串红，却正当好年华。它们不分彼此地缠绵在一起，粉红配大红。最是傍晚时分，懒婆娘花精神焕发地登场了，叭叭叭，一朵一朵粉色的花朵，吹吹打打地开了，热闹无限。你站定在它们身旁，仿佛就听到它们的欢笑，叮叮当当。还有什么不愉快的事，值得牵肠挂肚的？你最好向一朵花学习，快乐地绽放是最重要的，其他的，都可以忽略不计。空气中，满溢着懒婆娘花的香和一串红的甜。秋凉的黄昏，亲切起来，温馨起来。

这个时候，老人必在。老人衣着整洁，头上灰白的发，抿得纹丝不乱。他在那些花跟前，弯下腰去，一朵一朵细细查看，眉眼里，盛着笑意。他很满意这些花如此欢快地开，而花们，也因了他的注目，更显明艳。夕阳的尾巴，拖得长长的，在老人身上，在花们身上，划过一道一道金色光芒。自然是有感知的，懂得感恩，无论是一株草，还是一朵花，你施与它关爱的恩泽，它回报你的，必是倾尽全力的蓬勃。

路过的人，会停下脚步看一会儿花，微笑着和老人打招呼：

“陈爹，赏花哪？”

“嗯，来看看，它们开得多好啊。”

“是陈爹你照料得好啊。”

“呵呵。”

“呵呵。”

人的声音去远了，老人还待在那些花旁边。直到夜色四合，花与暮色，融为一体。

某天，我被懒婆娘花牵了去，用手机给它们拍照。老人突然站在我身后，问：“你看，这些花好看吧？”我答：“嗯，好看。”老人接着问：“你知道它们叫什么名字吗？”我说：“懒婆娘花呗。”老人笑了：“它可一点不懒，它们还有个名字呢，叫胭脂花。”被这个名字惊艳，再定睛细看，可不是嘛，一朵一朵粉色花朵，像胭脂涂在腮旁。老人得意，背了双手，围着花转。浑身上下，洋溢着孩子般的明净。

一日，突然听人谈起这个老人，说他是个退休老师，早些年，老伴就走了。唯一的儿子，也在前年，病死。而他自己，因患眼疾，失明已近十年了。

佳句精选

◇◇ 蝴蝶一样的鸢尾花，扑扇着紫色的大翅膀，在人的心中，扇动起一圈一圈的温柔。

◇◇ 最是傍晚时分，懒婆娘花精神焕发地登场了，叭叭叭，一朵一朵粉色的花朵，吹吹打打地开了，热闹无限。你站定在它们身旁，仿佛就听到它们的欢笑，叮叮当当。还有什么不愉快的事，值得牵肠挂肚的？你最好向一朵花学习，快乐地绽放是最重要的，其他的，都可以忽略不计。

◇◇ 自然是有感知的，懂得感恩，无论是一株草，还是一朵花，你施与它关爱的恩泽，它回报你的，必是倾尽全力的蓬勃。

一朵栀子花

从没留意过那个女孩子，是因为她太过平常了，甚至有些丑陋——皮肤黝黑，脸庞宽大，一双小眼睛老像睁不开似的。

成绩也平平，字写得东扭西歪，像被狂风吹过的小草。所有老师极少关注到她，她自己也寡言少语。以至于有一次，班里搞集体活动，老师数来数去，还差一个人。问同学们缺谁了，大家你瞪我，我瞪你，就是想不起来缺了她。其时，她正一个人伏在课桌上睡觉。

她的位子，也是安排在教室的最后边，靠近角落。她守着那个位子，仿佛守住一小片天，孤独而萧索。

某一日，课堂上，我让学生们自习，我则在课桌间不断来回走动，以解答学生们的疑问。当我走到最后一排时，稍一低头，突然闻到一阵花香，浓稠的，蜜甜的。窗外的风正轻拂，是初夏的一段和煦时光。教室门前，一排广玉兰，花都开好了，一朵一朵硕大的花，栖在枝上，白鸽似的。我以为，是那种花香，再低头闻闻，不对啊，分明是我身边的，一阵一阵，固执地绕鼻不息。

我的眼睛搜寻了去，发现一朵凝脂样的小白花，白蝶似的，落在她的头发里面。是栀子花呀，我最喜欢的一种花。忍不住向她低了头去，笑道："好香的花！"她当时正在纸上信笔涂鸦，一道试题，被她肢解得七零八落。闻听我的话，她显然一愣，抬了头怔怔看我，当看到我眼中一汪笑意，她的脸色，迅速潮红，不好意思地嘴一抿。那一刻，她笑得美极了。

余下的时间里，我发现她坐得端端正正，认真做着试题。中间居然还主动举手问我一个她不懂的问题，我稍一点拨，她便懂了。我在心里叹，原来，她也是个聪明的孩子啊。

隔天，我发现我的教科书里，不知什么时候多了一朵栀子花。花含苞，但香气却裹也裹不住地漫溢出来。我猜是她送的。往她座位看去，便承接住了她含笑的眼。我对她笑着一颔首，是感谢了。她脸一红，再笑，竟有着羞涩的妩媚。其他学生不知情，也跟着笑。我对她眨眨眼，不解释，守着这个秘密，她知道，我知道。

在这个秘密守候下，她发生了翻天覆地的变化，活泼多了，爱唱爱跳，同学们都喜欢上她。她的成绩也大幅度提高，让所有教她的老师，再不能忽视。大家都惊讶地说："呀，看不出这孩子，还挺有潜力的呢。"

几年后，她出人意料地考上一所名牌大学。在一次寄给我的明信片上，她写着这样一段话："老师，我有个愿望，想种一棵栀子树，让它开许多许多漂亮的栀子花。然后，一朵一朵，送给喜欢它的人。那么这个世界，便会变得无比芳香。"

是的是的，有时，对一些人来说，无须整座花园，只要一朵栀子花。一朵，就足以美丽其一生。

佳句精选

◇◇ 她守着那个位子，仿佛守住一小片天，孤独而萧索。

◇◇ 窗外的风正轻拂，是初夏的一段和煦时光。教室门前，一排广玉兰，花都开好了，一朵一朵硕大的花，栖在枝上，白鸽似的。

◇◇ 往她座位看去，便承接住了她含笑的眼。我对她笑着一颔首，是感谢了。她脸一红，再笑，竟有着羞涩的妩媚。

◇◇ 有时，对一些人来说，无须整座花园，只要一朵栀子花。一朵，就足以美丽其一生。

草的味道

下班，开着电瓶车，路边的草地新割了，散发出浓郁的草香。我有种冲动，想停了车，躺倒到草地上去，在那草香里打上几个滚。

怎么形容这香呢？还真说不好。它不似花香，染了脂粉味。它又不似露珠雨水，带着清凉。对，它似乎有种成熟了的谷物的味道，小麦，或是大豆。再闻，却又不是，它香得那么独特，风霜雨露、日月星辰的精华，全在里头。你不由得张大嘴，大口大口地猛吸，五脏六腑都被它灌得醉醉的，如饮佳酿。你猛然醒悟过来，它就是草香啊，用什么也比不了的。就像一个独特的人，你怎么看，他都与旁人不一样。他有他特有的气质，别人模仿不来。

这是秋冬的草。牛或羊，一整个冬天，都吃着这样的草。牛和羊的身上都是草香。

春天的草，则又是另一种味道。那些嫩绿的，柔弱的，不能碰，一碰就是一汪水啊。它们多像初生婴儿柔软的肌肤，浑身上下，散发出奶香。你走过它们身边时，你的心里，有了怜爱。

怜爱真是一种美好的人类情感。你拥有了这种情感，你会对整个世界，都充满善意。同样的，世界回报给你的，也将是美好和善良。

“青青河畔草，绵绵思远道”，我以为写的也是初春的草。这样的画卷，太容易让人沉溺。春回大地，小草甜蜜的气息，率先扑入人的鼻翼。独坐香闺中的女子，暗自吃了一惊，都春了吗？推开窗户，草色入帘青。屋旁的河畔，早已是蜂蝶纷飞。突然地，她悲上心头，远行的人啊，我等你等到草都绿了，你怎么还没有归？——草最担当得起这样的爱情和思念，自然，纯真，绵绵不绝，直叫人柔肠百结。

草也最是宽容，从不计较个人得失恩怨，你踩它、割它，甚至是放火烧它，它依然生长，散发出特有的清香。雨水越多，它越长得欢。所谓水肥草美，才是大自然最好的盛况。我在呼伦贝尔大草原，见识过这种盛况。

在那里，我跟着一棵草走啊走啊，走到呼伦湖，走到贝尔湖，走到根河去。两个老牧羊女坐在草地上。一旁的牛和羊，安详地啃着草。草地上开着或白或紫的花，东一朵西一朵的，像淘气的孩子，满地乱滚，无秩无序，却有种散漫的天真。我在草地里走，草生出牙齿来，咬我。咬我的，还有满地乱飞的蚊虫。

她们远远看着我笑，说，你应该穿长裤的呀，这儿的虫子多着呢。她们扎头巾，穿长衫长裤，脚蹬靴子，手握马鞭，坐在草地上，悠闲得像草地上开着的花。她们掐一根草，放在嘴里品咂，告诉我，我们这里的好多草，都是上等的草药呢，能治好多病的。问她们，那你们嘴里的草是啥味道呢？她们一齐笑了，答：就是草味呗，香。

她们说，野玫瑰也是一种草。马齿苋也是一种草。格桑花也是一种草。春天开花可好看了，红的，粉的，黄的，很大的一朵朵。她们这么说时，唇齿间，散发出草的香气，让我很想去拥抱她们。

我问她们可不可以拍照。她们很乐意，正正衣冠，端庄地对着我的镜头笑，笑得很像两棵草。

我的老家，也生长着众多的草。每次回家，我都会去看看它们。它们的名字，我一个也没有忘记，牛耳朵、苦艾、蒿子、茅、蒲公英、地阴草、一年蓬、乳丁草、婆婆纳……它们各有各的味道，闭起眼睛，我也能闻得出来——故乡的味道，那是烙进一个人的骨骼里的。

我很高兴它们一直在。它们在，我的故乡便在。

佳句精选

◇◇ 你猛然醒悟过来，它就是草香啊，用什么也比不了的。就像一个独特的人，你怎么看，他都与旁人不一样。他有他特有的气质，别人模仿不来。

◇◇ 这是秋冬的草。牛或羊，一整个冬天，都吃着这样的草。牛和羊的身上都是草香。

◇◇ 春天的草，则又是另一种味道。那些嫩绿的，柔弱的，不能碰，一碰就是一汪水啊。它们多像初生婴儿柔软的肌肤，浑身上下，散发出奶香。

◇◇ 怜爱真是一种美好的人类情感。你拥有了这种情感，你会对整个世界，都充满善意。同样的，世界回报给你的，也将是美好和善良。

◇◇ 所谓水肥草美，才是大自然最好的盛况。

◇◇ 故乡的味道，那是烙进一个人的骨骼里的。

草世界，花菩提